KB245123

사명과 영혼의 경계

SHIMEI TO TAMASHII NO LIMIT
by Keigo Higashino

Copyright © 2006 by Keigo Higashino
Original Japanese edition published by SHINCHOSHA Publishing Co., Ltd.
Korean translation rights arranged with SHINCHOSHA Publishing Co., Ltd.
through Shinwon Agency Co.
Korean translation copyrights © 2013 by Hyundae Munhak Publishing Co.,Ltd.

사명과 영혼의 경계

히가시노 게이고 장편소설

송태욱 옮김

현대문학

1

마취 유도는 문제없이 진행되었다. 수술대 위 환자의 자세도 정해지고 수술할 부분의 소독도 끝났다.

"시작하겠습니다. 잘 부탁합니다."

집도의인 모토미야 세이치가 말했다. 언제나처럼 우렁찬 목소리였다.

히무로 유키는 모토미야와 마주 보는 위치에 있었다. 목례를 하고 나서 슬쩍 심호흡을 했다. 긴장을 풀어야지, 하고 스스로를 타일렀다. 물론 그런 생각만 하느라 해야 할 일에 집중할 수 없다면 의미가 없다.

수술 내용은 관상동맥우회술*이었다. 그것도 인공심폐기를 사용하지 않고 심장이 박동하는 상태에서 수술하는 무심폐기 관상동맥우회술OPCAB, Off Pump CABG, 통칭 오피캡이라 불리는 것이다.

유키의 주된 역할은 왼팔의 요골동맥을 채취하는 일이었다. 이때 채취한 동맥을 그래프트라고 하는데, 이는 우회하는 혈관으로 사용된다. 흉골 안쪽에도 그래프트로 사용할 수 있는 동맥이 있는데, 어느 쪽이 좋을 것 같냐는 모토미야의 질문에 유키는 요골동맥이라고 대답했다. 요골동맥의 혈관이 두꺼운 데다 무엇보다 환자에게는 당뇨병이 있었다. 내흉동맥을 사용할 경우 수술 후에 종격동염[++]을 일으킬 우려가 있었다. 그녀의 대답에 지도교수가 고개를 끄덕였다.

물론 유키는 사전에 왼팔에서 동맥을 채취한다는 사실을 환자에게 알렸다.

"흉터는 남습니다. 그래도 괜찮으시겠습니까?"

그녀의 질문에 일흔일곱 살의 노인은 상냥하게 웃었다.

"이제 와서 팔에 흉터가 느는 거야 무슨 상관이겠소. 게다가 가슴에도 흉터가 생기는 거잖소?"

"물론입니다."

그녀는 대답했다.

[+] 심장의 동맥이 심하게 막혀 있는 환자들에게 시행되는데, 막힌 동맥 주위에 새로운 혈관을 만들어 산소와 영양분이 충분히 심장 근육으로 흐를 수 있게 해주는 수술이다. 관상동맥을 우회할 새로운 혈관으로 쓰이는 그래프트(도관)는 흉골 안쪽의 좌·우 내흉동맥, 팔목 가까이에 있는 요골동맥, 위의 우측 아래쪽에 있는 우위대망동맥 및 다리 안쪽에 있는 복재정맥 등을 사용한다.
[++] 좌우의 흉막강 사이에 있는 종격에 생기는 염증.

"그럼 선생이 제일 좋다고 생각하는 방법을 택해주시오. 나는 선생을 믿으니까."

노인에게는 유키 또래의 손녀가 있다고 했다. 그래서인지 그는 처음부터 젊은 여성 수련의에게 호의적이었다. 하지만 그는 예외라고 해도 좋다. 대부분의 환자는 유키를 한 번 힐끗 보고는 의심스럽다는 표정부터 짓는다. "남자 선생님한테 받고 싶은데" 하고 노골적으로 말하는 사람도 있었다.

그래프트 채취는 문제없이 끝났다. 문합부의 고정과 그래프트 문합은 모토미야가 했다. 훌륭한 솜씨였다. 그는 유키의 지도교수 중 한 사람이기도 했다. 그녀는 테크닉을 배우려고 뚫어지게 쳐다보았지만 손놀림이 너무 빨라 눈이 따라가지 못했다.

지혈을 한 후 배액관을 삽입하고 흉골을 폐쇄한다. 근막, 피하조직, 표피를 봉합하면 수술은 끝난다. 늘 그렇듯이 겨드랑이에 땀이 흥건히 뱄다. 목덜미가 욱신거리는 것도 매번 있는 일이다. 본격적으로 심장외과 수술에 참여한 지 보름쯤 되었지만 유키는 여전히 익숙지 않았다.

환자를 중환자실로 옮기고 수술 후 관리를 시작했다. 실은 이제부터가 먼 길이다. 혈압, 소변, 심전도 등을 모니터링하면서 호흡기나 약을 조절해야 한다. 상태가 변하면 재수술을 하는 경우도 있다.

심전도 모니터를 주시하고 있는데 그만 의식이 몽롱해졌다.

'아, 이런, 정신 똑바로 차려야지.'

의식을 또렷하게 유지하려고 하지만 잠깐씩 머릿속이 마비된 듯한 느낌이 들곤 했다.

돌연 무릎의 힘이 쑥 빠졌고, 유키는 퍼뜩 고개를 들었다. 깜빡 존 모양이었다. 눈앞에서 모토미야가 웃고 있었다.

"공주님, 한계인가 보군."

얇은 입술 사이로 하얀 이가 드러났다. 이렇게 웃는 얼굴이 멋지다고 호들갑을 떠는 간호사가 많았다. 모토미야는 삼십 대 후반인데 아직 독신이다. 테니스가 취미라서 그런지 1년 내내 까맣게 탄 얼굴이다.

유키는 고개를 가로저었다.

"괜찮습니다."

"어제도 긴급 수술이어서 제대로 못 잤을 거야. 좀 쉬고 와."

"괜찮습니다."

"내가 괜찮지 않아서 그래." 모토미야의 얼굴에서 웃음기가 사라지고 눈빛이 험악해졌다. "정작 필요할 때 쓸모가 없는 의사는 의사도 아니야. 믿고 맡길 수 없는 사람이 있다고 생각하면 내가 불안해서 그래."

"그러니까 이제 괜찮습니다. 믿고 맡기셔도 좋습니다."

"믿고 맡길 수 있는지 없는지는 내가 결정해. 그러니 쉬었다 오라는 거야. 쉬었다가 쓸모 있어지면 와. 그게 도와주는 거야."

유키는 입술을 깨물었다. 그걸 보고 모토미야는 웃는 얼굴로 돌아왔다. 살짝 고개를 끄덕였다.

분하지만 그의 말이 옳았다. 수술 후 관리 중에 깜빡 졸아버린 이상 대꾸할 말이 없었다.

"그럼 한 시간만."

유키는 이렇게 말하고 일어섰다.

중환자실을 나가자 간호사 마세 노조미가 보였다. 아담한 몸집에 동그란 얼굴의 그녀는 가만히 있어도 붙임성 있게 보인다. 실제로 복도에서 마주칠 때마다 어김없이 상냥한 미소를 지었다. 지금도 그랬다.

"당직실에서 눈 좀 붙일 테니 무슨 일 있으면 깨워줘요."

유키는 걸음을 멈추고 그녀에게 부탁했다.

"선생님, 힘드시겠어요. 요즘 계속 수술이셨잖아요. 전에는 수련의가 세 명이었지만 지금은 선생님뿐이고요."

마세 노조미는 스물한 살이다. 자신도 말단이라 유키에게 친근감을 느끼는지도 몰랐다. 여러 가지로 신경을 써주고 기록지 정리같은 사무도 거의 다 처리해주었다.

"이 정도 일로 녹초가 되면 안 되는데."

유키는 씁쓸하게 웃었다.

당직실에 누웠지만 곧장 덮쳐들어야 할 수마睡魔가 좀처럼 찾아오지 않았다. 잠깐이라도 자두어야 한다고 스스로에게 부담을 주고 있는 탓이겠지만, 그 부담을 덜 도리가 없었다.

유키는 작년에 데이도 대학 의학부를 졸업했다. 그러고 나서 같은 대학병원에서 수련의 과정을 하고 있다. 지금까지 내과, 외과,

응급의학과에서 수련을 받았다. 그리고 지금은 심장혈관외과에 있다.

유키가 최종 목표로 삼고 있는 과다.

드디어 여기까지 왔구나, 하는 감개 같은 건 전혀 없었다. 오히려, 아직도 이런 데에 있다니, 하는 마음이 강했다. 무사히 수련을 마친다고 해서 심장혈관외과 의사가 될 수 있는 건 아니다. 졸업 후 최소한 7년의 수련 기간이 필요하고 학회에도 적극적으로 참가해야 한다. 기껏 조수 정도의 일을 하고 있을 뿐인데 이렇게 체력의 한계를 느껴서야 어떻게 꿈을 이룰 수 있단 말인가.

"나, 의사가 될 거야. 의사가 돼서 아빠 같은 사람을 살릴 거야."

어느 가을날 밤, 중학교 3학년인 유키는 어머니 유리에게 이렇게 선언했다. 불의의 기습을 당한 듯한 어머니의 표정을 유키는 지금도 선명히 기억하고 있다.

유키의 아버지 겐스케가 세상을 떠나고 얼마 지나지 않았을 때였다. 겐스케의 가슴에는 큼직한 대동맥류가 있었다. 그것을 절제하는 수술이 잘못되었던 것이다. 위험이 따르는 수술이라는 것은 사전에 알고 있었고, 겐스케 자신도 각오하고 있었다는 이야기였다.

유키는 심장혈관외과로 옮기고 나서 지금까지 몇 명의 대동맥류 환자를 봤다. 아버지와 같은 병이라고 생각하면 안타까운 마음에 가슴이 아렸다. 어떻게든 완치시키고 싶은 마음이 드는 건 다른 병도 마찬가지지만, 그들이 수술을 받을 때 유키가 느끼는 긴장감은 각별했다.

다행히도 지금까지의 수술은 모두 성공했다. 안도하는 가족들의 얼굴, 그리고 무엇보다 환자의 건강한 모습을 볼 때면 유키도 마음속 깊이 안도했다.

하지만 동시에 전혀 다른 생각이 고개를 쳐들었다.

아빠 같은 사람을 살릴 거야, 이 말에 거짓은 없었다. 하지만 그녀에게는 또 하나의 동기, 어떤 의미에서 더 큰 동기가 있었다. 다만 다른 사람들이 결코 알아서는 안 되는 것이었다. 지도교수는 물론이고 어머니에게도 감추어온 것이다.

눈을 떴을 때 유키는 순간적으로 자신이 어디에 있는지 알 수 없었다. 당직실이라는 걸 깨달은 후에도 담요 안에서 잠시 멍하니 그대로 있었다. 하지만 손을 더듬어 자명종을 집어 든 유키는 시곗바늘을 보고 화들짝 눈을 떴다. 6시 반이었다. 잠깐 눈만 붙일 생각이었는데 벌써 아침이었다.

서둘러 일어나 간단히 세수를 하고 중환자실로 향했다. 호출이 없었으니 별다른 일은 없었겠지만, 모토미야의 말이 마음에 걸렸다. 수면 부족으로 녹초가 된 수련의에게 맡길 수 없다며 다른 의사에게 지원을 부탁했을 가능성도 있었다. 만약 그렇다면 엄청난 수치다.

하지만 중환자실에 모토미야는 없었다. 마침 그 자리에 있던 간호사에게 물으니 4시경에 귀가했다고 했다. 별다른 이상은 없던 모양이었다.

"혹시 이상이 있으면 당직실에 있는 공주님을 깨우라고 하셨어요."

간호사가 키득키득 웃으며 말했다.

유키는 멋쩍게 웃으면서도 안도했다. 일단 모토미야는 유키를 믿어준 모양이었다.

어제 수술한 환자의 용태는 안정되어 있었다. 채혈 데이터 등을 점검하며, 매점에서 사온 빵과 캔커피로 아침 식사를 마쳤다.

그 후 병동으로 가서 회진을 시작했다. 지금 유키가 담당하고 있는 환자는 여덟 명이다. 모두 예순이 넘었다. 사람이 심장 이상을 호소하는 것은 대체로 그 나이쯤이기 때문이다.

나카쓰카 요시에는 곧 일흔아홉 살이 된다. 사흘 전에 입원했으며 복부에 대동맥류가 있다. 혹의 크기는 계란 정도였다. 판단이 갈리기는 하지만 복부대동맥류 수술은 성공률이 높다. 일반적이라면 금방 수술을 하게 될 것이다.

나카쓰카 요시에는 유키의 얼굴을 보더니 불안한 듯 눈을 깜박였다.

"수술 날짜, 정해졌나요?"

그녀는 늘 이것부터 묻는다. 무척 걱정이 되는 모양이었다.

"담당 선생님과 의논하고 있는 중입니다. 환자분 몸 상태에 달려 있습니다."

체온을 쟀다. 열이 좀 높다고 하자 나카쓰카 요시에의 얼굴이

대번에 어두워졌다.

"역시 간에 이상이 생겨서 그런 건가요?"

"그럴 가능성이 높습니다. 나중에 다시 한 번 혈액검사를 하겠습니다. 오늘, 가족분들은요?"

"딸애 부부가 올 겁니다."

"그럼, 오시면 간호사한테 알려주세요. 야마우치 선생님이 앞으로의 일에 대해 여러 가지로 의논하고 싶다고 하시니까요."

나카쓰카 요시에는 잠자코 고개를 끄덕였다. 대체 무슨 이야기일까, 두려워하는 것이다.

"그럼 나중에 또 오겠습니다."

유키는 다시 미소를 지으며 병실을 떠났다.

나카쓰카 요시에는 정확히 말하면 간이 아니라 담관을 앓고 있었다. 담관에 염증이 있어 검사를 하는 과정에서 대동맥류가 발견되었다. 그것도 단순한 담관염이 아니었다. 아마 암세포가 퍼져 있을 것이다. 따라서 그 처치도 서두를 필요가 있었다.

암과 대동맥류, 어떤 수술을 먼저 할지가 가장 어려운 문제였다. 외과 담당의와 매일 의논하고는 있지만 아직 결론이 나지 않았다.

나카쓰카 요시에의 딸 부부에게는 이미 사정을 이야기해두었다. 그들은 양쪽을 동시에 수술할 수 없느냐고 물었다. 한 번에 끝내고 싶은 심정은 이해하지만, 의사로서는 절대 안 된다고 말할 수밖에 없었다. 고령의 나카쓰카 요시에에게는 한쪽 수술만 해도 엄청난 부담이 된다. 무엇보다 애초에 기술적으로도 불가능했다.

어느 쪽 수술을 먼저 하든 남은 대수술을 할 수 있을 만큼 체력이 회복되려면 상당한 시간이 필요하다. 그사이에 나머지 병터가 어떻게 될지가 문제다. 암은 진행될 것이고, 대동맥류도 계속 커질 것이다. 어느 쪽도 시간적인 한계가 있었다.

책상으로 돌아와 나카쓰카 요시에의 검사지시서를 정리하고 있는데 그녀의 주치의인 야마우치 하지메가 들어왔다. 그도 유키의 지도교수 중 하나다. 야마우치는 뚱뚱한 데다 늘 얼굴 혈색이 좋아 젊어 보이지만 사실은 마흔이 넘었다.

"히무로 선생, 눈곱 끼었네."

야마우치의 말에 깜짝 놀라 눈으로 손을 가져갔다. 그리고 그럴 리가 없다는 걸 깨달았다. 일어나자마자 세수를 했던 것이다.

"어제도 당직실에서 잤다면서. 화장 정도는 지우고 자야지, 그러다 피부 망가져."

유키는 그를 흘겨보았지만 화를 내는 건 아니었다. 야마우치는 수련의를 잘 돌봐주기로 유명했다. 또한 유키가 화장을 하지 않는다는 것도 알고 있을 터였다.

나카쓰카 요시에에 대해 보고하자 그의 표정도 어두워졌다.

"아무튼 고령이시라. 암이 어떻게 될지가 문제로군."

이렇게 중얼거린 후 뭔가 생각났다는 듯 유키를 쳐다봤다.

"아, 그렇지. 교수님이 부르시던데. 방으로 오라고."

"니시조노 선생님께서요?"

"고자질을 좀 했으니까 무슨 말을 들을지도 모르겠군. 뭐, 나쁘게 생각하지는 말고."

야마우치는 얼굴 높이로 손을 들어 보였다.

유키는 그가 알아채지 못하도록 심호흡을 하고 자리에서 일어났다. 복도로 나가 같은 층에 있는 교수실로 갔다. 무의식중에 주먹을 꼭 쥐었다. 손바닥에 땀이 배었다.

문 앞에서 다시 한 번 심호흡을 한 후 문을 두드렸다.

"예."

니시조노의 목소리가 들렸다. 십수 년 전부터 변하지 않은, 적어도 유키에게는 그렇게 들리는 바리톤 음성이었다.

"수련의 히무로입니다."

하지만 안에서는 대답이 없었다. 의아해하는데 돌연 문이 열렸다. 희끗희끗한 머리를 빗어 넘긴 니시조노 요헤이의 웃는 얼굴이 나타났다.

"바쁠 텐데 미안하군. 들어오게."

"실례하겠습니다."

유키는 방으로 들어섰다. 이 방에 들어오는 건 처음이었다.

책상 위에는 컴퓨터 모니터가 켜져 있었고, 화면에는 삼차원 영상이 떠 있었다. 옆의 보드에는 흉부 엑스레이 사진 4장이 나란히 붙어 있었다.

"이틀 연속 수술이었다면서?"

의자에 앉으며 니시조노가 물었다.

"네."

유키는 선 채 대답했다.

"그제의 긴급 수술은 야마우치 선생이 집도했다던데, 인상에
남은 건 없었나? 자네가 앞에 섰다고 하던데."

집도의의 정면에 섰다는 말이다.

"솔직히 정신이 없었습니다. 지혈하는 데 생각보다 시간이 많이
걸렸습니다."

"음. 돌발적인 출혈에 순간적으로 고개를 돌렸다고 하던데."

유키는 잠자코 있었다. 기억에 없었다. 하지만 그런 일이 절대
없었다고는 장담할 수 없었다.

"처음에는 흔히 있는 일이지. 하지만 잊지 말게. 출혈이 최후의
경고 신호니까. 어디서 출혈했는지를 보지 못하면 그 환자를 살
릴 수 없네. 출혈 부분에서 절대 눈을 떼지 말도록, 알겠나?"

"알겠습니다. 죄송합니다."

사죄하면서 야마우치의 고자질이란 게 이거였다는 것을 알았다.

니시조노가 의자 등받이에 체중을 실었다. 삐걱거리는 소리가
났다.

"자, 설교는 이쯤 하지. 어떤가, 심장혈관외과에는 익숙해졌나?"

"모두 잘 대해주십니다. 미숙한 점이 많아서 폐만 끼치고 있지
만요."

니시조노가 웃음을 터뜨렸다.

"그렇게 딱딱하게 굴 필요는 없지 않나. 아무튼 앉게. 내가 다

불안하군."

"그럼 앉겠습니다."

하나 더 있는 의자를 끌어당겨 앉았다. 두 손은 무릎 위에 올려놓았다.

니시조노는 엑스레이 사진을 돌아보았다.

"그제 입원한 그 환자 거네. 어떻게 생각하나?"

"브이아이피 환자 말인가요?" 유키는 다시 말을 이었다. "진성真性 같은데요. 그것도 상당히 큰 것 같습니다만."

"지름이 7센티미터나 되네. 석 달 전에 처음 찍었을 때는 5센티미터였지."

니시조노가 대답했다.

"자각증상은 있습니까?"

"소리가 잘 나오지 않을 때가 있는 모양이야. 쉰 목소리겠지."

"유착은요?"

"뭐?"

"동맥의 유착은 있습니까?"

니시조노는 유키의 얼굴을 가만히 들여다본 후 천천히 고개를 저었다.

"모르겠네. 있을지도 모르지. 혈관의 상태는 화상으로 알 수 있지만 유착된 데가 있는지는 열어봐야 알 수 있겠지. 이게 환자 데이터네."

니시조노는 진료기록부를 내밀었다.

"좀 보겠습니다."

유키는 진료기록부를 받아 들고 몇 가지 숫자를 훑어보았다.

"고혈압이 심하네요."

"동맥경화가 심해. 건강에 주의하지 않아서겠지. 예순다섯 살인데 술도 담배도 끊을 생각이 절대 없다더군. 대식가에다 운동이라곤 카트를 타고 접대 골프를 하는 정도이니 혈관이 견뎌낼 재간이 있나. 합병증이 별로 없는 게 기적이야."

"수술은 언제죠?"

"검사 결과를 봐야겠지만, 빠르면 다음 주라도 해야지. 그래서 제안하는 건데," 니시조노는 상체를 일으키며 말을 이었다. "자네가 제2 조수를 맡았으면 하네."

"제가, 말입니까?"

"싫은가?"

"아뇨, 하겠습니다. 열심히 하겠습니다."

유키는 턱을 당겼다.

니시조노는 그녀를 지그시 바라보고 고개를 끄덕인 후 목소리 톤을 바꾸었다.

"그런데, 어머니한테 가끔 연락은 하고 있나?"

허를 찔린 느낌이었다. 그가 이렇게 간단히 어머니 이야기를 꺼낼 줄은 미처 생각하지 못했기 때문이었다. 순간적으로 말이 나오지 않았다.

"연락, 하지 않나?" 니시조노가 다시 물었다.

"아니, 가끔 전화는……."

"그런가." 니시조노는 입꼬리를 비쭉하며 고개를 갸웃했다. "내가 들은 이야기와는 꽤 다르군."

유키는 그의 얼굴을 마주 보았다. 지금 한 말은 그가 유리에와 자주 만난다는 사실을 넌지시 비친 것이다.

"어머니가 선생님께 뭐라고 하셨습니까?"

유키가 물었다.

니시조노는 씁쓸하게 웃었다.

"그런 건 아니네. 하지만 이야기를 나누다 보면 알 수 있지. 나한테 물어보니까, 자네에 대해 이것저것. 자네가 자주 연락하면 나한테 그런 걸 물어볼 리가 없지."

유키는 고개를 숙였다. 유리에와 니시조노가 어느 레스토랑에 마주 앉아 식사를 하고 있는 광경이 떠올랐다. 하지만 어쩐 일인지 두 사람의 모습은 10년도 더 된 과거의 것이었다.

"오늘, 앞으로의 일정은?"

니시조노가 물었다.

왜 이런 걸 물어볼까, 생각하며 유키는 머릿속을 정리했다.

"퇴원하는 환자가 있어서 서류를 작성하려고 합니다. 그리고 처리할 사무가 좀 있고요."

"수술 일정은 없는 거로군."

"지금은요."

"음. 오늘은 야마우치 선생이 쭉 있을 거고, 나중에 모토미야 선생도 올 거니까." 니시조노는 뭔가 생각하는 듯한 얼굴로 천장을 올려다본 후, 좋아, 하고 고개를 끄덕였다. "오늘은 5시에 일을 마치게. 그다음에 준비를 하고 7시에 아카사카에서 보세."

"아카사카요?"

니시조노는 책상 서랍을 열고 명함 한 장을 꺼내 유키에게 건넸다.

"그 가게로 오게. 어머니한테는 내가 연락해두겠네."

명함에는 레스토랑 이름과 약도가 인쇄되어 있었다.

"저기, 마음 써주신 건 알겠지만, 어머니를 만나고 싶을 때는 아무 때나 만날 테니까 일부러 이렇게 하지 않으셔도……."

"만나고 싶다고 해서 만날 수는 없지 않은가." 니시조노는 말을 이었다. "수련의한테는 토요일도 일요일도 없네. 걸어서 5분 거리인 기숙사에 갈 시간조차 없지 않나. 설사 간다고 해도 금세 호출을 받고. 그런 건 잘 알고 있네. 이렇게라도 하지 않으면 자네는 수련 기간이 끝날 때까지 어머니한테 목소리도 들려줄 수 없을 거야."

"알겠습니다. 그럼, 오늘 밤이라도 어머니께 전화드리겠습니다."

"히무로 선생." 니시조노는 팔짱을 끼고 유키의 얼굴을 뚫어지게 쳐다보며 말을 이었다. "이건 지시네. 교수가 내리는 지시야. 수련의에 대한 지도라고 해도 좋아."

유키는 눈을 내리깔았다. 명함을 두 손 사이에 끼웠다.

"야마우치 선생이나 모토미야 선생한테는 내가 전화해두겠네."

"하지만 저만 특별 대우를 받는 건 아무래도……."

"강제로 쉬게 하거나 가족을 만나게 하는 건 지금까지 수련의한테 늘 해온 일이네. 자네만 특별 대우를 하는 게 아니니 오해하지 말게."

딱 잘라 말하는 바람에 대꾸할 말이 없었다.

"알겠습니다."

기어 들어가는 목소리로 대답했다.

방을 나온 후 깊게 한숨을 내쉬었다. 짧은 시간이었지만 몹시 피곤했다.

병동으로 돌아가 수술기록지를 정리하고 있는데 뒤에서 누군가가 어깨를 두드렸다. 모토미야였다.

"아까 교수님께 들었네. 오늘은 5시에 마쳐도 좋아. 아마 중환자실 쪽도 별문제 없을 거야."

"죄송합니다."

"왜 자네가 사과를 하지? 니시조노 선생님은 수련의의 정신적인 면에 대한 관리에도 까다로운 분이셔. 나도 수련의 때는 이런저런 배려를 받았지."

약간 망설였지만 예전부터 궁금하던 것을 물어보기로 했다.

"선생님은 왜 데이도 대학을 선택하셨습니까?"

"나? 어려운 질문이군. 뭐, 솔직히 말하면 그다지 깊이 생각하지는 않았어. 내 실력이라든가 세상의 평가 같은 걸 이리저리 재본 결과지. 자네는?"

"저는…… 저도 비슷합니다."

"자넨 심장혈관외과를 지망한다지?"

"네, 그렇습니다."

"그럼 이 대학을 선택한 건 아주 잘한 일이야. 그분 밑에서 배우니까 말이야."

"니시조노 교수님 말씀인가요?"

"그래."

모토미야는 고개를 끄덕이며 말을 이었다.

"그분의 기술을 훔칠 수 있는 것만도 행복한 거지. 기술만이 아니야. 의사로서 인격도 훌륭하시고."

"존경하고 계시는군요."

"존경? 뭐, 그런 셈인가. 그분이 심장외과의가 된 이유를 알고 있나?"

"아뇨."

"그분 자신이 태어나면서부터 심장에 질환을 갖고 있으셨대. 어렸을 때 수술도 여러 차례 받았다나 봐. 지금 자신이 살아 있는 것도 의학 덕분이라고 믿고 계시지."

"……그랬군요."

처음 듣는 이야기였다.

"사실은 이런 격무를 견딜 수 있는 몸이 아닐 거야. 하지만 의학에 보답하고 싶은 일념으로 절제하고 몸을 단련하면서 수십 년간 심장외과 현장에서 활약해오신 거지. 대단한 일 아닌가?"

고개를 끄덕이면서 유키는 마음이 복잡해졌다. 니시조노가 뛰어난 의사라는 것은 잘 알고 있었다. 하지만 그런 만큼 석연치 않은 부분이 있는 것도 사실이었다.

그 정도의 명의가 왜…….

왜 자신의 아버지만은 살릴 수 없었을까, 생각하고 마는 것이다.

2

유키는 그때까지 아버지의 약한 모습을 본 적이 없었다. 겐스
케는 냉정하고 감정을 드러내지 않았으며, 꽉 다문 입가에서 늘
무언의 자신감이 느껴지는 사람이었다. 함께 있으면 든든했고, 뭔
가 듬직하게 보호받고 있는 듯했다.

실제로 아버지는 사람들을 지키는 일을 했다. 경비회사의 주임
이었던 것이다. 유키는 초등학교 시절 딱 한 번 아버지의 직장에
따라간 적이 있었다. 방에는 통신기기나 모니터가 쭉 늘어서 있었
다. 겐스케는 계약된 건물이나 가정에서 오는 정보를 관리하고 있
는 거라고 설명했다. 제복을 입고 있는 아버지는 평소보다 한층
더 믿음직스러워 보였다.

경비회사에 들어가기 전에는 경찰관이었다고 했다. 유키에게는

그 무렵의 기억이 없었다. 경찰을 그만둔 것은 격무에 시달려서라고 했다. 어머니 유리에로부터 그렇게 들었다. 하지만 경비회사의 일이 결코 편하다고는 생각되지 않았다. 겐스케는 늦은 시간에 집에 돌아왔고, 쉬는 날에는 정오가 지날 때까지 코를 골며 잤다.

그날 유키가 학교에서 돌아오자 현관에 겐스케의 구두가 놓여 있었다. 그때까지 아버지가 그렇게 빨리 귀가한 일은 한 번도 없었다.

히무로의 집은 방 두 개짜리 아파트였다. 거실에서 유리에와 겐스케가 탁자를 사이에 두고 앉아 뭔가를 의논하고 있었다.

"어째 불길한 예감이 들더라니." 겐스케는 얼굴을 찡그리며 찻잔을 들었다. "그러니까 건강검진 같은 거 받고 싶지 않았는데."

"그런 말만 하면서 지금까지 받지 않으니 이런 일이 생긴 거잖아요."

유리에는 책망하는 눈빛이었다.

겐스케는 아픈 데를 찔린 듯한 표정으로 차를 마셨다.

"무슨 일 있었어?"

유키는 두 사람의 얼굴을 번갈아 살폈다.

겐스케는 대답하지 않았다. 유리에도 잠자코 남편의 옆얼굴만 쳐다보다 이윽고 유키를 향해 고개를 돌렸다.

"안 좋은 게 발견되었대. 오늘 검진에서."

유키는 가슴이 덜컥했다.

"뭐? 어디가 안 좋은데?"

"별거 아니야." 겐스케가 딸을 등진 채 말했다. "아프지도 가렵지도 않고, 생활하는 데도 전혀 불편하지 않아. 그냥 모르면 모르는 대로 지냈을 거야."

"하지만 확실히 검사를 받아보라고 했잖아요."

유리에가 말했다.

"거야, 의사니까 그렇게 말하지. 발견되었는데 아무 지시도 하지 않았다가 나중에 책임 추궁을 받을지도 모르는 일이니까."

"발견되었다니, 뭐가?" 유키가 물었다. "혹시…… 암?"

겐스케는 차를 뿜을 뻔했다. 웃으면서 고개를 가로저었다.

"그게 아니야."

"그럼 뭔데?"

"동맥류래."

유리에가 대답했다.

"그게 뭔데?"

유키는 그때 그 말의 의미도, 어떤 한자인지도 알지 못했다. 간신히 동맥은 '動脈'인가 생각했을 뿐이다.

"혹이야."

유리에가 가르쳐주었다. 겐스케의 혈관에 혹이 생겼다고 했다.

"그런 게 생겼을 줄은 전혀 몰랐지."

겐스케가 가슴을 문질렀다. 동맥류가 생긴 곳이 가슴 쪽인 모양이었다.

"아빠, 아프진 않아?"

"안 아파. 오늘도 평소처럼 지냈는데 뭘. 어디가 안 좋은 사람처럼 보이지는 않지?"

사실 그렇게 보이지 않았다. 유키는 고개를 끄덕였다.

"이 나이에 검진 같은 걸 받으면 한 군데쯤 안 좋은 데가 있기 마련인가?"

겐스케는 아직 건강검진을 받은 것 자체를 후회하고 있는 듯했다.

"그거 나을 수 있는 거야?"

유키가 물었다.

"그야 나을 수 있다고 하더라만."

겐스케의 어조에는 어딘지 석연치 않은 구석이 있었다.

"수술을 해야 할지도 모른데."

"정말?"

유리에의 말에 유키는 무심코 눈을 크게 떴다.

"아직은 몰라. 아마 괜찮지 않을까 싶긴 한데."

겐스케의 얼굴에는 유키가 든든함을 느끼던 자신감의 색채가 사라져 있었다. 미지의 뭔가를 두려워하는 기색마저 보였다. 아버지의 그런 표정을 본 것은 처음이었다.

이튿날 겐스케는 정밀검사를 받고 왔다. 그것을 알고 있던 유키는 학교에서 돌아오자마자 어떻게 되었느냐고 물었다.

당장은 수술하지 않는다고 아버지는 대답했다.

"서두를 정도는 아닌 모양이야. 뭐, 상황을 지켜보자는 거지."

겐스케는 석연치가 않은 듯했다.

그날 저녁은 야채를 중심으로 한 일식이었다. 유키의 몫으로는 쇠고기구이가 있었지만, 겐스케는 고기 대신 두부를 먹었다. 동맥류가 생긴 것은 고혈압과 동맥경화가 원인이라고 했다.

"동맥경화라는 말은 나하고 인연이 멀다고 생각했는데 말이야. 나도 이제 늙었다는 건가."

겐스케는 무기력한 얼굴로 말하고, 두부를 입으로 가져갔다. 식사가 끝난 후에는 약을 먹었다. 혈압을 내리는 약인 듯했다.

유키는 초등학교 고학년이 될 때까지 자신의 아버지가 친구들의 아버지에 비해 나이가 많다는 사실을 의식한 적이 없었다. 수업을 참관하러 오는 사람은 늘 유리에였고, 그녀는 다른 어머니들에 비해 나이가 많지 않았다. 오히려 젊어 보일 정도였다. 유키의 어머니는 젊고 예쁘다는 말을 들은 것도 한두 번이 아니었다.

겐스케의 나이에 대해서는 친구들과 한창 결혼 이야기를 할 때 처음으로 의식했다. 부부의 나이 차에 대해 이야기하고 있을 때였다. 그러고 보니 우리 엄마 아빠는 열다섯 살 이상 차이가 난다고 하니 다들 깜짝 놀랐던 것이다.

하지만 그것을 자신의 장래와 연결해서 생각해본 일은 한 번도 없었다. 아버지는 건강하고 아주 젊었으며, 이는 자신이 어른이 되어가는 앞으로 몇 년간 변하지 않을 거라고 믿었다.

등을 구부리고 약을 먹는 아버지의 모습을 보고 유키는 처음으로 위기감을 느꼈다. 아버지가 노인이라 불릴 날이 그리 머지않은 장래에 찾아올 것임을 절감했다. 그렇기에 그것이 가능한 한 뒤로 미루어졌으면 하는 마음이었다.

동맥류가 얼마나 진행되었는지 부모님은 그다지 자세히 이야기하려 들지 않았다. 딸에게 들려주고 싶지 않은 것이라고 유키는 어렴풋이 짐작했다. 그래서 별로 좋지 않은가 보다고 나름대로 추측했다.

부모님의 입에서는 니시조노 선생님이라는 이름이 자주 나왔다. 아버지의 담당 의사라는 것은 이야기 내용으로 알 수 있었다. 확실한 경험과 기술을 갖고 있는 의사인 모양이었다. 만난 적은 없지만 아버지를 살려줄 사람이라는 생각에 그녀도 마음이 든든했다.

유키가 그 의사를 만난 것은 아주 우연이었다. 학교에서 돌아오는 길에 학교 친구들과 역 앞 문구점에 들렀는데, 한 친구가 알려주었다. 유키의 어머니가 있다고.

문구점 맞은편에 카페가 있었다. 자동문이 열릴 때 우연히 가게 안이 보였다고 했다.

유키는 길을 건너 카페 앞에 섰다. 자동문이 열리자 아니나 다를까 유리에의 모습이 보였다. 유키 쪽을 향해 앉아 있었다. 누군가와 함께 있는 것 같았다.

잠시 후 유리에도 유키를 알아본 모양이었다. 놀라 눈을 크게 뜨더니 곧 살짝 손짓하여 불렀다.

맞은편에 있던 사람이 돌아보았다. 시원시원하고 예리한 얼굴의 진지해 보이는 남자였다.

그 사람이 니시조노 요헤이였다. 아버지의 목숨을 구해줄 사람이라고 믿고 있던 유키는 공손하게 머리를 숙였다.

"잘 부탁드립니다."

"걱정하지 마, 괜찮을 테니까."

니시조노가 대답했다. 웃을 때 보인 이가 가지런했다.

두 사람이 왜 이런 데서 만나는지 유키는 묻지 않았다. 특별히 이상한 일이라고 생각하지 않았기 때문이다. 아버지의 병에 대해 의논하는 모양이라고 해석했다.

그날 밤 유키는 아버지에게 니시조노 선생님을 만났다고 이야기했다. 하지만 겐스케는 놀라지 않았다. 유리에에게 이미 들은 모양이었다.

"상당히 잘생긴 선생님이지."

이렇게 말하고 웃었다.

그로부터 한동안 아무 일도 없는 나날이 이어졌다. 유키의 머릿속에서 아버지가 병에 걸렸다는 사실이 희미해져가던 어느 날 아침, 작은 이변이 일어났다. 아침을 먹고 있을 때였다.

겐스케가 갑자기 젓가락을 놓고 목 아래를 눌렀다.

"왜 그래요?"

유리에가 물었다.

"어…… 목이 좀 메는 것 같기도 하고." 겐스케는 인상을 쓰며 고개를 갸웃했다. "모레 검사하기로 되어 있는데, 오늘 병원에 갔다 오는 게 나을 것 같은데."

"괜찮아?"

유키는 아버지의 얼굴을 들여다보았다.

"별일 아냐. 걱정하지 마."

겐스케는 웃으며 말했다.

하지만 겐스케는 더 이상 밥을 먹으려 하지 않았다.

그날 겐스케는 회사에 가지 않고 병원으로 향했다. 그리고 그대로 입원했다. 일주일 후에 수술이라고, 밤 늦게 돌아온 유리에로부터 들었다.

수술이라는 말에는 절박감과 엄숙함에 휩싸인 느낌이 있었다. 구체적으로 어떤 일이 진행될지 전혀 몰랐지만, 아버지의 몸에 칼을 댄다는 생각만 해도 숨이 막히는 것 같았다.

그날 밤에는 좀처럼 잠이 오지 않았다. 뭔가 마시려고 거실로 나가니 빛이 새 나오고 있었다.

살짝 열린 문틈으로 유리에의 모습이 보였다. 유리에는 소파에 앉아 가만히 생각에 잠겨 있었다. 단단히 깍지를 낀 두 손을 무릎 위에 올리고 있었다.

수술의 성공을 빌고 있는 거라고 유키는 생각했다.

이때는 그 외의 가능성 같은 건 상상도 할 수 없었다.

겐스케가 입원한 다음 날은 토요일이었다. 유키는 학교가 끝나자마자 병원으로 갔다.

병실은 6인실이었다. 겐스케는 창가의 침대 위에 책상다리를 하고 편히 앉아 주간지를 보고 있었다.

"왔어?"

유키를 보고 웃었다.

"좋아 보이네."

"좋지. 안 좋은 데가 전혀 없는 것 같아. 지루해 죽겠다."

"누워 있어야만 하는 거야?"

"그래도 환자니까. 함부로 돌아다니다가 파열이라도 되면 좋지 않은가 봐."

"파열?"

유키는 가슴이 덜컥하여 물었다.

겐스케는 자신의 가슴을 가리켰다.

"혈관의 혹이 상당히 커졌나 봐. 뭐 그렇게 간단히 파열되지는 않을 것 같은데 말이야."

"파열되면 어떻게 되는데?"

"글쎄." 그는 고개를 갸우뚱했다. "그리 좋지는 않겠지. 그러니까 수술을 하는 거고."

실제로는 그리 좋지 않은 정도가 아니라 목숨을 잃는 경우도 많지만, 겐스케는 말하지 않았다. 물론 딸에게 걱정을 끼치고 싶지 않아서일 것이다.

아버지의 건강해 보이는 모습을 보고 유키는 얼마간 불안감이 가셨다. 이튿날인 일요일에도 문병을 갔고, 새로운 주가 시작되고 나서도 매일 병원에 다녔다. 겐스케의 모습에서 달라진 점은 전혀 없었다. 딸의 얼굴을 볼 때마다 겐스케는 지루하다는 말을 연발했다.

그리고 수술을 하루 앞둔 목요일, 겐스케는 별나게 진지한 얼굴로 딸에게 이런 말을 했다.

"저기, 유키는 앞으로 무슨 일을 하고 싶니?"

고등학교 진학 문제로 어머니와 의논한 적은 있지만, 아버지가 장래에 대해 물어본 것은 유키가 기억하는 한 처음이었다.

"아직 모르겠어."

그녀는 솔직하게 대답했다.

"그래. 뭐, 천천히 생각하면 돼. 그러다 보면 뭔가 보이겠지."

"그럴까?"

"하지만 멍하니 살면 안 된다. 열심히 공부해서 다른 사람을 배려하며 살다 보면 저절로 이런저런 것들을 알게 될 거야. 사람은 누구나 그 사람밖에 해낼 수 없는 사명이라는 걸 갖고 있거든. 누구나 그런 걸 갖고 태어나지. 나는 그렇게 생각해."

"왠지 멋지네."

"그치. 어차피 사는 거라면 멋지게 살아야지."

겐스케의 얼굴에 웃음이 번졌다.

아버지가 왜 그런 말을 했는지 유키는 알 수 없었다. 그러고 나서 몇 년이 지나도 여전히 알지 못한 채였다. 깊은 의미가 없었는지도 모른다. 하지만 그때 주고받은 말은 그녀의 기억에 깊이 각인되었다.

수술 당일인 금요일, 유키는 평소처럼 학교에 가서 수업을 들었다. 집을 나설 때 어머니와 수술에 관한 이야기를 했지만 심각한 건 아니었다. 어머니는 평소와 다름없는 얼굴로 아침을 차려주었다.

그래도 정오가 가까워지자 유키는 불안해졌다. 수술은 11시쯤에 시작된다고 했다. 수술대에 누워 있는 아버지의 모습을 상상하기만 해도 손바닥에 땀이 뱄다.

학교에서 돌아왔을 때는 오후 4시가 지나 있었다. 유리에는 없었다. 수술이 무사히 끝나면 연락하겠다고 했다. 밤까지 계속될수도 있으니 밥은 혼자 챙겨 먹으라는 것이었다. 유키가 냉장고를열자 몇 가지 음식이 준비되어 있었다. 모두 그녀가 좋아하는 음식이었다.

일찌감치 저녁을 마친 유키는 텔레비전을 보거나 잡지를 보면서 시간을 보냈다. 하지만 전혀 집중할 수 없었다. 몇 번이고 시계를 봤다.

저녁 10시가 지나 드디어 전화벨이 울렸다. 유리에였다. 하지만 수술이 끝났다는 것을 알리는 전화가 아니었다.

"수술이 좀 길어지나 봐."

유리에가 말했다.

"왜 길어지는데? 진작 끝났어야 하잖아."

"그건 그런데…… 어쨌든 끝나면 연락할 테니까 걱정하지 말고 기다리고 있어."

"어떻게 걱정을 안 해. 나도 병원으로 갈게."

"네가 와야 아무 소용없어. 괜찮으니까 그냥 엄마 말대로 해."

"바로 연락해야 돼."

"알았어."

전화를 끊고 나자 유키는 강렬한 불안감에 휩싸였다. 아버지의 얼굴이 떠올랐다. 아버지가 생사의 갈림길에서 헤매고 있을지도 모른다고 생각하니 온몸이 떨렸다.

이제 다른 것은 아무것도 생각할 수 없었다. 텔레비전을 끄고 침대에 웅크리고 있었다. 속이 거북하더니 몇 번이나 구역질이 났다.

다음 전화벨이 울린 것은 1시가 넘은 한밤중이었다. 받아보니 유리에가 아니었다. 친척 아주머니였다.

"유키야, 저기 말이야, 병원 사람이 그러는데, 바로 병원으로 오래. 아줌마가 지금 데리러 갈 테니까 준비하고 있을래?"

"수술, 끝났어요?"

"응, 끝나긴 했는데……."

"무슨 말이에요, 바로 오라는 건?"

"그게 말이야, 이쪽으로 오면 말해줄게."

"제가 지금 갈게요. 데리러 오시지 않아도 돼요."

전화를 끊고 유키는 곧바로 집을 뛰쳐나갔다. 택시를 잡아타고 병원으로 향했다. 가슴이 아플 정도로 심장의 고동이 격렬하게 뛰고 있었다.

병원으로 뛰어 들어갔지만 어디로 가야 할지 알 수 없었다. 일단 어제까지 입원해 있던 병실로 갈까 하고 있는데, 유키의 이름을 부르는 소리가 들렸다. 친척 아주머니의 목소리였다.

그녀의 얼굴을 보자마자 몸이 떨리기 시작했다. 아주머니의 눈이 새빨갰다. 방금 전까지 울고 있던 것이 분명했다.

"유키야…… 따라올래."

"아줌마, 무슨 일인데요? 아빠 수술은 어떻게 됐어요?"

하지만 아주머니는 대답해주지 않았다. 고개를 숙인 채 유키의 등을 밀듯이 걷기 시작했다.

유키는 더 이상 추궁하지 않았다. 뭔가 엄청나게 슬픈 대답, 그것이 뭔지 어렴풋이 알고 있으면서도 직면하고 싶지 않은 대답이 돌아올까 두려웠다. 잠자코 걷기만 했다. 현기증이 날 것 같았다. 발이 휘청거렸다.

이끌려 간 곳은 유키가 그때까지 한 번도 가본 적이 없는 층이었다. 긴 복도 끝에 문이 열린 방이 있었다.

"저기야."

아주머니가 말했다.

"저기…… 아빠가 있어요?"

유키가 물었지만 아주머니는 대답해주지 않았다. 얼굴을 보지 않아 그녀가 어떤 표정을 짓고 있는지는 알 수 없었다. 하지만 오열하는 듯한 소리가 들려온 것은 분명했다.

쭈뼛쭈뼛 방을 향해 걷기 시작했다. 아주머니는 따라오지 않았다.

바로 옆까지 다가갔을 때 방에서 누군가가 나왔다. 하얀 가운을 입은 니시조노였다. 그는 초췌한 얼굴을 숙이고 있었다. 발걸음이 무거웠다.

유키를 알아보고 그가 걸음을 멈췄다. 눈을 크게 뜨고 있었다. 숨을 쉴 때마다 가슴이 오르락내리락했다.

의사는 아무 말도 하지 않았다. 할 말을 찾고 있는지도 몰랐다. 유키는 그에게서 시선을 돌려 다시 방 쪽으로 걷기 시작했다. 의사가 하는 말은 듣고 싶지 않았다.

방으로 들어서자 하얀 천이 눈에 확 들어왔다.

침대 하나가 있고, 누군가가 누워 있었다. 얼굴에는 하얀 천이 덮여 있었다. 침대 바로 앞에 누가 있었다. 파이프 의자에 앉아 고개를 푹 숙이고 있었다. 어머니였다.

아무 생각도 나지 않았다. 뭐라고 외쳤다. 그 소리가 자신에게는 들리지 않았다. 유키는 침대로 달려가 떨리는 손으로 하얀 천을 들추었다. 온화한 표정을 한 아버지의 얼굴이 있었다. 눈을 감고 있었다. 잠을 자고 있는 듯했다. 멋지게 살아야지, 하던 소리가 귓가에 되살아났다.

"거짓말이야, 이런 거……." 하고 소리쳤다.

그렇게 유키는 가장 사랑하는 아버지를 잃었다.

37

3

창문 커튼레일에 엷은 분홍색 간호사복이 걸려 있었다. 세탁해 놓은 것이겠지만 옷자락 부분에 작은 얼룩이 남아 있었다. 그렇게 세세한 데까지 신경을 쓰다가는 간호사 일을 못 하겠지, 하고 조지는 생각했다.

노조미는 탁자 위에 A4 용지 크기쯤 되는 거울을 세워놓고 열심히 화장을 하기 시작했다. 오늘은 야간 근무인 모양이었다. 그녀가 일하는 데이도 대학병원의 근무 시간은, 야간 근무의 경우 밤 12시 20분부터다.

동그란 볼에 파운데이션을 바르면서 노조미는 직장에 대한 불만을 늘어놓고 있었다. 쉬는 날이 적어 불만인 모양이었다. 유급 휴가는커녕 휴일에도 출근할 때가 많다고 했다. 그런 만큼 돈을 많이 받으니까 괜찮지 않나 하고 조지는 생각하지만, 아직 스물한 살인 노조미는 돈을 내고서라도 놀 시간이 있었으면 하는 것 같았다.

조지는 한 팔로 팔베개를 한 채 침대에 드러누워 담배를 피우고 있었다. 재는 머리맡에 놓인 영국 민턴 사의 자기 찻잔받침에 떨었다. 처음으로 이 방에 왔을 때 재떨이 없느냐고 물었더니 노조미는 잠깐 생각한 후 이걸 내놓았다. 그 후로 고급 찻잔받침이 조지의 전용 재떨이로 전락했지만, 노조미는 그것에 대해 아무 말도 하지 않았다. 때로는 말끔히 씻긴 채 사놓은 담배와 함께 놓여 있기도 했다.

이런 아가씨와 결혼하면 나도 행복해질 수 있을지 모른다고 조지는 생각했다. 물론 그럴 가능성은 제로이니 그야말로 공상이었다.

노조미의 화제는 어느새 환자에 대한 이야기로 바뀌어 있었다. 한 번 죽을 뻔한 환자가 목숨을 건지면 이번에는 이상하게 제멋대로 구는 경우가 많다는 것이었다.

조지가 이곳에 와도 대개는 그녀의 이야기를 들어주기만 할 뿐이다. 그 외에는 뭔가를 먹거나 섹스를 한다. 물론 불만은 없다. 다른 것을 요구한다면 오히려 난감하다. 그녀의 이야기를 들어준다고 해도 적당히 맞장구를 쳐주는 데 지나지 않는다. 대부분의 경우 한쪽 귀로 듣고 한쪽 귀로 흘린다. 진지하게 듣는 것은 아주 한정된 키워드가 귀에 들어왔을 때뿐이다.

그 키워드 중 하나가 갑자기 노조미의 입에서 튀어나왔다. 조지는 몸을 일으켰다.

"시마바라 소이치로가 입원했다고?" 캐미솔 차림을 한 노조미의 등 뒤에서 조지가 물었다. "방금 그렇게 말한 거 맞지?"

거울에 비친 노조미가 어리둥절한 얼굴로 그를 돌아보았다. 한쪽 눈에만 마스카라가 칠해져 있었다.

"응. 그제 입원했어. 병원에 왔을 때는 그럴 생각이 아니었던 것 같은데, 검사 결과를 보고 바로 입원하게 된 거지."

"전에 대동맥류라고 한 거 맞지. 많이 안 좋은 건가?"

"으응……."

노조미는 다시 한쪽 눈에 마스카라를 칠하는 데 열중했다. 조지는 다소 짜증이 났다.

"어떠냐니까? 좋지 않으니까 입원하게 된 거 아니야?"

드디어 마스카라를 다 칠한 노조미가 몸을 홱 돌렸다.

"어때?"

눈을 깜빡거리며 물었다.

"예뻐. 그런데 그보다……."

"이 정도래." 그녀는 엄지와 검지로 7센티미터쯤 되는 간격을 만들어 보였다. "계란보다 약간 크려나. 그거 말이야, 그래도 수술하기에는 아슬아슬한 크기야."

"전에는 더 작았지?"

"그럼. 5센티미터쯤이었을걸. 그때 입원해야 한다고 우리 선생님이 말씀하신 모양인데, 본인이 아직 괜찮다고 입원하지 않았거든. 수술이 무서웠나 봐. 하지만 이번에는 드디어 각오라도 한 건가."

"수술, 하는 거야?"

"그럼. 그래서 입원한 건데. 아아, 정말, 눈썹이 잘 안 그려지잖아."

조지는 침대에서 일어나 속옷을 입고 노조미 옆에 앉았다.

"수술 날짜는 정해진 거야?"

"어, 뭐라고?"

거울을 들여다보면서 노조미가 물었다. 눈썹 화장이 몹시 신경 쓰이는 모양이었다.

"수술 말이야. 시마바라 소이치로가 수술을 받는다며. 그게 언제냐고?"

"그거야 아직 안 정해졌지. 검사다 뭐다 여러 가지 일이 있으니까." 화장하는 손을 멈추고 노조미가 조지를 보며 이제 막 그린 눈썹을 찡그렸다. "자기는 왜 그런 게 다 알고 싶은 건데? 시마바라 소이치로가 어떻게 되든 그게 무슨 상관이야."

조지는 약간 당황했다. 확실히 너무 꼬치꼬치 캐물었다.

"어떻게 되든 상관없지만 알고 싶잖아. 그렇게 유명한 사람이니까."

"유명인이라고? 연예인도 아닌데 뭐."

노조미는 쓸쓸하게 웃고는 다시 화장을 시작했다.

"바보. 기업의 최고경영자가 건강을 해쳤다는 건 굉장한 가치가 있는 정보란 말이야. 주가에도 영향을 미칠 수 있고."

"자기, 주식 같은 거 해?"

"나는 하지 않지만, 그런 정보를 바라는 애들은 엄청 많아."

노조미가 화장을 중단하고 그를 쳐다봤다. 이번에는 좀 비난하는 눈초리였다.

"안 돼, 다른 사람한테 이런 이야기하면. 자기니까 이야기하는 거지, 사실은 환자에 대한 정보를 밖으로 누설하면 안 된다고."

노조미는 간호사로서 아직 신출내기였다. 아마 병원에서 이런 일에 대한 주의를 지겹도록 들었으리라는 걸 짐작하게 하는 진지한 어조였다.

조지는 그녀를 안심시키려고 쓴웃음을 지어 보였다.

"농담이야. 그런 이야기는 아무한테도 안 해. 그냥 구경꾼 같은 마음에서 알고 싶었을 뿐이니까. 아는 사람 중에 주식 하는 사람도 없고."

"정말? 믿어도 되는 거지?"

"물론이지. 믿으라고."

노조미는 다시 거울을 향했다. 화장을 어디까지 했는지 까먹었다고 투덜거렸다.

"그 수술 말이야, 잘될까? 전에 책에서 읽었는데 대동맥류 수술을 하다가 죽은 사람도 꽤 된다고 하던데."

노조미는 립스틱을 꺼냈다. 색을 보고 고개를 갸웃했다.

"그건 옛날 일이야. 지금은 그런 일 없어. 우리 선생님은 실력도 확실하고. 으음, 이 색 어울릴까?"

"괜찮은 거 같은데. 음, 실력은 확실하단 말이지. 그러고 보니 시마바라 소이치로가 데이도 대학병원에 간 것도 그 분야의 권위자가 있어서였지 아마."

"권위자라기보다는 명인이라고 해야 하나. 어려운 수술을 여러 차례 성공한 실적이 있다나 봐. 나는 잘 모르지만. 니시조노 선생님이야."

"그 이름은 전에도 들었어. 그 선생님이라면 일단 실패는 없을 거라는 건가?"

"그럴걸. 시마바라 소이치로니까 니시조노 선생님이 아니라면 안 된다고 했을 거고."

"시마바라는 당연히 1인실을 쓰겠지?"

"그야 물론이지. 우리 병원에서 가장 좋은 방을 차지하고 있어. 게다가 어제는 그 방에 컴퓨터랑 프린터 같은 걸 들여놓던 걸. 입원하자마자 이런저런 사람들이 계속 면회를 오는 통에 우리만 여간 귀찮은 게 아니라니까."

"너도 시마바라를 간호하는 거야?"

"다른 일이 없으면 할 수밖에 없어. 그런데 말이야, 우리를 아주 엉큼한 눈으로 보더라니까. 아직 직접 만지거나 하지는 않았지만."

"예순다섯 살이라고 했지. 노인네가 정정한가 보네."

조지의 말에 노조미는 립스틱을 바르던 손을 멈추고 놀란 얼굴로 그를 쳐다봤다.

"어떻게 알았어, 예순다섯 살이라는 거?"

"그거야 네가 전에 그렇게 말했잖아. 시마바라 소이치로가 진찰을 받으러 왔다고 했을 때 말이야."

"그거 미팅할 때 말한 거 아닌가? 그런 걸 다 기억하고 있네."

"기억력에는 자신이 있거든."

조지는 어깨를 으쓱했다.

3개월 전, 직장 동료가 조지에게 미팅에 나가지 않겠느냐고 권했다. 평소라면 거절했을 텐데 여자들의 직업을 듣고 생각을 바꿨다. 데이도 대학병원의 간호사라고 했던 것이다.

조지는 어떤 목적을 숨기고 그 미팅에 나갔다. 예상한 대로 그에게는 재미없는 자리였지만 수확은 있었다. 심장혈관외과에서 일한다는 간호사 한 명이 있었던 것이다. 그 간호사가 마세 노조미였다.

"데이도 대학병원이라면, 얼마 전에 시마바라 소이치로가 가지 않았나요?"

조지가 그녀에게 물었다.

노조미는 금방 반응을 보였다.

"맞아요, 잘 아시네요."

"인터넷 기사에서 읽었거든요. 심장 상태가 좋지 않아서 데이도 대학병원에서 검사를 받았다고 했나. 그래서 무슨 기자회견 자리에 나가지 못했다고 써 있던 것 같은데. 그거 거짓말일 거라고 생각했어요. 기자회견을 피하려는 구실일 거라고."

노조미는 고개를 저었다.

"정말 병이 있어요. 비교적, 으음, 심각한 병이에요."

그녀는 목소리를 낮췄다. 동석한 다른 간호사의 귀를 의식하는 듯했다. 어떤 경우든 환자의 증상에 대해서는 입 밖에 내서는 안 되기 때문이다.

모임의 분위기가 풀어지고 자리를 빈번하게 옮기는 사람이 나타나도 조지는 노조미 곁을 떠나지 않았다. 그녀를 마음에 들어 하고 있다는 것을 넌지시 비치면서 동시에 시마바라 소이치로에 관한 정보를 끌어냈다. 병명이 대동맥류라는 것도 그때 들었다. 하지만 당시 조지는 그 병명에 대한 자세한 지식이 없었다.

결국 그때 조지는 노조미하고만 이야기를 나눴다. 휴대전화 번호와 메일 주소를 얻어내는 데도 성공했다.

만약 조지의 목적이 교제 상대를 찾는 일이었다면, 그가 노조미에게 말을 거는 일은 없었을 것이다. 그가 노조미에게 집착하고 있다는 걸 눈치 챈 동료는 이렇게 말하기도 했다.

"나오이, 너는 아랫볼이 불룩한 저런 여자를 좋아하는 거야? 가슴도 전혀 없어 보이는데."

"좋은데 뭘."

조지는 웃으며 적당히 받아넘겼다. 오히려 노조미가 남자들 사이에서 인기가 없는 게 다행이었다. 누군가와 경쟁하게 되었다면 성가셨을 것이다.

조지는 노조미의 관심을 끌기 위해 온갖 노력을 다했다. 여성과의 교제가 처음은 아니었지만 지금까지 사귄 그 어떤 여자에게

보다 정열적으로, 그리고 성의 있게 대했다. 정성뿐만 아니라 돈도 들였다.

"남자가 이렇게 대해준 건 처음이야."

노조미는 자주 이런 말을 했다. 거짓말이 아닐 거라고 조지는 생각했다. 처음 만났을 무렵의 노조미는 입는 것도 촌스럽고 화장도 서툴렀다. 간호학교에서 하는 공부에 치여 놀 여유가 없었다는 말은 사실일 것이다.

노력한 보람이 있어 만난 지 2주일 만에 조지는 센주에 있는 노조미의 집에 드나들게 되었다.

노조미와 교제하면서 조지는 데이도 대학병원의 내부 사정을 서서히 파악해나갔다. 또 스스로도 대동맥류라는 병에 대해 조사하고 치료법에 대해서도 공부했다. 그 결과 그의 머릿속에 하나의 계획이 생겨났다. 처음에는 실현 불가능한 몽상이라고 생각되었지만, 그것은 점차 구체적인 형태로 변해갔다. 지금은 반드시 실행해야 한다고까지 생각하게 되었다.

문제는 그 시기였다. 기회는 한 번뿐이었다. 절대 놓칠 수 없었다.

그런 만큼 시마바라 소이치로가 긴급하게 입원했다는 이야기는 흘려들을 수 없었다. 조지의 예정에는 들어 있지 않은 일이었다.

당장 행동에 옮겨야 한다는 생각에 초조했다.

"저기, 노조미."

느긋한 소리로 불렀다.

"왜?"

조지는 다 드러난 그녀의 어깨에 손을 얹었다.

"좀 부탁할 게 있는데."

4

명함에 인쇄되어 있는 곳은 찾기 힘들었다. 음식점들이 늘어선 거리도 아니고, 아무리 봐도 주택가로 보였다. 이런 데 레스토랑 같은 게 있을까, 생각하며 걷고 있노라니 가정집치고는 장식에 공을 들인 입구가 눈에 들어왔다. 안을 들여다보니 현관문에 가게 이름이 새겨진 문패가 걸려 있었다. 은신처 같은 가게라고 생각한 유키는 실제로 니시조노와 유리에가 밀회 장소로 사용했을지도 모른다고 억측했다.

문을 열자 검은색 정장을 입은 여성이 미소를 띠며 나타났다.

"기다리고 있었습니다. 방으로 안내해드리겠습니다."

마치 유키를 알고 있는 것 같은 말투였다.

안내된 곳은 별실이었다. 정장을 입은 여성은 문을 열고 방 안을 향해 말했다.

"오셨습니다."

유키는 심호흡을 하고 방으로 들어섰다.

방 가운데에 정사각형의 탁자가 놓여 있고, 유리에와 니시조노가 모서리를 사이에 두고 앉아 있었다. 유리에는 엷은 보라색 블라우스를 입고 있었다. 목에는 백금 목걸이가 반짝였다. 니시조노는 짙은 초록색 양복 차림이었다.

"수고했네. 먼저 시작하고 있었다네."

니시조노가 길쭉한 유리잔을 들어 올렸다. 셰리주처럼 보였다. 유리에 앞에도 같은 유리잔이 놓여 있었다.

"기다리시게 해서 죄송합니다."

이렇게 말하고 유키는 자리에 앉았다. 유리에와 마주 앉은 형태가 되었다.

"바쁜 모양이네. 그래도 건강해 보여서 안심이다."

유리에가 웃음을 띠며 말했다.

"나야 건강하지. 엄마는?"

"응, 괜찮아."

유리에는 고개를 끄덕였다.

오랜만에 보는 어머니는 좀 야윈 듯했다. 하지만 수척해졌다기보다는 팽팽해진 것 같은 인상이었다. 적어도 늙었다는 느낌은 전혀 들지 않았다. 오히려 지난 몇 년간 더 젊어진 것 같았다. 일상이 어머니를 바꾼 것이라고밖에 생각할 수 없었다. 어디를 봐도 지금은 근사한 커리어우먼이었다.

좀 전의 정장 차림 여성이 와서 유키에게 식전에 술을 들겠느냐고 물었다. 유키는 거절했다.

"오랜만에 보는 거니까 한 잔쯤 하는 게 어떤가?"

니시조노가 말했다.

유키는 니시조노 쪽을 보지도 않고 고개를 가로저었다.

"언제 호출이 올지도 모르고 해서요."

"오늘 밤의 퍼스트콜은 자네가 아니야. 그렇게 지시해놓았다네."

"하지만…… 역시 됐습니다. 술은 그만두겠습니다. 기숙사로 돌아가서 공부를 좀 하고 싶어서요."

니시조노가 한숨을 쉬었다.

"확실히 지금이 중요한 시기이긴 하지. 그럼 나만 마시지 뭐."

"예, 두 분이서 드세요. 늘 하시던 대로."

이런 말을 입 밖에 낸 후 쓸데없는 말을 했다고 후회했다. 유리에의 표정이 굳어진 것을 알 수 있었다.

음식이 나왔다. 오르되브르는 과자처럼 예쁘게 장식되어 있었다. 보기만 해서는 무슨 식재료를 썼는지 알 수가 없었다. 정장 차림의 여성이 설명해주었으나 그래도 여전히 알 수 없었다. 하지만 먹어보니 맛있었다. 지금껏 먹어본 적이 없는 맛이 입안에 퍼졌다.

유리에는 늘 이런 것을 먹고 있다는 것을 알았다. 언제부터일까. 딸을 위해 전형적인 가정 요리를 만들어주던 때부터 밖에서는 이미 니시조노와 이런 비일상적인 음식을 먹고 있었던 것일까.

겐스케는 진하게 맛을 낸 요리를 좋아했다. 특히 고기와 감자를 갈색이 될 때까지 조린 요리를 제일 좋아했다. 그걸 안주 삼아 맥주를 마시며 야간 야구경기 중계를 보는 아버지의 모습을 유키는 떠올렸다. 아버지는 이런 맛이 존재한다는 사실조차 몰랐던 게 아닐까, 생각하며 눈앞의 음식을 묵묵히 입으로 가져갔다.

병원에서 유키가 일하는 모습을 니시조노가 유리에에게 말해주는 형식으로 이야기가 진행되었다. 그 사이사이에 유리에는 유키에게 밥은 제대로 먹고 있는지, 방 청소나 빨래는 어떻게 하고 있는지 물었다. 유키는 적당히 대답했다. 어른스럽지 못하다고는 생각했지만, 두 사람이 이 식사 자리에 의의가 있다고 생각하는 것이 어쩐지 아니꼬웠다.

그런 식으로 식사가 거의 끝나가고 있었다. 니시조노는 도중에 적포도주를 주문했는데, 유키는 그것도 마시지 않았다. 유리에는 한 잔을 받아두었지만, 메인 요리를 다 비우고 나서도 포도주는 반도 줄어들지 않았다.

디저트가 나온 후 니시조노가 자리에서 일어섰다. 니시조노 앞에는 디저트 접시가 없었다. 가게에 그렇게 말해두었을 것이다. 모녀 둘만 남았다.

"네 이야기는 선생님한테서 들었는데, 역시 힘들겠더라. 괜찮니?"

유리에가 물었다.

"여기서 무너지면 지금껏 열심히 해온 의미가 없어지니까."

"그렇겠지."

유리에가 말했다.

"엄마, 무슨 중요한 이야기가 있는 거 아니었어? 그래서 선생님한테 부탁해서 이런 자리를 만든 거잖아."

유리에가 눈을 크게 떴다. 잔에 든 물을 마시고 입술을 축였다.

감이 적중한 모양이라고 유키는 생각했다. 막연한 초조감 같은 것이 치밀어 올랐다. 스스로 이야기를 끌어내는 말을 내뱉은 것이 약간 후회되었다.

"너한테 보고랄까…… 의논하고 싶은 일이 있어서."

"뭔데?"

심장 박동이 빨라졌다. 순간적으로 듣고 싶지 않다고 생각했다.

"엄마는 말이야." 이렇게 운을 떼고 난 유리에는 눈을 내리깔았다가 다시 유키를 가만히 쳐다보았다. "이제 슬슬 앞으로의 일을 결정하려고 해."

"앞으로의 일?"

"그게, 말하자면……." 다시 한 번 물을 마셨다. "재혼을 할까 해서."

귀 뒤가 크게 맥박 쳤다. 유키는 침을 삼켰다. 그 소리조차 귀에 울리는 것 같았다.

5

   조지는 차를 병원 벽에 붙여 세웠다. 바로 얼마 전에 중고로 구입한 국산 차였다. 두 번 다시 운전을 하지 않기로 결심했지만, 역시 차가 없으니 불편했다. 하지만 예전처럼 차 내부를 장식하지도 않았고 카스테레오나 내비게이션에 돈을 쓰지도 않았다. 차를 산 이후 세차 한 번 한 적이 없었다. 차는 그저 이동수단일 뿐이라고 지금은 결론짓고 있었다.

   조수석의 노조미가 방긋 웃었다.

   "오늘 저녁 잘 먹었어. 파스타, 맛있었지?"

   "술을 마실 수 없는 게 아쉽긴 했지만."

   조지가 말했다.

   노조미의 야간 근무와 조지의 휴일이 겹치는 날은 그녀가 병원에 출근하기 전에 함께 식사하는 것이 요즘에는 일과가 되어 있었다. 식사가 끝나면 차로 그녀를 병원까지 데려다주었다.

"간호사가 술 냄새를 풍기면 안 되지. 게다가 자기는 운전을 해야 하고."

"그렇지."

조지는 고개를 끄덕였다. 사실 술을 마시고 싶은 건 아니었다.

"그럼, 나 갈게."

노조미가 차 안쪽 손잡이로 왼손을 가져갔다.

조지는 그녀의 오른손을 살포시 쥐었다.

"아까 그건?"

노조미는 난감한 듯 눈살을 찌푸렸다.

"꼭 오늘 밤이어야 하는 거야?"

"언제면 되는데?"

노조미는 고개를 숙이고 생각에 잠겼다. 왼손 엄지를 깨무는 건 정말 고민하고 있을 때의 버릇이다. 하지만 본인 말로는, 병원 안에서는 절대 이런 버릇이 나오지 않는다고 했다.

"왜 그런 게 보고 싶은 건데?"

"그건 아까도 말했잖아. 어떤 기계가 어떻게 쓰이는지 알고 싶은 거라고. 그런 건 말이야, 현장을 보지 않으면 알 수가 없거든. 인사이동 때 의료기기 개발 스태프로 들어가지만 않았다면 이런 일은 부탁도 하지 않았어."

"하지만 그런 일이라면 정식으로 절차를 밟아 병원에 취재를 신청하면 되는 거 아냐?"

노조미는 지극히 당연한 의견을 말했다.

조지는 진절머리가 난다는 표정을 지었다.

"정식으로 취재를 하게 되면 병원 측도 거기에 맞춰 준비를 할 거 아냐. 평소와 다른 걸 보여줄 가능성도 있고. 게다가 취재 신청 절차라는 게 또 얼마나 귀찮다고. 상사한테도 말해야 하니까 당연히 다른 동료들도 알게 될 거고. 그래서 내가 취재 준비를 하면 그놈들이 또 동행하고 싶다고 말할 게 뻔하거든. 그런 게 짜증난다는 거지."

"말하자면 남몰래 앞질러 보겠다, 그거네."

"그래. 엔지니어라는 사람들은 옹졸하거든."

조지는 히죽 웃어 보였다.

"하지만 수술 중일 때와 지금은 기계 배치도 상당히 달라. 그래도 괜찮아?"

"보면 대충 알 수 있어. 아무튼 부탁해."

"어쩌면 수술 중일지도 몰라. 야간 근무하러 나와보면 교통사고로 다친 사람들이 실려 오는 일도 아주 흔하거든. 어디 한 곳이라도 사용하면 다른 방에도 절대 들어갈 수 없어."

"그럴 때는 포기할게."

"갑자기 수술이 시작될 때도 있고……."

"시간은 안 잡아먹을 거야. 보기만 하면 되니까."

조지는 손을 모아 부탁하는 시늉을 했다.

노조미는 곤혹스러운 얼굴로 한숨을 내쉬었다.

"들키면 큰일이야. 오늘 밤에는 유별나게 깐깐한 선배랑 같이 일하니까."

"잽싸게 보고 나올게. 정 뭐하면 너는 없어도 돼. 수술실까지만 안내해주면 내가 알아서 들어갈게."

"그래도……."

노조미는 얼굴을 찡그렸다. 하지만 조지 쪽을 힐끗 보고는 마지못한 듯 중얼거렸다.

"정말 잠깐뿐이야."

"알았어. 은혜는 갚을게."

"그런 걸 본다고 정말 도움이 될까 몰라."

고개를 갸우뚱거리면서 노조미는 조수석 문을 열었다.

차에서 내려 야간 출입구를 향해 걸음을 옮기기 시작했다. 문 앞까지 다가간 노조미는 걸음을 멈췄다.

"경비원이 내 얼굴을 아니까 두 사람이 나란히 들어가면 이상하게 생각할 거야. 일단 내가 먼저 들어갈 테니까 자기는 5분쯤 있다가 들어와. 그리고 대기실 쪽에 가 있어. 나도 옷 갈아입고 금방 갈 텐데, 선배한테 붙잡힐지도 모르거든. 그러니까 10분 이상 기다려도 안 오면 오늘 밤은 무리라고 생각해, 알았지?"

"알았어."

조지는 고개를 끄덕였다. 지나치게 무리한 부탁은 할 수 없었다.

노상에 경트럭이 세워져 있어 그 뒤에 숨어 출입구를 살폈다.

청바지와 청재킷 차림의 노조미가 출입구 쪽으로 걸어갔다. 출입구 유리문을 열고 들어가 꾸벅 고개를 숙이는 모습이 보였다. 안면이 있는 경비원에게 인사를 한 모양이었다.

조지는 담배에 불을 붙였다. 시계를 봤다. 11시 반이었다.

웃옷 주머니에 손을 넣었다. 주머니에서 나온 것은 소형 디지털 카메라였다. 조지는 배터리나 메모리 등을 점검하고 다시 주머니에 넣었다.

노조미에게는 미안하게 생각했다. 이런 무리한 부탁까지 들어주는 건 마음속 깊이 조지를 사랑해서일 것이다. 아마 그녀는 장래도 생각하고 있을 것이다. 전자기기 메이커의 기술자라면 결혼 상대로 별문제 없다고 생각하고 있는지도 몰랐다.

그런 그녀의 마음을 이용하는 것은 조지에게도 괴로운 일이었다. 하지만 딱히 다른 수가 없었다. 보잘것없는 서민에 지나지 않은 자신이 엄청난 일을 하려면, 설사 거미줄처럼 가늘다 해도 눈앞에 나타난 기회를 붙잡고 매달릴 수밖에 없었다. 노조미가 바로 그 거미줄이었다.

노조미에게 모든 것을 털어놓고 도와달라고 하는 방법도 생각해봤다. 조지를 향한 그녀의 깊은 애정을 생각하면 거절하지 않을 것 같았다. 하지만 역시 당찮은 일이라고 마음을 고쳐먹었다. 조지를 사랑해서 오히려 거절할 가능성도 있었다. 게다가 무엇보다 말려들게 하고 싶지 않았다. 만약 실패하면 그녀도 범죄자라는 낙인이 찍히게 되기 때문이었다. 모든 계획이 순조롭게 진행되었다고 해도, 그녀는 그 결과에 대해 평생 괴로워할 것이 틀림없었다.

백 퍼센트 혼자 힘으로 해내야만 한다고 조지는 새삼 스스로를 타일렀다. 그 후에는 노조미에게서 모습을 감출 생각이었다. 만약 수사의 손길이 그에게 미친다고 해도, 그녀는 단지 이용당했을 뿐이라는 사실을 명확히 해두어야 했다.

시계를 봤다. 노조미가 병원으로 들어간 지 6분이 지나 있었다. 그는 담배를 땅바닥에 비벼 불을 끈 후 담배꽁초를 주머니에 넣었다.

야간 출입구는 어둑어둑했다. 들어가면 바로 왼쪽에 창구가 있었고, 그 너머에 누군가가 있었다. 하지만 자연스럽게 출입한다면 경비원이 말을 걸어오는 일은 없을 것이다. 노조미에게는 말하지 않았지만 조지는 지금까지 몇 차례 이 출입구를 이용했다. 물론 밤중에 병원 안의 사정을 살피기 위해서였다.

출입구를 지나 안으로 들어가 어둑어둑한 복도를 걸었다. 내부 구조는 거의 완벽하게 머릿속에 들어 있었다. 대기실로 가는 중간에는 지하로 내려가는 계단이 있다. 지하에는 종업원 식당이 있다. 그리고 그 안쪽에는 기계실이 있을 것이다.

대기실 의자에 앉았다. 아무도 없었다. 오늘 밤에는 급한 환자가 없는지 건물 전체가 쥐 죽은 듯 조용했다.

몇 분이 지나 발소리가 들렸다. 어두운 복도 안쪽에서 간호사복으로 갈아입은 노조미가 나타났다. 평상복을 입었을 때보다 훨

썬 어른스러워 보였다. 표정도 굳어 있었다.

"괜찮아?"

조지가 물었다.

"별로 괜찮은 건 아닌데, 지금이라면 어떻게든 될 것 같아. 수술하는 데는 없는 것 같고, 수술실에도 아무도 없었어. 따라와."

노조미는 조그맣게 말하고 발길을 돌려 종종걸음으로 걷기 시작했다. 조지는 그 뒤를 따라갔다.

엘리베이터를 타자 노조미는 3층 버튼을 눌렀다. 그러고 나서 심호흡을 했다.

"시간은 있는 거야?"

조지가 묻자 그녀는 고개를 갸웃했다.

"5분쯤. 바로 간호사실로 돌아가야 하니까."

"나 혼자서도……"

"안 돼." 노조미는 단호하게 말했다. "만약 들키더라도 내가 있으면 어떻게든 둘러댈 수 있을 거야. 하지만 자기 혼자 있다가는 발뺌할 수가 없잖아. 까딱했다간 경찰에 신고할지도 모르고."

조지는 고개를 끄덕였다. 자신이 무리한 일을 부탁했다는 걸 다시 한 번 실감했다.

3층에서 내리자 먼저 노조미가 복도로 나가 상황을 살폈다. 그후 살짝 손짓하여 불렀다. 바로 정면에 수술실 운반 통로라는 표찰이 붙은 큼직한 문이 있었다.

노조미는 그 앞을 지나쳐 보통의 문 앞에서 멈췄다.

"여기서 잠깐 기다려. 누가 오는 것 같으면 엘리베이터 앞으로 돌아가 있어."

"알았어."

그녀가 문을 열고 안으로 들어갔다. 조지는 주위를 둘러보았다. 지금 걸어온 복도 끝에는 간호사실이 있다. 불은 켜져 있지만 말소리는 들리지 않았다.

문이 열리고 노조미가 얼굴을 내밀었다.

"됐어, 들어와."

조지는 잽싸게 문 안쪽으로 미끄러지듯 들어갔다. 바로 앞에 신발을 벗는 데가 있었고, 그 옆에 신발을 넣어두는 선반이 있었다.

"거기서 신발 벗어."

"여기가 수술실이야?"

"그럴 리 없잖아. 서둘러."

노조미는 탈의실이라고 표시된 문을 열었다. 안으로 들어가더니 비닐봉지에 든 파란 옷을 꺼내 왔다. 견학자용이라고 쓰인 종이가 붙어 있었다.

"이걸로 갈아입어. 마스크와 모자도 들어 있으니까 제대로 써야 돼. 머리가 절대 비어져 나오지 않게 조심하고."

이렇게 말하면서 노조미 자신도 같은 옷을 걸쳐 입고 마스크를 썼다.

"이렇게 야단을 떨어야 하는 거야? 잠깐 보기만 하는 건데."

모자를 쓰고 있던 노조미는 눈을 치뜨고 쏘아보았다.

"그 잠깐 사이에 자기 몸에 붙어 있는 세균이 날아다닐지도 모르잖아. 여기서부터는 머리카락 한 올이라도 떨어뜨리면 안 돼. 만약 떨어뜨리면 누가 떨어뜨렸는지 문제가 되니까. 그게 불만이라면 더 이상 안내 못 해."

조지는 대꾸할 말이 없었다. 노조미의 눈은 간호사의 눈이 되어 있었다.

조지가 옷을 갈아입자 노조미는 탈의실 안으로 들어갔다. 거기에도 문이 있었다. 그 앞 선반에서 고무 슬리퍼 두 개를 꺼내 왔다.

"이거 신어."

조지는 잠자코 시키는 대로 했다. 그녀의 뜻을 거스르는 짓은 하지 않기로 마음먹었다.

조지가 슬리퍼를 신자 노조미는 문 앞에 섰다. 문은 조용히 열렸다.

"자동이구나."

조지가 말했다.

"여러 사람들이 마구 만지면 문이나 손잡이에 세균이 붙으니까."

"그렇구나."

이건 기억해두자고 조지는 생각했다.

"여기서부터는 수술실 청결 구역이야. 절대 아무 데도 손을 대선 안 돼."

"알았어."

조지는 고무 슬리퍼를 신은 발을 내딛었다. 수술에 임하는 것도 아닌데 굉장히 긴장하고 있었다. 들키면 큰일이기도 하지만, 노조미로부터 이것저것 주의를 들으면서 이곳이 무척 신성한 곳임을 인식했기 때문이었다.

문 밖에는 넓은 복도가 있고, 그 복도에 면해 수술실이 늘어서 있었다. 쥐 죽은 듯 조용했다. 공기조절 장치에서 나는 소리만이 희미하게 들릴 뿐이었다.

"어느 수술실이든 상관없는 거야?"

노조미가 물었다.

"아니, 심장혈관외과 수술실."

"그럼, 이쪽이야."

노조미는 복도 안쪽을 향해 걸어갔다.

"무슨 수술이냐에 따라 수술실이 다르구나."

"당연하지. 놓여 있는 기구도 다르고, 청결도 수준도 미묘하게 달라. 심장외과는 최고 수준이고."

노조미가 가장 안쪽 문 앞에서 멈췄다.

"여기야?"

조지의 물음에 노조미는 잠자코 고개를 끄덕였다. 그러고 나서 발밑으로 시선을 떨어뜨리더니 벽에 뚫린 네모난 구멍으로 발끝을 집어넣었다. 그녀가 뭔가를 밟는 동작을 하자 눈앞의 문이 조용히 열렸다. 거기에 발판 스위치가 있는 모양이었다. 문을 여닫을 때 전혀 손을 쓰지 않아도 되는 구조였다. 이것 또한 세균 대책이리라.

먼저 안으로 들어간 노조미가 돌아보며 조지에게 눈짓으로 신호를 보냈다. 그도 발을 들여놓았다.

맨 처음 눈에 들어온 것은 천장에 설치된 무영등이었다. 바로 그 밑에 수술대가 놓여 있었다. 수술대에는 윗면 전체를 덮듯이 쿠션이 놓여 있고, 바로 그 위에 다양한 형태의 작은 쿠션이 있었다. 도넛 모양을 한 것이 아마 후두부에 대는 쿠션일 것이다.

수술대의 머리 쪽에 놓인 장치가 마취기라는 것은, 사전에 공부해둔 약간의 예비지식만으로도 알 수 있었다. 바로 그 옆, 작은 서랍이 잔뜩 달린 선반은 마취 관련 물건으로 짐작되었다. 마취기 앞에 모니터가 있는데, 무엇을 관찰하는 것인지는 알 수 없었다.

마취기와 가까운 벽에 배관 설비가 되어 있었다. 거기에서 나온 4개의 플러그는 형태도 색깔도 미묘하게 달랐다. 이것에 대해서도 조지는 사전조사를 해두었다. 초록색 플러그에서는 산소가 나온다. 파란색 플러그에서는 마취용 일산화질소, 노란색 플러그에서는 공기가 나온다. 그리고 검은색 플러그는 흡인용이다. 수술을 할 때는 각각의 플러그에 목적에 맞는 호스가 연결될 것이다.

조지는 천천히 시선을 움직였다. 전기 메스, 수술기구 진열대, 다 쓴 수술용품을 버리는 양동이, 흡인기. 이런 기구는 어떤 수술에나 필요한 것들이다. 따라서 조지의 사전조사에도 들어 있었다.

조지의 시선이 멈췄다. 인공심폐기가 시야에 들어왔기 때문이다. 지금은 콘센트에서 코드가 뽑혀 있지만, 그것이 필요한 수술을 할 때는 무정전 전원의 콘센트에 꽂을 것이다. 그 전원은 벽에 설치되어 있었다.

조지는 옷 속에 숨기고 있던 디지털카메라를 꺼내 재빨리 셔터를 눌렀다. 그러자마자 옆에 있던 노조미가 힐난하는 눈길을 보냈다. 하지만 그는 그 시선을 모른 체하고 셔터를 몇 차례 더 눌렀다. 노조미는 아무 말도 하지 않았지만, 마스크 안에서는 입술을 깨물고 있을 게 분명했다.

조지가 카메라를 넣는 것을 보고 노조미는 문 쪽을 가리켰다. 슬슬 나가자는 것 같았다.

수술실을 나갈 때도 노조미가 발판 스위치를 눌렀다. 수술실을 나가자마자 그녀는 고개를 살짝 저었다.

"카메라를 갖고 온다는 말 안 했잖아?"

"말하지 않았나."

"얼버무릴 생각하지 마. 뭐 때문에 잡균 대책을 한다고 생각하는 거야? 평소에 더러운 손으로 만지는 카메라는 세균투성이일 거 아냐? 그게 수술실 안에 사방으로 흩날릴 거고."

"미안. 거기까지는 생각 못 했어."

노조미는 크게 한숨을 내쉬었다.

"아무튼 서둘러. 이제 된 거지?"

"응. 충분해."

두 사람은 탈의실로 돌아가 슬리퍼와 견학자용 옷을 벗었다.

모자와 마스크도 벗었다. 노조미가 그것들을 모아 옆에 놓인 상자에 넣었다.

탈의실을 나와 조지가 신발을 다 신자 노조미는 먼저 문을 열고 나가 바깥 동정을 살폈다. 그 순간 노조미가 투덜댔다.

"큰일 났다!"

"왜 그래?"

"소리 내지 마."

그녀는 살짝 연 문 사이로 바깥으로 나갔다. 그리고 문을 탁 닫았다.

조지가 문에 귀를 대자 여자의 목소리가 들렸다.

"마세 씨, 그런 데 있었어? 뭘 하고 있었어?"

"아, 죄송합니다. 뭘 잃어버렸는데 혹시 여기에 둔 게 아닌가 해서 찾아봤어요."

"뭘 잃어버렸는데?"

"피어스요. 요전에 긴급 수술할 때 환자를 운반 통로까지 옮겼는데 수술실에 떨어뜨렸는지도 모르겠다 싶어서요……."

"피어스? 그래서 찾았어?"

"아뇨……."

"그야 그렇겠지. 수술실 안은 매일 점검하니까. 애초에 피어스 같은 거 하면 안 되지. 병원은 놀이터가 아니니까."

"죄송합니다."

머리를 조아리는 노조미의 모습이 조지의 눈에 선했다. 상대는 선배 간호사인 듯했다. 노조미로서는 어떻게든 선배가 이 문을 여는 것만은 막아야 한다고 생각했을 것이다. 조지도 겨드랑이에 땀이 배는 것을 느꼈다.

선배 간호사의 잔소리가 조금 더 이어지다가 이윽고 이야기 소리가 뚝 그쳤다. 곧 문이 열리고 노조미의 험악한 얼굴이 나타났다.

"지금은 괜찮아."

조지는 재빨리 밖으로 나갔다. 복도에는 아무도 없었다. 그대로 엘리베이터 쪽으로 갔다. 역시 심장 박동이 빨라졌다. 담배 생각이 간절했다.

엘리베이터 앞에 섰을 때 노조미와 얼굴을 마주 보고 안도의 한숨을 내쉬었다.

"선배가 수상해하지 않을까?"

"음, 괜찮을 거야."

노조미는 생긋 웃었지만, 얼굴은 아직 좀 창백했다.

엘리베이터가 멈췄다. 문이 천천히 열렸다. 그런데 누군가가 있었다. 하얀 가운을 입은 젊은 여자, 여의사로 보이는 사람이 타고 있었다. 그 여자가 노조미를 보고 어머 하는 표정으로 입을 벌렸다. 조지는 숨을 삼켰다. 노조미와 안면이 있는 사람이라는 걸 직감했다.

"노조미 씨, 오늘 야간 근무야?"

역시 여의사는 노조미에게 웃는 얼굴로 말을 걸었다.

섣불리 얼굴을 피해서는 안 된다. 순간적으로 조지는 그렇게 판단했다. 하지만 그렇게 하는 게 고작이었다. 조지는 노조미에게 끌리듯이 발을 떼지 못했다. 조지가 아무렇지 않은 얼굴로 그대로 엘리베이터에 탔다면 여의사도 조지에게 특별히 신경 쓰지 않았을지도 모른다. 심야에 복도를 돌아다니는 문병객이 심심찮게 있기 때문이다. 하지만 발을 멈췄기 때문에 노조미와 어떤 관계가 있는 듯 보였을 것이다. 후회했을 때는 이미 늦었다.

"네, 저기…… 지금부터예요. 선생님은 아직 일이 남으셨나 봐요?"

"응, 확인해둘 게 좀 있어서 돌아왔어."

여의사는 조지에게 시선을 돌렸다. 어렴풋이 의심을 품은 표정이었다.

"아…… 가족을 문병하러 오셨다가 층을 잘못 아신 것 같아서, 안내해드리는 참이었어요."

"그래? ……그럼, 수고해."

여의사는 조지에게 고개를 숙였다. 조지도 살짝 고개를 숙였다.

여의사가 가고 난 후 조지는 노조미와 엘리베이터를 탔다.

"큰일 날 뻔했어. 저 선생님, 심장혈관외과야. 수술실에 들어간 걸 들켰으면 발뺌할 수도 없었을 거야."

노조미는 눈을 빙글빙글 움직였다.

"심장? 그런 의사치고는 젊은데."

심장혈관외과의가 되기 위해서는 일정한 경험과 연한이 필요하다는 건 자료를 봐서 알고 있었다.

"수련의야. 우리 병원에 온 지 얼마 안 됐어."

"수련의…… 그렇구나."

"화장도 안 했는데 예쁘지?"

"음."

고개를 끄덕였지만 조지는 여의사의 얼굴을 자세히 보지 못했다.

"그런데 남자한테는 흥미가 없나 봐. 오로지 의학에만 열중하는 느낌이야."

긴장에서 해방된 탓인지 노조미는 평소의 수다쟁이로 돌아와 있었다.

엘리베이터가 1층에 섰다. 노조미는 이대로 3층으로 돌아갈 생각인 듯 내리지 않고 '열림' 버튼을 누르고 있었다.

"노조미, 고마워. 많은 도움이 됐어."

"도움이 됐다니 다행이네."

"정말 고마워."

이 말에는 눈곱만큼의 거짓도 없었다. 조지는 노조미의 입술에 키스했다.

6

복도는 쥐 죽은 듯 조용했다. 다행이다, 유키는 가슴을 쓸어내렸다. 입원 환자에게 이상이 생겼을 때는 복도의 공기부터가 다르다. 수련의 생활을 계속하면서 그 차이를 분간할 정도는 되었다. 게다가 무슨 일이 있었다면 마세 노조미가 좀 더 긴장된 얼굴이었을 것이다.

하지만 같이 있던 남자에 대한 그녀의 설명은 부자연스러웠다. 가족을 문병하러 온 사람이 층을 잘못 안다는 건 거의 있을 수 없는 일이다. 게다가 엘리베이터 문이 열렸을 때 두 사람은 마주 보고 있었다. 바로 전까지 이야기를 하고 있던 듯한 분위기였다.

그 남자는 노조미가 아는 사람이 아닐까, 유키는 생각했다. 하지만 캐묻지는 않았다. 설사 그렇다고 해도 어떻게 되는 게 아니다. 자신과는 아무 상관도 없었다.

유키는 중환자실을 들여다보았다. 특별히 문제는 없는 것 같았다. 모토미야나 야마우치의 모습도 보이지 않았다. 역시 긴급 수술은 없었던 모양이다. 만약 있었다면, 설사 교수와 식사 중이라도 호출했을 것이다.

그래도 유키는 곧바로 돌아갈 마음이 들지 않아 어제 수술한 환자의 투약에 대한 사무를 처리하기 시작했다. 12시도 안 된 이른 시간에 퇴근할 수 있는 기회는 좀처럼 없지만, 오늘 밤만은 그 비좁은 기숙사 방에 오래 있고 싶지가 않았다. 지금 들어가 봐야 금방 잠이 올 것 같지 않다는 것도 뻔히 알고 있었다. 아마 얼룩이 덕지덕지한 천장만 바라보며, 생각해봐야 아무 소용도 없는 일을 고민하고 망상을 부풀리다가 객관적인 판단력을 잃고 그저 쓸데없이 감정만 고양될 것이다.

그래, 생각해봐야 아무 소용이 없는 일.

유리에와 나눈 대화가 떠올랐다. 유리에의 약간 수줍은 듯한, 그러면서도 거북한 듯한 어투가 귓가에 남아 있었다. 재혼을 할까 해서…….

물론 유키는 동요했다. 도망치고 싶을 정도로 당황스러웠다. 하지만 다음 순간 유키의 입에서 나온 소리는, 자신도 뜻밖이라고 여길 정도로 억양이 없는 목소리였다.

"그래. 괜찮은 거 아냐? 잘됐네."

유리에도 맥이 빠진 듯한 표정이었다.

"그게 다야?"

"그거 말고 무슨 말을 했으면 좋겠어? 아, 그런가. 축하한다고 말해야 하는 거구나."

빈정거리는 투로 말했다고 스스로도 생각했다.

그래도 유리에는 불쾌하다는 듯 이맛살을 찌푸리거나 하지는 않았다. 오히려 얼굴이 약간 붉어져 있었다. 포도주 탓만은 아닐 것이다.

"묻고 싶은 게 있는 거 아냐?"

유리에가 물었다.

유키는 고개를 가로저었다.

"아무것도 없는데. 상대도 알고 있는 사람이고."

유리에는 놀라 잠시 숨을 멈추었다. 살짝 고개를 끄덕였다.

"잘됐잖아. 나는 할 말이 하나도 없어. 엄마가 결정하면 돼. 엄마의 인생이고, 엄마의 새 출발이니까."

"그렇…… 지. 새 출발이지."

"새 출발을 위해 건배할 타임인가?"

유키는 물이 든 잔을 들어 올렸다. 하지만 나의 새 출발은 아니야, 마음속으로 중얼거리면서…….

어머니와 주고받은 말을 돌이켜보다가 유키는 자기혐오에 빠졌다. 무슨 대답을 그따위로 하고 말았는지 후회했다. 마음에 들지 않으면 확실히 그렇다고 하면 될 일이었다. 말할 수 없었던 것은, 그 이유를 물어 왔을 때 분명하게 대답할 수 있는 게 아무것도 없기 때문이었다.

나는 당신들을 의심하고 있다…… 차마 그렇게 말할 수는 없었다. 설령 지금까지의 태도에서 그런 생각이 두 사람에게 전해졌다고 해도.

중환자실 침대에서 자고 있는 환자의 모습에 아버지의 얼굴이 겹쳤다. 수술을 받기 전 겐스케의 안색은 이 환자보다 좋았다. 평소처럼 지냈다면 아무도 아버지를 병자로 생각하지 않았을 것이다.

그런데 그런 아버지가 죽었다. 멋지게 살자고 말한 아버지가 그다음 날 밤에는 움직이지도 못하고 숨도 쉬지 못한 채 드라이아이스에 묻혀 있었다.

"무슨 소리요, 그게? 어떻게 된 거냐고? 그런 병이었으면 수술을 하지 않아도 되는 거 아니었어요?"

큰아버지의 목소리가 유키의 귓가에 되살아났다.

아버지가 돌아가신 날 밤, 가족과 친척끼리만 치르는 경야 때였다. 유리에가 사정을 설명하자 큰아버지는 느닷없이 화를 냈다.

"하지만 수술을 안 하면 파열될 우려가 있어서……."

"우려가 있다는 건 어떻게 될지 모른다는 이야기잖소. 파열되지 않았을지도 모르는 일이고."

"아니, 언젠가는 파열될 거라고 했어요."

"그래서 수술을 했는데 실패했으니 말짱 꽝 아니오."

"그게, 남편의 경우에는 아주 어려운 수술인 모양이어서……. 사전에 그런 설명을 듣긴 했어요."

"어려운 수술이니까 실패해도 참으라 그 말인가? 그런 이상한 이야기가 어딨어요? 그게 통할 것 같아요? 제수씨, 제수씬 용케 납득을 했나 보네요? 나는 수술하기 사흘 전에 봤어요. 팔팔합디다. 퇴원하면 같이 낚시나 가자고 약속까지 했는데. 그런 사람이 사흘 후에 죽다니, 어떻게 이런 일이 있단 말이오?"

큰아버지가 입에서 침을 튀기며 말했다.

겐스케의 대동맥류는 아무래도 굉장히 성가신 부위에 발생한 모양이었다. 중요한 혈관이 엇갈리는 부위였다. 그것도 가슴을 열어보자, 그 대부분이 유착을 일으키고 있었다고 한다.

중학생이었던 유키도, 친척들의 말처럼 의사의 실수가 아닐까 생각했다. 아무리 어려운 수술이라도 해내는 것이 의사 아닌가. 그렇기에 많은 돈을 받고, 많은 사람들로부터 존경을 받고 감사도 받는 거 아닌가.

고소해야 한다고 말하는 친척도 있었다. 하지만 유리에는 미적지근한 태도를 보였다. 겐스케 본인도 납득하고 있을 거라는 말까지 했다.

그런 어머니의 태도에 유키도 초조했다.

아버지를 잃은 슬픔은 쉬이 가시지 않았다. 하지만 울고만 있을 때가 아니라는 것은 곧바로 깨달았다. 유리에가 일을 하러 나가게 되었기 때문이다. 호텔 미용실에서 기모노를 법식에 따라 입혀주는 일이었다. 유키는 그때까지 어머니가 그런 기술을 갖고 있다는 걸 전혀 몰랐다. 겐스케와 결혼하기 전 유리에가 백화점의 기모노 옷감 매장에서 일했다는 것도 그 무렵에야 알았다.

그렇게 많은 수입을 얻는 건 아니었지만, 겐스케가 생명보험 몇 개를 들어두어 사치만 하지 않는다면 모녀 둘이서 그럭저럭 살아갈 수 있었다. 학교에서 돌아왔을 때 집에 아무도 없는 것이 쓸쓸하긴 했지만, 어머니가 열심히 일하고 있다는 생각을 하면 감사하는 마음이 더 컸다. 그때까지 그다지 해본 적이 없는 집안일도 스스로 돕게 되었다.

어머니와의 새로운 생활은 유키에게 각오와 씩씩함을 주었다. 매일매일 무슨 일이든지 무조건 해냄으로써 마음속에 싹틀 것 같은 나약한 마음을 물리치려고 했다.

그런 식으로 눈 깜짝할 사이에 몇 달이 지나갔다. 친척들은 겐스케의 사망 원인에 대해 아직 석연치 않아 했지만 그래도 아무 말도 하지 않게 되었다. 파열 직전이었던 대동맥류가 수술 도중에 파열했다…… 그것으로 끝난 것이다.

그대로 아무 일도 없었다면 유키도 서서히 의심을 거두어들였을지도 모른다. 하지만 결과적으로 그렇게 되지 않았다.

어느 날 밤의 일이었다. 유키가 저녁 준비를 하고 있는데 전화벨이 울렸다. 유리에였다. 늦을 테니까 먼저 밥을 먹으라는 전화였다. 자신은 밖에서 먹고 들어갈지도 모르겠다고 했다.

유키는 야채와 고기를 넣은 영양밥을 지을 생각이었다. 유리에가 가장 좋아하는 것이기 때문이다. 그러나 전화를 받고 나자마자 그럴 마음이 싹 사라졌다. 재료는 그대로 두고 소파에 드러누웠다. 얼마 지나지 않아 깜박 잠이 들고 말았다. 잠에서 깼을 때는 시곗바늘이 10시 언저리를 가리키고 있었다. 유리에는 아직 들어오지 않았다.

무척 배가 고팠지만 영양밥을 지을 마음은 일지 않았다. 유키는 웃옷을 걸치고는 지갑을 들고 밖으로 나갔다. 편의점은 걸어서 5분 거리에 있었다.

물건을 다 사고 아파트 바로 근처까지 돌아왔을 때 길가에 차 한 대가 세워져 있는 게 보였다. 벤츠라는 것은 유키도 알 수 있었다.

차 안에서 사람 그림자가 움직이더니 문이 열렸다. 곧 내린 사람을 보고 유키는 무심코 발을 멈췄다. 유리에였기 때문이다.

운전석을 봤다. 문이 열려 있는 탓인지 실내등이 켜져 차 안에 있는 사람의 얼굴이 희미하게 보였다.

유키는 소리를 지를 뻔했다. 희미한 빛에 드러난 얼굴은 그때의 의사 니시조노였다. 동요하면서 옆에 세워진 경차 뒤에 숨었다.

유리에는 문을 닫은 후에도 생글거리며 무언가 이야기를 나누었다. 그리고 차가 출발한 후에도 잠시 그 자리에 서서 차가 사라져가는 모습을 지켜보았다. 유키에게는, 헤어짐을 아쉬워하는 것처럼 보였다.

차가 보이지 않자 유리에는 아파트를 향해 걸음을 옮겼다. 유키는 그 뒤로 달려갔다.

"엄마!"

태엽이 끊긴 인형처럼 유리에의 발이 딱 멈췄다. 그리고 천천히 유키에게 얼굴을 돌렸다. 그 움직임도 어딘가 어색했다.

"유키…… 어쩐 일이야?"

"편의점." 들고 있던 봉지를 들어 보였다. "그보다 방금 그 사람……." 벤츠가 사라진 방향으로 얼굴을 돌렸다. "그 사람 아니야? 아빠 수술을 담당했던 의사 선생님, 니시조노 선생님."

유리에의 입가가 움찔했다. 하지만 유리에는 일단 입가에 엷은 미소를 머금고 나서 입을 열었다.

"그래."

억양이 없는 말투였다.

"왜 그 사람과 같이 온 거야?"

"별일 아니야. 아무튼 들어가자. 좀 쌀랑해진 것 같으니까."

유리에는 딸의 대답도 기다리지 않고 걸음을 옮겼다.

유키는 아무 말 없이 잰걸음으로 가는 어머니 뒤를 따랐다. 그 등이 뭔가를 거절하고 있는 것처럼 느껴졌다. 어머니 뒤를 따라 걸으며 그런 생각을 해본 건 처음이었다.

집으로 들어가자 유리에는 우선 주방으로 가 물을 들이켰다. 컵을 놓고 휴우 하고 긴 한숨을 내쉬었다. 유키는 그 모습을 식탁 옆에서 지켜보고 있었다.

유리에가 주방에서 나왔다. 골똘히 뭔가를 생각하는 표정이었다.

"실은 말이야." 약간 고개를 숙인 채 유리에가 말했다. "지금 엄마가 하는 일, 니시조노 선생님이 소개해주신 거야. 그 호텔에서 의학 관련 회의 같은 걸 자주 하니까 얼굴이 통하나 봐."

"그랬구나."

물론 처음 듣는 이야기였다.

"그래서 오늘 선생님께서 다른 일로 호텔에 오신 김에 엄마가 일하는 걸 보러 오셨어. 그러니 나도 감사 표시는 해야 할 것 같았고, 그래서 좀 늦어진 거야."

"그럼 저녁은 니시조노 선생님하고?"

"응."

유리에는 짧게 대답했다.

으음 하고 유키는 편의점 봉지를 들고 주방으로 들어갔다. 도시락을 전자레인지에 넣고 스위치를 눌렀다.

"저기, 니시조노 선생님이 왜 엄마한테 일자리를 소개해준 거야?" 전자레인지 안에서 도시락이 돌아가는 것을 보면서 유키가 물었다. "수술이 잘 안된 것을 속죄하는 뜻인가?"

"그럴지도 모르지."

유리에는 눈을 몇 번 깜박이고는 약간 굳어진 얼굴로 말했다.

그 후 그런 일은 두 번 다시 없었다. 유리에의 귀가가 늦어지는 일은 있었지만, 그건 분명히 일 때문이었다. 또한 그런 경우에도 귀가 시간이 9시를 넘는 일은 거의 없었다.

하지만 그렇다고 유리에가 니시조노 선생님을 만나지 않는다고 단정할 수는 없었다. 유리에는 월요일이 쉬는 날이었다. 평일이라 유키는 당연히 학교에 간다. 그사이에 유리에가 무엇을 하는지 유키로서는 전혀 알 수 없었다.

그러던 어느 날 유키는 결정적인 장면을 맞닥뜨렸다.

역시 월요일이었다. 유키가 학교에서 돌아오자 니시조노가 와 있었다.

니시조노는 거실에서 등을 곧추세운 자세로 앉아 있었다.

"잘 있었어?"

니시조노가 웃는 얼굴로 말을 걸었다.

"이 근방에 볼일이 있어 왔다가 들르셨대."

유리에가 마치 변명하는 듯이 말했다.

"으음."

유키는 고개를 끄덕였다.

"그럼 저는 이만." 니시조노가 일어섰다. "따님이 건강한 것 같아 좀 안심이 되네요."

"여러모로 신경 써주셔서 고맙습니다."

유리에는 예를 표했다.

"무슨 일이 생기면 사양하지 말고 말씀해주십시오. 제가 할 수 있는 일이라면 무슨 일이든 돕겠습니다."

이렇게 말하며 니시조노는 고개를 끄덕였다.

유리에는 잠자코 턱을 살짝 당겼다. 그 눈에는 상대를 신뢰하는 빛이 깃들어 있었다.

그걸 보고 유키는 직감했다. 이 사람이 어머니에게 특별한 사람인지도 모르겠다고.

그때까지 유키는 어머니가 이성을 좋아한다는 건 상상조차 해본 적이 없었다. 어머니는 생물학적으로 여성이지만 남녀 관계를 맺을 수 있는 존재가 아니라고, 아무 근거도 없이 그렇게 믿고 있었다.

하지만 생각해보면 그럴 가능성은 충분히 있었다. 게다가 유리에는 젊었다. 유키의 눈에는 아줌마로밖에 보이지 않지만, 아직은 사랑을 해도 이상하지 않은 나이였다.

겐스케에 대한 추억이 생생하게 남아 있는 만큼 어머니가 다른 남성에게 호감을 품고 있다고는 생각하고 싶지 않았다. 하물며 상대는 아버지를 살리는 데 실패한 의사다.

그날 이후 니시조노는 가끔 집으로 찾아왔다. 언제나 월요일이었다. 두 번째부터 '근처에 올 일이 있어서 들렀다'는 변명은 니시조노 본인으로부터도, 유리에의 입에서도 나오지 않았다.

하지만 그가 오래 머무는 일은 없었다. 유키가 집으로 돌아오고 나서 30분쯤 있다가 일어서는 것이 거의 관례처럼 정착되어 있었다. 그래서 유키는 어머니에게 이렇게 말하기도 했다.

"나, 집에 좀 늦게 와도 상관없는데. 그럼 니시조노 선생님도 좀 더 여유 있게 계시다 가실 수 있잖아."

그러자 유리에는 당치도 않다며 고개를 가로저었다.

"니시조노 선생님은 널 기다리신 거야. 네가 건강하게 지내는 걸 보지 못하면 정작 찾아오신 의미가 없다면서. 그러니까 지금까지처럼 되도록 빨리 오도록 해."

"흐음……."

그건 또 그것대로 성가시다고 생각했지만 입 밖에 내지는 않았다.

월요일이 아닌 날 둘이서 만나는지 어떤지, 유키는 알지 못했다. 그것에 대해서는 되도록 생각하지 않으려고 했다. 생각하기 시작하면 두 사람의 관계에 대해 이것저것 상상하게 될 것 같았다.

니시조노가 독신이라는 것은 어머니에게 들어 알고 있었다. 결혼한 적이 있다고 하는데, 아내와는 사별한 모양이었다. 아이가 있는지는 알지 못했다.

그렇게 시간이 흘렀다. 겐스케가 죽은 지 1년이 되었다. 1주기 법사法事를 마친 후 모두가 식사를 하는데, 큰아버지가 또다시 병원에 대한 의혹을 입에 담았다. 하지만 이제 맞장구를 치는 사람은 거의 없었다. 이미 지난 일을 언제까지 물고 늘어질 거냐는 분위기마저 감돌았다.

"내가 그때 좀 더 세게 나갔어야 했는데. 제수씨가 그리 쉽게 물러설 줄은 생각도 못 했거든."

큰아버지는 불평을 토로하면서 혼자 술을 따라 마셨다.

그 말을 듣고 유키는 문득 생각했다. 혹시 어머니가 병원에 강력하게 항의하지 않았던 것은 그때 이미 니시조노에게 호감을 품고 있었기 때문이 아닐까. 누구라도 자신이 좋아하는 사람에게는, 그 사람이 뭔가 잘못을 저질렀다고 해도 웬만해선 공격하지 못하는 법이니까.

그 직후 유키의 뇌리에 떠오르는 광경이 있었다. 겐스케의 병이 발견되고 얼마 지나지 않은 무렵의 일이었다. 집 근처의 카페에서 유리에와 니시조노가 만나고 있었던 것이다.

그건 뭐였을까.

그때는 그저 겐스케의 병에 대해 의논하고 있었을 거라고 생각했다. 하지만 그런 일이라면 통상 병원으로 가지 않을까. 왜 카페였을까.

유키의 머릿속에서 불길한 상상이 피어오르기 시작했다. 너무나 추악하고 잔인한 상상이었다. 생각하지 않으려고 해도 가슴에 깃든 의혹은 그녀의 말을 듣지 않고 계속 커져만 갔다.

가령…….

유리에와 니시조노의 관계가 겐스케가 수술을 받기 전에 시작되었다고 한다면 어떻게 되는가. 말할 것도 없이 불륜이다. 그런 상태라면 두 사람은 결코 맺어질 수 없다.

하지만 유리에의 남편이 병으로 쓰러졌다. 그 수술을 담당하는 사람은 니시조노 요헤이다. 무척 어려운 수술이라는 것은 누구나 인정하고 있다.

수술이 성공하면 겐스케는 회복한다. 얼마 후에는 퇴원하여 원래의 생활로 돌아갈 것이다. 다시 말해 유리에와의 부부 관계도 유지되는 것이다.

니시조노는 그것을 바랄까. 유리에가 지금까지처럼 유부녀로 있기를 바랄까.

겐스케의 목숨은 니시조노의 손 안에 있다. 설사 살리지 못했다 하더라도 "어려웠다"라는 말로 무마할 수 있는 수술이다. 어떻게든 나중에 설명할 수 있다. 그래도 그는 전력을 다했을까.

누군가와 의논할 만한 이야기가 아니었다. 모든 건 상상의 산물이었다. 하지만 그것은 유키의 마음속 깊은 곳에 검은 앙금처럼 괴어 있었다. 아무리 시간이 지나도 사라지지 않고, 그저 묵직하게 그녀의 마음을 짓누를 뿐이었다.

"나, 의사가 될래."

중학교 3학년 가을에 했던 그 말은, 부풀어 오르기만 하는 의혹을 불식시킬 유일한 방법을 찾아낸 끝에 나온 것이었다.

7

A4 용지에 프린트한 사진을 탁자에 늘어놓은 조지는 담배에 불을 붙였다. 수술실 내부를 촬영한 사진이었다.

의료기기 카탈로그를 모아놓은 서류철이 옆에 있었다. 그것을 손에 들고 페이지를 넘겼다.

흡인기, 전기 메스, 수술용 현미경, 마취기, 그리고 인공심폐기. 조지는 그곳에 늘어서 있는 장치 하나하나에 대해 상세하게 알고자 했다. 특히 중요한 것이 인공심폐기였다.

그 회로에 연결되어 있는 액정 모니터를 응시했다. 확대경으로 세세한 디자인 등을 확인했다. 조지는 곧 카탈로그에서 동일한 기종을 찾아냈다. 심장 수술용 혈액 모니터 장치로, 수술 중인 환자의 혈액에 대해 산소 농도, 온도, pH 등 10항목 이상의 변수를 연속해서 측정하고 기록한다.

조지는 전원, 배터리의 유무, 접속 방법 등 장치의 사양을 확인했다. 그것들을 노트에 적어나갔다.

다른 장치에 대해서도 마찬가지 작업을 해야 했다. 오늘 하룻밤에 도저히 끝낼 수 없을 성싶었다.

시간이 없다. 재떨이 안에서 혼자 타들어가고 있는 담배를 집어 들었다. 두세 번 연기를 내뿜은 후 곧바로 비벼 껐다. 그리고 다시 새 담배에 불을 붙였다.

시간이 없다.

시마바라 소이치로가 입원했다고 한다. 그렇다면 이번에는 반드시 수술을 할 것이다. 언제일까. 노조미는 아직 결정되지 않았다고 했다. 하지만 얼마 남지 않았다고 생각해야 한다. 그렇게 바쁜 남자가 검사만 받으려고 몇 주일씩이나 병원에 얌전히 있을 거라고는 생각되지 않았다.

일주일일까, 조지는 생각했다. 그 정도가 타당해 보였다.

서둘러야 했다. 어느 정도 준비는 했지만 아직 완전하다고 하긴 이르다. 조사해야 할 것도 아주 많다. 하지만 적은 기다려주지 않는다. 이 기회를 놓치면 영원히 목적을 이룰 수 없을 것이다.

조지는 담배를 입에 문 채 의자를 빙 돌렸다. 바로 옆에 컴퓨터가 있었다. 워드 프로그램을 띄워놓고 잠시 생각한 후 키보드에 손을 올렸다.

데이도 대학병원 관계자에게 알린다……

8

당직실에 누워 있던 유키는 아아, 하고 무심결에 깊고 긴 숨을 내쉬었다.

그녀는 평소 이상으로 지쳐 있었다. 낮에 시작된 수술이 저녁 7시쯤까지 계속된 데다 수술 후 관리에 애를 먹었기 때문이다. 대동맥류 절제 수술이었는데, 환자가 원래 신장 질환이 있어 수술이 끝난 후에 신장내과에 연락해 중환자실에서 지속적 혈액여과투석 펌프를 돌릴 필요가 있었다.

심장혈관외과의 환자는 고령인 경우가 많아 다른 질병을 함께 앓고 있는 확률도 높았다. 그들의 생명을 구하는 것은 저울을 수평으로 유지하는 것과 같다고 유키는 생각했다. 조금이라도 어느 한쪽에 중점을 두면 순식간에 균형이 깨진다.

그런 생각을 하면서 꾸벅꾸벅 졸고 있는데 간이휴대전화기PHS
가 울렸다. 받아보니 나카쓰카 요시에가 고열 증세를 보인다고
했다.

머리가 멍했지만 우물쭈물할 새가 없었다. 찬물로 세수를 하고
가운을 걸쳤다.

당직 날 마음 편히 자본 적은 한 번도 없었다. 그렇지 않은 날
에는 기숙사에서 편하게 쉴 수 있느냐 하면 결코 그렇지도 않았
다. 유키는 당직을 서는 날이 오히려 스트레스가 덜한 것 같다는
생각마저 들었다. 기숙사로 돌아간다고 해도 휴대전화 전원을 꺼
둘 수는 없었다. 환자에게 무슨 일이 있을 때 퍼스트콜을 받는 것
은 수련의 임무다. 따라서 이불 속에 들어가고 나서도 금방이라
도 전화벨이 울릴 것만 같아 마음이 편하지 않다. 그리고 거의 매
일 밤 실제로 병원에서는 무슨 일인가가 일어난다.

유키는 오늘이 당직이어서 다행이라는 생각마저 들었다. 나카
쓰카 요시에는 그녀가 담당하는 환자 중 하나다. 기숙사에 있었
다면 또 휴대전화가 울렸을 것이다. 유키는 이제 그 소리가 질색
이었다.

나카쓰카 요시에의 체온은 40도 가까이까지 올라가 있었다. 요
즘 계속 미열이 있다는 것은 유키도 알았지만, 그 원인은 아직 해
명되지 않은 상태였다. 같은 병실에 감기에 걸린 사람도 없었다.

요시에는 의식이 몽롱한 것 같았다. 말을 걸어도 반응이 더뎠다.

진료기록부를 살펴보았다. 요시에는 복부에 대동맥류가 있는

한편, 담관암 환자이기도 하다. 지난 며칠간 새로운 약이 처방되었는지 확인해봤지만, 아무래도 없는 것 같았다.

심장 소리나 폐의 잡음이 없는지 확인하는 것도 중요한 사항이다. 폐에 희미한 단속성 잡음이 있는 것 같았다. 그렇다면 호흡기 감염증인가……

요시에가 갑자기 신음을 했다. 미간의 주름이 깊어졌다. 눈은 꼭 감았지만 반대로 입은 고통스러운 듯 반쯤 벌리고 있었다. 그 입에서 헐떡이는 소리가 새어 나왔다. 마치 귀신 가면 같은 형상이었다. 늘 봐왔던 온화한 표정은 눈곱만치도 남아 있지 않았다. 딴사람의 얼굴이었다.

보통 일이 아니라고 생각했다. 열을 내린다고 해결될 문제가 아니었다. 보다 근본적인 처치가 필요했다. 그건 무엇일까. 유키는 빈약한 지식을 총동원했지만 생각이 정리되지 않았다.

"선생님, 검사 지시를 내리세요." 옆에 있던 간호사 스가누마 요코가 재촉했다. 10년 근속의 베테랑 간호사다. "꾸물거리고 있을 때가 아니에요."

그 말투에 자존심이 상했지만 그녀의 말이 맞았다. 유키는 한 번 심호흡을 했다.

생각나는 대로 검사 지시를 한 유키는 처치 준비를 시작했다. 우선은 혈액 배양을 위한 채취가 필요했다.

자신이 해야 할 처치를 끝내고 담관암 쪽 주치의에게 전화했다. 후쿠시마라는 의사였다. 유키는 전화로 전할 수 있는 내용은 모두 보고했다. 후쿠시마는 금방 이쪽으로 오겠다고 했다. 언짢은 목소리는 아니었지만, 전화를 끊고 난 유키는 무력감에 빠져들었다. 수련의는 역시 아무 도움이 안 된다고 생각하지나 않을까 불안했다. 물론 불안해하고 있을 상황이 아니었다. 곧바로 야마우치에게도 전화했다. 나카쓰카 요시에의 대동맥류는 그의 담당이었다.

"아하, 담관염 때문에 생긴 패혈증이네."

야마우치가 수화기 너머로 말했다. 무척 한가하게 들렸다.

"지시를 내려주세요."

"후쿠시마 선생이 갈 거잖아. 아마 긴급 수술을 할 거야. 검사 데이터를 준비해둬."

전화를 끊은 지 세 시간 만에 야마우치의 말은 현실이 되었다. 후쿠시마는 염증이 심한 부위를 절제해야 한다고 판단했다. 세 시간이나 걸린 건 가족의 승낙을 얻는 데 시간이 걸렸기 때문이었다. 나카쓰카 요시에에게는 딸이 하나 있는데, 마침 남편과 아이와 함께 집을 비우고 있었다. 다행히 딸의 시누이가 애완동물을 살피러 그 집에 와 있었다. 그녀는 올케 가족이 디즈니랜드 근처에 있는 호텔에 묵고 있다고 알려주었다. 그러나 호텔 이름을 알지 못해 유키는 간호사들과 함께 호텔 몇 군데에 전화를 걸어보아야 했다.

결국 후쿠시마가 나카쓰카 요시에의 딸과 통화하여 수술을 승낙한다는 의사를 확인한 것은 연락을 취하기 시작한 지 한 시간이 지나서였다.

"따님, 초조해하면서 울던데. 디즈니랜드 같은 데 간 걸 후회하는 것 같았어."

전화를 끊은 후쿠시마는 뒷맛이 개운치 않아 보였다.

유키도 수술을 거들게 되었다. 일단 염증 부위만 절제했다. 암세포가 전이된 부위는 그 밖에도 있지만, 일단 고열의 원인을 제거하는 것이 먼저라고 판단해서였다.

수술은 두 시간 남짓 걸렸다. 나카쓰카 요시에를 중환자실로 옮기는 도중 유키는 복도에 남녀 두 사람이 서 있는 것을 봤다. 몇 번인가 본 적이 있었다. 요시에의 딸 부부였다. 딸은 겁에 질린 표정이었다.

중환자실에서 수술 후의 경과를 보고 있을 때 스가누마 요코가 와서 딸 부부가 나카쓰카 요시에를 만나고 싶어 한다는 뜻을 전했다.

"하지만 지금은 주무시고 계세요. 앞으로 몇 시간은 깨어나지 않으실 것 같은데요."

"그렇게 말했는데, 그래도 괜찮대요. 일단 얼굴만이라도 보고 안심하고 싶은 거겠지요."

딸 부부의 자기만족을 야유하는 듯한 말투였다.

몇 분이 지난 후 스가누마 요코의 안내를 받으며 두 남녀가 들어왔다. 두 사람 다 양 손바닥을 비비고 있었다. 입구에서 소독을 했기 때문일 것이다.

두 사람이 나카쓰카 요시에 옆에 나란히 섰다. 유키가 다가가 말했다.

"주치의 선생님께서 설명드렸을 줄 압니다만, 한동안 이대로 상황을 지켜봐야 합니다. 아마 열은 내려갈 겁니다."

유키는 딸 부부를 번갈아 보면서 말했다.

"후쿠시마 선생님 말씀으로는 본격적인 담관암 수술은 당분간 할 수 없다는 것 같은데, 역시 그런가요?"

딸이 물었다.

"그건 후쿠시마 선생님의 판단에 따라 진행될 겁니다. 다만 나카쓰카 씨의 체력이 이번 수술로 상당히 떨어진 건 사실입니다. 수술에는 체력이 필요하거든요."

유키는 신중하게 대답했다. 담관암에 대한 자세한 이야기는 할 수 없었다.

"그렇다면 동맥류 쪽은 어떻게 되는 건가요?"

이번에는 사위가 물었다.

유키는 그를 보았다. 안경을 낀 왜소한 체격이었다. 삼십 대 중반쯤일까.

"대동맥류 수술도 환자에게 많은 부담을 줍니다. 지금 상태로는 도저히 버텨내지 못할 것 같습니다."

이것은 야마우치와 전화로 의논한 사항이었다.

"그럼 당분간 어떤 수술도 하지 못한다는 건가요?"

다시 사위가 물었다.

"그렇습니다. 일단 현재의 상태를 벗어나는 게 먼저입니다."

"하지만 열이 내려가도 곧바로 수술을 할 수는 없다는 거지요? 어느 쪽 수술도요."

"지금 상태를 봐서는 그렇습니다."

"그렇다면 수술을 할 수 있게 되려면 얼마나 있어야 할까요?"

"글쎄요, 그건……." 유키는 혀로 입술을 축였다. "나카쓰카 씨의 회복 정도에 따라 다르고 또 외과와도 의논을 해야 하는 사항이라 지금 여기서 확실히 말씀드릴 수는 없습니다."

"한 달쯤 걸릴까요?"

확실히 말할 수 없다는데도 사위는 집요하게 물었다.

"앞으로의 상태에 따라서는 더 걸릴지도 모릅니다."

"더요? ……그렇게 되면 동맥류는 지금보다 커질 우려가 있겠네요. 파열될 염려는 없습니까?"

"물론 방치하면 언젠가는 그럴 염려도 있습니다. 하지만 지금 수술은 무리입니다. 수술을 견딜 만한 체력이 회복될 때까지 기다릴 수밖에 없습니다. 다만 현재의 크기만 보면 지금 당장 파열될 정도는 아니니까 그렇게 걱정하실 필요는 없습니다."

"그런가요……."

유키의 말에 사위가 고개를 끄덕이면서 침통한 표정으로 고개를 숙였다. 어딘가 초조해하는 것 같았다.

딸 부부가 나가는 것을 지켜본 후 유키도 일단 당직실로 돌아가기로 했다. 이미 동트기 직전이어서 지금부터 잔다고 해도 기껏해야 한 시간 정도에 지나지 않지만, 잠깐이라도 자두지 않으면 나중이 괴롭다. 수련의는 철야를 했다고 해도 아무 배려를 받지 못하는 존재다.

당직실로 가는 길에 복도 모퉁이에서 이야기 소리가 들렸다. 요시에의 딸 부부라는 것은 금방 알 수 있었다. 유키는 걸음을 좀 늦췄다.

"수술을 할 수 있게 될 때까지 일단 집으로 돌려보낸다는 말이었지. 그 후쿠시마란 의사가 한 말은. 이르면 다음 주라도 퇴원시키고 싶다는 뉘앙스였어."

"그렇게 될 가능성이 높은 거 같아요. 이 병원은 요양만을 위한 입원은 안 되니까, 당분간 수술할 예정이 없는 한 나갈 수밖에 없다는 것이겠지요."

사위가 신음 비슷한 소리를 냈다.

"입원하자마자 열이 나서 결국 수술도 못 하고 퇴원이라니, 대체 뭐 때문에 입원한 거야."

"그런 말을 해봤자 무슨 소용이 있겠어요? 당신한테는 미안하게 생각해요."

"예정이 틀어지겠네. 어떻게 하지? 역시 집에서 모셔야 하는 건가?"

"하지만 혼자 계시게 할 수도 없잖아요."

사위는 다시 신음을 내뱉고 혀를 찼다.

유키도 사정은 이해할 수 있었다. 나카쓰카 요시에는 혼자 살았다. 지금 상태로 일단 퇴원하게 되면 당연히 누군가 보살펴줘야 한다. 사위는 그것이 탐탁하지 않은 것이다.

"운은 하늘에 맡길 테니까 수술해달라고 해보면 어떨까?"

사위가 터무니없는 말을 꺼냈다. 유키는 이맛살을 찌푸렸다.

"어떤 수술이요? 암요? 아니면 동맥류요?"

딸의 목소리도 날카로워졌다.

"어떤 수술이든. 아무튼 이왕에 입원을 했으니까 뭐라도 해달라는 거지."

사위가 내뱉듯이 말했다.

유키는 걸음을 옮기기 시작했다. 일부러 발소리를 크게 냈다.

복도 모퉁이를 돌자 부부가 굳은 표정으로 서 있었다. 유키를 알아보고 사위가 고개를 숙였다. 유키는 살짝 고개를 숙이고 나서 엘리베이터 버튼을 눌렀다.

어색한 침묵이 세 사람을 감쌌다. 곧 엘리베이터가 왔고, 유키 앞에서 문이 열렸다.

유키는 엘리베이터를 타려다가 발길을 멈췄다. 뒤로 돌아 부부를 쳐다봤다.

"다음 주 중에 퇴원하는 일은 아마 없을 겁니다. 아직 해야 할 검사가 여러 가지 남아 있고, 또 무엇보다 지금의 상태에서 벗어나는 것이 급선무입니다. 어쨌든 큰 수술을 막 끝낸 상태니까요."

딸이 놀라서 눈을 크게 떴다. 그녀는 어머니가 몇 시간 전에 수술을 받았다는 사실을 잊고 있었는지도 몰랐다.

실례하겠다고 말하고 유키는 엘리베이터를 탔다. 불쾌했다. 그런 말을 해서는 안 되었는지도 모른다고 생각했다.

이튿날 아침이라 해도 불과 두세 시간 후지만, 유키는 모토미야에게 어젯밤에 있었던 일을 이야기했다. 그는 맥 빠진 얼굴을 보이면서도, 어쩔 수 없지, 하고 한숨을 토해냈다.

"집집마다 사정이 있을 테니까. 아무튼 환자가 건강만 회복한다면 다른 일이야 어떻게 되든 상관없다고 진심으로 말할 수 있는 가정은 아마 드물 거야. 수술도 그래. 누구나 성공을 바라는 건 아니거든. 어중간하게 성공해서 계속 병 수발을 해야 한다면 차라리 실패하는 게 낫다고 생각하는 집도 있으니까."

"그 부부는 나카쓰카 씨가 수술 중에 돌아가시는 것을 기대하고 있다는 말씀인가요?"

"거기까지는 말하지 않았어. 하지만 수술이 끝난 후의 일을 걱정하는 건 사실이야. 걱정하는 게 당연하지. 노인을 모셔야 할지 말지는 큰 문제니까."

"가족이라면 무조건 보살펴야 한다고 생각하는데요."

"그러니까 말하는 거 아니야. 어느 집에나 사정이 있는 거라고. 의사가 거기까지 간섭해서는 안 되는 거야."

유키가 석연치 않은 표정으로 입을 다물자 모토미야는 문득 쓴웃음을 지었다.

"공주님의 정의감으로는 납득되지 않는 모양이로군. 잠깐 기분 전환이라도 하고 오는 게 어때. 아침 아직 안 먹었지?"

됐습니다, 하고 말하려다 말고 유키는 입을 다물고 말았다. 자존심만으로 억지로 밀고 나가는 것을 모토미야는 극단적으로 싫어했다.

"그럼 한 시간만."

유키는 이렇게 말하고 자리에서 일어났다.

병원 현관을 나가 거리 건너편에 있는 카페로 향했다. 모닝세트를 주문할 생각이었다. 신호가 바뀌기를 기다리면서 모토미야의 말을 되새겨보았다.

누구나 성공을 바라는 건 아니거든…….

유키로서는 남의 일처럼 받아들일 수 있는 문제가 아니었다. 아버지의 죽음이 되살아났다. 그때 어머니는 수술이 성공하기를 마음속 깊이 바라고 있었을까…….

바로 옆에서 개가 끙끙거리는 소리가 들려 제정신을 차렸다. 갈색 닥스훈트가 자전거 보관소 철책에 매여 있었다. 환자가 데려온 개일 것이다.

개는 철책에 머리를 비벼대고 있었다. 왜 그러지 싶어 자세히 보니 목줄에 하얀 게 끼워져 있었다. 종잇조각 같았다. 아무래도 그 종이가 거슬린 모양이었다.

유키가 다가갔다. 그녀는 개를 아주 좋아했다. 머리를 쓰다듬으면서 목줄에 끼워진 종잇조각을 빼주었다. 설마 주인이 자기 애견이 싫어하는 짓을 했을 거라고는 생각되지 않았다.

종잇조각은 작게 접혀 있었다. 무슨 글자가 쓰여 있는 것 같았다. 유키는 아무 생각 없이 그 종이를 펼쳤다.

9

회색 건물을 올려다보니 유리창에 반사된 햇빛이 눈으로 날아들었다. 나나오 유키나리는 얼굴을 찡그리며 막 벗은 선글라스를 다시 걸쳤다.

"뭐예요, 다시 쓰는 겁니까?"

옆에 있던 사카모토가 말했다.

"요즘 눈이 피곤해서 어쩔 수 없어. 봄 햇살은 자극이 심하거든."

"숙취 탓 아닌가요? 술 냄새가 좀 나는데요."

"농담하지 마."

나나오는 오른손을 입으로 가져가 입김을 불었다.

"어젯밤에도 신주쿠였습니까?"

"그런 데 안 갔어. 근처 싸구려 바야. 싸구려 술을 너무 많이 마셨나."

"정도껏 하세요. 호출이라도 오면 움직일 수 없잖아요."

"나한테 호출이 올 리 없잖아. 오는 거라곤 이런 잡일뿐이지."

나나오는 건물 쪽을 턱으로 가리키며 말했다. 현관 입구에는 데이도 대학병원이라고 쓰인 간판이 붙어 있었다.

"잡일인지 어떤지 아직 모르는 거 아닙니까?"

"잡일이야. 만약 그렇지 않다는 걸 알게 되면 그 시점에 나는 제외되겠지. 너는 그대로 남겠지만."

사카모토는 질렸다는 표정으로 한숨을 내쉬었다.

"그건 그렇고 선글라스 좀 벗어요. 의사는 자존심이 세서 비위라도 상하는 날에는 아주 성가시게 군다고요."

"안으로 들어가면 벗을게."

나나오는 다시 걷기 시작했다.

현관문을 지나자 앞쪽에 안내 데스크가 있었다. 젊은 여성이 앉아 있었다. 사카모토가 그쪽으로 가는 것을 보고 나서 나나오는 주위를 둘러보았다.

대형 병원에 온 것은 아주 오랜만이었다. 평일인데도 대기실에는 거의 빈자리가 없었다. 수납 창구에도 줄이 늘어서 있었다. 세상에는 병에 걸린 사람이 많다는 걸 새삼 깨달았다.

로비 한가운데 있는 의미를 알 수 없는 조형물을 바라보고 있으니 사카모토가 돌아왔다.

"사무국으로 가랍니다. 옆 건물인데 중간 통로로 건너갈 수 있다는데요."

"사람을 불러놓고 마중도 안 나온단 말이야!"

"언제 우리가 한 번이라도 환영받은 적이 있었습니까? 그보다 선글라스 좀 벗으라니까요."

선배 형사의 가벼운 농담에 일일이 맞장구를 쳐줄 수 없다는 듯 사카모토는 발길을 돌렸다.

나나오는 아랫입술을 내밀고 선글라스를 벗어 양복 안주머니에 넣었다.

매점과 자판기가 늘어선 복도를 빠져나가자 사무실이라고 표시된 문이 눈에 들어왔다. 안으로 들어가자 사무용 책상이 늘어서 있고, 남녀 몇 명이 의자에 앉아 있었다.

남자 직원이 일어나 나나오와 사카모토에게 다가왔다.

"무슨 일이시죠?"

"경시청에서 나왔습니다."

사카모토가 말했다.

직원의 안색이 변했다.

"잠깐 기다려주시겠습니까?"

직원은 이렇게 말하고 안으로 사라졌다.

나나오는 실내를 둘러보았다. 다른 직원들은 자신에게 무슨 말이라도 걸어올까 봐 피하려는 듯 고개를 숙이고 있었다.

조금 전의 직원이 돌아왔다.

"이쪽으로 오십시오."

안내된 곳은 안쪽의 응접실이었다. 탁자를 사이에 두고 초로의 남자와 세 명의 남자가 마주 앉아 있었다.

서로 간단한 자기 소개를 했다. 초로의 남자는 이 병원의 사무 국장으로, 가사기라고 했다. 세 사람은 관할 중앙경찰서의 형사였 다. 고다마라는 경부보가 리더인 듯했다.

"경시청 형사가 오셨다는 것은 장난일 가능성이 낮다는 뜻입 니까?"

가사기가 고다마 쪽을 보고 물었다.

"아니요, 그건 아직 뭐라고도." 고다마가 고개를 저으며 힐끗 나 나오와 사카모토를 쳐다봤다. "다만 만약의 경우도 있으니까 경시 청과 연락을 해서 향후 방침을 정하자는 게 서장님의 판단입니다."

"아아, 그렇군요."

가사기의 검은 눈동자가 흔들렸다. 그의 속마음을 나타내는 것 같았다.

"우선 그 협박편지라는 것 좀 볼 수 있습니까?"

사카모토가 말했다.

고다마가 옆에 놓인 사본을 내밀었다.

"실물은 감식반에 보내서요."

"이거면 됐습니다."

사카모토가 사본에 손을 내밀었다. 나나오도 옆에서 들여다보 았다.

실물은 접혀 있었던 듯 세로로 몇 개의 접힌 자국이 있었다. 그선을 가로지르듯이 글자가 쓰여 있었다. 프린터로 인쇄된 모양이었다. 긴 글이 아니었다.

데이도 대학병원 관계자에게 알린다. 너희 병원에서는 거듭 의료과실이 일어났는데도 전혀 공표하지 않았다. 그 행위는 환자들의 생명과 인권, 나아가 의료에 대한 신뢰를 경시한 것이라 하지 않을 수 없다. 즉각 모든 잘못을 공표하고 사죄하라. 그렇지 않으면 우리 손으로 병원을 파괴할 것이다. 그로 인해 피해자가 나온다면 그 책임은 너희에게 있다.

경고자

"꽤 과격한 내용이군요." 사카모토가 말했다. "어디 짚이는 건 없습니까?"

사무국장은 고개를 가로저었다.

"무슨 말을 하는 건지 통 모르겠습니다. 의료과실이 있었다는 것도, 그것을 감추고 있다는 것도 모두 엉터리입니다. 생트집이라고밖에 볼 수 없습니다."

그 말을 듣고 나나오는 흥 하고 코웃음을 쳤다.

가사기가 불끈하며 나나오를 쳐다봤다.

"무슨 뜻인가요?"

나나오는 코 아래를 문질렀다.

"당신한테는 짚이는 데가 없어도 의료과실이 있었다고 확신하는 사람이 있는 거 아닙니까?"

"무슨 뜻입니까?"

"그거야 잘 아실 텐데요. 병원 측과 환자 측 사이에 인식의 차이가 나는 경우도 있다는 뜻입니다."

"다시 말해서 어떤 치료 결과에 대해서 환자 측이 멋대로 병원 측의 잘못이라고 여기는 경우가 있다는 뜻인가요?"

"멋대로인지 아닌지는 모르겠습니다만, 예컨대 불행하게도 환자가 사망했을 때 그 원인을 어떻게 볼지, 유족과 병원 측이 엇갈리는 경우도 있지 않을까요?"

사무국장은 팔짱을 끼고 나나오를 뚫어지게 쳐다봤다. 쏘아본다는 표현이 더 적절한 시선이었다.

"확실히 환자가 사망했을 때 병원 측의 책임을 묻는 경우는 있습니다."

"바로 그걸 말하는 겁니다."

"하지만," 가사기는 아주 불쾌한 표정이었다. "그 경우 대개 유족 측이 먼저 병원에 그 사실을 호소합니다. 그래서 다른 병원에서는 흔히 있는 말썽으로 발전하는 것입니다. 하지만 저희 병원에는 현재 그런 문제가 없습니다."

"항의한 유족이 없었다는 뜻입니까?"

"그렇습니다."

"그렇다면 이런 걸 보내는 사람도 없어야 하는 거 아닙니까?"

"그러니까 단순한 생트집이라고밖에 생각할 수 없다는 겁니다.

악질적인 장난입니다."

가사기는 나나오에게서 시선을 돌려 관할 형사들에게 호소하는 듯한 표정을 지었다. 동의해줄 사람을 찾고 있는 듯했다.

"이걸 발견한 사람은요?"

사카모토가 물었다.

"저희 병원 의사입니다. 수련의이긴 하지만요."

"이름은요?"

"히무로입니다."

"만나게 해주시겠습니까?"

"그건 이쪽 형사님들게도 말씀드렸습니다만, 지금 수술 중이라……." 가사기는 손목시계를 봤다. "이제 거의 끝났을 텐데, 잠깐 기다려주십시오."

가사기는 일단 방을 나갔다. 나나오는 담배를 꺼냈다. 탁자 위에 재떨이가 놓여 있었기 때문이다. 나나오가 불을 붙이고 나서 곧 가사기가 돌아왔다.

"수술은 끝난 것 같습니다만, 수술 후의 경과를 지켜보기 위해 중환자실에 있다고 합니다. 조금만 더 기다려주시겠습니까? 틈이 나면 이쪽으로 오라고 말해두었으니까요."

"수련의라고 하면 인턴을 말하는 건가요?"

나나오의 말에 가사기가 고개를 가로저었다.

"지금은 그런 말이 없습니다. 아주 오래전에 없어졌습니다."

"하지만 실습생 같은 거 아닌가요?"

가사기는 불끈하며 미간을 찡그렸다.

"수련의는 의사 국가시험에 합격한 사람입니다. 엄연한 의사입니다."

"그렇군요. 하지만 초짜 아닌가요? 그런 사람도 수술을 합니까?"

"물론입니다. 지도교수와 같이 합니다. 다만 방금 말씀드린 것처럼 국가시험에 합격한 의사이기 때문에 기량에는 아무 문제가 없습니다. 경험이 부족할 뿐입니다."

"그래도 경험이 일천한 그런 의사가 수술에 참가하면 수술을 받는 환자 본인은 물론이고 가족도 왠지 모르게 불안할 것 같은데요. 만약 수술이 잘 안되기라도 하는 날엔 그게 원인이 아닐까하고 의심하여 억측하는 일도 생길 것 같은데요."

가사기는 몹시 짜증이 난 듯 입가가 일그러졌다.

"수술의 성패에 관련된 중요한 부분을 수련의에게 맡기지는 않습니다. 보조하는 일 정도지요."

"실제로 그렇다고 해도 말입니다. 환자가 사망했을 때 유족들은 어떻게 생각할까요? 초짜 의사를 참가시켜서 실패한 게 아닐까, 그런 식으로 생각하지 않을까요? 저는 진실이 어떻다느니 그런 걸 말하는 게 아닙니다. 유족은 어떻게 의심할까를 문제 삼는 겁니다. 다시 말해 이런 것도," 나나오는 탁자 위에 놓인 협박편지 사본을 집어 들었다. "일종의 그런 오해에서 비롯되어 쓰였을지도 모른다는 거지요."

"그러니까 그런 경우에도 먼저 병원에 항의를 하겠지요. 하지만 그런 항의는 현재까지 한 건도 없었습니다."

"현재까지라는 건 무슨 뜻입니까? 이 병원이 생긴 이래 한 번도 없었다는 말입니까?"

그럴 리 없다고 생각하면서 나나오는 물었다.

"그거야 아주 옛날까지 거슬러 올라가면 그런 일이야 있었겠지만."

형사의 집요한 물음에 질렸다는 듯이 가사기가 대답했다.

"지금은 없다?"

"적어도 제가 파악하기로는 없습니다."

"잊고 있다거나 하는 일은 없습니까? 병원으로서는 사소한 일로 처리했다고 해도 유족 측은 집요하게 기억하는 법이니까요."

"그런 일이야……."

가사기의 말문이 막혔을 때 그를 구원이라도 하듯이 문을 두드리는 소리가 들렸다. 들어오라고 가사기가 대답했다. 문이 열리고 하얀 가운을 입은 젊은 여성이 얼굴을 내밀었다. 이십 대 중반이나 될까. 머리를 뒤에서 묶고 있는 탓인지 눈꼬리가 살짝 올라가 보였다.

"바쁠 텐데 미안하네."

가사기가 그녀에게 말했다.

"아뇨."

이렇게 말하며 그녀는 형사들의 얼굴을 둘러보았다. 경계하는 눈빛이었다.

"수련의인 히무로입니다. 지금은 심장혈관외과에서 수련을 받고 있습니다."

가사기가 형사들에게 소개했다.

나나오는 다른 형사들과 함께 일어나 인사했다. 여성일 줄은 몰랐기 때문에 당황하고 있었다.

"여의사인 줄 몰랐습니다."

관할 형사인 고다마가 일동의 기분을 대변하듯이 말했다.

여성 수련의는 아무 대답도 하지 않고 굳은 표정으로 형사들의 맞은편에 앉았다. 그 눈이 탁자에 놓인 협박편지 사본으로 향했다. 왜 자신이 불려 왔는지 당연히 알고 있을 터였다.

"바로 묻겠습니다만," 사카모토가 사본을 집어 들었다. "이 편지를 발견한 게 선생님이라고 하는데, 틀림없습니까?"

"틀림없습니다."

그녀는 대답했다. 낮고 침착한 목소리였다.

"그때의 상황을 설명해주시겠습니까?"

그녀는 고개를 끄덕이고 나서 설명을 시작했다. 당직이 끝나고 아침을 먹으러 병원을 나섰는데 자전거 보관소 철책에 묶여 있는 개의 목줄에 종잇조각이 끼워져 있는 것을 발견했다는 이야기였다.

"거기에 쓰인 내용이 내용인지라 그냥 내버려둘 수 없다는 생각에 지도교수님께 말씀드렸습니다. 그래서 일단 사무국에 이야기하자고 해서서 이쪽으로 보냈습니다."

"종이를 발견했을 때 주위에 누가 있었습니까?"

사카모토가 물었다.

"있었을 겁니다. 이미 진료가 시작된 시간이어서 환자분들도 계속 병원으로 들어오고 있었으니까요."

"선생님께서 개의 목줄에서 종잇조각을 빼낼 때 그걸 보고 있었다거나 멈춰 선 사람은 없었습니까?"

그녀는 잠시 침묵하고 나서 고개를 저었다.

"모르겠습니다. 보지 못했습니다."

단호한 말투였다. 애매한 이야기는 할 수 없다고 생각하고 있을 것이다.

"그 종이는 맨손으로 집으셨지요?"

사카모토가 확인했다.

"그렇습니다."

"저기 말이죠, 그것에 대해 한 가지." 고다마가 끼어들었다. "나중에 선생님의 지문을 채취하게 될 텐데, 괜찮으시겠습니까?"

"괜찮습니다."

수련의는 억양 없는 목소리로 선뜻 대답하고 다음 질문을 기다리듯이 사카모토를 쳐다봤다.

이런 미인도 의사를 목표로 하는구나, 이들이 주고받는 말을 들으면서 나나오는 생각했다. 화장을 안 해서인지 안색은 그다지 좋지 않았다. 약간 야위어서 건강하지 않은 듯한 인상마저 풍겼다. 하지만 형사와 마주하고 있는 눈빛이 강하여 가슴에 강고한 의지를 품고 있는 사람처럼 보였다.

　동시에 나나오는 전혀 다른 생각을 하고 있었다.

　이 여자, 어디서 본 적이 있는 것 같은데······.

10

인스턴트커피를 한 모금 마시고 모토미야는 한숨을 내쉬었다.

"요즘에는 줄었지만 그런 식의 못된 장난을 하는 경우가 자주 있었지. 내가 아는 외과 의사 집에도 협박편지를 보낸 놈이 있었어. 발신인은 쓰여 있지 않았지만 대충 누가 보낸 건지는 알고 있었지. 암 수술을 받은 후에 용태가 악화되어 사망한 환자의 유족일 거라고 생각했어. 말기에 가까운 암이었는데, 수술을 하든 안 하든 생존 가능성이 거의 없었던 모양이야. 그런 사정을 미리 말해두었는데도 실제로 죽고 나면 의사를 원망하지. 뭐, 어쩔 수 없는 일이긴 하지만."

"이 병원에서 사망한 환자의 가족이 그 협박편지를 쓴 걸까요?"

유키는 조그만 소리로 물어보았다. 의국에는 두 사람밖에 없었다. 간호사들에게는 아직 협박편지에 대해 알리지 않았다.

"꼭 가족이라고는 말할 수 없지만 상당히 밀접한 관계에 있는 사람임에는 틀림없겠지. 애인이라든가 친구라든가. 아니면 은인일지도 모르고. 아무튼 소중한 사람을 이 병원이 죽였다고 생각하고 있겠지 뭐."

모토미야는 평소와 다름없는 냉정한 어투로 이야기했다. 그 눈은 자신이 담당하고 있는 환자의 진료기록부를 보고 있었다. 과거에 사망한 환자보다 지금 살아 있는 환자의 병세가 더 걱정이 된다는 듯이. 물론 그 생각에는 유키도 동의했다. 이곳에 수련의로 오고 나서도 몇 명의 환자가 장의업자에게 실려 나갔다. 다소나마 유키가 관여한 환자도 적지 않았다. 하지만 그럴 때마다 슬퍼하거나 침울해할 여유는 없었다. 병으로 쓰러진 사람은 계속 나타난다. 의사의 의무는 가능한 많은 사람을 구하는 것임을 통감했다. 살릴 수 없는 사람이 있기에 더더욱 살릴 수 있는 사람에게 전력을 다하는 것이다.

유키는 아무래도 그 협박편지가 그저 못된 장난이 아닌 것 같았다. 협박편지를 발견했을 때의 충격이 너무 컸던 탓인지도 몰랐다. 하지만 그녀는 그 내용이 마음에 걸렸다. '경고자'라고 자칭한 범인은 '파괴'라는 단어를 사용했다. 모든 잘못을 공표하고 사죄하지 않으면 병원을 '파괴'하겠다고.

못된 장난으로 쓴 협박편지라면 그런 말을 사용하지는 않을 거라고 유키는 생각했다. 병원뿐만 아니라 특정 건물에 있는 조직을 위협할 때 주로 사용되는 것은 '불을 지르겠다'는 말이다. 너희 집에 불을 지르겠다, 학교에 불을 지르겠다, 회사에 불을 지르겠다, 이런 내용이었다면 지금처럼 마음에 걸리지는 않았을 것이다.

왜 '파괴'라는 말을 사용했을까. 방화나 폭파가 아니라 일부러 그 단어를 택한 데는 분명히 무슨 의미가 있는 것 같았다. 범인에게는 뭔가 구체적인 계획이 있는 게 아닐까. 그 계획에 따르면 '파괴'라는 말이 가장 적절한 것이 아닐까.

물론 자신이 이를 생각해봐야 아무 소용이 없다는 건 그녀도 잘 알고 있었다. 조사 전문가가 최선을 다하는 것을 기대할 수밖에 없었다. 병원으로서는 앞으로의 대응 문제가 남아 있지만, 수련의가 나설 자리는 아니었다.

문이 열리고 니시조노가 들어왔다. 지금까지 다른 교수들과의 긴급 회의에 참석하고 온 것이었다.

니시조노가 험악한 표정으로 빈 의자에 앉으며 유키에게 물었다.

"그 후로 누구한테 말한 적 있나?"

협박편지를 두고 하는 말이다.

"아니요."

"야마우치 선생은? 아직 대학 쪽에 있나?"

"아니요, 방금 왔었습니다. 지금은 중환자실 쪽에 있습니다."

"그 사람한테는 이야기했나?"

"아직입니다."

"그래. 그럼 나중에 내가 직접 이야기하지. 자네들도 앞으로도 입 밖에 내지 말게."

"알겠습니다."

유키가 대답했다. 모토미야도 말없이 고개를 끄덕였다.

니시조노는 탁자 표면을 손가락 끝으로 몇 번 두드렸다.

"정말 이상한 짓을 하는 놈도 다 있다니까."

"회의에서는 무슨 이야기가……?"

모토미야가 물었다.

"못된 장난이라는 게 대다수의 의견이네. 나도 그렇게 생각하고. 사망한 환자의 유족한테서 항의가 들어온 일도 없는 모양이니까."

"형사는 최근뿐만 아니라 옛날 일도 생각할 필요가 있을 것 같다고 하던데요."

유키가 말해보았다.

"그야 그렇겠지만, 그렇다면 왜 이제 와서 그러는지 의문이 생기는 거지. 아무튼 이런 일을 벌이기 전에 항의하는 게 먼저 아닐까?"

"그건 모르겠지만……."

유키는 고개를 숙였다.

아무것도 할 수 없는 일도 있는 법이다. 사실은 이렇게 말하고 싶었다. 병원이나 의사에 대해 의심을 갖고 있어도 증거가 없으면 아무것도 할 수 없다. 설령 약간의 근거가 있다고 해도 병원이라는 거대한 벽에 맞설 만한 힘을 갖고 있지 않은 경우도 있다.

그 무렵의 나처럼, 하고 유키는 아버지의 장례식을 떠올렸다.

"못된 장난입니다." 모토미야가 말했다. "만약 진짜 그럴 생각이라면 개의 목줄에 끼워두지는 않았을 겁니다. 언제 빠져버릴지도 모르고, 빠지지 않는다고 해도 개 주인이 내용을 보지도 않고 버릴 수도 있으니까요. 병원으로 보내는 게 일반적일 겁니다."

"소인이 찍히는 걸 우려했는지도 모릅니다."

유키가 말했다.

모토미야는 살짝 손사래를 쳤다.

"좀 멀리 가서 자신과는 무관한 곳에서 우편함에 넣기만 하면 되는 일이야. 그 정도의 수고도 마다한다는 것은 처음부터 진짜가 아니라는 거지."

"다른 교수한테서도 그런 의견이 나왔네. 나도 개의 목줄에 끼워둔 방식에서, 되는 대로 대충한 게 아닌가 하는 인상을 받았어. 하지만 설사 못된 장난이라고 해도 이 병원에 악의나 적의를 가진 사람이 있다는 건 사실이지. 게다가 병원에 드나들고 있을 가능성도 있네. 경계할 필요는 있겠지."

"어떻게 경계한다는 겁니까?"

"모토미야가 물었다.

"일단 경비를 강화하는 수밖에 없겠지."

"회의에서 정해진 건 그런 것뿐입니까?"

니시조노는 팔짱을 끼고 고통스럽고도 낮은 목소리로 말했다.

"문제는 환자한테 알리느냐 마느냐네. 이 일이 장난이 아니라 실제로 무슨 일이 일어나기라도 하면, 왜 숨기고 있었느냐고 비난을 받게 되겠지. 그렇다고 환자들한테 이야기해도 좋을지 어떨지 원, 참 판단하기 어려운 문제네."

"환자한테 알린다는 것은 공표한다는 말이군요."

"그렇지. 입원 환자만이 아니라 내원하는 사람들한테도 알리지 않으면 불성실하게 받아들여질 우려가 있네. 하지만 그게 비현실적이라는 건 자네들도 잘 알 거네."

"그런 내용의 협박편지가 발견되었으니까 우리 병원으로 올 경우에는 각오를 해달라, 뭐 그런 건가요? 정말 비현실적이네요."

모토미야는 머리를 절레절레 흔들었다.

"입원 환자들도 지금 그런 걸 들어도 어떻게 해야 좋을지 모를 거네. 그중에는 퇴원을 바라는 사람이 나올지 모르겠지만."

"지금 바로 퇴원할 수 있는 사람은 이런 일이 없더라도 바로 퇴원하겠지요."

"그렇지. 너무 야단스럽게 굴면 환자들도 불안해져서 증세에 나쁜 영향을 끼칠 수도 있네. 그게 더 무서운 일이지. 원장이나 사무국장은 환자한테 알려서는 안 된다는 입장이었네."

모토미야는 쓴웃음을 지으며 뒷머리를 긁적였다.

"가사기 씨라면 공표하는 건 언어도단이라고 할 것 같은데요. 병원 이미지에 아주 민감한 사람이니까요."

"매스컴이 냄새를 맡고 달려오는 것을 두려워하고 있는 모양이더군. 협박편지의 내용이 새 나가면 실제로 의료과실을 은폐하고 있는 게 아니냐는 의심과 억측이 세상에 나돌게 된다면서. 너무 예민한 반응 같지만, 그렇게 생각할 수 없는 일도 아니지."

"그럼 환자한테 알리지 않기로 한 거네요."

유키가 확인했다. 중요한 일이다. 뭔가를 숨기면서 환자를 대하는 것은 사실 아주 질색이다.

"현시점에서는 그렇다네." 니시조노는 천천히 그녀 쪽으로 얼굴을 돌렸다. "못된 장난이라면 별문제는 없어. 그리고 장난이 아니라고 해도 범인이 당장 무슨 행동으로 옮길 것 같지도 않고. 아마다시 한 번 그런 경고문 같은 걸 보내오겠지."

"보내오지 않으면요?"

"보낼 거야." 모토미야가 옆에서 말했다. "협박문을 액면 그대로 받아들인다면 범인은 병원을 파괴하는 게 목적이 아니야. 병원 측이 의료과실에 대해 정보를 공개하게 하려는 거지. 그러니까 이쪽에서 아무런 반응을 보이지 않으면, 반드시 다시 한 번 경고를 해올 거야. 이번에는 못된 장난이라고 웃어넘길 수 없는 방식으로 나올지도 모르고."

"그 두 번째 경고 내용에 따라 환자에 대한 대응도 바꿔야 할 수도 있지. 가장 중요한 것은 환자가 이 사건에 말려들지 않게 하는 일이니까."

"뭐, 두 번째 경고는 오지 않겠지요. 아마 못된 장난일 겁니다." 모토미야는 살짝 고개를 저었다. "그런데 입 밖에 내지 말라고 하셨는데, 이 일을 어느 선까지 알고 있는 겁니까?"

"당연한 일이지만, 일단 교수들은 모두 알고 있네. 각 과 사람들에게는 교수가 필요하다고 판단한 경우에만 알리고. 하지만 병원 외부 사람들은 물론이고 내부 사람들한테도 절대 알리지 않기로 의견 일치를 보았지. 이런 일은 소문으로 퍼지기도 쉽고, 살이 붙기 마련이니까 처리하기가 쉽지 않거든."

"우리 과에서는 어떻게 하실 겁니까?"

"아까도 말했지만 야마우치 선생한테는 이야기해둘 생각이네. 그 사람도 히무로 선생의 지도교수니까. 지금까지의 상황으로 봐서는 히무로 선생이 사건에 관련되었으니 그 사람이 모르고 있으면 난처한 일이 생길지도 모르고."

"그도 그렇겠네요. 경찰이 또 뭔가 물어보러 올지도 모르니까요." 모토미야는 이렇게 말하고 유키를 쳐다보았다. "그렇잖아도 수련의는 아주 바쁜 몸인데, 힘들겠군."

유키는 말없이 표정을 누그러뜨렸다. 성가신 일에 휘말렸다는 생각이 들었다. 만약 자신이 협박편지를 발견하지 않았다면, 아마 이 일을 모르고 있었을 것이다. 어떤 의미에서 수련의는 병원 내부 사람으로 인정받지 않기 때문이다. 그럴 경우 정체를 알 수 없는 소외감을 느끼게 되었을지도 모른다고 생각하니 차라리 자신이 발견해서 다행이라는 생각도 들었다.

니시조노가 일어섰다.

"자네들이니까 괜찮을 거라고 생각하지만, 아무튼 절대 발설하지 않도록 하게. 그리고 만약 수상한 사람을 보면 사무국으로 알려달라고 하네." 이렇게 말하고 나서 니시조노는 쓴웃음을 지어 보였다. "어떤 사람이 수상한지, 그것도 어려운 문제이긴 하네만."

니시조노는 문 쪽으로 걸음을 옮기다가 뭔가가 생각난 듯 발길을 멈추고 고개를 돌려 유키를 쳐다보았다.

"히무로 선생, 잠깐 이야기 좀 할 수 있을까?"

"네, 무슨 일이신데요?"

"별일 아니네. 걸으면서 이야기하지."

니시조노는 복도로 나갔다.

유키도 뒤를 따라 밖으로 나갔다. 니시조노는 이미 걸어가고 있었다. 유키는 서둘러 따라가 옆에 나란히 섰다.

"시마바라 씨의 수술 말인데, 좀 연기하기로 했네."

"그렇군요."

"혈당치가 높아. 그 노인네, 몰래 너무 많이 먹는 경향이 있거든."

"문병하러 오는 사람이 많으니까요."

"자네도 좀 주의를 해두게. 수련의가 하는 말을 귀담아들을지는 모르겠지만."

"수술 전 데이터에 문제가 있는 건 혈당치뿐인가요?"

"데이터로는 그렇다네. 하지만 사실 수술을 연기하는 건 사무국의 요청이기도 해."

"사무국이요?"

니시조노는 재빨리 주위를 둘러보았다.

"그 협박편지를 신경 쓰는 것 같네. 설사 못된 장난이라고 해도 그런 게 날아들었는데 수술을 한 거냐고 나중에 시마바라 씨가 불평하지 않을까 염려하는 거지. 장난이라고 판명이 날 때까지는 되도록 수술을 연기했으면 한다더군."

유키는 고개를 끄덕였다. 사무국 사람이 생각할 법한 일이었다.

"수술은 언제쯤인가요?"

"지금으로서는 다음 주 금요일을 생각하고 있네. 꼬박 일주일을 연기하는 셈이지. 그때까지 장난이라는 게 판명 나기를 바라는 수밖에."

"알겠습니다. 하실 이야기는 그게 답니까?"

"업무상의 이야기는." 니시조노는 걸음을 멈추고 다시 한 번 주위를 둘러보았다. 표정이 다소 누그러져 있었다. "그 뒤로 어머니와는 통화했나?"

지난번 저녁 식사 후를 말하는 듯했다.

유키는 고개를 가로저었다.

"하지 않았습니다."

"그런가. 그날은 시간이 없었으니까 나중에라도 천천히 이야기했을 거라고 생각했는데."

"그럴 시간이 없었습니다. 병원 일이 바빠서요."

니시조노는 한숨을 내쉬었다.

"그럴지도 모르겠군. 사실 나도 자네와 차분히 이야기를 하고 싶었네. 하지만 당분간 시간이 날 것 같지 않군. 자네 수련 기간이 끝날 때까지 기다리기로 하지 뭐. 자네도 나한테 여러 가지로 할 이야기가 있을 것 같기도 하고."

유키는 잠자코 있었다. 뭐라고 대답해야 좋을지 몰랐다.

"이야기는 이게 다네. 돌아가도 좋아."

"한 가지 여쭤봐도 되겠습니까? 그 협박편지에 관한 건데요."

"뭔가?"

"그 내용…… 의료과실이라는 말에 짚이는 데가 있다는 교수님이 없으셨던 게 맞습니까?"

"없었네. 아까 회의에서는. 그게 대체 어떻다는 건가?"

"아니요, 아무것도 아닙니다. 실례하겠습니다."

머리를 숙이고 유키는 발길을 돌렸다. 그리고 걸어가면서 마음속으로 물었다. 당신도 그렇습니까. 의료과실에 대해 짚이는 게 없느냐는 질문을 받았을 때 자신 있게 '없다'고 단언할 수 있습니까. 먼 과거까지 거슬러 올라갔을 때 정말 마음에 걸리는 게 없습니까.

아니면 그건 의료과실이 아니었나. 과실이 아니라 고의였나.

그녀의 가슴속에서 또다시 불길한 상상이 떠돌기 시작했다.

11

만나기로 한 장소는 오모테산도의 교차로에서 몇 분만 걸어가면 나오는 카페였다. 노조미는 창가 테이블에 앉아 있었다.

조지가 자리에 앉자 노조미는 손목시계를 봤다.

"5분 지각!"

"미안. 갑자기 잔업을 하라고 해서 말이야."

그는 한 손으로 비는 시늉을 했다.

노조미는 데이트에 늦은 적이 거의 없었다. 간호사라는 직업병 때문인지 아닌지 조지로서는 알 수 없었다. 그녀는 자신이 늘 제시간을 지키는 만큼 조지도 시간을 정확히 지켜주기를 바랐다. 하지만 잔소리가 심하지는 않았다.

웨이터에게 맥주를 주문한 후 조지는 담배에 불을 붙였다.

"오늘은 어땠어?"

아무렇지 않은 척 물어보았다.

"어떻다니? 여전하지 뭐."

노조미는 찻잔을 입으로 가져갔다.

"바빴어?"

"그렇지, 뭐. 평소보다는 좀 편했나. 수술도 없었고 용태가 급변한 환자도 없었으니까."

"평온무사한 하루였다는 이야기군. 무슨 재미있는 사건 같은 건 없었어?"

노조미는 눈을 가늘게 뜨고 쓸쓸하게 웃었다. 양 볼에 보조개가 생겼다.

"병원이잖아. 재미있는 사건 같은 게 일어날 리 없지. 일어난다고 하면 긴급 수술로 허둥지둥한다거나 갑자기 엄청난 체중의 환자가 실려 온다거나 하는 정도지 뭐. 하지만 그것도 늘 있는 일이니까 사건이라는 느낌은 아니야."

"다시 말해서." 조지는 그녀의 얼굴을 똑바로 쳐다보았다. "오늘 하루 아무 일도 일어나지 않았다는 것은 어떤 의미에서 사건이기도 하다는 거네."

"아하, 그럴지도."

노조미는 응응 하며 연신 고개를 끄덕였다.

맥주가 나왔다. 한 모금 마신 조지는, 거짓말은 아닌 것 같다고 판단했다. 오늘 데이도 대학병원에서는 특별히 큰 소동이 일어나지 않았다는 이야기였다.

물론 그것은 노조미 같은 간호사들에게 아무것도 알리지 않았다는 것을 의미할 뿐이다. 병원, 적어도 상층부의 인간은 모여서 이것저것 의논했을 것이다.

그 협박편지가 여의사에게 발견된 것이 계산 착오였구나. 조지는 오늘 아침의 일을 돌이켜보았다. 닥스훈트의 목줄에 종이를 끼워놓은 후 그는 몸을 숨기고 상황을 지켜보고 있었다. 그리고 개 주인이 종이를 발견하기를 기다렸다.

하지만 실제로 그 종이를 빼낸 것은 여의사였다. 노조미의 안내로 수술실에 기어든 날 밤 엘리베이터 앞에서 만난 젊은 여의사였다.

그녀는 그 자리에서 종이를 펼쳐보았다. 그리고 당황한 모습으로 발길을 돌려 병원으로 뛰어 들어갔다.

수련의라고 했으니까 지도교수쯤 되는 사람에게 의논하지 않았을까. 의논을 한 사람은 어떻게 했을까. 보통이라면 병원 책임자에게 보고할 것이다.

그 이후의 일은 짐작할 수 없다. 보통이라면 경찰에 알릴 것이다. 하지만 병원에 관해 나쁜 소문이 도는 것을 우려하거나 못된 장난일 거라고 지레짐작해버리는 경우에는 일단 통보를 보류할 수 있다. 경찰이 왔었느냐고 노조미에게 묻고 싶었으나 마땅한 구실이 떠오르지 않았다.

아무튼 병원 측으로서는 지금 협박편지를 세간에 공표할 생각은 없는 듯하다. 단순한 장난인지 아닌지 지켜보려는 것이리라고 조지는 추측했다.

그가 곰곰이 생각하고 있는데, 뭔가가 떠오른 듯 노조미가 고개를 들었다.

"그런데, 전의 일은 도움이 됐어?"

"전의 일이라니?"

조지가 되묻자 노조미는 불만스럽다는 듯 입술을 삐죽 내밀었다.

"수술실 말이야. 그렇게 고생해서 안내해주었잖아. 거기다 사진까지 찍게 해주었는데."

"아, 그거. 미안. 도움이 됐지, 그것도 아주 많이. 고맙게 생각하고 있어, 정말."

"응, 그럼 됐어."

"멋대로 수술실에 들어간 거 누구한테 안 들켰어?"

"그건 괜찮아. 그것에 대해서는 아무 말도 듣지 않았으니까."

"그것에 대해서라니? 그럼 다른 일 때문에 무슨 말이라도 들은 거야?"

"조금. 그때 들킬 뻔했잖아. 그래서 순간적으로 피어스를 찾고 있었다고 거짓말했고. 나중에 그 아줌마가 그걸 끈덕지게 물고 늘어지더라고."

"그랬구나. 정말 미안해."

조지는 진심으로 말했다.

"자기가 미안해할 필요 없어. 그 아줌마, 나를 싫어하니까 아마 그런 일이 없었더라도 어차피 뭔가 트집거리를 찾았을 거야. 간호사 세계는 말이야, 여자들뿐이라서 이런저런 일들이 있거든."

노조미의 이야기는 대체로 마지막에는 직장에 대한 불평으로 이어졌다. 조지는 그것을 묵묵히 들어주는 것이 자신의 임무라고 여겼다.

티스푼을 만지작거리면서 노조미가 크게 한숨을 내쉬었다.

"아아, 언제까지 이런 일을 해야 하는 걸까. 간호사라는 게 좀 더 멋지고 사람들한테 도움이 되는 직업이라고 생각했는데 말이야."

"지금도 충분히 도움이 되고 있잖아. 생명을 지켜주고 있고."

하지만 노조미는 짜증 난다는 듯이 고개를 저었다.

"생명을 지키고 있지만 그 이상으로 병원의 체면을 지키고 있는 느낌이야. 또 인간관계의 미묘한 균형을 유지하는 데도 신경을 써야 하고. 스가누마 언니랑 마쓰다 아줌마 이야기는 했지?"

"여러 번 들었어." 귀에 못이 박히도록. 이 말은 삼켰다. "사이가 나빠서 서로 다 간호사들을 자기편으로 끌어들이려고 한다고. 그런데 너는 어느 파벌에도 들어가지 않으니까 심술을 부린다고 말이야."

"심술이랄까, 하여튼 일일이 신경을 써야 하니까 성가시거든. 하지만 그런 건 어느 병원에나 있는 일이야. 다른 병원에서 일하는 친구한테 들어봐도 다들 그런 이야기뿐이거든."

"그럼 어쩔 수 없네. 성가시면 어느 쪽이든 들어가면 되지 않아?"

"그럴 수 있으면 고생하지 않지. 그러면 다른 쪽에서 반드시 공격을 받으니까 그렇지." 노조미는 지긋지긋하다는 표정을 보이며 탁자에 손을 올리고 턱을 괴었다. "아무래도 지금 일이 내 적성에 안 맞나 봐. 환자의 비위를 맞추는 거라면 이해하겠는데, 다른 간호사 비위를 맞추면서 일하는 건 아주 한심하다는 생각이 들어."

조지는 아무 말도 하지 않고 맥주잔만 기울였다. 그래서 어떻게 할 건데, 같은 다음을 재촉하는 말은 입이 찢어져도 하지 않는다. 하지만 그러지 않아도 노조미는 늘 하는 대사를 입에 담는다.

"하지만 일을 그만두면 먹고 살 수가 없고, 정말 장래를 생각하면 우울해져. 자기는 내가 어떻게 했으면 좋겠어?"

늘 하는 대사가 나왔다. 모르겠다고는 말할 수 없었다. 조지는 고개를 갸웃해 보였다.

"아직 젊고, 그렇게 서둘러 결정할 일은 아닌 것 같은데. 조금만 더 참아보는 게 어떨까? 그러면 무슨 좋은 일이 있을 거야."

"뭐야, 남 이야기 같잖아."

노조미가 노려보았다.

"어떤 직장이든 비슷한 고민은 있다고 말하고 싶은 거야." 맥주를 다 마시고 시선을 내려뜨려 시계를 보았다. "이제 슬슬 나갈까? 아, 배고프다."

"정말 자기는 내 마음을 전혀 몰라준다니까."

노조미는 실망한 듯한 얼굴로 말하고는 옆에 놓인 핸드백을 집어 들었다.

조지는 그녀의 마음을 충분히 알고도 남았다. 직장에 대한 푸념을 늘어놓으면서 그에게 결혼할 의사가 있는지를 확인하는 것이다.

"그런데 시마바라 영감은 팔팔한가?" 계산서를 집어 들면서 그가 물었다. "여전히 엉큼한 눈으로 보는 거야?"

"시마바라 소이치로? 팔팔하지. 하지만 수술이 연기된 모양이야. 수술실 간호사가 그랬어."

계산대로 향하던 조지는 뒤로 돌아 노조미를 내려다보았다.

"연기? 언제로?"

"다음 주 목요일이나 금요일……"

"목요일이야 금요일이야?"

조지는 노조미의 어깨를 붙잡았다.

노조미는 당황한 듯 눈살을 찌푸렸다. 의아하다는 듯 그를 올려다보았다.

"자기, 왜 그래?"

"어, 아니야……" 조지는 손을 놓았다. 억지웃음을 지어 보였다. "자기한테 이상한 짓을 할까 봐 그렇지. 그런 변태 영감은 하루라도 빨리 나가줬으면 해서 말이야."

궁색한 변명이었지만 노조미의 표정은 누그러졌다.

"괜찮아. 별로 이상한 짓은 안 했어. 그래도 기쁜데. 자기가 그렇게 걱정해줄 줄 몰랐거든. 다음에 그 간호사 만나면 꼭 수술 날짜 물어볼게."

조지는 고개를 끄덕이고 계산대로 걸어갔다. 노조미가 다가가 팔짱을 꼈다. 계산대에서 계산하는 동안에도 그녀는 조지 옆에 바싹 붙어 있었다. 그가 어떤 계획을 세우고 있는지도 모른 채 노조미는 두 사람의 행복한 미래를 꿈꾸고 있었다. 언젠가 결혼할 날이 올 거라고 믿고 있었다.

　그 꿈이 깨지는 날도 일주일 미뤄졌다. 조지만 그 사실을 알고 있었다.

12

유키가 의국에서 환자의 수술 데이터를 정리하고 있을 때 스가누마 요코가 문을 열고 들어왔다.

"히무로 선생님, 사무국으로 오라는데요."

퉁명스러운 말투였다. 이 간호사는 항상 유키를 약간 얕보는 듯한 태도를 보인다.

"사무국? 무슨 일이지?"

혼잣말처럼 중얼거렸지만 스가누마 요코에게는 그렇게 들리지 않은 모양이었다.

"글쎄요. 난 전해달라는 부탁만 받았으니까요. 간호사를 심부름꾼으로 아는지 원. 나도 중요한 볼일이 있어 사무국에 갔는데."

기분이 좋지 않은 모양이었다. 유키는 아무 말 없이 자리에서 일어섰다. 방을 나가려고 할 때 "히무로 선생님!" 하고 부르며 스가누마 요코가 다가왔다.

"모토미야 선생님과 아침에 속닥속닥 무슨 이야기를 하는 것 같던데, 무슨 일이었어요?"

협박편지 때문에 모토미야와 의논한 일을 말하는 것이었다. 그 전까지 그는 스가누마 요코와 이야기를 나누고 있었다. 그때 유키가 찾아가 따로 별실로 가서 협박편지를 보여주었던 것이다. 스가누마 요코로서는 불쾌했을 것이다. 그녀가 모토미야에게 마음이 있다는 것은 심장혈관외과 사람이라면 누구나 알고 있었다.

귀찮다고 생각했지만 설명하지 않을 수 없었다. 다만 사실은 말할 수 없었다.

"이번에 퇴원하는 환자 일로 잠깐, 잘 모르는 것이 있어서요."

"흐음." 스가누마 요코는 불만스럽다는 듯 한쪽 볼을 일그러뜨렸다. "그까짓 일로 일일이 모토미야 선생님을 불러내는 건 좀 그렇지 않나요? 분명히 말하지만 저도 중요한 이야기를 하고 있었거든요."

"아, 미안합니다. 조심할게요."

"그래서 수련의가 오면 성가시다는 거예요."

스가누마 요코는 크게 한숨을 쉬고 먼저 나갔다. 그 뒷모습을 보면서 유키는 어깨를 으쓱했다. 어떤 의미에서 수련의는 누구보다 지위가 낮다. 간호사의 기분도 상하게 하지 않도록 신경을 써야 한다.

그건 그렇고 사무국에서 무슨 일로 부르는 걸까.

아마 그 협박편지에 관한 일이겠지만 이야기할 것은 모두 이야기했다. 그 밖에 무슨 일이 있는 걸까.

사무실에는 직원 몇 명이 남아 있었다. 가사기도 있었다. 그가 유키를 보자 손짓하며 방 한 켠으로 불렀다.

"바쁠 텐데 미안하네. 사실은 낮에 찾아온 그 형사가 또 와 있어. 나나오라고 했나. 경시청 형사야."

가사기가 목소리를 낮췄다.

"저한테 무슨 일일까요? 할 이야기는 다 했는데요."

"나도 그렇게 이야기했는데, 아무튼 만나게 해달라고 하네. 물어보지 못한 게 있다면서. 경찰은 원래 그런 데가 있어. 몇 번이고 같은 걸 묻거든." 전에도 형사와 엮인 적이 있는 듯한 말투였다. "귀찮더라도 좀 만나보지 않겠나? 너무 오래 끄는 것 같으면 내가 노크할 테니까."

"알겠습니다. 괜찮습니다. 묻는 말에만 답하면 될 테니까요."

"음, 묻는 말에만, 그래."

가사기는 확인하듯 말했다. 유키가 쓸데없는 말을 할까 봐 불안한 듯했다. 어떤 병원이나 숨기고 싶은 것 한두 가지쯤은 있기 마련이다. 하지만 가사기는 부질없는 걱정을 하고 있다. 수련의의 귀에 그런 극비 정보는 들어오지 않는다.

응접실 문을 열자 소파에 앉아 있던 남자가 일어났다. 낮에 만난 사람이었다. 나이는 마흔 살 안팎일까. 거무스름한 얼굴에 마른 체형이었다. 체중 감량 중인 권투선수 같은 인상이었다.

"바쁘실 텐데 죄송합니다. 아무래도 확인할 것이 있어서요."

"무슨 일인데요?"

유키는 선 채 물었다. 이야기를 길게 끌고 싶지 않아서였다.

"일단 앉으시지요."

"아니요, 이대로도 괜찮습니다."

"그런가요?" 나나오는 왠지 아쉬운 듯 눈을 내리깔았다. 그러고 나서 다시 유키를 보았다. "오늘 아침 일에 대해서 좀 더 자세한 이야기를 듣고 싶은데, 그전에 개인적인 일 한 가지만 물어봐도 되겠습니까?"

"개인적인 일요? 뭔데요?"

유키는 미간을 찌푸렸다. 자신이 여성이라는 것과 관계된 일이 아닌지 묘한 의심이 들었다.

나나오는 입술을 축이고 나서 말했다.

"실례지만 혹시 히무로 경부보님의 따님 아닌가요?"

순간적으로 무슨 질문인지 이해할 수 없었다.

"경부보요? 아니요, 아닌데요."

나나오는 약간 의외라는 듯 고개를 갸웃했다.

"아니라고요? ……아버님이 히무로 겐스케 씨 아닙니까?"

"아버지 이름이 겐스케인 건 맞는데……."

나나오는 안심한 듯 표정이 밝아졌다.

"역시 그렇군요. 아버님이 경부보였던 무렵의 일은 기억하지 못하는 모양이네요."

"아아……."

유키는 그제야 생각났다. 아버지는 예전에 경찰관이었다. 하긴 그녀에게는 그 무렵에 대한 기억이 거의 없었다.

그녀의 생각이 전해진 듯 나나오의 얼굴에 웃음이 번졌다.

"생각나셨습니까?"

"아주 오래전 이야기잖아요."

"예, 히무로 경부보님이 경찰을 그만두신 지도 벌써 20년이 넘었나. 아무튼 저도 신참이었을 때니까요."

"아버지를 잘 아십니까?"

"경찰로서 처음 일을 배운 게 히무로 경부보님께였습니다. 같이 일한 건 1년 정도밖에 안 됩니다만, 그사이에 경찰관으로서의 마음가짐 같은 걸 배웠지요."

"아아……."

유키는 형사의 얼굴을 다시 쳐다보았다.

예전의 아버지를 알고 있는 사람을 만난 적은 지금까지 한 번도 없었다. 어떤 경찰이었고, 무슨 일을 했는지도 전혀 몰랐다. 흥미를 가진 적도 없었다. 다만 바빠서 몸이 견디지 못해 그만두었다는 사실만 알고 있을 뿐이었다.

"앉으시지요."

나나오가 다시 소파를 가리켰다.

그녀는 소파에 앉았다. 아버지 이야기를 좀 더 듣고 싶었다.

"그런데 정말 놀랐습니다. 히무로 경부보님의 따님을 이런 데서 만나게 될 줄은 꿈에도 생각하지 못했거든요."

나나오는 진심으로 기뻐하는 것 같았다.

"어떻게 제가 히무로 겐스케의 딸이라는 걸 아셨습니까?"

유키의 질문에 나나오는 히죽 웃었다. 이 질문을 기다리기라도 한 것 같은 반응이었다.

"마흔이 넘어가면서 기억력에 자신이 없어졌는데 좀 되찾을 수 있을 것 같습니다. 사실은, 당신이 생각났습니다."

"제가요? 어디서 본 적이 있던가요?"

유키는 결코 인상이 좋다고는 할 수 없는 상대의 얼굴을 자세히 봤다. 아무리 봐도 생판 처음 보는 사람이었다.

나나오는 자기 얼굴 앞에서 손사래를 쳤다.

"저를 기억하지 못하는 것도 무리는 아닙니다. 당신이 어릴 때였고, 애초에 제 얼굴 같은 건 보지도 않았을 겁니다. 장례식 때였으니까요."

"아버지의……."

"그렇습니다. 그날 경찰 관계자도 몇 명 참석했습니다. 히무로 경부보님께 신세를 진 사람이 적지 않으니까요. 저도 그중 한 명입니다."

"그랬군요. 그런 건 전혀 몰랐습니다. 어머니한테서도 아무것도 듣지 못했고요."

"어머님으로부터는 아무것도…… 그렇습니까? 음, 그거야 그럴지도 모르겠네요."

뭔가 이해가 간다는 듯한 말투였다.

"무슨 뜻인가요?"

"아니, 그건." 나나오는 순간적으로 망설이는 듯 보였다. 입술 사이로 담배 때문에 누렇게 변색된 이가 보였다. "히무로 경부보님이 경찰에 계셨던 것은 돌아가시기 한참 전의 일이고, 굳이 말할 필요가 없다고 생각하셨겠지요. 그보다 집안의 기둥이 사라졌으니 어머님으로서도 옛날 일보다는 앞으로 어떻게 살아갈까, 그 생각만으로도 머리가 복잡하셨을 겁니다."

그는 분명히 뭔가를 피하고 있었다. 뭘 숨기고 있을까 생각하는데, 그가 질문을 했다.

"왜 의사가 될 생각을 했는지요?"

유키는 똑바로 그를 쳐다봤다.

"경찰관의 딸이 의사가 되겠다는 게 이상한 일인가요?"

"그럴 리가요." 나나오는 당황한 듯 고개를 저었다. "그냥 심장외과라는 게 좀 걸려서요."

그의 말에 유키는 무심코 자세를 가다듬었다.

"그건 왜죠?"

"아니, 이건 제 개인적인 생각입니다만, 아버님의 병이 생각나서요."

"아버지의 병을 아십니까?"

"들어서 알고 있습니다. 대동맥류였다고요."

유키는 휴우 하고 한숨을 내쉬었다.

"맞습니다. 어떻게 그런 걸 다 기억하고 계시네요."

"그야 당연하지요. 은인이 돌아가셨으니까요. 아무래도 병명을 알고 싶었고, 또 암과는 달라서 아무런 지식도 없었으니까 그 당시에 저도 나름대로 이것저것 알아봤습니다. 그래도 지금은 혈관에 혹이 생기는 거라는 정도밖에 기억하고 있지 않지만요."

유키는 시선을 떨어뜨렸다. 아버지의 사인에 대해 이런저런 사람들이 다양한 말을 했지만, 결국 한때의 관심사에 지나지 않았다고 체념하고 있었다. 지금은 아무도 병명조차 기억하지 못하고 있다고 믿었다. 하지만 십몇 년이나 지난 지금까지 병명을 기억하는 사람이 여기 있다. 그것이 무척 기뻤다.

"제가 감정을 상하게 했나요? 역시 불쾌한 기억이었나 보죠?"

나나오가 불안한 듯 물었다.

유키는 얼굴을 들고 고개를 가로저었다.

"그런 옛날 일을 기억해주셔서 고맙습니다. 병의 정식 명칭은 흉부대동맥류였습니다. 말씀하신 대로 혈관에 혹이 생기는 병입니다."

"심장외과의를 목표로 한 것은……."

나나오는 뭔가를 살피는 듯한 눈빛이었다.

"짐작하시는 대로입니다. 아버지가 그렇게 돌아가셨고, 아무래도 그게 머리에서 떠나지 않아서……."

깊이 감동한 듯이 나나오는 심호흡을 했다. 그리고 살짝 고개를 흔들었다.

"아버님의 목숨을 빼앗은 병으로부터 다른 사람들을 구하겠다는 생각이었나요?"

유키는 고개를 숙이고 중얼거렸다.

"그렇게 멋진 건 아니지만……"

의료과실이나 고의로 죽임을 당했을지 모른다는 의심을 하고 있다고는 도저히 말할 수 없었다.

"머리가 수그러지네요. 지금 당신의 모습을 보면 히무로 경부보님도 저세상에서 기뻐하시겠어요. 훌륭한 외과 의사가 되었으니까요."

"아니, 안타깝게도 그렇지 않습니다. 저는 아직 수련의라 여러 과를 돌아다니며 실습을 하는 단계입니다. 지금은 우연히 심장혈관외과에서 공부하고 있지만, 좀 있으면 다른 과로 옮겨가야 해요."

하지만 그녀의 설명에도 나나오는 감동한 듯한 표정을 무너뜨리지 않았다.

"그런가요? 아무튼 분발하세요. 저도 응원하겠습니다. 장례식 후로 어머님께도 도리를 다하지 못했는데, 어머님께서는 건강하십니까?"

"건강하세요. 지금은 일하고 계세요."

호텔에서 일한다고 유키는 나나오에게 말했다.

"그거 다행이군요. 따님이 이렇게 훌륭하게 되었으니 어머님도 안심하시겠네요. 꼭 한번 인사드리러 찾아뵙겠다고 전해주세요."

"알겠습니다. 나나오 씨였지요?"

사실은 다음에 언제쯤 어머니에게 연락할지 몰랐지만 유키는 일단 그렇게 대답했다.

"개인적인 일로 시간을 뺏었습니다. 하지만 히무로 경부보님의 따님과 관련된 일이라고는 생각지도 못했습니다."

나나오는 웃옷 주머니에서 수첩을 꺼냈다. 본연의 임무를 시작할 생각인 듯했다.

"저어, 형사님." 유키가 불렀다. 수첩을 펼치던 나나오가 고개를 들었다. 그 눈을 보면서 그녀가 물었다. "아버지는 왜 경찰을 그만두셨나요?"

나나오는 침을 삼킨 것 같았다. 허를 찔렸는지도 몰랐다. 얼굴이 일순 어두워졌지만 이내 웃는 얼굴로 되돌아왔다.

"당신은 어떻게 알고 있습니까?"

"일이 바빠서라는 이야기밖에 듣지 못했습니다. 그런데 다른 이유가 있었던 건가요?"

"아니요, 분명히 고된 일이었으니까 체력적으로 힘드셨던 것도 이유라고 생각합니다만……."

나나오의 말은 분명치가 않았다.

"무슨 다른 게 있었나요? 이야기해주실 수 없습니까? 일 이야기로 들어가기 전에요."

그의 수첩을 보면서 유키가 말했다.

나나오는 머리를 긁적였다.

"아, 이거 곤란한데……."

"그렇게 말하기 힘든 일인가요?"

"아니요." 나나오는 진지한 눈으로 고개를 가로저었다. "절대 숨길 만한 일이라고는 생각하지 않습니다. 다만 그 당시에는 당신에게 알리고 싶지 않았겠지요. 아무튼 한 사람이 목숨을 잃었으니까요."

"누가 죽었습니까?"

나나오는 고개를 끄덕였다. 이야기하기로 마음먹은 모양이었다.

"당시에 저는 히무로 경부보님과 함께 외근을 나갔습니다. 순찰차를 타고 동네를 돌았지요. 그 무렵 관내에서는 시너 판매가 문제가 되고 있었습니다. 사용자와 판매자 같은 사람들이 어슬렁거린다는 정보가 자주 들어왔거든요. 그런 때에 소년 한 무리가 눈에 들어왔습니다."

형사는 그때의 일을 떠올리는 듯 때때로 시선을 먼 곳에 두고 말을 계속했다.

"좁은 골목길에 몇 명이 앉아 바스락거리면서 뭔가를 하는 것 같았습니다. 저는 히무로 경부보님과 눈을 맞췄습니다. 경부보님이 아무 말 없이 고개를 끄덕이더니 순찰차를 세우라는 눈짓을 했습니다. 제가 차를 세우자 경부보님은 바로 차에서 내리셨죠. 그런데 그 소리가 들렸던지 소년들이 도망치기 시작했습니다. 그러고는 가까운 곳에 세워둔 오토바이를 타고 흩어져 도망쳤습니다."

그때의 모습이 유키에게도 손에 잡힐 듯이 그려졌다. 비슷한 광경을 지금도 텔레비전 같은 데서 자주 보기 때문이다. 20년 전과 아무것도 달라지지 않았구나, 하는 생각이 들었다.

"우리는 오토바이 한 대를 추격했습니다. 어두워서 잘 보이지는 않았지만 고등학생쯤 되어 보였지요. 그 아이는 순찰차를 따돌리려고 필사적으로 달렸습니다. 멈추라고 여러 차례 경고했습니다만, 속도를 늦추지 않았지요."

그다음 이야기는 유키도 알 수 있었다. 불길한 예감이 들었다.

"그래서요?"

그다음 이야기를 재촉했다.

"그 아이는 일단정지 표지판도 무시하고 달려 빠져나가려고 했습니다. 그런데 옆에서 온 트럭에 충돌……." 나나오는 한숨을 내쉬었다. "바로 병원으로 옮겼습니다만 곧 숨을 거두고 말았지요. 중학생이라는 것은 그 후에 알았습니다. 2학년이 된 지 얼마 안된 아이더군요. 골목에서 시너를 흡입한 것이 아니라 슈퍼에서 좀 도둑질한 물건을 친구들과 나누고 있었다고 합니다. 오토바이도 훔친 거였지요."

예상대로 이야기가 전개되어 유키는 무심코 얼굴을 찡그렸다.

"아버지는 그 책임을 지고?"

"문제가 되기는 했지요. 운전이 미숙한 미성년자를 추격할 때는 세심하게 주의를 기울이라고 하니까요. 처분이랄 것까지는 아니었습니다만, 히무로 경부보님은 얼마 후 이동하게 되었습니다. 경찰을 그만둔 것은 그 직후입니다."

"책임을 지고 그만둔 건가요?"

"아니요, 그렇지는 않을 겁니다." 나나오는 분명히 말했다. "경부보님께 한 번 여쭤본 적이 있습니다. 그때의 판단이 잘못되었다고 생각하시느냐고요."

"아버지는 뭐라고?"

"확실히 부정하셨습니다." 나나오는 말했다. "자신의 사명은 시민의 안전을 지키는 것이다, 순찰차를 보고 도망치는 사람을 방치하는 것은 그 사명을 포기하는 일이다, 그리고 사명을 포기하는 것은 지금까지 살아온 의미를 잃는 일이다, 하고 말이지요."

"사명……."

"사람은 태어나면서부터 사명을 가지고 있다는 것이 히무로 경부보님의 입버릇이었습니다."

그렇게 말하고 나나오는 쓸쓸하게 웃었다.

그 말을 어디선가 들은 적이 있다고 유키는 생각했다.

나나오가 손목시계를 봤다. 시간에 신경 쓰고 있는 듯했다.

"이제 슬슬 용건을 꺼내도 되겠습니까? 당신과 경부보님 이야기를 하는 편이 즐겁기는 합니다만……."

"죄송합니다. 하지만 지금 이야기를 들을 수 있어서 좋았습니다. 고맙습니다."

"어머님께서 말하지 않은 것은, 아버님 탓에 한 사람이 죽었다는 사실만을 받아들여 당신이 상처받지 않을까 우려했기 때문일 겁니다."

"저도 그렇게 생각합니다. 그래서 별로 화가 나지는 않습니다."

"그렇다면 다행입니다." 나나오는 다시 수첩에 시선을 떨어뜨렸다. "사실 이곳에는 사카모토라는 형사가 오기로 되어 있었습니다. 하지만 당신이 누군지 생각해냈기 때문에 제가 오겠다고 우겼지요. 그런 만큼 일단 업무를 확실히 해두지 않으면 곤란합니다."

유키의 입가에 웃음이 번졌다. 그녀로서도 정체를 모르는 형사보다 자신과 다소나마 관계가 있는 사람으로부터 심문을 받는 게 그래도 편하다.

"그 닥스훈트 말인데요, 당신이 그 개를 본 것은 오늘 아침이 처음이었다고 했지요?"

"그렇습니다."

"하지만 그곳에 개를 매어두는 사람이 이따금 있다고 하더군요."

"환자일 겁니다. 병원 안으로 데리고 들어올 수 없으니까요."

"그런 개를 봤을 때 당신은 항상 오늘 아침처럼 만지거나 합니까?"

유키는 고개를 가로저었다. 묘한 질문이라고 생각했다.

"그때는 우연히 개의 목줄에 끼어 있는 종이가 보였기 때문에 불쌍해 보여서 다가간 겁니다. 평소에는 멀리서 바라보기만 했습니다."

그녀의 대답에 고개를 끄덕이면서 팔짱을 끼었다.

"역시 그렇군요. 그럼 대체 어떻게 된 일일까요?"

"저기, 무슨 이상한 거라도?"

나나오는 순간적으로 망설이는 표정을 짓고는 입을 열었다.

"아무리 생각해도 모르겠습니다. 못된 장난인지 아닌지는 차치하고 뭣 때문에 협박편지를 그런 형태로 남겼는지, 범인의 의도를 알 수가 없습니다. 개의 목줄에 끼워두는 것은 범인한테도 아주 불확실한 방법입니다. 어쩌다가 빠져버릴 수도 있으니까요."

"그건 저희 병원 선생님 한 분도 말씀하셨습니다. 범인이 본심이 아니니까 그런 방법을 택한 것으로 추측된다고요."

하지만 나나오는 고개를 갸우뚱했다.

"본심이 아니라면 더더욱 안전하고 확실한 수단을 택했겠지요. 이번 방법은 굉장히 위험합니다. 왜냐하면 개가 짖을지도 모르니까요. 협박편지를 끼우고 있을 때 짖기라도 한다면 주위 사람들의 눈에 띄게 될 테니까요. 개가 얌전히 있을 거라는 보장은 어디에도 없거든요. 하지만 범인은 굳이 그 방법을 택했습니다. 왜일까요? 그렇게 해서 얻는 게 뭘까요?"

형사의 말에 유키도 곰곰이 생각했다. 맞는 이야기인 것 같았다. 닥스훈트도 짖는다. 그 개는 얌전히 있었지만 그건 우연이었다.

"가장 안전한 방법은 우편입니다. 소인 같은 건 거의 단서가 되지 않으니까요. 굳이 병원으로 왔다는 것 자체가 범인에게는 모험입니다. 설령 무슨 이유가 있어 부치지 못하는 경우에는 편지함에 슬쩍 넣고 가도 되고 병원 관계자의 차 와이퍼에 끼워두어도 됩니다. 방법은 얼마든지 있습니다. 그래서 우선 생각한 것이 개의 주인입니다. 만약 당신이 발견하지 못했다면 아마 협박편지를 발견한 사람은 개 주인이었을 겁니다. 무슨 이유가 있어서 범인이 개 주인에게 협박편지를 발견하도록 했을 거라는 말이지요."

유키는 고개를 끄덕였다. 형사의 생각은 논리적이었다.

"근처의 모든 동물병원에 전화를 해서 닥스훈트 주인을 이 잡듯이 찾아봤습니다. 고생은 좀 했습니다만 개 주인을 알아냈지요. 예순세 살의 여성으로, 30분쯤 개 산책 삼아 이 병원에 왔었다고 합니다. 통원 치료를 하고 있는 것도 아니었고요. 협박편지에 대해서는 말하지 않고 이것저것 물어봤습니다만, 아무리 생각해도 그 여성이 관련된 것으로 보이지는 않았습니다. 애초에 그분이 병원에 갈 생각을 한 것도 어젯밤이라는데, 그렇다면 범인이 그걸 알 턱도 없고요."

"그 여성 가까이에 있는 인물이 범인이라는 건가요?"

유키의 말에 나나오는 의표를 찔린 듯이 눈을 크게 뜨고 히죽 웃었다.

"참 예리하신데요. 역시 경부보님의 따님이십니다. 하지만, 아마 그렇지는 않을 겁니다. 그분은 혼자 살고 있고, 오늘 병원에 간다는 걸 아무한테도 이야기하지 않았다고 합니다."

내가 추측하는 것은 형사라면 당연히 고려하는구나, 유키는 생각했다.

"그래서 다음으로 생각한 것이 당신입니다." 나나오는 말했다. "결과적으로 협박편지를 발견한 사람은 당신이었는데, 혹시 그것이 범인의 노림수였을지도 모른다. 다시 말해 당신이 거기에 묶여 있는 개를 늘 만진다는 걸 범인이 알고 있고, 그래서 그 닥스훈트의 목줄에 협박편지를 끼워두었을 거라는 말이지요. 어떤 이유에선지는 모르지만 당신이 그 쪽지를 발견하는 것이 범인의 목적이었을지도 모른다. 그렇게 생각해서 아까 그런 질문을 한 겁니다."

이 형사는 머리가 좋다고 유키는 생각했다. 보통 사람 같으면 유키가 협박편지를 발견한 것은 단순한 우연이라고 단정할 만한 상황이었다. 하지만 그는 거기에서도 필연이 존재할 가능성을 찾아내려 했다.

"하지만 정말 우연이었습니다. 그런 것까지 계산할 수는 없었을 겁니다."

"그런 것 같습니다. 그렇다면 이 문제를 어떻게 생각해야 할까요?" 나나오는 천장을 올려다본 후 유키를 보고 쓴웃음을 지었다. "죄송합니다. 경찰서로 돌아가서 다시 고민해보겠습니다."

"형사님은 장난이라고는 생각하시지 않는 건가요?"

"글쎄, 어떨까요? 현 단계에서는 어느 쪽이라고도 말할 수 없습니다. 장난일 가능성도 크지요. 확실한 증거가 없는 한 선입관을 갖지 않을 것, 당신 아버님께 배운 철칙입니다." 나나오는 손목시계를 보고 자리에서 일어섰다. "바쁘실 텐데 고마웠습니다."

그는 문 쪽으로 걸어가다가 문을 열기 전에 돌아보았다.

"이 병원의 의료과실에 대해 무슨 소문 같은 거 들어본 적 없습니까?"

유키는 의외라는 생각에 형사의 얼굴을 쳐다보았다.

"설사 들었다고 해도 제가 그걸 말할 것 같으세요?"

나나오의 얼굴에 웃음이 번졌다. 고개를 끄덕이고는 코 밑을 문질렀다.

"일단 한 번 물어본 겁니다. 이 질문을 하지 않으면 나중에 상사한테 잔소리를 들을 수 있으니까요."

"힘드시겠네요. 하지만 안심하세요. 만약 무슨 이야기를 들으면 형사님께 알려드릴 테니까요."

"정말입니까?"

"저도 의료과실을 은폐하고 있는 병원에서 수련을 받고 싶지는 않으니까요."

나나오는 수긍이 간다는 얼굴로 고개를 숙였다.

"자, 그럼."

나나오는 방을 나갔다.

조금 늦게 방을 나온 유키에게 가사기가 종종걸음으로 다가왔다. 무엇을 물었느냐, 어떻게 대답했느냐, 집요하게 물었다.

"별일 아니었습니다. 단순한 확인뿐이었습니다."

이렇게 대답하고 그녀는 사무실을 떠났다.

오늘은 특별히 잔무가 없었다. 가끔은 일찍 돌아가야겠다고 생각했다.

13

 이튿날 아침 7시가 넘어 눈을 떴다. 오랜만에 맛본 숙면이었다. 유키는 잠자리에 든 후 아버지를 떠올린 것이 잘한 일이었는지도 모르겠다고 스스로를 분석했다.

 나나오 형사의 이야기는 모든 면에서 신선했다. 아버지의 경찰 관 시절 이야기는 지금까지 한 번도 들어본 적도, 관심을 가져본 적도 없었다.

 업무 중에 소년을 죽게 했다는 이야기는 확실히 충격적이었다. 하지만 나나오의 이야기만 놓고 보면 아버지의 과실이라고 할 수 없다는 생각이 들었다.

 사람은 태어나면서부터 사명을 가지고 있다……

 유키는 그 말을 언제 들었는지를 떠올렸다. 아버지가 수술을 받기 전날 병실에서였다.

"멍하니 살아서는 안 돼. 열심히 공부하고 남을 배려하며 살다 보면 여러 가지 것들을 저절로 알게 돼. 사람은 그 사람밖에 해낼 수 없는 사명이라는 걸 갖고 있는 법이야. 누구나 그런 것을 갖고 태어난단다."

아버지에게는 신념이 있었다고 유키는 확신했다. 오토바이로 도주하는 소년을 쫓을 때도 그런 신념이 있었기 때문에 주저하지 않았던 것이다. 결과적으로 돌이킬 수 없는 일이 되고 말았지만, 아마 후회하지는 않았을 것이다.

아버지의 뒷모습을 떠올렸다. 쓸데없는 말을 하지 않고 행동으로 처자식에게 듬직함을 느끼게 했다. 그 근저에는 경찰관 시절부터 가졌던 신념이 있었던 것이다.

준비를 마치고 걸어서 병원으로 향했다. 병원 앞까지 가자 벌써 병원을 찾은 환자로 보이는 사람들이 많이 보였다. 유키는 그 자전거 보관소를 보았지만 오늘 아침에는 묶여 있는 개가 없었다. 왠지 모르게 안도하며 현관으로 들어갔다.

중환자실에서 환자의 흉부 엑스레이 사진이나 채혈 데이터를 살펴보고 있는데 누가 부르는 소리가 들렸다.

"히무로 선생!"

얼굴을 들자 앞에 니시조노가 서 있었다. 이미 하얀 가운을 갈아입은 모습이었다.

"병동 회진은?"

"이제 해야 합니다."

"그럼, 그 전에 함께 갈 데가 있네."

"어디죠?"

"가보면 알 걸세."

니시조노는 엘리베이터를 탔다. 6층 버튼을 눌러 어디로 가는지 알 수 있었다. 일반 입원 환자의 병동은 5층까지다.

6층에 내리자 분위기가 확 바뀌었다. 전체적으로 모든 공간이 넉넉했다. 바닥 색깔도 달랐다.

복도의 가장 안쪽, 이른바 모퉁이에 있는 방문을 두드렸다.

문이 열리고 삼십 대 중반으로 보이는 남성이 모습을 드러냈다. 짙은 회색 양복을 입고 갈색 넥타이를 매고 있었다. 야윈 데다 근육도 없는 체형이었다. 피부가 하얗고, 뾰족한 턱에는 푸르스름한 면도 자국이 남아 있었다.

남자의 성이 '오카베'라는 것만은 유키도 알고 있었다. 가끔 이 방에서 얼굴을 마주쳤기 때문이다. 그러나 대화다운 대화를 나눠본 적은 없었다.

니시조노를 따라 유키도 병실로 들어갔다. 일반 1인실보다 두 배나 넓은 방의 창가에는 특별 사이즈의 침대가 놓여 있었다. 시마바라 소이치로는 그 위에 책상다리를 하고 앉아 있었다. 검은색 운동복 차림이었다.

"아침 댓바람부터 이렇게 니시조노 선생님이 오시다니 참 드문 일이군요."

달마 같은 체형의 시마바라는 쩌렁쩌렁한 소리로 말했다. 오카베와는 대조적으로 붉은 기가 도는 얼굴에 기름기가 번지르르했다. 그 얼굴을 유키에게 돌렸다.

"수련의 선생도 같이 온 거요?"

처음에 소개를 받았을 때부터 시마바라는 유키를 제대로 된 이름으로 부른 적이 없었다. 아마 모든 젊은 사람, 특히 여성에게 그런 태도를 보일 터였다.

"몸은 좀 어떠십니까?"

니시조노가 물었다.

"보시는 대로 팔팔하오. 아픈 데가 전혀 없는 사람 같소."

"그거 참 다행입니다."

"하지만 실제로는 폭탄을 안고 있는 거잖소. 참 웃기는 이야기 아니오? 하지만 뭐 그런 걸 안고 있으니 안정이 안 되오. 얼른 떼어주시오."

"그 문제입니다만, 시마바라 씨. 수술 일정을 약간 변경해야 할 것 같습니다."

"변경? 앞당기는 거요?"

"아니요, 조금 늦추어야 할 것 같습니다. 혈액검사 결과가 좋지 않아서요. 알기 쉽게 설명드리자면 혈당치에 좀 문제가 있습니다."

시마바라의 눈이 험악해졌다.

"얼마나 늦추는 거요?"

"일주일 정도입니다."

니시조노가 그렇게 말한 순간, 시마바라의 얼굴은 더욱 붉어졌다. 그것을 알아채지 못한 것처럼 니시조노는 담담한 어조로 혈액검사 결과를 친절하게 설명해나갔다. 그사이에도 시마바라는 세세한 이야기 따위는 아무래도 좋다는 듯이 무뚝뚝한 표정을 짓고 있었다.

"며칠간 식사와 약으로 대처하면 곧 정상수치로 돌아올 겁니다. 수술은 그 후에 하는 걸로 하겠습니다."

니시조노가 이야기를 매듭지었지만 시마바라의 날카로운 시선은 주치의가 아니라 부하인 오카베 쪽을 향해 있었다.

"그 모터쇼가 다음 달 며칠이었지?"

"20일부터 사흘간입니다. 사장님께서는 첫날 인사말을 하시기로 되어 있습니다."

"앞으로 한 달 남짓 남은 건가?" 시마바라는 혀를 차고는 니시조노를 보았다. "다음 주 주말에 수술한다고 하면 퇴원은 언제나 할 수 있소?"

니시조노는 고개를 가로저었다.

"그건 뭐라고 말할 수가 없습니다. 수술 후 경과에 달렸습니다. 금방 퇴원하는 사람도 있고 한 달 이상 걸리는 사람도 있습니다."

"그거 참 곤란한데." 시마바라는 얼굴을 일그러뜨렸다. "다음 달 20일까지는 움직일 수 있어야 하오. 사실은 지금 당장이라도 돌아다니고 싶은 마음이오만. 선생, 어떻게든 이번 주 안에 끝낼 수는 없겠소?"

"무리입니다. 수술 전 데이터가 조건에 맞지 않으면 수술을 할 수 없습니다. 저희는 항상 최악의 경우를 상정하여 수술 여부를 결정하고 있으니까요."

"그 수술 전 데이터 말이오만, 명확한 기준이 있는 게 아니라 병원에 따라 제각각이라고 하던데, 이 병원의 기준이 너무 까다로운 거 아니오?"

시마바라는 어디서 주워들었는지 어쭙잖은 이야기를 했다. 부하 직원에게 알아보게 했는지도 모른다. 그러고 보니 유키가 채혈할 때도 이렇게 세세하게 검사할 필요가 있느냐며 늘 불평을 늘어놓곤 했다.

"수술은 환자가 납득한 상태에서 해야 합니다. 만약 저희 방침에 따를 수 없으시다면 다른 병원을 소개해드릴 수도 있습니다."

니시조노는 조용한 어조로 말했다.

"아니, 말을 안 듣겠다는 이야기는 아니오." 시마바라는 당황했다. 비위를 맞추려고 억지웃음을 지었다. "니시조노 선생의 지시라면 따라야지요. 선생의 실력을 믿으니까 이 병원으로 온 거 아니겠소. 하지만 나로서도 난처한 입장이라 그 말이오. 일이 산적해 있으니까 어떻게 좀 안 되겠느냐, 다시 말해 의논하는 거라 이 말이오."

"시마바라 씨의 의향은 충분히 알겠습니다. 저희도 기대에 부응하고 싶은 마음입니다. 그런 마음에서 이렇게 제안을 드리는 것입니다."

"알겠소. 다음 주 금요일이라 하셨소? 그럼 그렇게 알고 있겠소.

집도는 니시조노 선생께 부탁할 수 있겠지요?"

"물론 제가 합니다. 조수는 두 명이 들어갈 예정인데, 그중 한 사람이 여기 히무로 선생입니다."

갑자기 자신의 이름이 나와 유키는 순간적으로 당황했다. 그리고 서둘러 머리를 숙였다.

"수련의가요?"

시마바라의 얼굴이 다시 어두워졌다.

그녀가 조수로 들어간다고 설명하면 환자의 절반 이상이 이렇게 반응한다. 어쩔 수 없는 일이라고 생각하면서도 역시 자존심에 상처를 입는다.

"수련의입니다만 일은 확실하게 해냅니다. 그러니까 쓰는 겁니다. 저를 믿어주십시오."

니시조노가 단호하게 말했다.

시마바라는 마지못한 표정으로 고개를 끄덕였다.

"선생이 그렇게 말하니 괜찮겠지요. 수련의 선생, 잘 부탁하오."

유키 쪽을 보고 한 손을 들어 보였다.

병실을 나온 후 니시조노가 쓸쓸하게 웃었다.

"협박편지 때문에 수술 날짜가 연기된 걸 알면 노발대발하겠군."

"모터쇼 예정이 어떻고 하는 이야기를 했으니까요."

"아마 신차 발표라도 있는 걸 거네. 사장이 꼭 인사말 같은 건 안 해도 될 것 같은데, 사람들한테 잘난 척하고 싶은 거겠지. 아리마 자동차는 요즘 그다지 평판이 좋지 못한 것 같기도 하고."

일본을 대표하는 자동차회사의 사장으로, 경제계의 거물이자 정치가와도 깊은 관계가 있고, 요코즈나[+] 심의위원회의 회원이라는 것, 유키가 시마바라에 대해 알고 있는 사실은 이 정도였다.

"사회적 지위가 높은 사람은 참 다루기 힘드네요."

"하지만 의외로 그렇지가 않다네. 내가 보기에 그 사람은 지금 약간 안도하고 있을 걸세. 내심 수술을 두려워하고 있거든. 노발대발할 거라고 했는데, 그건 그런 연기를 할 거라는 의미였네."

니시조노가 하는 말의 의도를 몰라 잠자코 있으니 그가 말을 이었다.

"수술이 두렵지 않은 사람은 없네. 시마바라 씨가 짜증을 내보인 것은 자신이 거물임을 보여주고 싶기 때문이겠지. 방에는 아랫사람도 있었으니까. 지금쯤은 아마 얼른 수술해주면 좋을 텐데 아주 속상하다는 말을 하고 있겠지. 아랫사람이 회사 사람들한테 전해주기를 기대하면서 말이야."

"참 의미 없는 일을 하고 있네요."

"성공한 사람은 의미 없는 일을 하지 않네. 그 사람한테는 그 사람 나름의 계산이 있는 거지. 수술조차도 이미지 만들기에 이용하는 사람이라네. 그래서 일류 기업의 최고경영자인 거지."

"기억해두겠습니다."

"자네가 그런 거물급을 제대로 상대하게 되려면 좀 더 시간이

+ 일본 씨름인 스모의 최고 지위.

필요하겠지만 말이네."

의국이 있는 층에 도착해 엘리베이터에서 내렸다. 니시조노는 자신의 방으로 가는 것 같았다.

"교수님!"

유키가 그를 불러 세웠다.

뭐냐는 듯이 그가 돌아보았다.

"아까 수술 전 데이터가 갖춰지지 않으면 수술을 할 수 없다고 하셨는데……"

"그게 어쨌다는 건가?"

유키는 침을 삼키고 나서 입을 열었다.

"예전에는 지금처럼 상세한 수술 전 검사를 할 수 없었을 거라고 생각합니다. 예를 들어 삼차원 영상 같은 것은 10년 전에는 없었을 테니까요."

"그래서?"

니시조노의 눈이 약간 험악해졌다.

"검사로는 알 수 없는 부분에 대해 최악의 상황을 상정한 경우, 수술이 아주 위험한 일도 있을 것 같습니다. 그런 경우 교수님께서는 늘 피해오셨습니까?"

이는 물론 겐스케의 수술에 대해 말한 것이다. 그것은 니시조노도 알고 있을 터였다. 유키는 자신의 맥박이 빨라지는 것을 느꼈다. 체온도 약간 상승한 것 같았다. 그래도 그녀는 니시조노의 눈을 계속 쳐다봤다.

"그때마다 최선을 다했다고 생각하네." 니시조노는 조용히 말했다. "수술을 피하는 것도 선택할 수 있는 방법 중의 하나지. 물론 그렇게 하지 않았던 일도 있고."

"그 결과는요? 잘못된 선택을 했다고 생각해보신 적은 없습니까?"

니시조노는 유키의 얼굴을 물끄러미 쳐다보았다.

"헤아릴 수 없이 많은 수술을 했네. 그 수만큼 선택을 했다는 이야기지. 결과는 항상 예상한 범위 내였네. 예상이라는 표현이 이해하기 어렵다면 각오라고 말해도 좋겠지."

환자가 죽는 경우도 예상 범위 내라는 의미일까. 그것을 확인하려는 순간 뒤에서 발소리가 다가왔다.

"니시조노 선생님!"

모토미야의 목소리였다.

돌아보자 모토미야가 긴박한 표정으로 니시조노에게 달려오고 있었다.

"선생님, 빨리 교수회에 연락해달라고 합니다."

"무슨 일 있었나?"

"예의 그……." 모토미야는 유키 쪽을 힐끔 쳐다보고는 다시 니시조노에게 시선을 돌렸다. "협박편지입니다. 또 발견되었답니다."

14

이미 경고문을 보냈지만 그쪽은 어떤 성의 있는 대응도 하지 않았다. 이쪽의 요구를 단순히 못된 장난으로 단정하고 있다면 완전히 틀렸다.

다시 한 번 요구한다. 지금까지의 의료과실을 매스컴을 통해 모두 공표하고 사죄하라.

이틀의 유예 기간을 주겠다. 다음 일요일까지 지시대로 하지 않으면 병원을 파괴하겠다. 이것은 협박이 아니다.

경고자

두 번째 협박편지는 외래 환자의 대기실에서 발견되었다. 발견한 사람은 요통을 치료하러 온 쉰다섯 살의 여성이었다.

데이도 대학병원에서는 초진의 경우 먼저 진료신청서에 증상 등을 적고 접수 창구에 제출한다. 신청서는 대기실 구석에 있는 카운터에 비치되어 있다.

발견한 여성은 협박편지는 진료신청서가 든 함에 꽂혀 있었다고 했다.

"처음에는 뭔지 잘 몰랐어요. 함에는 진료신청서라고 쓰여 있는데 정작 신청서는 들어 있지 않은 것처럼 보였어요. 신청서 묶음 제일 위에 전혀 관계없는 하얀 종이가 들어 있었거든요. 뭐지 하고 자세히 보니까 무슨 글자가 쓰여 있지 않겠어요. 주의사항 같은 거라고 생각하고 읽어보니까 내용이…… 정말 깜짝 놀라서 접수 창구 직원한테 보여줬습니다."

나나오는 대기실 옆 휴게실에서 사정을 청취했다. 요통을 앓고 있다는 발견자는 손짓발짓을 해가며 흥분한 어조로 이야기했다. 그 모습만 보면 도저히 요통을 앓는 사람처럼 보이지 않았다. 주문한 아이스티도 거의 줄어들지 않았다. 태어나서 처음으로 형사에게 질문을 받는 입장이 되어 기분이 상당히 고조된 것 같았다.

"아주머니 앞에 신청서를 쓴 사람은 어떤 사람이었습니까?"

"예? 제 앞에요? 음, 어떤 사람이었더라. 노인네였나. 아, 아닌가. 젊은 사람이었나. 머리가 긴 여자였던 것 같기도 하고……. 아아, 하지만 자신이 없네요. 너무 믿으면 곤란할 것 같은데요."

걱정하지 않아도 믿지 못하겠다고 말하고 싶은 걸 나나오는 꾹 참았다.

"아주머니께서 종이를 발견했을 때 주위에 수상한 사람은 없었습니까? 아주머니를 가만히 지켜보고 있다든가 주위를 서성거린다든가 하는 사람이요."

그 질문에도 그녀는 고개를 가로저었다.

"그런 걸 생각할 여유도 없었어요. 그런 내용이었으니까요. 깜짝 놀라서 누군가한테 알려야 한다는 생각밖에 못했어요."

그랬을 거라고 생각하며 나나오는 고개를 끄덕였다. 이 여성에게서는 아무래도 유익한 정보를 얻을 수 있을 것 같지 않았다.

"치료하러 오셨는데 이렇게 붙들어둬서 죄송합니다. 또 여쭤볼 일이 생길지 모르겠습니다만, 그때도 잘 부탁드립니다."

그러나 그녀는 형사와의 이야기를 끝내고 싶지 않은 모양이었다.

"저어, 그건 무슨 의미인가요? 이 병원, 의료과실이 있었던 건가요?"

목소리를 죽이며 나나오에게 물었다. 구경꾼의 얼굴, 그 눈은 호기심으로 빛나고 있었다.

"그건 저희도 잘 모릅니다."

나나오는 자리에서 일어났다.

"하지만 그런 걸 쓴다는 게 이상하잖아요? 무슨 일이 있었으니까 화가 나서 그런 걸 쓴 게 아니겠어요?"

"정말 아무것도 모릅니다. 병원 일은 병원 사람한테 물으십시오."

"그럼 그건요? 전에 보냈다는 경고문은 어떻게 된 건가요?

"그건……."

"거기 쓰여 있는 내용을 보면 전에도 비슷한 걸 병원에 보낸 것 같은데, 사실인가요?"

여성의 목소리는 점차 커졌다. 휴게실 안에는 사정을 모르는 환자들도 있었다.

"아주머니." 나나오는 목소리를 낮추었다. "이건 아주 예민한 문제입니다. 경찰로서도 신중하게 대처해야 하는 사안이에요. 그러기 위해 수사상의 비밀을 절대 지켜야 합니다. 다시 말해 그 협박 편지를 발견한 사람이 아주머니라는 것도 발설돼서는 안 됩니다. 그것 때문에 아주머니께 어떤 위험이 닥칠지도 모르니까요."

"네? 저한테요?"

여성은 자신의 가슴을 손으로 눌렀다. 얼굴에 불안한 빛이 드러났다.

"그러니까 이 건에 대해서는 아무쪼록 함부로 떠들지 말아 주십시오. 아주머니도 이상한 놈들이 따라다니는 건 싫으시죠?"

"예, 그야 물론이죠."

"그럼 그렇게 하시는 걸로 알고, 잘 부탁드리겠습니다."

나나오는 탁자 위의 계산서를 집어 들고 빠른 걸음으로 휴게실을 나왔다.

밖에서는 사카모토가 기다리고 있었다.

"이제 사무국으로 가야 합니다."

"지문 채취는 끝났나?"

진료신청서 카운터에 남아 있는 지문을 말한다.

"아까 끝났습니다. 병원 사무국은 난처해하는 것 같지만요."

"소동이 커지는 걸 두려워하는 거겠지. 하지만 이미 늦은 것 같은데. 저 아줌마, 여기저기 떠들고 다닐걸."

나나오는 협박편지 발견자와 나눈 이야기를 해주었다. 사카모토는 씁쓸하게 웃었다.

사무국으로 가자 가사기가 백발 노인과 뭔가를 의논하고 있었다. 노인은 외과의 오노가와라는 교수였다. 병원장이기도 한 모양이었다.

"저희 상사가 곧 올 예정입니다." 사카모토가 말했다. "앞으로의 일을 의논하고 싶다고 합니다. 주로 매스컴에 대한 대응 방침에 대해서일 듯합니다."

"저희 병원의 방침은 정해졌습니다."

오노가와가 딱딱한 어조로 말했다.

"어떻게요?"

사카모토의 물음에 가사기가 대답했다.

"협박편지는 공개해도 좋습니다. 다만 아직 기자회견을 열 단계는 아닌 것 같습니다. 가능하다면 경찰 쪽에서 각 매스컴에 알려주셨으면 합니다만."

"그건 가능할 것 같습니다."

사카모토가 대답했다.

"잘 결단하셨습니다."

나나오가 말했다. 빈정거림이 담겨 있었다.

"어쩔 수 없지요. 제삼자가 협박편지를 발견한 이상, 숨기는 것이 오히려 성가시니까요. 뒤가 켕기는 일을 하지도 않았는데 괜히 의심을 받을지도 모르고요."

"그렇겠네요."

나나오는 고개를 끄덕이면서, 어쩌면 범인이 이걸 노린 것인지도 모르겠다는 생각을 했다.

15

　나카쓰카 요시에의 용태는 안정되어 있었다. 이미 중환자실에서 일반실로 옮긴 상태였다. 아직 미열이 남아 있기는 하지만, 혈압도 맥도 문제없었다. 물론 의식도 또렷했다. 본인은 몸이 약간 나른한 듯하다는데, 아마 열 때문일 것이다. 그 외에 자각증상은 없는 듯했다. 지난번 수술로 튜브를 이용해 담즙을 체외로 내보내고 있는데, 그 색깔도 나쁘지 않았다.

　나카쓰카 요시에의 병은 담관암이므로 원래라면 유키의 담당이 아니다. 그래도 유키는 매일 상태를 살피러 찾아갔다. 나카쓰카 요시에가 자신은 동맥류 수술 때문에 입원했다고 믿고 있기 때문이었다. 담관을 수술한 것은 단순한 담관염 치료라고 알고 있다. 담당 의사가 그렇게 설명했고, 유키 등도 그렇게 말을 맞추고 있었다. 그래서 요시에도 담관염은 곧 나을 것이고, 체력만 회복하면 곧 동맥류 치료를 시작할 것이라고 믿고 있었다.

그런 그녀에게 유키는 앞으로 아주 복잡한 사정을 설명해야 했다. 하지만 그런 부담스러운 역할을 맡은 사람은 유키만이 아니었다. 이 병원의 거의 모든 의사가 지금 그녀와 마찬가지로 골머리를 앓고 있을 것이다.

이런저런 세상 돌아가는 이야기를 하는 틈에 유키는 시계를 확인했다. 요시에의 딸이 오기로 되어 있었다. 기다리고 있지만 아직 나타날 것 같지 않았다. 어떻게 할까 유키는 망설였다. 이 환자에게만 시간을 할애하고 있을 수는 없었다.

"실은 말이에요, 나카쓰카 씨……"

유키가 이야기를 시작했을 때 요시에의 시선이 유키의 등 뒤로 향했다. 돌아보니 요시에의 딸이 다가오고 있었다. 이름이 모리모토 구미라는 것은 조금 전 통화할 때 알았다. 구미는 큼직한 종이봉투를 들고 있었다. 요시에가 갈아입을 옷일 것이다.

구미는 유키에게 고개를 숙여 인사하고 침대에 누워 있는 어머니의 얼굴을 들여다보았다.

"몸은 좀 어때?"

"이제 괜찮아. 머리도 한결 나아졌고."

"그래, 다행이네." 구미는 웃는 얼굴로 고개를 끄덕이고 나서 유키를 보았다. "저어, 무슨 하실 말씀이……"

"네, 사실은."

유키는 이야기하면서 호흡을 가다듬었다.

어떻게 설명할지는 모토미야 등과 의논도 했고, 몇 번이고 머릿속에서 정리도 했다. 그래도 입 밖에 내는 데는 각오가 필요했다. 한 번 말해버리면 돌이킬 수 없다. 농담이었다는 말로는 해결되지 않는다.

모녀는 불안한 듯이 유키를 쳐다보고 있었다. 요시에의 병에 대해 무슨 좋지 않은 선언을 하는 것이 아닐까 두려워하는 표정이었다.

"실은 퇴원 날짜에 대해서인데요."

유키의 말에 구미가 곤혹스러운 얼굴을 했다.

"역시 빨리 나가야 하나 보죠?"

"아니요, 그런 뜻이 아니라." 유키는 손사래를 쳤다. "병원에 사소한 말썽이 생겨서, 그래서, 혹시 나카쓰카 씨가 일찍 퇴원하고 싶어 하시지 않을까 해서요."

구미는 어머니와 얼굴을 마주 본 후 다시 유키를 보았다.

"무슨 일인데요?"

"저기, 말썽이라고 하면 적절하지 않을지도 모르겠네요. 실은 저희 병원에 대해 좋지 않은 생각을 가진 사람이 있는 것 같아요."

유키 스스로도 답답한 설명이라고 생각했다. 하지만 핵심 부분을 설명하려면 그 나름의 순서가 필요했다. 그것은 나카쓰카 요시에가 상상도 하지 못한 일이다.

유키는 모녀를 번갈아 보면서 낮은 목소리로 말했다.

"병원에 협박편지가 날아들었거든요."

나카쓰카 요시에의 표정은 거의 변하지 않았다. 너무나 황당한 이야기여서 그것이 뭘 의미하는지 곧바로 이해할 수 없었는지도 모른다. 그것은 구미도 마찬가지인 듯, 멍한 얼굴로 유키를 보고 있었다.

"협박편지…… 말인가요?"

확인하듯이 구미가 물었다.

"뭐, 못된 장난일 거라고 생각합니다만…… 아니, 그럴 가능성이 높은 것 같습니다만."

유키는 서둘러 정정했다. 단정적으로 말하지 않도록 하라고 모토미야가 못을 박았던 것이다.

"어떤 협박편지인데요?"

역시 구미의 표정이 험악해졌다. 드디어 요시에도 사태를 이해했는지 놀란 듯 눈을 크게 떴다.

"자세한 일은 저도 듣지 못했습니다만, 병원을 부수겠다는 내용인 모양이에요."

"부순다뇨?"

"글쎄요, 그게." 유키는 고개를 갸웃해 보였다. "무슨 뜻인지는 잘 모르겠어요."

'파괴'라는 단어를 사용하지 않은 것도 모토미야의 지시 때문이었다. 아무래도 모토미야는 사무국에서 환자들에게 어떻게 설명할지 교육을 받은 모양이었다. 사무국의 의도는 충분히 짐작할 수 있었다. 의사가 환자에게 잘못 설명하면 혼란을 부를지도 모르기 때문이다.

"왜 병원을 부순다는 거죠?"

구미가 다시 물었다.

"저도 모릅니다. 아무튼 정체를 알 수 없는 협박편지인 것 같습니다. 그러니까 그냥 못된 장난인지도 모릅니다. 하지만 완전히 무시할 수도 없는 노릇이어서 이렇게 입원 환자들에게 말씀드리기로 한 겁니다."

"저런……."

구미는 어찌할 바 모르는 모습으로 어머니를 쳐다봤다. 요시에는 말없이 눈만 깜빡이고 있었다.

"옛날에는 신칸센에 폭발물을 설치했다는 전화가 자주 사무소로 걸려왔다고 합니다. 그럴 때는 못된 장난일 거라고 생각하면서도, 일단 어떤 역에서 승객을 모두 내리게 하고 차내를 꼼꼼히 조사한 후에 다시 승객을 태우고 출발하는 순서를 거쳤다고 합니다. 실제로 한 번도 폭발물이 발견되지는 않았던 모양입니다만."

"아아, 그런 이야기라면 들어본 적이 있습니다." 요시에가 살짝 쉰 목소리로 말했다. "제가 아는 사람 중에 신칸센 히카리 호를 타고 가다가 원래는 서지 않는 오다와라에서 내렸다는 사람이 있어요. 머리가 이상한 사람이 세상을 떠들썩하게 하려고 그런 협박전화를 걸었다고 하는데, 정말 성가신 일이라고 그 사람도 무척화를 냈었어요."

"그런 못된 장난인지도 모릅니다."

"어쩜 좋아." 요시에는 얼굴을 찡그렸다. "정말 난감하겠네요."

그녀의 모습을 보고 사무국의 작전이 나쁘지 않은 것 같다고 유키는 생각했다. 신칸센을 예로 든 이야기도 모토미야에게서 들은 것이다. 아무래도 환자에게 설명할 용도로 사무국 직원이 생각해낸 모양이었다. 이런 협박은 다른 업계에서도 흔히 있는 일로, 이번에는 우연히 이 병원이 목표가 되었을 뿐이라는 인상을 주려는 의도일 것이다.

"그래서 저희 병원에서도 그와 같은 대응을 하기로 해서……."

"일단 병원을 나가라는 건가요?"

구미가 물었다.

"아니요, 그런 건 아닙니다." 유키가 양손으로 손사래를 쳤다. "병원은 신칸센과는 다릅니다. 당장 나갈 수 있는 사람과 그렇지 못한 사람이 있습니다. 아니, 바로 나갈 수 없는 사람이 대부분입니다. 다들 어떤 증상이 있어서 입원하신 거니까요."

"그럼 어떻게 하라는 건가요?"

유키는 고개를 저었다.

"병원으로서는 환자 여러분께 나가달라고 부탁하는 일은 없을 겁니다. 지금까지처럼 계속 치료를 합니다. 다만 그런 상황이라는 걸 이해해주십사 하는 것이지요. 경비는 지금까지보다 더 엄중히 할 것이고요. 이미 경찰이 병원 안에 수상한 물건이 있는지, 수상한 사람이 출입하지는 않은지 조사하고 있습니다. 그래도 협박편지를 보낸 사람이 다음에 또 무슨 짓을 벌일지 모릅니다. 병원으로서는 그것을 여러분께 숨기고 있을 수도 없는 일이고, 그것을 알려서 환자가 방침을 변경한다면 거기에 신속하게 대응하고자 하는 것입니다."

에두른 표현이었다. '병원으로서는'이라는 표현을 두 번이나 사용한 데 대해 유키는 자기혐오를 느꼈다. 만약 무슨 일이 벌어졌을 때 책임 소재를 애매하게 하는 것이 목적인데, 물론 이것도 모토미야로부터 지시받은 것이다.

"환자가 방침을 변경한다는 건 다시 말해……."

"조기 퇴원을 바라시면 그렇게 하실 수 있도록 노력한다는 뜻입니다. 나카쓰카 씨의 경우, 다른 환자들에 비해 그것이 비교적 용이합니다. 극단적인 경우에는 당장 내일이라도 퇴원하실 수 있습니다. 담즙 튜브가 몸 밖으로 나와 있습니다만, 일상생활에 지장이 없도록 처치하는 것은 어렵지 않으니까요."

모녀는 곤혹스러운 얼굴로 마주 보았다.

"엄마, 어떻게 할 거야?"

"그래도 뭐……." 요시에가 베개에서 머리를 들어 유키를 보았다. "어차피 못된 장난이겠지요?"

"그건 모르는 일입니다. 그런 게 아니라면 난감한 일이지만요."

모녀는 잠시 묵묵히 생각했다. 무리도 아니라고 유키는 생각했다. 이런 상태로 퇴원하게 되면 본인뿐만 아니라 주변 사람들도 큰일일 것이다.

"어떻게 할지 결정하시면 저나 간호사나 상관없으니까 알려주세요. 바로 처리해드릴 테니까요."

천천히 생각해도 된다거나 지금 바로 답을 주지 않아도 된다는 의미의 말은 하지 않도록 주의를 받았다. 생각할 시간을 주는 한 그사이에 무슨 일이 일어날 경우 병원 측이 책임을 지게 되기 때문이다.

요시에가 유키를 보고 물었다.

"선생님은 어떻게 생각하세요?"

"저…… 말인가요?"

"그런 걸 이 선생님한테 물어봐야 아무 소용없어요." 구미의 목소리가 날카로웠다. "아무튼 남편과도 의논을 해봐야 할 것 같습니다."

어머니를 퇴원시켰을 경우 남편이 질책할 것이라고 생각하고 있을 것이다.

"그럼 그렇게 아시고 저는 이만."

유키는 고개를 숙여 인사하고 병실을 나오려고 했다.

"저기……." 구미가 불러 세웠다. "돈이나 그런 건가요?"

"돈요?"

"협박편지가 온 거 맞죠? 병원을 부순다고. 그런 일을 당하고 싶지 않으면 돈을 내놓으라는 요구는 없었나요?

날카로운 질문에 유키는 동요했다. 다른 환자들에게도 똑같이 설명했지만 이 점에 대해서 물은 사람은 없었다.

유키는 고개를 가로저었다.

"저는 듣지 못했습니다."

"그럼 뭘 요구한 거죠? 그냥 병원을 부순다고만 했나요? 정말 이상한 이야기네."

구미가 혼잣말처럼 되뇌었으므로 유키는 다시 한 번 인사하고 아무 말 없이 방을 나섰다. 복도를 걸으면서 한숨을 내쉬었다.

의료과실에 대해 공표하고 사죄하라. 이것이 범인의 요구사항이다. 하지만 그것에 대해서는 환자에게 말하지 말라는 지시가 내려왔다. 마치 이 병원에 의료과실이 있었던 것처럼 오해할 수 있다는 게 이유였다.

하지만 유키는 석연치 않았다. 이야기할 거라면 죄다 이야기하고 숨길 거라면 철저히 숨기고, 그에 따라 발생하는 일에 대해서는 전면적으로 책임을 지는 것이 옳은 방식 아닌가. 병원이란 오히려 그런 조직이어야 하지 않을까.

협박편지가 왔다는 것을 환자에게 설명하게 된 것도 그들의 안전을 우선한다는 생각에서가 아니었다. 매스컴을 통해 환자들이 알게 되면, 왜 자신들에게 알리지 않았느냐는 비난을 받을 게 뻔하기 때문이었다.

뭔가 개운치 않은 느낌을 가슴에 안은 채 유키는 엘리베이터를 타고 1층으로 내려갔다. 매점에서 캔커피를 사서 의국으로 돌아가려고 할 때 뒤에서 누가 불렀다.

"히무로 씨!"

돌아보니 나나오가 한 손을 들면서 다가오고 있었다.

"쉬는 시간입니까?"

그가 물었다.

"잠깐요. 나나오 씨는 그 사건 때문인가요?"

"예." 그의 표정이 굳어졌다. "선생님들도 힘드시겠네요. 환자들한테는 벌써 설명을 했나요?"

"지금도 막 하고 오는 참입니다. 지치네요. 설명하기가 힘들어서."

"그렇겠지요. 모든 걸 다 털어놓을 수도 없는 노릇이고."

나나오는 의미심장하게 살짝 쓴웃음을 지었다. 유키의 괴로움을 이해한다는 듯한 표정이었다.

"경찰에서는 무슨 단서라도 잡았나요?"

유키의 질문을 받자마자 그의 얼굴이 일그러졌다.

"목격 정보를 모으고 있습니다만 의외로 다들 다른 사람에게는 관심이 없더군요. 뭐 병원에 오는 사람이야 자신의 병에 대한 생각으로 머리가 꽉 차 있을 테니 무리도 아니겠지만요."

"진료신청서에 섞여 있었다면서요?"

주위에 사람이 없는지 확인하면서 유키는 조그맣게 물었다.

나나오는 고개를 끄덕였다.

"대담한 짓을 하는 자입니다. 진료신청서는 매일 아침 보충되는 모양인데, 오늘 아침 보충했을 때는 그런 게 없었다는 증언이 있습니다. 다시 말해 협박편지가 놓인 것은 그 후라는 이야기지요. 지난번 일도 그렇습니다만, 범인에게는 위험이 큰 방법이지요. 그래도 실행한 점이 마음에 걸립니다."

"장난이 아니라는 말인가요?"

"그렇게 각오하는 게 나을 거라는 얘깁니다."

유키는 커피캔을 꽉 쥐고 있었다.

"장난이 아니라는 것을 보여주려고 일부러 위험한 방법을 택한 걸까요?"

"그럴지도 모릅니다만, 또 한 가지 생각할 수 있는 점이 있습니다. 아직 제 개인적인 생각입니다만."

유키가 나나오의 얼굴을 빤히 쳐다보자 그는 형사의 표정으로 이야기를 계속했다.

"지난번에도 그렇고 이번에도 범인은 병원 관계자가 아니라 이곳을 방문한 사람이 첫 번째 발견자가 되도록 꾸몄습니다. 거기에서 의도가 읽힙니다. 다시 말해 제삼자가 협박편지를 발견했을 경우, 병원으로서는 숨길 수가 없습니다. 실제로 이번에 매스컴에 공표하기로 결단을 내린 것도 그 때문이었습니다."

"협박편지를 공표하는 것을 노렸다는 말인가요?"

"그렇게 생각하면 앞뒤가 딱 맞습니다."

이렇게 말하고 나나오는 고개를 크게 끄덕였다.

16

납땜인두기를 잡은 손이 약간 떨렸다. 납땜은 오랜만이었다. 더군다나 눈에 띄지 않도록 실험실 조명을 최대한 낮춘 데다 수중에 있는 부품만으로 조립해야 하는 것도 작업을 어렵게 했다. 무엇보다 지금 쓰고 있는 집적회로 기판은 시험 삼아 세탁기 제어장치를 만들 때 쓰고 남은 것이다.

트랜지스터의 발 3개를 제대로 고정한 다음 조지는 납땜인두기를 일단 내려놓았다. 눈이 피로했다. 보안경을 벗고 눈자위를 손가락 끝으로 문질렀다.

그때 실험실 문이 열렸다.

"뭐야, 나오이 너야."

얼굴을 내민 이는 연구주임이었다. 조지보다 다섯 살 위다. 직

172

속 상사는 아니고, 바로 옆 부서다.

"잔업이야?"

"네, 좀."

비위를 맞추는 억지웃음을 지으며 고개를 끄덕였다.

"그럼 방 좀 환하게 해놓고 하지. 눈 나빠지잖아."

주임은 벽에 있는 스위치를 올려 불을 켜고는 조지에게 다가
왔다.

"뭘 하는 거야?"

조지는 서둘러 옆에 펼쳐놓은 노트를 덮었다. 회로도가 그려진
노트였다.

"그냥 누구한테 부탁받은 일입니다. 소형 모터의 제어 장치를
만들어달라고 해서요."

"아르바이트라 그거지? 니네 계장이 불평하던데. 요즘 네가 좀
이상하다고."

"어떻게 이상해졌대요?"

조지는 주임의 얼굴을 쳐다봤다.

"무슨 생각을 하는 건지 모르겠다고 말이야. 혼자 실험실에 틀
어박혀 있는 일이 많고 점심 시간에도 잘 안 어울린다며?"

"일은 제대로 하고 있습니다."

"그야 그렇겠지만, 회사 생활이 그게 다가 아니잖아. 뭐 내가 이
런 말 하지 않아도 잘 알겠지만 말이야."

주임은 조지의 어깨를 툭 치고 휙 발길을 돌렸다.

"그럼 먼저 갈게. 문단속 잘 해."

"수고하셨습니다."

주임의 등에 대고 이렇게 말하고 조지는 한숨을 내쉬었다.

직장 사람들이 수상하게 여길 수도 있겠다고 생각했다. 회사 생활이 예전과는 완전히 달라졌으니까. 자유근무 시간제가 도입되어 조지 같은 연구직 사람들은 근무 시간이 제각각이었다. 그래도 조지는 최근 몇 년 동안 거의 변하지 않는 리듬으로 출근과 퇴근을 반복했다. 최근 들어 그것이 무너졌다. 전에는 점심 시간이 지나서 출근하는 일이 없었던 것이다.

동료들과 잘 어울리지 않게 된 것도 사실이었다. 점심 시간이나 휴식 시간뿐만 아니라 퇴근 후의 술자리에도 전혀 참석하지 않았다.

친한 동료에게는 간호사와 사귀어서 그렇다고 설명했다. 얼마나 믿어줄지는 알 수 없었지만.

하지만 수상하게 여긴다고 해도 조지가 뭘 하는지, 무슨 일을 꾸미고 있는지는 아무도 모를 터였다. 앞으로 일어날 대형 사건의 범인이 이 실험실에서 착착 준비를 하고 있다는 걸 대체 누가 상상이나 하겠는가.

기판의 납땜을 끝내고 조지는 일단 일을 마치기로 했다. 동작을 확인해보고 싶지만 그러려면 추가로 계측기가 몇 가지 더 필요한 데다 시간도 걸렸다. 내일 낮에 필요한 기기를 준비해놓고 퇴근 시간 후에 할 생각이었다. 서두를 필요는 없었다. 시마바라 소

174

이치로의 수술이 일주일 연기되었기 때문이다.

직접 만든 장치와 부품을 상자에 넣고, 그것을 다시 종이봉투에 담아 실험실을 나왔다.

사무실에는 아직 사람이 있었다. 다만 조지와는 다른 부서 사람들뿐이었다.

남자 사원이 인스턴트커피를 마시면서 텔레비전을 보고 있었다. 뉴스 프로그램이었다. 돌아갈 준비를 하면서 조지는 힐끗 화면을 쳐다봤다. 곧 다음과 같은 자막이 나왔다.

병원을 파괴하겠다는 협박편지, 악질적인 장난일까?

조지는 텔레비전으로 한 발 다가갔다. 귀를 기울였다.

남자 아나운서가 이야기를 시작했다.

"오늘 도쿄 도 주오 구의 데이도 대학병원에서 '병원을 파괴하겠다'라는 협박편지가 발견되었습니다. 협박편지는 처음 병원을 찾은 사람이 기입하는 진료신청서에 섞여 있었다고 합니다. 그 후 경찰이 병원 내부를 조사했으나 수상한 물건은 발견되지 않았습니다. 경찰에서는 악질적인 장난일 가능성이 높다고 보면서도 앞으로 목격 정보 등을 수집한다고 합니다. 다음 뉴스는······."

아나운서가 다음 화제로 넘어가 조지는 천천히 자리를 떠났다. 사무실을 뒤로하고 회사를 나왔다.

걸으면서 휴대전화로 마세 노조미에게 전화했다. 노조미는 금방 받았다.

"지금 가도 될까?"

"응. 하지만 먹을 게 아무것도 없는데. 나도 지금 막 왔거든."

"그럼 밖에서 같이 먹지 뭐."

"알았어. 기다리고 있을게."

"아까 텔레비전을 보니까 너희 병원이 나오던데. 협박편지가 어쩌고저쩌고 하면서."

"그래. 그것 때문에 오늘 여러 가지로 힘들었어."

"그럼 그 이야기는 나중에 천천히 해줘."

"응, 알았어."

전화를 끊은 조지는 지나가는 택시를 향해 손을 들었다. 택시로는 노조미의 집까지 20분이면 갈 수 있다.

뉴스에서 나온 내용을 돌이켜보았다. 아나운서는 협박편지의 내용에 대해서 병원을 파괴하겠다는 것밖에 말하지 않았다. 중요한 부분인 "의료과실에 대해 공표하고 사죄하지 않으면"이라는 부분은 언급되지 않았다. 방송국의 배려 같지는 않았다. 다시 말해 병원과 경찰이 정보를 제한하고 있다는 의미일 것이다.

그것을 어떻게 처리할지 조지는 결정하지 못했다. 의료과실을 언급하지 않은 것이 마음에 들지 않는다고 다시 협박편지를 보내는 방법도 있다. 하지만 지금까지와 달리 병원 경비는 엄중할 것이다. 협박편지를 둔다고 해도 경찰이 발견한다면 본전도 못 찾는다.

노조미의 집으로 가니 그녀가 앞치마 차림으로 기다리고 있었다.

"아무래도 나가는 게 귀찮아서 뭔가 만들려고. 집에 있는 걸로만 만들어서 미안하긴 하지만."

"그래? 피곤하지 않아?"

"괜찮아. 맥주 사왔으니까, 마시면서 기다려. 그렇게 오래 걸리진 않을 테니까."

노조미는 작은 탁자 위에 캔맥주와 잔, 그리고 계란말이를 놓았다. 계란말이는 조지가 좋아하는 것이다. 술안주로 서둘러 만들었을 것이다.

그가 잔에 맥주를 따르고 있을 때 노조미가 쪼그려 앉으며 물었다.

"이거 뭐야? 선물?"

그러고는 그가 들고 온 종이봉투 안을 살펴보았다.

"그거 만지지 마!"

조지가 말했다. 부드럽게 말했다고 생각했는데, 목소리가 날카로웠던 모양이다.

노조미는 황급히 손을 뺐다.

"앗, 미안해."

"유감스럽게도 선물은 아니야. 시험 제작 중인 기계인데 덮개도 뭣도 없으니까 살짝만 만져도 부서질 염려가 있어서."

"그랬구나. 미안."

노조미는 뒷걸음질을 쳐서 주방으로 돌아갔다.

"아니, 내가 먼저 설명했어야 했는데."

조지는 맥주를 마시고 계란말이에 젓가락을 가져갔다. 여전히 맛있었다.

노조미는 그릴의 불을 조절하고 있었다. 건어물을 굽고 있을 것이다. 고향 집에서 보내왔다는 건어물을 그녀가 냉동고에 보관하고 있다는 것을 조지는 알고 있었다. 가스레인지에는 냄비와 프라이팬이 올려 있었다. 냄비는 아마 미소시루일 것이다.

이 집에 올 때마다 조지는 노조미가 결혼하면 참한 아내가 되겠다고 생각했다. 이 말을 그녀의 뒷모습을 바라보며 새삼 마음속으로 중얼거렸다. 그녀만 좋은 아내가 되는 것이 아니다. 그녀와 결혼한 남자도 아마 행복할 것이다.

조지는 간바라 하루나를 떠올렸다. 그녀의 집에도 자주 놀러갔다. 하지만 하루나가 그에게 음식을 만들어준 적은 거의 없었다.

"요리는 패스. 미안."

이런 식으로 말하며 장난스럽게 어깨를 으쓱해 보이던 모습이 조지의 기억에 각인되어 있었다.

하루나는 요리뿐만 아니라 가사 전반을 잘하지 못했다. 그 대신 그녀는 일에 정열을 바쳤다. 어느 곳이라도 갔고 어떤 상대에게도 주눅 들지 않고 이야기를 끌어냈다. 프리랜서 논픽션 작가가 될 수 있다면 여자라는 것도 버릴 수 있다고 호언했다.

그런 그녀의 행동력이 결과적으로 그녀의 목숨을 빼앗았다. 아니, 사실 행동력은 관계없다. 하지만 만약 그녀가 휴일에는 집에서 요리를 하는 여자였다면 그런 재앙을 피할 수 있었을지 모른다.

휴대전화 착신 멜로디가 귓가에 되살아났다. 그때 휴대전화 화면에 하루나의 전화번호가 표시되어 조지는 아무 의심 없이 받았다. 그런데 들려온 것은 모르는 남자의 목소리였다.

"여보세요, 실례합니다만 혹시 간바라 하루나 씨를 아십니까?"

상대는 불쑥 그렇게 물었다. 조지가 그렇다고 대답하자 상대는 잠깐 틈을 두고는 천천히 말을 시작했다. 그때의 충격은 지금도 조지의 가슴에 남아 있다.

악몽이라고밖에 말할 수 없는 사건이었다. 조지는 이 세상에서 가장 소중한 이를 잃었다. 그러고 나서 곧 그는 착신 멜로디를 바꿨다.

"왜 그래?"

노조미의 말에 조지는 퍼뜩 제정신을 차렸다. 빈 잔을 쥔 채였다.

"아니, 생각 좀 하느라고." 그는 맥주를 따랐다. "아까 얘긴데 말이야, 병원에서는 어떤 식으로 대응하고 있는 거야?"

"그게 말이야, 꽤 힘들더라고. 일단 입원해 있는 모든 환자한테 사정을 설명하기로 해서 선생님들과 우리가 병동 전체를 돌았으니까. 하지만 갑자기 협박편지라고 해도 보통은 그냥 깜짝 놀랄 뿐일 거 아냐. 어떻게 하시겠느냐고 여쭤도 금방 대답할 수 있는 사람이 얼마나 되겠어."

"어떻게 할 거라니, 뭘?"

"그러니까 계속 입원해 있을 건지 퇴원할 건지 그 말이지. 그런 뒤숭숭한 상황이니까 일단 우리 병원에서 나가고 싶은 사람이 있을지도 모르잖아."

"그런 사람 많았어?"

"오늘은 없는 것 같았어. 생각 좀 해보겠다는 사람이 대부분이지. 못된 장난일 거라고 단정하는 사람도 적지 않았고."

역시 협박편지만으로는 효과가 적다는 말인가, 하고 조지는 낙담했다. 모든 환자들이 나갈 거라고는 생각하지 않았지만 다소는 퇴원하리라고 생각했다.

노조미가 음식을 탁자에 차리기 시작했다. 연근 조림, 말린 금눈돔 구이, 데친 시금치 등 가정적인 반찬들이었다.

"미안, 이런 것밖에 없어서."

"충분해."

"또 다른 조림이라면 있어. 고기 조림. 먹을래?"

앉으려던 노조미가 다시 일어섰다.

조지는 손사래를 쳤다.

"됐어. 이걸로 충분하다니까. 그보다 병원은 괜찮은 거야? 협박편지를 보냈다면 범인이 뭔가 요구했을 거 아냐?"

노조미는 고개를 갸우뚱했다.

"그걸 잘 모르겠어. 우리는 협박편지가 무슨 내용인지 보지도 못했고, 위에서 지시한 대로 움직이고 있을 뿐이니까."

아무래도 간호사들에게도 자세한 사정을 알려주지 않은 모양이었다. 하지만 시간문제일 뿐, 협박편지의 자세한 내용은 소문이 되어 금방 퍼질 것이라고 조지는 예상했다. 위험을 감수하면서 협박편지가 제삼자에 의해 발견되게 한 것은 그 때문이었다.

"병원은 내일도 평소대로 돌아가는 건가?"

"그럴걸. 특별한 말이 없었으니까."

노조미는 자신의 잔에 맥주를 따랐다.

조지도 잔을 들고 건배하는 자세를 취했다. 둘이서 식사를 할 때의 의식이다.

"수술은 어떻게 되는 거야?"

"어떻게 되다니?"

"내일부터도 변함없이 하는 건가?"

"그야 그렇겠지. 협박편지가 발견되었다고 치료나 수술을 하지 않을 수도 없는 거니까. 환자들도 병이나 부상을 치료하려고 오는 거고."

"그렇…… 겠지?"

조지는 고개를 끄덕이고 조림에 젓가락을 가져갔다.

병원의 대응은 거의 그가 예상한 대로였다. 환자가 있는 한 치료를 하지 않을 수 없다. 필요한 경우에는 수술도 할 것이다.

"ICU라고 했나? 중환자실 말이야. 거기에는 아직도 환자가 있는 거야?"

"있어. 음, 한 일곱 명쯤 있나. 그건 왜?"

"아니, 거기에 있는 사람은 당장 퇴원할 수도 없을 것 같아서."

"그렇겠지. 특히 심장혈관외과와 같은 데는 수술 후에 반드시 중환자실에서 상태를 볼 것이고." 시금치를 입으로 가져가면서 노조미는 혼잣말처럼 중얼거렸다. "아아, 그래, 내일도 수술이 있지. 준비를 잊으면 안 되는데."

"수술? 심장혈관외과 말이야?"

"응. 일흔다섯 살 할아버지인데 좀 걱정이야. 뭐, 우리 선생님이니까 문제는 없겠지만."

조지는 고개를 끄덕이고 구이를 젓가락으로 뒤적거리기 시작했다. 오늘 만든 장치를 생각하고 있었다.

17

평소처럼 아침 8시에 출근했다. 몸이 나른했다. 역시 피로가 누적되어 있음을 실감했지만 그렇다고 쉴 수는 없었다. 몸이 좋지 않다고 하면 쉬라고야 하겠지만, 역시 여자는 체력이 안된다는 말을 들을 것 같았다.

오늘은 먼저 외래로 가야 했다. 입원 환자 한 사람이 관상동맥 조영술을 받는 자리에 입회해야 한다.

환자는 예순세 살의 남성으로, 관상동맥우회술을 받았다.

30분간의 검사가 끝난 후 그 환자와 대기실 의자에 나란히 앉았다. 그의 표정은 밝았다. 심전도나 혈압 등으로 미루어 심장이 입원하기 전보다 훨씬 좋아진 것은 분명했는데, 스스로도 그걸 느끼고 있을 것이다.

"움직여도 가슴이 편하니 참 좋네요. 지난 몇 년간 조금만 움직여도 숨이 차서 그냥 나이 탓이려니 했는데, 역시 병은 치료하지 않으면 안 되는 거네요."

남성 환자는 말이 길어졌다.

유키가 심장혈관외과로 옮겨 왔을 때 그는 아직 중환자실에 있었다. 수술 후 경과가 좋지 못해 집도한 모토미야가 심각한 얼굴로 니시조노와 이야기하던 모습을 기억하고 있다. 하지만 끈기 있게 치료를 계속한 덕분에 완전히 건강해진 것 같았다. 퇴원도 머지않을 것이다.

수련의 생활은 힘들지만 그것을 잊게 해주는 것은 역시 완치된 환자의 웃는 얼굴이다. 그보다 나은 건 없다.

남성 환자는 퇴원한 후의 일에 대해 이것저것 이야기했다. 하고 싶은 일이 많은 것 같았다. 그 이야기를 들으면서 아무렇지 않게 주위를 둘러보던 유키의 눈에 한 남자의 모습이 들어왔다. 어디서 본 적이 있었다. 이십 대 후반으로 보이는 마른 체형의 남성이었다.

유키가 눈으로 좇고 있으려니 남자가 지하로 연결된 계단으로 내려갔다. 외부 사람이 이용하지 않는 층이다.

"……십니까?"

유키는 남성 환자가 뭔가를 묻고 있다는 걸 깨달았다.

"네? 아, 죄송해요. 뭐라고 하셨죠?"

"선생님은 언제까지 이 병원에 계시냐고요."

남성 환자가 다시 물었다.

"한 달 이상은 있을 것 같습니다."

"그렇군요. 수련이 끝나면 역시 다른 병원으로 가시는 겁니까?"

"그건 아직 모르겠습니다. 그런데 왜 그런 걸 물으시죠?"

"그야, 뭐." 남성 환자는 주위를 둘러보고 나서 작은 소리로 말했다. "여러 가지로 이상한 소문이 나돌고 있으니까요. 그거 진짠가요?"

"소문요?" 유키는 남성 환자 쪽으로 고개를 돌렸다. "무슨 소문인데요?"

그는 못된 장난을 하다 들킨 아이 같은 표정을 지었다.

"말하지 말 걸 그랬나?"

유키는 애써 웃는 얼굴을 보였다.

"궁금한 일이 있으면 주저하지 마시고 말씀하세요. 저도 궁금하니까요."

"그야 그렇겠네요." 남성 환자는 뭔가를 살피는 듯한 눈으로 유키를 보면서 말했다. "그 협박편지 말이에요. 이 병원의 의료과실이 원인이라는 이야기가 있던데, 정말인가요?"

유키는 얼굴이 굳어지는 것을 느꼈다.

"그 이야기, 누구한테서 들으셨어요?"

"아니, 누구랄 것도 없이 여기저기에서 들리니까……."

남성 환자는 말끝을 흐렸다.

아무래도 환자들 사이에서는 이미 소문이 쫙 퍼진 모양이었다.

유키는 우울해졌다. 회진을 하면 환자들로부터 질문 세례를 받을 것 같았다.

"역시 그 소문이 사실인가 보군요."

그는 유키의 얼굴을 들여다보았다.

그녀는 고개를 가로저었다.

"자세한 것은 저희도 잘 모릅니다. 의료과실이라는 것도 전혀 듣지 못했고요."

'저희'라는 것을 유키는 의사 전원이라는 뜻으로 썼다. 하지만 남성 환자는 그렇게 받아들이지 않은 것 같았다.

"아, 그런가요? 히무로 선생님은 정식 의사가 아니니까요. 그럼 자세한 것은 말해주지 않았을지도 모르겠네요."

그는 수긍이 간다는 듯이 고개를 끄덕였다.

유키는 그런 의미가 아니라고 반론하려다 그만두었다. 자존심이 상해 정색하고 나서는 것처럼 보이고 싶지 않았다.

"환자분들 사이에서 협박편지가 화제가 되고 있나요?"

유키가 물어보았다.

"그야 물론이죠. 그러니까 선생님들이 일부러 설명하러 오셨잖습니까? 조기 퇴원을 바란다면 병원을 옮길 수 있도록 조치해주겠다고요. 그런 이야기까지 들었으니 예삿일은 아니라고 생각하는 게 보통이지요."

유키는 고개를 끄덕였다. 병원 측에서는 단순한 장난일 가능성이 높다 해도 환자들에게 숨기는 게 오히려 혼란을 부를 수 있다고 판단했지만, 환자들 입장에서는 그것이 오히려 긴박감을 더 높인 것 같았다.

"뭐, 저는 덕분에 곧 퇴원할 것 같습니다만, 남아 있어야 하는 사람은 불안하겠지요. 히무로 선생님이 이 병원에 계시는 동안만이라도 아무 일 없었으면 좋겠네요."

그는 친절한 마음에서 이렇게 말했겠지만, 유키로서는 그렇다고 해야 하는지 어떤지 알 수가 없었다. 애매한 표정을 짓고 있으니 그것을 뭐라고 착각했는지 그는 유키의 귓가에 이렇게 속삭였다.

"뭐하시면 제가 병원 윗사람한테 선생님이 다른 병원으로 옮길 수 있도록 부탁해볼까요? 연줄이 좀 있거든요."

유키는 놀라 그를 쳐다보며 고개를 가로저었다.

"괜찮습니다. 병원을 옮길 생각은 없으니까요."

"그런가요? 하지만 만약 무슨 일이 생기면 말씀하세요. 신세를 갚으려는 거니까요."

남성 환자는 웃는 얼굴로 일어서더니 힘찬 걸음으로 자리를 떠났다. 그 뒷모습을 보면서, 수련의란 대체 뭘까, 하는 생각을 했다. 하는 일은 정규 의사와 다르지 않다. 환자도 대개는 그렇게 보고 있다. 하지만 증세가 호전되거나 마음에 여유가 생기면 그 즉시 초짜 사회인으로 대하고 싶어지는 모양이다.

하지만 초짜인 것은 사실이다. 이 병원 안에서도 어느 정도까지 어른 취급을 해주는 건지 알 수가 없다. 그가 말하는 것처럼, 협박편지에 대해 뭔가 숨기는 것이 있고, 수련의에게는 알려주지 않는 것일 뿐인지도 모른다.

우울해진 유키는 의국으로 돌아가기로 했다. 오늘은 10시부터 수술이 예정되어 있었다. 수술할 환자는 노인으로, 대동맥판막 폐쇄부전증을 앓고 있었다.

집도의는 모토미야였다. 하지만 의국에 가니 그는 한가롭게 커피를 마시고 있었다. 수술 전의 긴박한 기미는 없었다.

"이제 슬슬 수술 준비를 하는 게 좋지 않을까요?"

확인하듯이 유키가 물었다.

"그건 그런데, 아직도 잘 모르겠어."

"무슨 일이 있었나요?"

"임상공학 기사가 잠깐 기다려달래."

"다무라 씨가요? 무슨 문제라도 생긴 건가요?"

다무라는 임상공학 기사다. 의료기기의 유지와 보수를 비롯해 심장혈관외과의 수술 때는 인공심폐기 조작을 담당하고 있다.

"인공심폐기 상태가 이상하달까, 좀 걸리는 점이 발견된 모양이야."

"그거…… 참 큰일이네요."

확실히 중대한 일이었다. 인공심폐기가 움직이지 않으면 심장혈관에 관한 수술은 거의 불가능하다고 할 수 있다.

"다무라 씨가 그러는데, 고장 같은 게 아니라 일단 확인해보는 수준이라는데. 그런 게 아니라면 곤란하지. 예비 기계가 있긴 하지만, 그건 옛날 거니까. 병원도 쩨쩨하게 굴지 말고 새로운 기계

하나 사주면 좋을 텐데 말이야."

"그 기계는 얼마 정도 하는데요?"

"글쎄." 모토미야는 팔짱을 꼈다. "시내의 집 한 채 정도는 살 수 있을걸?"

유키는 말문이 막혔다. 그런 그녀를 보고 모토미야가 히죽 웃으며 말을 이었다.

"수술할 때마다 임상공학 기사가 인공심폐회로를 만들어주지? 한 번당 얼마쯤 들 거라고 생각해?"

짐작할 수가 없어 유키는 아무 말 없이 고개를 가로저었다. 모토미야는 검지를 세웠다.

"1만 엔도 10만 엔도 아닌 100만 엔이야. 그쯤 드는 거지."

"그렇게나요?"

"어쨌든 심장이나 폐를 대신하는 거니까. 아낌없이 돈을 쓸 수 있는 거지."

모토미야의 시선이 유키의 등 뒤를 향했다. 그녀가 돌아보자 임상공학 기사 다무라가 무뚝뚝한 얼굴로 들어오는 참이었다. 커다란 얼굴에 땀이 배어나 있었다.

"상태는 어떤가?"

모토미야가 물었다.

다무라는 짧고 굵은 목을 갸웃했다.

"일단 한 번 점검했습니다만 특별히 이상한 데는 없어요. 정말 이상하단 말이야. 어떻게 된 건지 원."

혼잣말처럼 중얼거렸다.

"대체 무슨 일이 있었는데?"

"아니, 저도 뭐가 뭔지 모르겠어요. 저도 모르는 사이에 기계가 리셋된 거라서요. 만진 기억도 없고, 전원에도 이상이 없거든요."

"리셋되었다고요?"

유키가 물었다.

"알기 쉽게 말하자면 스위치를 껐다가 다시 켠 상태가 되었다는 뜻입니다."

"기계가 지 맘대로요?"

"그러니까 그런 일은 있을 수 없거든요." 다무라는 냉소를 흘리며 말했다. "짧은 시간이라도 정전이 되었다면 또 모를까."

"거기는 정전이 안 되잖아?" 모토미야의 말투가 날카로워졌다. "무정전 전원이니까."

"그렇죠. 만약 전원에 문제가 있으면 지금쯤 병원 전체에 큰 난리가 벌어졌겠죠."

"이상하군." 모토미야가 이맛살을 찌푸렸다. "하지만 기계는 문제없단 말이지?"

"문제없습니다. 그건 보증할 수 있습니다."

"좋아." 모토미야는 무릎을 치고 일어섰다. "수술 준비!"

수술실로 가면서 유키는 조금 전 남성 환자에게 들은 이야기를 모토미야에게 해보았다. 협박편지가 의료과실과 관계있다는 소문이 떠돈다는 이야기였다.

"그래서? 우리가 뭘 할 수 있는데?"

모토미야는 똑바로 앞을 보고 물었다.

"아니요, 그냥 어떻게 하면 좋을까 해서……."

"어떻게 하고 말고도 없어. 그건 경찰에 맡겼으니까. 환자한테도 그렇게만 말하면 돼."

"하지만 지금 이대로라면 환자들만 불안하게 할 것 같아서 요……."

모토미야는 걸음을 멈추고 유키의 가슴께를 가리켰다.

"지도교수로서 명령이야. 지금 시작하는 수술 외의 일은 생각하지 말도록. 알았나?"

유키는 놀라 숨을 멈추고 고개를 끄덕였다.

수술실 앞으로 환자가 이송되는 중이었다. 모토미야가 뛰어가 환자에게 말을 걸고 있었다. 마세 노조미의 모습도 보였다.

노조미를 보고 유키는 돌연 생각났다. 조금 전에 외래 층에서 본 남자다. 언젠가 심야에 본 남자였다. 그때 노조미가 함께 있었다.

어떤 사람일까 생각하다가 유키는 살짝 고개를 흔들었다. 지금 시작하는 수술 외의 일을 생각해서는 안 된다. 방금 전에 주의까지 받았다.

조그맣게 흔들리던 빛점이 순간적으로 큰 파문을 그렸다. 조지는 눈을 고정했다. 숨을 멈추고 휴대용 오실로스코프⁺의 액정 화면을 응시하면서 조절 레버를 조작했다.

지금쯤 수술이 시작되었겠지, 그렇게 확신했다.

그는 차 안에 있었다. 병원 주차장에서 수술실에서 이루어지고 있을 일을 그려보고 있었다.

심장혈관외과 수술이 이루어지는 방으로 연결된 무정전 전원의 배선에 전기공급 감시 모니터를 달아놓았다. 어제까지 회사에서 만든 장치다. 모니터에서 무선으로 데이터를 송신하도록 만들어두었다.

무정전 전원에는 인공심폐기와 같은 생명 유지 장치가 연결되어 있을 것이다. 그 장치가 가동되고 있다는 것은 수술이 본격적인 단계에 접어들었음을 의미한다.

하지만 그 이외의 일은 아무것도 알 수 없다.

수술실에서 의사나 간호사 들이 어떻게 환자의 몸을 열어보고 있는지 밖에서는 전혀 살펴볼 수 없다. 병원에 따라서는 텔레비전 모니터로 내부의 모습을 볼 수 있게 하는 곳도 있는 모양인데, 이 병원에는 그런 설비가 없다.

오실로스코프의 화면에서 흔들리고 있는 빛점만이 조지의 실마리였다.

이런 것으로 뭘 할 수 있을까, 하는 생각에 불안해졌다. 고작 이런 실마리로 절대 다시 할 수도, 돌이킬 수도 없는 엄청난 일을 벌

+ 전압의 시간적인 변화를 화면에 나타내는 장치.

이려고 한단 말인가.

새삼 무모하다는 생각이 들었다. 하지만 이는 처음부터 알고 있던 사실이다. 모든 것을 알면서 계획을 짰다.

오실로스코프의 스위치를 내리고 조지는 차의 시동을 걸었다. 동작 확인은 끝났다. 일단은 양호하다. 걱정되는 것은 감시 모니터가 발각되는 일인데, 그것에 대해서는 발각되지 않기를 기도하는 수밖에 없었다.

그보다 문제는, 하고 생각하며 조지는 병원 입구를 쳐다보았다.

협박편지에 관한 뉴스가 보도되었음에도 환자들의 동태는 평소와 그다지 달라지지 않은 것 같았다. 외래 환자의 수도 줄어들지 않았다.

왜 그런 거지. 그는 초조했다. 왜 이 병원에 매달리는 거지.

18

오후 7시였다. 유키는 중환자실에 있었다. 낮에 수술한 환자의 수술 후 경과를 지켜보고 있었다. 지금까지는 별 이상이 없었다. 환자는 깊이 잠들어 있다.

혈압, 심전도, 폐동맥 도관 등 모니터링을 해야 할 것이 많았다. 한시라도 마음을 놓아서는 안 된다.

사실 이 시간이 유키에게는 가장 괴로웠다. 긴장해야 하는 수술이 끝나고 겨우 한숨 돌리고 싶은데 그것마저 허락되지 않는 것이다. 하지만 신경이 지쳐 있기 때문에 집중하려고 할수록 눈꺼풀이 무거워졌다. 졸음을 쫓으려고 차갑게 한 냉각제를 목덜미에 대고 있지만 그것도 냉각 효과가 약해지고 있었다.

모토미야는 임상공학 기사 다무라와 나직한 소리로 이야기를 나누고 있었다. 인공심폐기의 이상에 대한 이야기일 것이다. 이상이라고 하지만 실제 수술에서는 다무라가 보증한 대로 아무 문제가 없었다. 다만 전문 엔지니어로서 역시 마음에 걸리는 듯했다. 다무라는 철저하게 조사하고 싶으니 이삼일 정도 다른 장치를 사용해달라고 말했다.

모토미야는 교수와 상의해보겠다고 말했다. 다무라는 그 말을 받아들인 듯 유키에게도 수고하라는 말을 하고 나갔다.

"엔지니어는 고집이 세단 말이야. 뭐, 그러니까 그런 일을 할 수 있겠지만."

모토미야가 쓴웃음을 지으며 크게 하품을 했다.

"의사와는 인종이 다른가 보죠?"

유키의 질문에 그는 고개를 가로저었다.

"동종일 거야. 우리는 사람들의 건강을 유지하고 병을 고치지. 그들은 의료기기의 정상적인 동작을 유지하고 고장을 수리하고. 어느 쪽이나 타협을 허락하지 않거든."

설득력이 있는 설명이었다. 유키는 고개를 끄덕였다.

자동문이 열리고 간호사 스가누마 요코가 들어왔다. 유키는 우울해졌다. 그저 일 때문에 모토미야와 둘이 있는 것에 지나지 않는데 나중에 또 무슨 싫은 소리를 들을지 모른다. 차라리 자리를 비켜줄까, 하는 생각까지 들었다.

"모토미야 선생님, 가토 씨가 오셨는데요."

스가누마가 말했다.

"가토 씨? 으음, 누구였더라?"

"이분입니다." 그녀는 진료기록부를 준비하고 있었다. "세 달 전에 돌아가신 가토 가즈오 씨의 아들입니다."

모토미야가 진료기록부를 받아 들었다. 유키도 옆에서 힐끗 들여다보았다. 가토 가즈오라는 글자가 보였다. 나이는 일흔여덟. 기입된 내용에 따르면 흉부대동맥류로 세 번의 수술을 받았다. 아무래도 단계적으로 수술을 한 것 같은데, 세 번째는 긴급 수술이었던 모양이다. 파열되었을지도 모른다고 유키는 추측했다.

"아, 그 사람인가?" 모토미야의 얼굴이 일그러졌다. "살리지 못했지. 그런데 이제 와서 아들이 왜 찾아온 건데?"

"그게……"

스가누마가 유키 쪽에 힐끔 시선을 주었다. 수련의의 귀가 신경 쓰이는 모양이었다.

유키는 일어섰다. 자료를 찾는 척하며 두 사람에게서 떨어졌다.

스가누마 요코가 모토미야에게 얼굴을 들이밀고 귓가에 속삭였다.

"이제 와서 그런 말을 했단 말이야?" 모토미야의 목소리가 날카로워졌다. "왜 또……"

그 소리에 유키는 돌아보지 않을 수 없었다.

"그래 지금은 어디 있나?"

모토미야가 스가누마에게 물었다.

"휴게실에서 기다리고 있습니다. 어떻게 할까요? 선생님은 지금 자리를 떠날 수 없으니 다음에 다시 한 번 오시라고 할까요?"

모토미야는 잠깐 침묵하고 나서 고개를 저었다.

"아니, 만나보지. 피하는 것처럼 보이고 싶지 않으니까."

"사무국에 연락할까요?"

"아직 안 해도 될 거야. 이야기가 틀어지면 내가 보고하지. 가토 씨를 상담실로 안내하게. 금방 갈 테니까."

"알겠습니다."

스가누마 요코는 고개를 숙여 인사하고 나갔다.

모토미야는 조금 전의 진료기록부를 집어 들었다. 미간에 주름이 잡혔다. 신음소리 같은 게 새어 나왔다.

"히무로 선생, 여긴 혼자서도 괜찮겠지?"

진료기록부에 시선을 떨어뜨린 채 그는 말했다.

"괜찮습니다. 용태가 안정되어 있으니까요."

"무슨 일이 있으면 부르게. 들어서 알겠지만 나는 상담실에 있을 테니까."

"네."

유키는 짧게 대답했다. 사정을 알고 싶지만 수련의가 주제넘게 나서지 말라는 말을 들을 것 같아 아무것도 묻지 않았다.

하지만 모토미야가 한숨을 내쉬며 말했다.

"의료과실을 의심하고 있는 것 같은데."

"네?"

유키가 깜짝 놀라 눈을 크게 떴다.

"아버지가 사망한 게 병원의 과실 때문이 아니었느냐고 말하고 싶은 모양이야."

"하지만 파열 때문에 사망한 게 아니었나요?"

"그래. 그건 유족도 알고 있어. 하지만 파열된 것은 결과적으로 병원 측이 판단을 잘못한 게 아닌지 의심하고 있는 모양이야."

"결과적으로라니요?"

"이 환자는 수술을 세 번이나 했어. 증상이 상당히 광범위한 부위에 걸쳐 있었고 고령이었으니까 한 번에 다 제거하는 것은 위험했지. 첫 번째는 궁부대동맥 전치환술을 하고, 두 번째는 우회술을 했지. 그 시점에 혹이 남아 있는 건 알고 있었어. 하지만 거기까지가 한계였지. 세 번째 수술을 서두르기에는 환자의 체력이 너무 떨어져 있었거든. 변명할 생각은 없지만, 니시조노 선생님의 동의도 얻었고."

"남아 있던 그 동맥류가 파열한 건가요?"

유키의 물음에 모토미야는 살짝 고개를 끄덕였다.

"실려 왔을 때는 척추동맥이 환류장애를 일으키고 있었고, 심각한 합병증도 일어나고 있었지. 생명을 건졌다고 해도 의식이 돌아올 가망은 없었어."

"그런데도 의료과실이라고요?"

"수술을 몇 번에 걸쳐 나눠 실시하는 것은 사전에 본인이나 가족에게도 설명해두었어. 두 번째 수술을 한 후에도 아직 혹이 남아 있다고 이야기했지. 파열될 우려가 있지만 환자가 체력을 회복

하는 것이 먼저라고 말이야. 사망한 시점에서는 유족들도 불만을
제기하지 않았는데 말이야."

모토미야는 입술을 깨물었다.

"이제 와서 왜……."

"잘 모르겠지만 그 사건 때문인지도 모르지."

모토미야가 툭 내뱉었다.

"그 사건요?"

"협박편지 말이야. 범인의 요구에 대해 환자들 사이에서 소문
이 나돌고 있다고 하지 않았나?"

유키는 고개를 끄덕였다.

"몇몇 환자들이 알고 있는 것 같습니다."

"그걸 가토 씨가 들었는지도 모르지. 그런 협박편지가 날아들었
으니 이 병원이 의료과실을 은폐하고 있는 게 아니냐고 의심하는
것도 무리는 아니야."

"가토 가즈오 씨가 사망한 게 선생님의 과실이라고요?"

"아직 그렇다고 단정할 생각은 없겠지만 의심하기 시작한 건 확
실해. 의사가 아무리 최선을 다했다고 해도 유족이 마음속으로
모든 걸 납득하는 건 아니니까. 어떻게 할 수 있지 않았을까, 몇
년이 지나도 의심하는 거지. 그걸 말하지 않는 건 단지 계기가 없
기 때문이야. 그러니 이번 협박편지는 그런 잠재적인 의심을 갖고
있는 유족들에게 기폭제가 될지도 모르지. 아무튼 설명하고 오
지. 뒤가 켕기는 일은 없으니까."

모토미야는 휴우 하고 숨을 내쉬고 나서 문을 향해 성큼성큼 걸어갔다.

그를 보낸 후 유키는 다시 환자의 수술 후 경과를 살피는 일로 돌아갔다. 데이터를 들여다보면서도 모토미야의 말이 머리에서 떠나지 않았다.

의사가 최선을 다했다고 해도 유족이 마음속으로 모든 걸 납득하는 건 아니다…….

그건 바로 유키 자신의 심정이었다. 아무리 논리적인 설명을 들었다고 해도, 니시조노가 최선을 다했다고 마음속으로 모든 걸 납득할 수는 없을 것 같았다.

이 병원이 의료과실을 은폐하고 있느냐는 질문을 받는다면 자신은 어떻게 대답할까. 모토미야처럼 뒤가 켕기는 일은 없다고 단언할 수 있을까.

모토미야가 돌아온 것은 그로부터 한 시간쯤 뒤였다. 그의 뒤를 따라 니시조노가 들어와 유키는 깜짝 놀랐다.

"환자 상태는?"

모토미야가 유키에게 물었다.

"안정되어 있습니다. 혈압이 좀 낮습니다만 별문제는 없을 것 같습니다."

모니터의 데이터를 보고 모토미야는 고개를 끄덕였다. 니시조노는 다른 환자들의 상태를 둘러보고 있었다. 지금은 낮에 수술한 환자를 포함해 다섯 명이 중환자실에 있다.

"그쪽 일은 어떻게 되었습니까?"

유키가 물었다.

"일단 설명은 했어. 납득했는지는 모르겠지만."

모토미야의 대답이 시원치가 않았다.

"니시조노 선생님도 같이 가신 겁니까?"

"우연히 들르셔서 같이 계셨지. 가토 씨도 교수님이 일부러 나와주셔서 기분이 조금 나아진 것 같고."

"가토 씨는 대체 어떤 의심을 하고 있었습니까?"

모토미야는 잔뜩 찌푸린 얼굴로 머리를 긁적였다.

"예상대로였어. 두 번째 수술에 대해 불만을 갖고 있는 모양이야."

"우회술 말이네요."

"그때 혹을 남겨둔 게 과실이 아니었느냐고 생각하고 있는 거지. 결과적으로 그게 파열했으니까 그 점에 불만을 갖는 심정이야 이해할 수 있어. 하지만 현실적으로 그 경우에서는 다른 방법이 없었어. 그걸 사전에 충분히 설명도 했고."

"가토 씨는 납득하고 돌아가신 게 아닌가요?"

모토미야는 한숨을 내쉬며 어깨를 으쓱해 보였다.

"의논해볼 사람이 있으니까 그 사람과 의논하고 나서 다시 오겠다던데. 누구와 의논하겠다는 건지……."

"마지막까지 상대해줘야 하네." 니시조노가 호주머니에 양손을 넣은 채 다가왔다. "유족에게 중요한 것은 '납득'이야. 의사는 환자의 치료에 전력을 다할 뿐만 아니라, 만약 유감스러운 결과가 일어났을 때는 유족의 마음에 남은 상처를 치유하는 일도 소홀히 해서는 안 되네. 몇 번이고 설명을 요구하면 몇 번이고 설명해야 하네. 알고 싶은 게 있으면 가르쳐주면 되고. 의혹을 풀 수 있는 방법은 그것밖에 없어."

모토미야는 교수 쪽을 보고 두 번 세 번 고개를 끄덕였다.

"그렇게 하겠습니다. 걱정 끼쳐드려 죄송합니다."

"나한테 사과할 필요는 없네. 이런 것도 의사로서의 기량을 끌어올리기 위한 시련이라고 생각하게. 나도 비슷한 경험이 있어."

이렇게 말하고 나서 니시조노는 유키 쪽을 보았다. 유키는 반사적으로 시선을 피했다.

"그건 그렇고 일이 생각보다 성가시게 될 것 같은데요. 그 협박 편지에 자극받은 유족들이 가토 씨처럼 나오는 경우가 또 생길지도 모르겠습니다."

모토미야가 말했다.

"그렇다 해도 그 책임의 일단은 역시 의사한테 있다고 생각해야겠지. 유족들에게 잠재적인 불만이 생기는 가장 큰 원인은 설명 부족일 수밖에 없을 테니까."

"명심하겠습니다."

"뭐, 그렇게 비관적인 얼굴을 할 필요는 없네. 자네는 이제 슬슬 물러가도 되지 않을까? 나머지는 히무로 선생한테 맡기고."

"그렇게 하세요." 유키가 말했다. "여기는 저 혼자서도 충분합니다."

"그럼, 그럴까? 선생님께서는요?"

"나는 여기에 좀 더 있겠네. 히무로 선생한테 할 이야기도 있고."

"그렇군요. 그럼 먼저 가보겠습니다."

모토미야는 니시조노에게 인사를 하고 출입구로 향했다. 그를 보낸 후 유키는 환자의 모니터 화면에 눈길을 주었다. 온몸에 힘이 들어가 있다는 것을 알 수 있었다. 중환자실에 니시조노와 단둘이 있는 건 처음이었다.

"환자의 유족에게 반복해 설명하는 일은," 니시조노의 목소리가 등 뒤에서 들려왔다. "의사가 자기 자신을 구하는 일이기도 하네."

유키는 뒤로 살짝 고개를 돌렸다.

"자기 자신을요?"

"환자를 죽게 했을 때 어떤 의미에서 의사는 유족 이상으로 상처를 받고 맥이 빠지지. 거기에서 다시 일어서는 데 필요한 것은 자신이 뭘 했는지 냉정하게 다시 바라보는 일이야. 그걸 하지 않은 채 다음 환자를 대하려고 해도 불안에 짓눌릴 뿐이지. 설사 유감스러운 결과로 끝났다고 해도 최선을 다했다고 믿을 수 있는 것이 그 후의 의료 행위를 하는 데 버팀목이 된다네."

유키는 잠자코 있었다. 니시조노는 겐스케의 일을 말하고 있는 것이 분명했다. 자신에게는 최선을 다했다는 자신감이 있다고 주장하는 듯이 들렸다.

하지만, 하고 그녀는 생각했다. 그것을 그대로 받아들일 근거가 어디에 있단 말인가.

"내일 저녁, 시간 있나?"

니시조노의 말에 유키는 무심코 돌아보았다.

"네?"

"자넬 만나고 싶어 하는 사람이 있네. 저녁에 같이 가주었으면 하는데."

"하지만 내일은 여러 가지로……."

"일 문제라면 내가 모토미야 선생한테 부탁해두겠네. 갑작스러운 이야기라 미안하네만, 내일밖에 시간이 없어서 말이야. 아무튼 만나게 해주고 싶은 상대가 다음 주에는 일본을 떠나거든."

"누군데요, 그 사람?"

그러자 니시조노는 멋쩍다는 표정으로 코 밑을 문질렀다.

"아들이네."

유키는 놀라 숨을 멈췄다. 말문이 막혔다.

"방탕한 자식인데, 나잇살이나 먹어가지고 아직 독신이고, 컴퓨터그래픽인가 뭔가를 하고 있다네. 그 공부 때문인지 뭣 때문인지는 모르겠지만, 미국으로 간다고 해서 말이야. 조촐한 환송회를 열기로 했는데, 자네도 와주었으면 해서 말이야."

왜 제가, 하려다가 말을 삼켰다.

아아, 그렇구나. 니시조노의 아들이라면 언젠가 유키와 의붓남매가 될 사람이다.

"어머니는요?"

확인을 위해 물었다.

"물론, 나오지."

니시조노는 분명하게 말했다.

19

담배에 불을 붙이는 데 3분이 넘게 걸렸다. 바람이 셌기 때문이다. 나나오는 한 대를 물고, 두 대째 담배를 귀 뒤에 끼워두었다. 한 대를 다 피우고 그 불이 꺼지기 전에 두 대째 담배에 불을 붙일 생각이었다.

나나오는 지금 병원 밖에 있다. 야간용 출입구 옆이다. 입식 재떨이는 당장이라도 흘러넘칠 것 같았다. 문병객뿐만 아니라 병실을 빠져나와 담배를 피우러 나오는 환자도 적지 않을 것이다.

담배가 절반 이상 탔을 때 두 남자가 병원에서 나왔다. 한 사람은 트레이닝복 차림이고, 또 한 사람은 파자마 위에 점퍼를 걸치고 있었다. 둘 다 사십 대 중반으로 보였다.

"어휴, 이제야 담배를 피울 수 있게 되었군. 그건 그렇고 내가 안 좋은 건 장이라고. 폐라면 이해하겠어. 하지만 대장이 안 좋을 뿐인데 왜 금연해야 하는 거냐 말이야, 참."

환자인 듯한 남자가 투덜댔다.

"그 뭐냐, 인간의 내장이라는 게 다 연결되어 있으니까, 장이 안 좋다고 해도 담배를 피우면 안 된다는 거겠지."

문병객처럼 보이는 사람이 담뱃갑을 내밀었다.

환자는 입맛을 다시는 듯한 얼굴로 담뱃갑에서 담배 한 대를 꺼냈다. 냄새를 맡는 듯이 코 밑에 대고 문지르고 나서 입에 물었다.

문병객이 지포라이터로 불을 붙여주었다. 그러고 나서 자신의 담배에도 불을 붙였다.

두 사람의 동작을 곁눈으로 힐끗거리면서 나나오는, 다음에는 오일라이터를 가져와야겠다고 생각했다.

"그건 그렇고 이 병원 괜찮은 거야?"

문병객이 담배 끝으로 건물을 가리키며 말했다.

"괜찮다니, 무슨 말이야?"

"뭐 여러 가지로 시끄러운 것 같던데. 폭파를 한다 어쩐다 협박 받고 있다던데. 텔레비전에서 봤어."

"아아, 그거. 의사한테 설명을 들었어. 걱정되면 다른 병원으로 옮기는 절차를 밟아주겠다고 하던데. 잠깐 어떻게 할까 생각해봤는데, 그냥 귀찮기도 해서 이대로 있겠다고 했어. 게다가 그런 건 대개 장난이잖아. 일일이 신경 쓰다가는 요즘 같은 세상을 어떻게 살겠어?"

"장난이겠지 뭐." 문병객은 무사태평한 어조로 동의를 표하고는 살짝 목소리를 죽였다. "그런데 그 소문, 사실일까?"

"소문이라니, 그거? 의료과실 말이야?"

환자도 목소리를 죽였다.

"응, 잘은 모르지만 뭔가 은폐하고 있는 게 아니냐는 이야기를 들었거든."

"은폐라, 병원에 그런 과실이 있었다는 걸 말이야?"

"응."

문병객은 고개를 끄덕이고 나서 나나오 쪽을 힐끗 보았다. 일단 다른 사람 눈을 신경 쓰고는 있는 모양이었다. 나나오는 그들에게 옆얼굴이 보이게 돌아서서 휴대전화를 꺼내 조작하는 시늉을 했다. 엿들을 생각은 없었지만 그들의 이야기를 중단시킬 생각도 없었다.

"어디서 들었어, 그런 얘긴?"

환자인 남자가 물었다.

"아니, 그게 말이야, 우리 회사 사람 중에 예전에 어머니가 이 병원에 입원했던 사람이 있거든. 그 사람이 그러는데, 아무래도 돌아가신 게 납득이 안 된다는 거야."

"어떻게 말이야?"

"자세한 건 물어보지 않았는데, 병원 내 감염이었던 모양이야. 엠알…… 뭐라고 했는데. 아무튼 영어로 된 병명이야."

MRSA(메티실린 내성 황색포도상구균) 감염증을 말하는 거로군. 나나오는 짐작했다. 병원 내에서 감염되는 경우가 많은 질병이다.

"병원 내 감염이라는 건 병원에 입원하고 나서 그 병에 걸렸다는 말이야?"

"그렇지. 원래는 전혀 다른 병에 걸려서 수술을 받으려고 입원했다는 거야. 그런데 입원하고 이삼일 후에 그 병에 걸려서 정작 수술은 받아보지도 못하고 죽었다는 거지. 그거 이상한 거 아니야?"

"이상하네. 다시 말해 병원에서 이상한 균에 감염되었다는 거잖아."

"그래. 입원하지 않았으면 그런 병에 걸리지 않았다는 거지. 가족이라면 납득할 수 없는 일이지, 안 그래?"

"그래서 어떻게 했는데 그 사람? 병원에 불만을 제기했대?"

"물론 따졌대. 하지만 병원 측에서는 그게 과실이 아니라고 설명했던 모양이야. 그 병에 걸리는 건 피할 수 없는 거라는 식으로 설명했다지 아마."

"그게 뭐야? 그래도 되는 거야?"

"그 사람도 이해가 안 돼서 아는 변호사를 찾아가 의논을 해봤대. 그랬더니 역시 그건 어쩔 수 없는 일이라고 하더래. 그래서 석연치는 않았지만 그냥 그걸로 끝내고 말았대."

그거 참, 환자가 말을 뱉었다. "그렇게 해도 되는 거야?"

"나도 잘은 모르지만 결국 의료과실이라는 건 증명하기가 아주 어렵다고 하잖아. 일반인은 무리지. 의학지식도 없고, 병원 내부의 일은 숨기려 들면 그만이니까."

"그렇게 생각하면 좀 무서운데."

"그렇지, 그러니까 이 병원에 있어도 괜찮냐고 물어본 거야."

"그런 말을 해봤자 나 같은 경우는 용종을 제거하는 정도인데, 설마 엉뚱한 실수 같은 건 안 하겠지."

"그야, 그렇게 기도하는 수밖에 없지."

두 사람은 담배를 끄고 병원 안으로 돌아갔다. 나나오는 그들이 가는 걸 지켜본 후 귀 뒤에 끼워둔 담배를 꺼냈다. 이야기를 듣고 있는 사이에 첫 번째 담배를 재떨이에 버렸다. 불을 붙이는 데 또 애를 먹었다.

메티실린 내성 황색포도상구균 감염증에 대해서는 나나오도 약간의 지식이 있었다. 메티실린 내성 황색포도상구균은 포도상구균이 어떤 사정으로 내성을 갖게 되는 것을 말한다. 포도상구균 자체는 어디에나 존재한다고 해도 좋은 균으로, 건강한 사람이라면 발병하는 일이 없다. 하지만 내성을 가진 것이라면 이야기가 달라진다. 미숙아, 고령자, 입원 환자 등이 발병하는 경우가 있다. 효과적인 약은 없고, 장염이나 폐렴, 때로는 패혈증을 일으켜 환자가 죽는 경우도 드물지 않다. 확실히 병원 내 감염이라는 말만 들어서는 아무래도 병원의 관리 부실이 원인인 것처럼 여겨지지만, 누구 또는 무엇이 균의 중개자가 될지는 아무도 예상할 수 없어 완전한 예방은 불가능에 가까운 것이 현실이다. 발병한 환자를 격려하고 증상에 따른 치료를 하는 것이 고작이고, 그것을 소홀히 하지 않는 한 병원에 책임을 물을 수는 없다. 지금 두 사람이 나눈 이야기만으로 보면 데이도 대학병원 측에는 잘못이 없었던 것 같다고 나나오는 생각했다. 병원 측의 과실을 물을 수 있는 경우는, 예방을 소홀히 한 것이 감염의 원인이라는 점이 확실하거나 발병 후의 대응이 부적절했을 때뿐이다.

의료과실이란 무엇인가. 사실 이를 정의하기란 쉽지 않다. 의료법에서는 의료 행위로부터 유해한 결과가 생긴 경우 모두를 의료사고로 정의한다. 그중에서 불가항력적인 것을 제외한 경우가 의료과실로 간주된다. 고의 또는 과실로 인해 일어났다는 것인데, 통상 고의라는 것은 일단 있을 수 없다.

이렇게 표현하면 의료과실의 정의가 확립되어 있는 듯 보이지만, 현실적으로 불가항력인지 그렇지 않은지가 문제가 된다. 재판에서 다투는 것도 대개는 그런 부분이다.

그렇게 되는 이유는 사고의 원인을 환자와 병원 측이 서로 다르게 보기 때문이다. 사고가 일어났을 때 의사를 포함한 병원 측 사람들은 그 원인을 질병의 특성이나 환자의 체질이라는, 피할 수 없는 외적 요인에서 찾으려고 한다. 그에 비해 환자 측은 의사나 간호사의 역량 부족, 부주의라는 개인적 요인을 문제 삼으려고 한다. 엇갈리는 게 당연하다.

예의 협박편지는 이렇게 엇갈린 부분을 자극하고 있었다. 그로 인해 환자들의 마음이 흔들리는 것은 사실인 듯했다. 나나오로서는 그런 동요마저 범인의 노림수인지는 아직 알 수가 없었다.

특수범죄 수사2계가 본격적으로 이 사건에 뛰어들었다고 말하기는 아직 힘들다. 나나오는 사카모토와 둘이서 데이도 대학 의학부와 대학병원에 관한 정보를 모으고 있었다. 병원 사무국의 이야기는 그리 믿을 게 못 된다. 그들이 정말 모든 것을 털어놓고 있는지 알 수 없기 때문이다.

의료과실에 대해 공표하고 사죄하라……

범인이 두 번에 걸쳐 요구한 내용은 대체 뭘 가리키는 것인지, 지금으로서는 나나오도 전혀 파악하지 못하고 있었다. 적어도 데이도 대학병원은 지난 몇 년 동안 그런 재판에 휘말린 적도 없다. 10년 전쯤 위암으로 진단받은 환자가 위 절제 수술을 받았는데, 실은 단순한 위궤양이어서 수술할 필요가 없었던 경우였다. 하지만 그것에 대해서는 담당 의사가 사죄하고 환자와 병원 사이의 합의가 이루어졌다.

협박편지가 단순한 장난이라면 별문제가 없겠지만, 그렇지 않다면 범인에게는 확고한 동기가 있을 것이다. 그렇다면 그 동기의 근거가 되는 사실도 어쩌면 앞으로 범인이 보여줄 가능성이 있다고 나나오는 짐작했다.

승부는 그때부터인지도 모른다.

하지만 그렇게 생각하고, 그는 혼자 씁쓸하게 웃었다. 자학적인 웃음이었다. 만약 사건이 본격화되면 자신은 일선에서 물러나게 될지도 몰랐다.

2년 전 대형 신용판매회사가 협박당한 사건이 있었다. 범인은 회사가 소유한 고객명부의 사본을 갖고 있었고, 그것을 인터넷에 올리겠다고 협박했다. 협박문도 인터넷으로 보내왔다.

나나오 등은 이메일을 분석하여 범인이 신주쿠의 인터넷카페를 주로 이용한다는 것을 밝혀냈다. 그 결과 잠복하고 있던 수사관이 범인을 체포하는 데 성공했다. 범인은 그 회사의 전 직원으로, 퇴사하기 전에 고객명부를 들고 나온 모양이었다.

그것뿐이었다면 문제는 없었을 것이다. 일이 복잡해진 것은 범인이 소지하고 있던 명부에서 엄청난 것이 발견되었기 때문이다.

그것은 전과자에 관한 상세한 자료였다. 수천 명의 주소와 이름은 물론이고 범죄 경력, 신체적 특징 등이 정리되어 있었다.

그런 정보를 갖고 있는 기관은 한 군데뿐이다. 경찰청 사람이 관련되어 있다고밖에 생각할 수 없었다.

그런데 거기서부터 수사가 진척되지 않았다. 아니 그렇다기보다 수사 방식에 대해 상층부에서 이의를 제기했다. 나나오는 짜증이 났다. 경찰 내부의 일을 은폐한다고 비난받을 일을 또 되풀이하려는 것이었기 때문이다.

나나오는 자신의 판단대로 움직였다. 협박당한 신용판매회사에 있는 전직 경찰을 찾아내 그들과 접촉하는 사람을 조사해나갔다. 그 결과 한 인물이 떠올랐다. 놀랍게도 경찰청 간부였다. 그는 신용판매회사에서 거액의 보수를 받은 흔적이 있었다.

하지만 나나오의 수사는 거기서 좌절되었다. 다른 사건을 수사하라는 지시가 내려왔기 때문이다. 경시청이 움직일 만한 일이 아닌 사소한 사건이었다.

얼마 후 경찰청 사람이 체포되었지만 나나오가 쫓던 인물과는 전혀 다른 사람이었다. 하지만 그 사건에 대해서는 더 이상 조사가 이루어지지 않았다. 국회에서 야당 의원이 형식적인 질문을 했지만 국회 공안위원회의 위원장이 "앞으로 이런 불상사가 발생하지 않도록 엄중히 대처하겠다"라는 형식적인 답변을 했을 뿐이었다.

그리고 나나오에게는 그 후에도 무언의 압력이 가해졌다. 이번 일처럼 장난인지 아닌지 아직 확실치 않은 사건의 사전조사가 그의 주된 직무가 되었다. 수사가 본격적으로 시작되면 그의 이름은 담당자 목록에서 제외되었다.

경찰의 사명이란 무엇인가 하는 의문이 매일처럼 고개를 들었다. 범죄를 방지하고, 만일 일어났을 때는 전력을 다해 범인을 체포하는 일일 것이다. 하지만 그것을 완벽하게 할 수 있는 시스템이 지금의 경찰기구에 존재한다고는 도저히 말할 수 없었다.

존경하는 선배였던 히무로 겐스케의 말을 떠올렸다. 사람은 태어나면서부터 사명을 가지고 있다는 말이다. 그 말을 곱씹을 때마다 조바심이 심해진다. 자신이 그것을 전혀 완수하지 못했다는 생각에 쫓긴다.

두 번째 담배가 필터 가까이까지 타들어가고 있었다. 그는 담배를 재떨이에 버리고 병원으로 들어갔다. 문을 지나면 왼쪽에는 경비실 창구가 있었다.

"별일 없었습니까?"

안에 있는 경비원에게 일단 물었다.

"예, 없었습니다."

중년의 경비원이 고개를 가로저었다.

나나오는 고개를 끄덕이고 걷기 시작했다.

복도 중간에 있는 화장실에서 한 남자가 나왔다. 골절이라도 당한 모양인지 어깨에 매단 끈에 오른쪽 팔을 걸치고 있었다. 밖에서는 여자가 기다리고 있었다.

"빨리 나왔네."

여자가 말했다.

"아니, 그게 말이야, 아직도 안 나와. 다른 화장실로 가자. 뭐가 그리 기분이 좋은지 콧노래까지 부르고 있더라니까."

두 사람이 사라진 후 나나오도 일단 화장실 앞을 지나쳤다. 하지만 몇 미터 앞에서 다시 돌아왔다. 화장실 문을 열었다.

직감이랄 것까지는 못 된다. 애초에 그는 형사의 감이라는 걸 믿지 않는다. 마음에 걸린 것은 콧노래라는 말이었다.

소변기 2개가 나란히 있고 안쪽에 대변용 칸이 있었다. 그곳 문이 굳게 닫혀 있었다. 조금 전의 남자는 이곳을 이용하려던 것 같았다.

나나오는 이왕 들어온 김에 자신도 볼일을 봤다. 귀를 기울이자 분명히 콧노래가 새어 나오고 있었다. 옷이 스치는 소리도 들렸다. 짤그랑짤그랑 하는 금속성 소리는 벨트 같은 데서 나는 소리인가.

나나오는 화장실에서 나와 걷기 시작했다. 야간용 출입구 옆이라서 낮에는 아무도 지나다니지 않는 복도다. 지금도 주위에는 사람이 없다.

그는 다시 걸음을 멈췄다. 어쩐지 마음에 걸렸던 것이다. 다시 화장실로 들어갔다.

여전히 콧노래가 들려왔다. 그리고 옷 스치는 소리도.

목소리나 옷 스치는 소리가 들리는 것으로 보아 안에 누군가 쓰러져 있는 것은 아니다. 그래도 그는 문을 두드렸다.

"저기, 괜찮으세요?"

대답이 돌아와야 했다. 하지만 아무런 반응이 없었다. 그는 다시 한 번 문을 두드렸다.

"여보세요. 들립니까?"

역시 대답이 없었다. 나나오는 온몸에 긴장감이 돌았다.

그는 문고리를 잡았다. 돌리자 쉽게 돌아갔다. 안에서 잠기지 않았던 것이다. 그대로 문을 열었다.

그 순간 뭔가가 짤깍 하는 소리를 냈다. 그와 동시에 나나오는 안에 아무도 없는 것을 확인했다. 닫힌 양변기 뚜껑 위에 뭔가가 놓여 있었다. 검은 상자 같은 것이었다.

위험을 간파했다. 다음 순간 상자에서 연기가 맹렬하게 뿜어져 나왔다.

20

유리창 너머로 정원이 보였다. 야간 조명등이 비추고 있어 정원수 사이를 흐르는 물이 빛났다. 그 정경을 보고 있으니 여기가 호텔 5층이라는 사실을 잊을 것 같았다.

테이블을 사이에 두고 유키의 대각선에 앉은 니시조노가 자꾸만 시계를 들여다보았다. 약속 시간은 7시인 듯하다. 그때까지는 아직 여유가 있었다. 병원을 나온 것이 너무 일렀지만, 유키는 니시조노가 조급하게 구는 마음을 이해할 수 없는 것도 아니었다. 잠깐 꾸물거린 탓에 급하게 실려 온 환자를 보게 되는 일이 왕왕 있기 때문이다.

니시조노의 얼굴이 움직였다. 입구 쪽을 보고 손을 들었다. 회색 양복을 입은 유리에가 종업원의 안내를 받으며 들어오는 참이었다. 유리에는 니시조노와 유키를 번갈아 보면서 테이블로 다가왔다. 유키는 살짝 고개를 숙여 보였다.

"죄송해요. 제가 좀 늦었나요?"

유리에가 니시조노에게 물었다.

"아니, 그런 건 아니오. 우리가 너무 일찍 왔지. 아무래도 마음이 잡히지 않아서."

"긴장하셨어요?"

"조금."

이렇게 말하고 나서 니시조노는 유키를 보고 웃었다.

유리에는 유키의 옆자리에 앉았다.

"미치타카는요?"

"아직 안 왔소. 아까 전화가 왔으니까 이제 슬슬 올 때가 되었는데."

"네. ……병원 일은 괜찮은 거야?"

이건 유키에게 한 질문이었다.

"별로 괜찮지는 않은 것 같은데, 니시조노 선생님이 꼭 와야 한다고 해서서."

"오늘은 특별한 날이니까. 뭐 지난번도 특별한 날이긴 했지만."

니시조노가 유키와 유리에를 번갈아 보며 말했다.

"저어…… 미치타카 이야기는 벌써 했어요?"

유리에가 물었다.

"택시 안에서 살짝 했소. 자세한 건 본인이 오고 나서 할 생각이오."

"그래요."

유리에는 고개를 끄덕였다. 그녀도 조금 긴장하고 있는 것 같았다. 그것이 유키에게도 전해졌다.

미치타카는 니시조노의 아들 이름이다. 니시조노의 말처럼 유키는 그 이름을 택시 안에서 들었다.

"당신, 뭐라도 마시는 게 어때요?"

유리에가 니시조노에게 하는 말을 듣고 유키는 무릎 위에 놓은 손을 순간적으로 꼭 쥐었다. 당신······.

"그렇군. 맥주라도 마실까?" 니시조노가 유키를 보았다. "자네도 같은 걸로 괜찮겠나?"

"아니요, 저는 마시지 않겠습니다. 언제 호출이 올지 모르니까요. 차를 마시겠습니다."

니시조노는 잠깐 생각에 잠긴 듯 입을 다물고 나서 고개를 끄덕였다.

"그렇군. 그럼 당신은?"

유리에에게 물었다.

"저도 차로 할게요."

"알았소."

니시조노는 종업원을 불러 마실 것을 시켰다.

그가 웃옷을 벗자 옆에서 유리에가 바로 손을 내밀었다. 웃옷을 받아 들고 종업원을 손짓하여 불렀다. 그 동작이 꽤나 자연스러웠다.

바로 부부 그 자체라고 유키는 생각했다. 자신이 모르는 데서 이 두 사람은 이미 부부로서의 관계를 확립하고 있다는 것을 느꼈다.

맥주와 차가 나왔다. 유키가 찻잔을 들었을 때 니시조노가 입구 쪽을 보고 중얼거렸다.

"어, 왔군."

거무스름한 재킷을 걸친 이십 대 후반으로 보이는 남자가 성큼성큼 걸어오고 있었다. 길게 기른 머리는 살짝 염색한 듯했다. 이목구비가 뚜렷한 니시조노와 눈매가 닮았지만 다른 부분이 다소 밋밋하여 유키는 중성적인 인상을 받았다.

"안녕하세요. 늦어서 죄송합니다."

시원시원한 어조로 그가 유리에에게 사과했다.

"괜찮아. 나도 조금 전에 왔으니까."

유리에가 대꾸했다.

대화를 주고받는 모습에서 유키는 두 사람이 이미 면식이 있음을 알아차렸다.

젊은 남자는 유키를 보고 표정이 살짝 굳어졌다.

"먼저 소개하지, 히무로. 이 애가 아까 말한, 아들 미치타카라네."

니시조노는 유키에게 말했다.

유키는 일어나 머리를 숙였다.

"처음 뵙겠습니다. 히무로입니다."

"아…… 미치타카입니다. 아버지께서 늘 도움을 받고 계시다고 들었습니다."

미치타카도 일어선 채 고개를 숙여 가볍게 인사했다.

"일단 앉지. 미치타카도, 이쪽으로. 자."

유리에가 재촉하자 미치타카는 유키의 맞은편에 앉았다.

"왠지 맞선을 보는 것 같군."

니시조노의 말에 유키를 제외한 사람들이 웃었다.

식사는 일본 정식 요리 코스였다. 젓가락을 움직이는 틈틈이 니시조노는 미치타카에게 미국에서의 일이나 생활에 대해 자꾸만 물었다. 유키는 이야기를 듣기만 하는 태도로, 아니 최소한의 말 외에는 하지 않도록 주의하면서 요리에 손을 가져갔다. 그들이 주고받는 말을 통해 유키는 미치타카가 영화 제작회사 산하에 있는 특수촬영 전문회사에서 일할 예정임을 알았다.

"제 이야기는 이제 됐어요. 그보다 병원 이야기가 듣고 싶은데요."

미치타카가 쓴웃음을 지으면서 말했다.

"그런 걸 들어서 뭐하려고."

"아버지한테 묻는 게 아니에요. 유키 씨한테 묻는 거예요."

자신의 이름이 나오자 유키는 무심코 얼굴을 들었다. 미치타카가 유키의 눈을 물끄러미 쳐다봤다.

"어떤가요, 니시조노 교수님은? 당신한테 어떤 상사인가요?"

"그만둬."

"좀 가만있어 보세요. 제가 지금 유키 씨한테 묻고 있잖아요."

가만있으라는 듯 손사래를 친 다음 미치타카가 다시 물었다.

"어떻습니까?"

유키는 젓가락을 놓고 고개를 숙였다. 누군가 도와주기를 기다렸지만 니시조노도, 유리에도 잠자코 있었다. 두 사람 다 유키의 대답을 듣고 싶어 한다는 걸 깨달았다.

유키는 미치타카와 눈이 마주치지 않을 정도로만 얼굴을 들었다.

"의사로서 훌륭한 실력과 지식을 갖추신 분이라고 생각합니다. 경험도 풍부하고, 배우고 싶은 것이 아주 많습니다. 제가 이런 말을 하는 게 건방지게 들릴지도 모르겠지만요."

"왠지 자리가 불편한데."

니시조노가 멋쩍다는 듯이 말했다.

"우등생의 모범답안이네요."

미치타카의 말투에는 빈정거림이 묻어 있었다. 그가 다시 물었다.

"그럼 존경할 수 있는 의사입니까?"

한 박자 쉬고 나서 유키가 대답했다.

"네, 물론입니다."

"지금 살짝 망설이신 것 같은데요."

"아니요, 그런 게……."

"그럼 질문 하나만 더요."

미치타카가 검지를 세웠다.

"자, 이제 그만해. 곤란해하잖아."

"아버지는 좀 가만히 계세요. 중요한 질문이란 말예요."

미치타카의 말에 유키는 얼굴을 들었다. 그와 눈이 마주쳤다. 그 눈을 피하지 않고 물었다.

"니시조노 요헤이를 아버지로서 어떻게 생각하십니까?"

유키의 심장이 크게 뛰었다. 옆에서 유리에가 숨을 죽이고 있는 기색이 느껴졌다.

"적당히 하라니까."

니시조노가 아들의 팔을 팔꿈치로 찔렀다.

"전 그걸 알고 싶단 말이에요. 아버지도 그렇잖아요? 그걸 확인하는 게 오늘 자리의 목적 아니에요?" 중성적인 생김새에서는 상상하기 힘든 강한 어조로 말한 후 미치타카는 유키를 보고 생긋 웃었다. "거리낌 없이 말해도 됩니다. 당신의 대답을 듣지 않고는 안심하고 미국에 갈 수가 없습니다."

단도직입적인 질문에 유키는 쩔쩔맸다. 미치타카의 말투로 보아 그가 두 사람의 재혼에 반대하지 않는다는 것을 알 수 있었다. 게다가 그는 계모가 될 여성의 친딸을 강하게 의식하고 있는 것 같았다.

유키는 지금까지 니시조노의 가족에 대해 생각한 적이 별로 없었다. 니시조노를 아버지로 인정할 수 있을지에 대해서만 고민해 왔다. 하지만 이 결혼이 유리에와 니시조노만의 문제가 아닌 것은 당연하다. 그것을 새삼 절감했다.

"어떻습니까?"

미치타카가 계속해서 물었다.

유키는 한숨을 내쉬었다.

"솔직히 말해서…… 잘 모르겠습니다. 죄송합니다."

니시조노가 고개를 끄덕이는 모습이 유키에게 힐끗 보였다. 유리에의 표정은 알 수 없었다.

"두 사람의 결혼에는 찬성합니까?"

미치타카는 끈질기게 물고 늘어졌다.

"반대는 하지 않습니다. 제가 반대할 이유도 없고요."

"반대는 안 한다, 하지만 적극적으로 찬성하지도 않는다는 건가요?"

"미치타카, 이제 됐잖아." 더 이상 참지 못하고 니시조노가 말했다. "히무로가 모르겠다고 한 건 아주 솔직한 심정일 거야. 히무로는 대학이나 병원 안에서의 나밖에 모르니까. 교수와 수련의라는 입장에서만 접해왔고. 그런 상황에서 이런 질문을 받는다면 대답이 나올 리가 없지."

"하지만 이대로는 안 되잖아요. 젊은 남녀가 결혼하는 것과는 사정이 다르다고요."

"그런 건 네가 말하지 않아도 알고 있다. 그러니까 서두를 생각없다. 히무로한테도 천천히 생각해보라고 할 거야. 시간이야 아무리 걸려도 상관없어."

"어떻게 생각하게 할 건데요?"

"뭐?"

"어떻게 생각하게 할 건지 묻고 있잖아요. 지금 이대로라면 아무리 시간이 지나도 유키 씨는 교수나 의사로서의 아버지밖에 알 수 없어요. 자신의 아버지로서 어울리는 사람인지 아닌지 어떻게 알아보라는 건데요?"

미치타카의 말에 니시조노는 입을 다물었다. 그러자 대신에 유리에가 입을 열었다.

"이제 그만 하면 됐어. 그런 건 정말 시간이 걸리는 일이고. 유키가 수련의를 하는 동안에는 생각하기도 좀 힘들 거고……."

"저는……." 유키가 말했다. "엄마 인생이니까 엄마가 좋다고 생각하면 그걸로 됐습니다. 아무 불만 없습니다."

"정말 그렇게 생각하십니까?"

미치타카가 얼굴을 내밀고 유키의 얼굴을 들여다보았다.

네, 하고 유키는 고개를 끄덕였다.

"전혀 망설이지 않습니다. 제가 간여할 일이 아니라고 생각합니다."

"유키 씨가 그렇게 생각하신다면 그것으로 됐습니다."

미치타카는 시선을 돌려 맥주잔으로 손을 뻗었다.

그때부터는 이야기가 활기를 잃었다. 어색한 분위기가 네 사람을 감쌌다. 그 책임을 느꼈는지 미치타카가 니시조노에게 말했다.

"그런데 그 협박 사건은 어떻게 되었어요? 이런저런 소문이 나도는 것 같던데요."

니시조노는 젓가락을 멈췄다.

"소문?"

"출판사에 아는 사람이 있는데, 그 친구가 그러던데요. 범인의 목적이 데이도 대학병원의 의료과실을 폭로하는 것이라고. 그런 데, 그게 사실이에요?"

니시조노가 빙그레 웃었다.

"이런 사건이 일어나면 무책임한 억측이 나도는 법이야. 그런 것에 일일이 대응할 수는 없지."

"헛소문이라는 거예요?"

"범인의 목적이야 우리가 알 바 아니고, 의료과실에 대해서도 짐작할 만한 것이 없어. 뭔가를 알고 있는 사람이 있는지는 모르 겠지만 난 그 사람이 아니야."

"그래도 단순한 장난이 아닐 경우도 생각해봐야 하는 거 아니 에요? 만약 병원에 폭탄이라도 설치했으면 어떻게 하려고요."

"그건 우리가 생각할 일이 아니야." 이렇게 말한 후 니시조노의 표정이 변했다. 안주머니에 손을 넣으면서 일어섰다. "잠깐 실례."

휴대전화가 걸려온 모양이었다. 병원에서라면 왜 먼저 자신의 전화가 울리지 않은 걸까, 유키는 의아했다. 니시조노를 불러야 할 만큼 중대한 사태가 일어났다는 뜻인가.

곧바로 니시조노가 돌아왔다. 표정이 더욱 굳어져 있었다.

"미안하지만 병원으로 돌아가봐야 할 일이 생겨서, 이만 실례해 야 할 것 같은데."

"무슨 일 있어요?"

유리에가 다소 비장한 목소리로 물었다.

"아니요, 그렇게 큰일은."

거기까지 말하고 니시조노는 말문이 막혔다. 불안한 듯 위를 쳐다보는 유키와 미치타카의 시선을 느꼈기 때문이다.

니시조노는 주위를 둘러보고 나서 탁자 위로 몸을 내밀었다. 그리고 머리를 숙이고 나직한 목소리로 말했다.

"병원에 작은 화재가 일어났어. 아무래도 그 범인의 짓인 모양이라는데."

유키는 놀라 숨을 멈췄다.

"폭탄인가요?"

이렇게 말한 것은 조금 전 미치타카의 말이 머릿속에 남아 있었기 때문일 것이다.

니시조노는 살며시 웃고는 고개를 저었다.

"전화로 듣기에는 그런 건 아닌 모양이네. 하지만 소방차 같은 것도 몰려와서 꽤 어수선한 상황인 듯싶네. 아무튼 각 과의 교수들이 모이기로 했다는군."

니시조노는 유리에 쪽을 보았다.

"미안하지만 그렇게 되었소. 뒷일은 부탁하오."

"병원으로 돌아가도 괜찮아요? 아직 위험한 거 아니에요?"

"위험한 일은 아닌 모양이오. 위험한 일이라면 더더욱 달려가 봐야겠지만. 병원에는 내 환자들도 많이 입원해 있으니까."

"선생님, 저도 가겠습니다."

유키도 일어섰다.

니시조노는 순간 망설였지만 곧바로 고개를 끄덕였다.

"알았네."

21

사무국장 가사기의 얼굴은 굳어 있었다. 눈에는 핏발이 서고 입술은 하얬다. 옆에 있는 병원장 오노가와는 때때로 신음소리를 냈다. 두 사람에게서 공통적으로 겁을 먹은 기색이 느껴졌다. 위험에 노출되었다는 공포와 동시에 현재의 지위를 잃을지 모른다는 위기감도 안고 있을 것이 틀림없었다.

특수범죄 수사2계의 책임자인 혼마 가즈요시가 읽고 있던 서류에서 얼굴을 들었다. 푹 꺼진 눈으로 병원 책임자인 두 사람을 힐끗 쳐다봤다.

"그쪽에서 파악하고 있는 의료과실은 정말 이 6건뿐입니까? 의외로 적군요."

"아니, 조금 전에도 말씀드렸다시피 그건 의료과실이 아닙니다.

그렇게 오해할 가능성이 있는 것으로 그 6건을 들었을 뿐입니다. 그러니까 앞으로 몇 건은 더 나올 수 있습니다."

설명하는 가사기의 관자놀이에 땀이 흘렀다.

"실제로 나오고 있네요." 오노가와가 중얼거리듯 말했다. "각 과별로 예전에 우리 병원에서 치료를 받았다는 환자나 가족 들이 그때의 치료 내용에 대해 설명을 요구하러 오는 일이 늘고 있습니다."

"오호라."

혼마가 흥미롭다는 듯 병원장을 쳐다봤다.

"협박편지의 영향일 겁니다. 그 내용이 소문으로 퍼지는 통에 예전의 환자나 유족 들이 이제 와서 우르르 몰려드는 겁니다. 치료 결과에 만족하지 않은 환자가 적지 않을 테니까요."

"그런 걸 의료과실이라고 하는 거 아닙니까?"

혼마가 심술궂게 입을 삐죽였다.

오노가와는 불끈 화가 난다는 듯이 눈을 부라렸다.

"모두 최선을 다한 결과입니다. 문제는 없었다고 생각합니다."

"그게 사실이라면 이런 일을 벌이는 범인이 나오지 않았을 거 같은데요."

혼마는 다시 서류로 시선을 돌렸다.

"악질적인 장난이라고 생각할 수는 없습니까?"

매달리는 듯한 눈으로 가사기가 혼마를 쳐다봤다.

"그럴 가능성이 전혀 없다고는 하기 힘듭니다만, 이제 그렇게 한

가하고 희망적인 관측에 기댈 수는 없을 것 같은데요."

하아, 하고 가사기의 어깨가 축 쳐졌다.

혼마 계장님, 꽤 의욕적으로 나오는데. 옆에서 하는 대화를 들으면서 나나오는 생각했다. 그렇지 않다면 직접 질문에 대응하지는 않았을 것이다.

남자 화장실에 설치된 것은 단순한 발연통이었다. 문을 여는 동시에 연기가 분출하도록 장치되어 있었다.

물론 곧바로 그런 것인지 알 수 없었으므로 그걸 발견하고 나나오도 순간적으로 뒷걸음질을 쳤다. 폭발물이라고 생각했던 것이다. 화장실에서 새어 나온 연기를 본 병원 직원이 화재경보기를 울린 것도 잘못된 판단이라고 할 수 없었다.

경비원이 달려왔을 때는 이미 나나오도 연기의 정체를 파악한 후였다. 화재경보기가 멈춘 것은 그로부터 몇 분 후였다.

잠시 후 소방차가 도착했지만 화재가 아니라는 걸 알자 곧바로 철수했다. 하지만 자욱하게 들어찬 연기가 완전히 빠질 때까지는 한 시간 이상이 걸렸다. 그리고 어수선해진 병원이 평정을 되찾을 때까지는 더 많은 시간이 걸렸다.

중앙경찰서에서 수사관이 달려오고, 이어 경시청에서 나나오의 동료들도 도착했다. 혼마 계장도 있었다.

감식반의 현장조사가 이루어졌다. 그사이에 나나오는 병원 사무국에서 혼마 등에게 사건 발생 상황을 이야기했다. 경찰로서는 발견자가 일반인이 아닌 게 꽤나 다행스러운 일이었을 텐데 그 사람이 하필이면 나나오라서인지 혼마는 약간 거북스러운 듯했다.

현장에서는 협박편지 한 통이 발견되었다. 그 내용은 다음과 같았다.

지금까지 두 번에 걸쳐 경고장을 보냈지만 아직까지 성의 있는 회신이 없다. 회신은커녕 매스컴에 경고장의 취지라 할 수 있는 의료과실에 관한 기술을 은폐하는 아주 불성실한 태도를 보여주었다.

경고자의 실행력을 과소평가하거나 아니면 경고장을 단순한 장난으로 치부하고 있다면 큰 오산이다. 그것을 절실히 깨닫게 하기 위해 본의 아니게 실력을 행사하기 전에 모의실험을 하기로 했다.

이미 확인이 끝났을 것 같지만, 우리가 설치한 것은 단순한 발연통이다. 하지만 만약 그것이 다이너마이트였다면 어떻게 되었을까. 그것이 폭발하기 전에 발견되었을까. 또한 폭발했다면 피해 상황은 어땠을까. 희생자가 전혀 나오지 않을 거라는 바보 같은 추론이 가능할까.

우리의 실행력에 대해 어떻게 평가하든 자유지만, 이것이 마지막 경고라는 걸 분명히 해두겠다. 다음에는 발연통이 아닐 것이다.

경고자

이런 상황에 이르자 결국 경시청도 가만히 지켜보고 있을 수만은 없게 되었다. 혼마가 직접 나선 것도 단순한 장난이 아니라는 위기감을 느꼈기 때문일 것이다.

사무국을 뒤로한 혼마는 곧바로 부하들에게 병원에 항의한 사람 전원을 조사하라고 지시했다.

"범인이 일부러 그런 일을 했을까요?"

나나오가 이의를 제기하자 혼마가 쏘아보았다.

"무슨 뜻이지?"

"항의 말입니다. 경찰의 의심을 살 만한 짓은 하지 않았을 것 같은데요."

혼마는 들고 있던 서류로 나나오의 가슴을 가볍게 찔렀다.

"위장일 수도 있잖아."

"위장…… 이요?"

"경찰이 움직이면 반드시 의료사고에 대한 조사가 이루어지겠지. 항의를 했든 안 했든 미심쩍은 사례가 있으면 그것과 관계된 사람 전체를 조사하게 될 거고. 그래서 범인이 선수를 치고 나왔을 수도 있다는 거지."

혼마는 날카로운 눈으로 부하들을 보면서 말했다.

나나오는 더 이상 반론하지 않고 사카모토와 함께 탐문수사에 나서기로 했다. 하지만 역시 마음속으로는 이 범인은 그런 단순한 조사 선상에 오르지 않는 인물일 거라고 생각했다. 그 근거는 발연통과 함께 발견된 또 하나의 장치였다.

발연통은 양변기의 덮개 위에 놓여 있었는데, 그 옆에 소형 녹음기가 있었다. 거기에는 남성의 콧노래, 옷매무시하는 소리 등이 녹음되어 반복적으로 흘러나오게 되어 있었다. 아마 문이 열리는 것을 지연시키려고 한 듯했다. 아무 소리가 나지 않은 채 오랫동안 문이 닫혀 있으면, 병원이라는 장소의 성격상 곧바로 문이 열리고 말 우려가 있었기 때문이다. 실제로 그 콧노래와 소리에 속아 나나오도 일단 그것을 발견하지 못할 뻔했다.

범인이 도주 시간을 확보하기 위해 그런 장치를 해놓은 데 지나지 않다고 하면 그뿐이지만, 그것만이 목적이라면 더욱 사람들의 눈에 띄지 않는 곳에 설치해두고 발연통을 타이머로 작동하게 해두면 된다. 왜 그렇게 하지 않았을까. 범인에게 그만 한 기술이 있다는 것은 문이 열림과 동시에 작동하도록 만든 장치만 봐도 쉽게 알 수 있다.

남자 화장실이라는 불특정 다수의 사람들이 이용하는 장소에 설치했다는 점에 나나오는 집착하고 있었다. 이는 지금까지 보낸 두 통의 협박편지와도 공통적인 특징이었다. 범인은 병원에 대해서뿐만 아니라 병원을 이용하는 사람들에게도 범행을 호소하려는 것 같았다.

나나오는 범인의 목적이 병원의 의료과실을 규탄하는 것만이 아니라는 생각에 도달했다. 협박편지, 그리고 이번의 발연통 소동은 모두 범인이 앞으로 일으키려는 어떤 행동의 사전 준비 같다는 생각을 지울 수 없었다.

내일부터 병원 안의 경비는 한층 강화될 것이다. 아니, 이미 오늘 밤부터 시작되었다. 경비원 수도 늘어나고, 경찰관도 배치될 것이다. 테러를 경계하는 공항처럼 쓰레기통도 철거될 것이다. 범인이 폭발물을 설치하기는 어려워질 것이다.

하지만 범인이 그것을 예상하지 않았을 리 없다. 그렇게 어수룩한 사람이라면 이번과 같은 장치를 설치할 생각을 했을 리 없다고 나나오는 생각했다.

경찰의 개입도 경비 강화도 범인의 계산에 이미 들어 있을 것이다. 동시에 병원 측이 협박에 굴하지 않으리라는 것도 예상하고 있다고 봐야 한다.

그럼에도 발연통 소동을 일으킨 것은 왜일까.

생각할 수 있는 것은 세 가지였다. 첫째, 이 범인은 역시 진심이 아니고 폭탄을 설치할 생각도 없다는 것. 둘째, 엄중한 경비를 뚫고 폭탄을 설치할 만한 자신이 있다는 것.

그리고 또 하나는⋯⋯.

발연통 소동에는 협박 이외의 다른 목적이 있다는 것이다.

22

유키가 모든 작업을 끝냈을 때는 밤 1시가 가까운 시간이었다. 그러나 용태가 달라진 환자가 나온 것도 아니고 긴급 수술을 했기 때문도 아니었다. 니시조노와 함께 병원으로 돌아온 그녀를 기다리고 있는 것은 방대한 양의 사무 처리였다.

발연통 소동으로 패닉 상태가 되어 병원을 옮기거나 일시적으로 퇴원하겠다는 환자들이 속출했기 때문이다. 통상이라면 그런 요청에 응할 시간대가 아니지만, 그것을 거부하다가 만약 진짜 폭파 사건이라도 일어나 피해자가 발생한다면 병원 측으로서는 변명할 여지가 없어진다. 그래서 비상조치로 사건이 해결될 때까지 24시간 내내 대응하기로 한 것이다.

병원을 옮기는 경우에는 받아줄 병원을 알아봐야 한다. 퇴원의 경우에도 완치되지 않은 환자가 대부분이라 앞으로의 처치에 대해 상세하게 의논해두어야 한다. 아무튼 진료기록부 기입을 비롯하여 이러저러한 사무 처리가 요구된다. 확정진단명, 합병증, 수술명, 입원 경과 기록 등 퇴원할 때의 간략한 사항만 기입하는 데도 눈 깜짝할 사이에 시간이 지나간다.

모든 처리를 끝내고 의국으로 돌아오자 모토미야가 피곤한 얼굴로 인스턴트커피를 마시고 있었다. 모토미야가 유키를 보고 말했다.

"수고했어."

"수고하셨습니다."

유키도 자신의 머그잔에 커피를 탔다.

"다 끝났나?"

"일단은요. 선생님은요?"

"기록지 같은 건 간호사들한테 맡겼는데." 그는 자신의 어깨를 주무르며 고개를 돌렸다. "죽겠네 이거. 일이 이렇게 될 줄은 몰랐어."

"협박편지가 발견되었을 때만 해도 대부분의 환자들이 장난일 거라고 생각했었는데 말이에요."

"폭탄이니 말이야." 이렇게 말하고 나서 모토미야는 정정했다. "그게 아니라 발연통인가. 하지만 그런 일을 당하면 겁을 먹는 게 당연하지. 나도 솔직히 불안해졌으니까."

유키는 아무 말 없이 머그잔에 커피포트의 뜨거운 물을 부었다. 실은 그녀도 동감이었다.

"내 예상이 빗나갔어."

"예상이요?"

"필시 장난일 거라고 믿었거든. 물론 아직 그럴 가능성이 남아 있긴 하지만, 적어도 협박편지만으로 끝날 일은 아니었다고 말야. 범인을 얕잡아본 거지."

유키는 모토미야의 맞은편에 앉았다.

"경찰에서도 그렇게 생각한 사람이 많았던 것 같은데요."

"내일부터 쓰레기통을 철거한다던데. 감시 카메라 수도 늘린다고 하고. 또 여기저기에 경찰을 배치해둘 모양이야. 분위기가 아주 삼엄해질 것 같아. 자네가 협박편지를 발견한 시점에 이미 병원에서 경찰에 연락을 했으니, 이 일로 무슨 일이 생기면 경찰도 책임을 져야 할 테니 초조하겠지."

유키는 나나오를 떠올렸다. 그는 처음부터 단순한 장난으로 생각되지 않는다고 말했었다. 지금은 어떻게 생각하고 있을까.

커피를 마시면서 유키는 소파 위에 놓인 가방에 시선을 고정했다. 니시조노의 가방이었다.

"니시조노 선생님은 아직 계시나 봐요?"

"경찰이랑 사무국 사람들과 회의 중이야. 내일부터의 방침에 대해 옥신각신하고 있는 모양이던데."

"옥신각신하다니요?"

"간단히 말하면 진료 업무를 어떻게 하느냐는 문제지. 경찰로서는 잠시 진료를 중지했으면 좋을 테지만, 그렇게 할 수도 없는 노룻이고. 입원 환자가 아직 많으니 병원은 계속 운영해야 하고, 또 예약한 환자 중에 내일 찾아오는 사람도 있을 테고. 하지만 외래 환자를 어느 선까지 받아줄 것인지가 어려운 문제겠지."

"초진 환자는 양해를 구하고 받지 않는다, 뭐 그런 건가요?"

"그게 타당한 선이겠지. 범인이 어떻게 숨어들지 예상할 수 없으니까 말이야. 도쿄돔처럼 수하물 검사를 할 수도 없는 노릇이고."

그런 일도 있을 수 있구나, 유키는 새삼 더 큰 위기감을 느꼈다. 생각해보면 이번만이 아니라 지금까지의 협박편지 같은 경우에도 범인이 환자 행세를 하고 병원에 접근했을 것이 틀림없다.

지금까지처럼 제한 없이 외래 환자를 받는다면 내일부터는 대기실을 지날 때조차 환자들에게 의심의 눈길을 보내게 될 것 같다고 유키는 생각했다.

"어제저녁에는 교수님과 식사 중이었지?"

유키는 허를 찔렸다는 생각에 지도교수를 쳐다봤다. 그가 빙그레 웃었다.

"자네 어머님과의 일은 교수님께 들었어. 괜찮아, 다른 사람한테는 말하지 않을 테니까."

"전부터 알고 계셨습니까?"

"자네가 여기로 온다는 걸 알았을 무렵부터. 모르는 척하는 게 좀 귀찮기는 했지만 이상한 오해를 불러일으키고 싶지 않다는 교수님의 생각도 이해할 만해."

"그럼 왜 이제 와서……."

"자네 수련 기간도 곧 끝날 거고. 그 전에 큰 수술을 앞두고 있지? 시마바라 씨 수술 말이야. 자네는 조수로 참가할 테고. 그래서 그 전에 한 번 이야기해두고 싶었거든."

"무슨 일인데요?"

"만약 앞으로 자네와 함께 일하게 되고, 그 시점에 자네가 교수님의 딸이 되어 있다고 해도 난 자네에 대한 태도를 바꿀 생각은 없어. 자네는 신참 의사이고 제 몫을 하려면 아직 멀었거든. 주의를 줘야 할 때는 주의를 줄 거고 칭찬할 때는 칭찬을 할 생각이야."

"물론 그렇게 하셔야죠."

"니시조노 교수님도 자네한테 그렇게 대응하라고 말씀하셨어. 내가 볼 때 그 말에 거짓은 없는 것 같아. 그런데 자네 쪽에 문제가 있어."

유키는 얼굴을 들었다. 모토미야의 진지한 시선이 바로 눈앞에 있었다.

"나는 어머니가 재혼한 경험이 없으니 이런 말을 하는 게 무책임할지도 모르겠지만, 자네도 성인이니까 어느 정도 거리를 두고 두 사람을 지켜봐야 하는 게 아닐까?"

"무슨 뜻인가요?"

"나는 나, 어머니는 어머니, 이렇게 딱 잘라 생각하는 게 어떠냐는 말이야."

"그렇게 생각하고 있는데요."

"그런가. 자네를 보고 있으면 그런 생각이 안 들어. 자네가 교수님을 보는 눈은 역시 어딘가 부자연스럽거든. 어딘지 무리하고 있다는 느낌이야. 그래서는 수술 조수를 할 수가 없지."

유키는 눈을 내리깔고 미지근해진 커피를 목구멍에 흘려 넣었다.

"결혼에는 반대하나?"

"아니요, 그런 건……." 유키는 고개를 저었다. "다만 좀…… 의식될 뿐입니다."

"그뿐인가?"

모토미야가 유키의 얼굴을 들여다보았다.

"그 외에 뭐가 있는데요?"

"아니야, 그럼 됐어. 다만 만약에 자네한테 맺힌 감정 같은 게 있다면 수술 전까지 풀었으면 좋겠다고 생각했을 뿐이야. 수술은 무엇보다 팀워크가 중요하니까."

"알고 있습니다. 걱정 끼쳐드려 죄송합니다."

유키는 머리를 숙였다.

맺힌 감정이 있는 것은 사실이다. 하지만 그 원인은 모토미야가 생각하지 못하는 데에 있다. 여기서 그것을 드러낼 수는 없다.

모토미야는 아직 뭔가 말하고 싶은 듯한 얼굴로 유키를 가만히 보다가 푹 한숨을 내쉬더니 커피잔을 내려놓았다.

"아들을 만났지? 미치타카 말이야."

"네."

유키는 시선을 떨어뜨렸다. 니시조노가 그런 것까지 말했다는
게 의외였다.

"교수님은 방탕한 자식이라고 말씀하시지만, 그 사람 상당히 머
리가 좋아. 야무진 사람이지. 자네하고 잘 지낼 수 있지 않을까 싶
은데."

"만나본 적이 있으세요?"

"몇 번. 그도 여동생이 생긴다고 기뻐하고 있을걸."

"외아들인 거 맞죠?"

"뭐, 그렇긴 하지만 단순한 외아들이 아니니까 응석을 부리며
자랐을 거라고 생각하면 큰 오산이야. 아무튼 쭉 어머니가 안 계
셨으니까. 거기다 실은 형이 있었거든."

"형이요?" 처음 듣는 이야기였다. "그게 무슨 소린가요?"

"꽤 오래전에 사고로 죽었어. 미치타카가 어릴 때였지만, 충격이
꽤 컸을 거야."

유키는 소파 위의 가방에 시선을 주었다.

"그런 이야기는 들어본 적이 없는데요."

"교수님으로서는 말씀하기 싫으시겠지."

"어떤 사고였는데요?"

"그건……." 말하려다 말고 모토미야는 고개를 저었다. "아니, 그
다음 이야기는 그만두기로 하지. 정확한 사정을 아는 것도 아니
고, 남이 입에 담을 만한 일이 아닐지도 모르니까. 언젠가 교수님
께서 직접 말씀하시겠지."

묘하게 모호한 말투였다.

모토미야가 빈 커피잔을 들고 일어났을 때 문이 열리고 니시조노가 들어왔다.

"아니, 아직 있었나?"

유키와 모토미야를 번갈아 보며 말했다.

"환자의 사무 절차가 좀 남아 있어서요……."

유키가 설명했다.

"병원을 옮기거나 퇴원을 바라는 환자가 갑자기 늘어난 모양이라, 고생이 참 많군."

니시조노는 몸을 내던지듯이 털썩 소파에 앉았다.

"내일 업무는 어떻게 하기로 되었습니까?"

모토미야가 물었다.

"늘 하던 대로네. 우리를 믿고 찾아오는 환자를 돌려보낼 수는 없다는 거지. 하지만 뉴스 같은 데서 발연통 소동을 봤을 테니까 어지간한 이유가 아니면 오지 않겠지."

"내일로 예정된 수술도 변경되지 않겠군요."

"그렇다네."

"그럼 돌아가 좀 쉬겠습니다. 수고 많으셨습니다."

"그래, 수고했네."

모토미야가 나가자 숨이 막힐 듯한 분위기만 남았다. 유키는 개수대에서 머그잔을 씻기 시작했다.

니시조노의 깊은 한숨 소리가 들렸다.

"참 힘든 하루였어. 자네도 피곤하지?"

"괜찮습니다."

"안 그래도 수련의 생활은 고된데 이런 사건까지 일어났으니 견딜 수가 없을 거야. 실은 다른 교수들과도 의논했는데, 사건이 일단락될 때까지 수련을 일시적으로 중단하면 어떨까 하는 이야기가 있었네."

유키는 손을 멈추고 돌아보았다.

"무슨 뜻인가요?"

"사건이 해결될 때까지 수련의는 자택에서 대기하라는 거지. 지금 상태로는 수련 프로그램을 정상적으로 운용하기도 힘드니까. 만약 무슨 일이 있어서 수련의에게 피해가 가기라도 하면 그 보상 문제도 있지. 냉정하게 보면 수련의는 병원의 정식 직원이 아니니까."

"그건 강제적인 건가요?"

"아니, 본인이 희망한다면 그렇게 할 수도 있다는 거지."

"그럼 전……." 유키는 니시조노 쪽으로 돌아섰다. "저는 계속하겠습니다. 그렇게 하게 해주십시오."

니시조노는 의표를 찔린 듯한 표정으로 그녀를 바라보고는 살짝 고개를 끄덕였다.

"알았네. 다만 그럴 경우에는 사무국에서 만든 서류에 서명을 하게 될 거네. 말하자면 동의서. 무슨 일이 있을 경우를 대비한다는 차원에서."

"알겠습니다."

"그럼 나도 이제 슬슬 가볼까." 니시조노는 가방을 안고 일어섰다. "태워다줄까?"

"아니요. 할 일이 좀 남아 있어서요."

"그런가? 너무 무리는 하지 말게." 니시조노는 문으로 가다가 걸음을 멈추고 돌아보았다. "미치타카가 무례한 말을 해서 미안했네. 기분 상했지?"

"그렇지 않……."

"그 앤 결혼에 반대하지 않네. 다만 처음부터 자네를 걱정했지."

"저를요?"

"아무튼 자네를 만나게 해달라고 하도 졸라서. 만나서 이야기를 하고 싶다고 했는데, 설마 그런 식으로 성가시게 할 줄은 몰랐네."

"전혀 신경 쓰지 않고 있으니까 마음 쓰지 않으셔도 됩니다."

"그럼 다행이고."

등을 돌린 니시조노를 이번에는 유키가 불러 세웠다.

"저기……."

"뭔가?"

유키는 침을 삼키고 나서 입을 열었다.

"자녀가 한 분 더 있었다는 게 사실인가요?"

니시조노는 순간적으로 당황한 기색을 보였다. 하지만 금세 차분한 표정으로 고개를 끄덕였다.

"모토미야 선생한테 들었나? 사실이네. 벌써 20년이 다 되었군.

사고로 죽었네."

"그걸 어머니도 아시나요?"

"알고 있지. 자네한테도 언젠가는 이야기할 생각이었네."

"교통사고였나요?"

"응. 학교에 가다가 트럭에 치였어. 열네 살 때였지." 니시조노는 남의 일처럼 담담한 어조로 대답했다. "그런데 그건 왜?"

"아니요……."

조금 전 모토미야의 표현이 마음에 걸렸다. 좀 더 복잡한 사정이 있는 듯한 투였다.

"부모의 부주의지. 교통량이 많은 곳이라는 걸 알면서도 자전거 통학을 막지 않았으니까. 그래서 미치타카는 절대 자전거를 못 타게 했지." 니시조노는 먼 데를 보는 듯한 눈을 다시 유키에게 향했다. "자세한 이야기가 듣고 싶나?"

"아닙니다. 그…… 슬픈 일을 떠올리시게 한 것 같아 죄송합니다."

"20년이나 된 일이야. 이제 괜찮아. 그보다……." 니시조노는 검지 끝으로 유키의 가슴께를 가리키며 말을 이었다. "시마바라 씨는 퇴원도 하지 않고 병원을 옮기지도 않는다고 하네. 예정대로 금요일에 수술을 할 거야. 준비 잘 부탁하네."

니시조노의 얼굴은 심장외과의가 되어 있었다.

"알겠습니다."

유키도 수련의의 목소리로 대답했다.

23

오전 11시를 조금 지난 무렵, 미니스커트를 입은 노조미가 건물 모퉁이를 돌아 나타났다. 손에는 편의점 봉지가 들려 있었다. 발걸음이 가볍지 않은 게 멀리서도 느껴졌다.

그녀는 집에 도착하기 10미터쯤 전부터 핸드백을 열고 안을 뒤지기 시작했다. 집 열쇠를 찾고 있을 것이다. 열쇠를 꺼내고 나서 하품을 한 번 했다.

조지는 잔달음질로 그녀에게 다가갔다. 그녀가 알아챈 기미는 없었다. 그가 야아 하고 불렀다.

노조미가 얼빠진 눈으로 그를 쳐다보다 곧 눈을 크게 떴다.

"자기, 어쩐 일이야? 회사는?"

"의논할 게 있어서 거래처에 다녀왔어. 이제 회사로 돌아가야 하는데 그 전에 잠깐 들렀다 가려고. 노조미가 아직 돌아오지 않은 것 같아서 저기 책방에서 시간을 보내고 있었어. 조금만 더 기다리다가 안 오면 회사로 갈 참이었는데."

"그렇구나. 미안. 그래서 열쇠를 갖고 있으라니까."

"괜찮아. 그런 건 좋아하지 않아."

조지는 손사래를 쳤다.

열쇠를 갖게 되면 언젠가 돌려주어야 한다. 귀중품이라 우편으로 보내는 건 내키지 않는다. 게다가 노조미에게 큰 희망을 갖게 하고 싶지 않았다. 그녀의 집 열쇠를 갖게 되면 언젠가 그녀도 조지의 집 열쇠를 갖고 싶어 할 것이다. 결국에는 같이 살자는 이야기를 꺼낼지도 모른다.

"늦었네. 어디 들렀다 오는 거야?"

"편의점만 들렀는데. 낮 근무하는 애한테 인수인계하느라 시간이 좀 걸렸어."

집 안으로 들어가자 노조미는 편의점 봉지를 든 채 주방으로 갔다.

"커피라도 끓일게."

"피곤하잖아. 냉장고에 있는 걸로 됐어."

"그럼 맥주?"

"바보. 난 지금 근무 중이라고."

"아, 그런가?"

노조미는 냉장고에서 녹차 페트병을 꺼내 왔다.

"어제 난리 나지 않았어?"

페트병에 든 차를 따르면서 조지가 물었다.

"응. 그런데 어떻게 알았어?"

노조미는 입고 있던 미니스커트를 벗고 트레이닝복 바지에 다리를 넣었다. 그 싱싱한 살결에 약간 욕망이 일었으나 조지는 잡념을 눌렀다.

"뉴스에서 몇 번이나 나오던데."

"역시 그랬구나. 순찰차가 여러 대나 오고 방송국에서도 취재를 나온 것 같더라니. 처음에는 소방차도 곧바로 달려왔고."

"하지만 화재는 아니었잖아."

"발연통이 설치되어 있었대. 정말 아찔한 거지. 다이너마이트였다면 어쩔 뻔했어."

심각한 내용일 텐데 노조미는 마치 남의 일처럼 이야기했다.

병원 관계자에 대한 위협 효과는 자신이 기대한 정도가 아니었구나, 조지는 살짝 불안해졌다.

"병원 사람들은 어떤 것 같아? 패닉 상태 아냐?"

"그야 처음에는 깜짝 놀랐지. 화재경보기가 울렸을 때 난 병실에 있었는데 링거를 맞고 있던 환자가 대피하려다 넘어지고, 다들 뭐라고 외쳐대고 난리였어. 정말 뭐가 뭔지 몰라서 간호사실로 돌아갔는데 선배들은 놀라서 허둥대고만 있고."

"용케 부상자가 안 나왔구나."

조지는 은근슬쩍 걱정하고 있는 일을 물었다.

"넘어져서 다친 사람은 있었던 것 같은데 크게 부상당한 사람은 없었나봐. 뭐 금방 방송이 나와서 화재가 아니라는 걸 알았기도 하고 말이야."

"그거 참 다행이었네." 조지는 진심으로 그렇게 말했다. "응급 환자는 없었던 거야?"

"다행히. 일반 진료 시간이 끝난 후라 사람들이 그렇게 많지는 않았어. 병원 창문으로 밖을 내다보니까 사람들이 엄청 많았는데, 다 구경꾼들이었던 모양이야."

노조미는 편의점 봉지에서 샌드위치와 생수병을 꺼냈다. 이제 식사를 할 모양이었다.

"자기도 먹을래?"

"난 됐어. 그보다 오늘 아침 신문을 보니까 그 협박범이 벌인 짓 같다던데, 그런 거야?"

"그런가 봐. 우리도 뉴스에 나오는 정도밖에 모르지만 말이야."

간호사들로부터 매스컴에 정보가 흘러가는 것을 병원 측이 경계하는 거라고 조지는 짐작했다. 경찰의 지시이기도 하겠지만, 병원은 소문이 퍼질까 봐 우려하고 있을 것이다.

"하지만 환자들은 어때? 자세한 상황을 알려주지 않으면 스트레스가 쌓이지 않을까?"

"그게 가장 성가신 일이야." 샌드위치를 싼 셀로판종이를 벗기면서 노조미는 얼굴을 찡그렸다. "대체 어떻게 되는 거냐는 질문을 받는 건 우리들이거든. 잘 모르겠다고 하면 무책임하다는 말을 듣게 되고. 경찰이나 사무국 사람들도 좀 우리 입장에서 생각해줬으면 좋겠어. 환자들이 사건에 대해 자세히 알고 싶어 하는 건 당연한 일이니까. 병을 고치러 입원했는데 폭탄 소동에 휘말리면 엄청난 재앙이잖아. 그런 걸 제대로 설명해주지 않으니까 다들 무서워서 도망치는 거라고."

"도망친다고?" 조지는 얼굴을 찡그리며 물었다. "무슨 말이야?"

"어젯밤부터 퇴원 희망자가 속출했어. 병원을 옮기고 싶다는 사람도. 그런 걸 희망하는 사람은 말해달라고 알려두기는 했지만, 지금까지 신청한 사람이 거의 없었거든. 하지만 어제 폭탄 소동이랄까 연기가 나온 사건 때문에 이게 장난이 아니라고 생각한 건지 아직 병세가 좋지 않은 환자까지 퇴원하고 싶다고 하니까."

"그렇게 많은 거야?"

"글쎄. 처음에는 별로 많지 않았는데 몇 사람이 신청하고, 실제로 어제부터 나가게 되니까 나도 나도 하는 분위기가 된 거야. 이런 때니까 퇴원이나 병원을 옮기겠다는 요구에 24시간 응하게 되었고. 덕분에 우리만 아주 힘들어. 선생님들은 진료기록부를 쓰거나 마지막 검사를 하는 데 쫓기고 있고, 우리도 이런저런 절차가 있으니까. 이렇게 된 바에는 모든 환자를 다른 병원으로 옮기는 게 좋을 텐데 하고 친구와 이야기하기도 했어."

조지는 내심 회심의 미소를 지었다. 노조미를 기다린 보람이 있었다.

"그거 참 힘들었겠다. 그럼 지금은 환자가 어느 정도 남은 거야?"

노조미는 샌드위치를 먹으면서 고개를 갸웃했다.

"꽤 많이 나갔어. 남은 사람은 도저히 움직일 수 없거나 중환자실에 있는 환자 정도 아닐까. 정확한 수는 모르겠지만."

아직 남아 있는 환자가 있구나, 조지는 남모르게 한숨을 쉬었다. 하지만 그것은 예상하고 있던 일이었다. 한 사람만 남고 전원이 퇴원하는 상황까지 기대하지는 않았다.

시위는 더 이상 할 수 없다고 그는 생각했다. 발연통을 설치한 것이 최대한이다. 이제 실제 행동밖에 없다.

"그런데 말이야." 조지는 넌지시 물어보았다. "시마바라 소이치로는 어떻게 됐어?"

"아, 그 뻐기기만 하는 장군은 아직 남아 있지."

노조미의 말은 그 어떤 명언보다 조지의 마음을 흔들었다.

"병원에서 안 나갔구나."

"수술을 앞두고 있으니까. 이번 금요일에 수술이라 그때까지는 버티려는 거 아닐까? 수술이 무사히 끝나면 바로 나갈 생각이겠지."

"다른 병원에서 수술할 생각은 없다는 거네."

"그야 그렇지. 우리 선생님의 실력을 믿고 일부러 우리 병원으로 수술을 받으러 온 거니까."

"연기하는 건 아닐까?"

"이제 안 할 거야. 한 번 연기했으니까. 모르긴 해도 더 이상 연기할 수 없는 무슨 사정이 있는 것 같던데."

모터쇼일 거라고 조지는 짐작했다. 아리마 자동차는 그 모터쇼에 사운을 걸고 있었다. 시마바라가 얼굴을 비치지 않을 수 없는 것이다.

"게다가 수술을 연기한다고 해도 사건이 해결되지 않으면 의미가 없잖아. 그런 것보다는 얼른 수술을 해치우는 게 좋다고 생각하는 거겠지." 노조미는 샌드위치를 먹는 손을 멈추고 조지를 보며 고개를 갸우뚱했다. "정말 유명한 사람 이야기 되게 좋아하네. 그렇게 궁금해?"

"아니, 그냥 호기심이지 뭐. 다른 데서 떠들지 않을 테니까 걱정 마."

"그것만은 정말 부탁이야."

"걱정 마. ……나 이제 가야겠는데." 조지가 일어섰다. "만나서 반가웠어."

"다음에는 언제 데이트할 수 있어?"

"곧 연락할게."

집을 나선 후 조지는 오른손 주먹을 힘껏 쥐었다. 모든 건 예정대로다.

24

문을 두드리자 나직한 목소리가 돌아왔다.

"네."

나나오는 문을 열었다. 먼저 눈에 들어온 것은 하얀 가운을 입은 등이었다. 상대는 천천히 의자를 돌렸다.

"니시조노입니다."

상대가 말했다.

심장혈관외과의 교수다. 오십 대 후반 정도로 나나오는 짐작했지만, 머리숱이 제법 많아 젊어 보이는지도 몰랐다.

"경시청에서 나온 나나오입니다. 바쁘실 텐데 죄송합니다."

나나오가 머리를 숙이자 니시조노는 살짝 웃으며 손사래를 쳤다.

"저희를 위해 일해주시는 건데 당연히 협조해야지요."

"감사합니다."

"자, 앉으세요."

니시조노가 권하자 나나오는 비어 있는 의자에 앉았다. 평소 버릇대로 방 안을 빙 둘러보았다. 니시조노가 앉은 책상 앞에는 몇 장의 엑스레이 사진이 놓여 있었다.

"전화로도 말씀드렸습니다만, 우리 과에서 환자가 사망하거나 중대한 후유증이 남은 사례는 모두 사무국에 보고했습니다. 적어도 지난 5년간에 대해서는 빠진 게 없을 겁니다."

"알고 있습니다. 지금 그 사례들을 대강 살펴보고 있는 중입니다. 치료 내용에 대해 항의를 했던 사람들은 이미 찾아가봤습니다."

니시조노는 언짢은 표정을 지었다.

"적어도 우리 과와 관련된 환자나 유족 들 중에 이번 같은 사건을 일으킬 만한 사람이 있다고는 생각되지 않습니다. 유감스러운 결과로 끝난 경우에는 특별히 세심하게 설명해왔다고 생각합니다. 재판까지 간 일도 없고요."

"그건 알고 있습니다. 그래서 말인데요, 오늘은 좀 다른 방향에서 생각해주셨으면 합니다."

"다른 방향…… 이라고 하시면?"

"아시다시피 이번 협박범은 여러 번에 걸쳐 데이도 대학병원의 의료과실에 대해 썼습니다. 그런데 의료과실의 내용에 대해서는 전혀 언급하지 않았습니다. 그래서 어쩌면 범인의 목적이 다른 데 있는 게 아닌가 하는 의견이 나오기도 해서요."

"다른 목적…… 말인가요? 예를 들면요?"

"예컨대 병원의 권위나 신용을 실추시킬 목적 같은 거 말입니다." 나나오는 곧장 말했다. "그것에 대해서는 설명드리지 않아도 아실 거라고 생각합니다. 이번 소동으로 병원을 나간 환자가 많다고 들었습니다. 또 주간지 같은 데서도 이 병원의 과거를 조사하고 아주 미세한 과실까지 과장해서 다루고 있고요."

"분명히 악평이 돌고 있기는 하는 것 같더군요."

"그러니까 범인이 처음부터 그걸 노렸을 거라는 의견도 나올 수 있습니다. 그런 것에 대해 어디 짚이시는 데는 없습니까?"

니시조노는 쏨쓸한 웃음을 지으며 고개를 갸웃했다.

"우리 병원의 평판을 떨어뜨려 득을 보는 사람이 있을 것 같지는 않은데요."

"득을 보지 않더라도 원한을 풀 수는 있겠지요. 의료과실만 생각하지 마시고요, 이 병원에 무슨 원한을 가질 만한 사람이 없을까요?"

"불온하군요."

"어쩔 수 없습니다. 불온한 사건이 일어나고 있으니까요."

니시조노는 얼굴에서 웃음기를 지우고 입을 굳게 다물었다. 미간에 주름이 생기더니 점차 깊어졌다.

사실 지금까지도 나나오의 상사인 혼마는 의료과실의 피해자가 범인일 가능성이 가장 높다고 생각하는 듯했다. 게다가 혼마는 앞으로 사건이 어떻게 전개될 것인지에 대해서도 나나오와는 전혀 다르게 예상하고 있었다.

"범인이 실제로 병원을 폭파할 가능성은 아주 낮아. 범인의 목적은 아마 돈일 거야. 조만간 어떤 식으로든 거래를 해오겠지."

혼마는 이렇게 말했다. 그리고 의료과실의 내용을 명기하지 않은 것은 범인이 특정되는 것을 우려했기 때문이라고 추측했다.

나나오도 혼마의 생각을 이해할 수 없는 건 아니었다. 기업이나 조직을 협박하는 사람들 대부분은 최종적으로 돈을 요구한다. 이번이 예외라고 생각할 근거는 없었다.

하지만 나나오는 지금까지의 협박 방식으로 미루어 아무래도 금전을 목적으로 벌인 일이라고는 생각되지 않았다. 범인은 분명히 협박편지가 외부인의 눈에 띄도록 궁리했다. 금전을 요구할 거라면 병원 측과 은밀히 거래하는 편이 성공률도 높을 거라는 생각이 일반적이다.

니시조노는 아직 생각에 잠겨 있었다. 나나오의 질문에 합치하는 사례가 떠오르지 않은 것인지, 생각은 났는데 말을 하지 않을 뿐인지 그 표정만 봐서는 알 수 없었다.

아무 말 없이 생각에 잠겨 있는 니시조노의 얼굴을 바라보는 사이 나나오는 문득 기시감을 느꼈다. 뇌의 전혀 다른 부분이 자극을 받은 것이다.

니시조노, 어딘가에서 본 적이 있는 이름인데, 어디서였을까?

"역시." 니시조노는 조용히 입을 열었다. "병원에 원한을 가졌다면 치료가 잘 되지 않은 환자나 그 가족, 또는 친한 사람이 되지 않겠습니까? 그 외에는 아무래도 생각나지 않는데요."

"예를 들면 병원 관계자 중에 그런 사람은 없습니까?"

나나오의 질문에 니시조노는 눈을 크게 떴다.

"범인이 내부 사람이라는 뜻인가요?"

"지금도 여기서 일하는지는 알 수 없습니다. 예전에 이 병원에서 무슨 사정으로 그만두어야 했다든가, 그런 경우도 생각할 수 있을 것 같은데요."

내부범행설은 수사진들 사이에서도 유력한 의견이었다. 가령 범인이 정말 데이도 대학병원의 의료과실 은폐를 규탄하려고 한다면 애초에 그런 실태를 어떻게 알았느냐는 의문이 생긴다. 과실을 은폐하고 있으니까 환자 측도 알 수 없을 것이다. 그렇다면 가장 수상한 것은 병원 내부인, 즉 의료과실 은폐에 직간접적으로 관여한 사람이라는 이야기가 된다.

다만 그렇다면 범인은 왜 이렇게 번거로운 방법을 취하는 지가 문제다. 고발하고 싶다면 익명으로 매스컴에 문서로 보내면 될 일이다.

니시조노는 천천히 고개를 가로저었다.

"내부 사람을 의심하는 마음은 이해할 수 있습니다. 어쩌면 그럴지도 모르겠지요. 하지만 아무튼 그런 질문에는 대답할 수가 없습니다. 노코멘트입니다."

"선생님께 들었다고는 누구에게도 말하지 않을 겁니다."

"그런 이야기를 하는 게 아닙니다. 고자질은 제 성미에 맞지 않는다는 겁니다. 게다가 병원에 있는 동안은 의료 이외의 일에는 관심이 없어서 당신들이 흥미를 보이는 뒷이야기 같은 건 전혀 모릅니다. 저한테 그런 이야기를 들으러 오셨다면 헛걸음하신 겁니다."

나나오는 씁쓸한 웃음을 지었다.

"다른 선생님들께도 같은 질문을 하고 있습니다. 대체로 비슷한 이야기밖에 듣지 못했습니다만."

"그야 그렇겠지요."

니시조노는 고개를 끄덕였다.

"바쁘실 텐데 죄송했습니다." 나나오는 의자에서 일어났다. "그런데 선생님 과에서는 이번 주에 수술이 있다고 하던데요."

"금요일로 예정되어 있습니다."

"이번 소동으로 연기가 된 수술도 꽤 있다고 들었습니다만, 그 환자는 그런 이야기를 하지 않은 겁니까?"

그러자 니시조노는 다소 곤혹스러운 얼굴로 목덜미에 손을 가져갔다.

"연기할 수도 있습니다만, 본인이 강력하게 요청한 일이어서요."

"빨리 수술을 받고 싶다고요?"

"확실히는 모르겠지만 중요한 일을 앞두고 있는 모양입니다. 그때까지 완치되어 현장에 돌아가고 싶다는 것 같습니다."

나나오는 어깨를 움츠렸다.

"꽤나 일에 열심인 사람이군요. 아니면 정리해고가 무서운 건가?"

니시조노가 의외라는 얼굴로 나나오의 얼굴을 쳐다봤다.

"모르고 계십니까?"

"뭘 말입니까?"

니시조노는 순간적으로 망설이는 기색을 보이고 나서 말했다.

"시마바라 사장입니다. 아리마 자동차의."

나나오는 입을 벌린 채 그대로 고개를 끄덕였다.

"그러고 보니 참, 그 사람 이 병원에 있었지요. 수사회의에서도 그런 이야기가 나왔습니다. 그렇군요, 선생님의 환자였군요."

"여깁니다." 니시조노는 자신의 가슴을 가리켰다. "얼마 전에 석간신문인가에 기사가 실렸으니까 숨길 필요도 없겠네요. 흉부의 대동맥류입니다."

"그 수술을 금요일에 하신다고요?"

"그럴 예정입니다. 다소 어려운 수술이긴 합니다만, 뭐 별문제는 없겠지요. 본인은 퇴원 후의 일로 머리가 복잡한 것 같습니다만."

"확실히 그 사람이라면 자기 심장보다 회사 업적을 중요시할 것 같네요."

나나오는 이렇게 말했지만 시마바라 소이치로를 개인적으로 알고 있는 것은 아니었다. 매스컴에서 접한 정보를 통해 그런 이미지가 만들어졌을 뿐이었다.

"이번 사건에 대해서는 시마바라 사장도 신경을 쓰고 있습니다.

수술을 연기했다가 사건이 장기화되기라도 하는 꼴은 차마 볼 수 없다는 생각인 것 같습니다."

"그래서 얼른 수술을 받고 위험한 장소에서 한시라도 빨리 벗어나겠다는 겁니까?" 나나오는 입가에 손을 댔다. "실례했습니다. 위험한 장소라는 건 제 실언입니다."

니시조노는 살짝 웃음을 지어 보였다.

"시마바라 사장이 분명히 말하던데요. 아무튼 수술이 끝날 때까지만이라도 범인이 좀 가만히 있었으면 좋겠다고요. 그것도 웃으면서."

"기업의 최고경영자 중에는 그런 유형의 사람이 많으니까요."

"의사로서도 제가 수술하는 동안만이라도 아무 일도 안 일어나기를 바라긴 합니다만."

나나오는 고개를 끄덕였다. 니시조노의 마음은 이해할 수 있었다.

동시에 어떤 가능성이 문득 떠올랐다. 하지만 그냥 순간적으로 스쳐 지나간 것에 불과했다. 그래서 나나오는 그 생각을 입 밖으로 내지 않고 다시 니시조노에게 인사를 하고 방을 나왔다.

엘리베이터를 타고 1층으로 내려가 정면 현관으로 갔다. 휴대전화 전원을 켜려고 할 때 앞에서 누가 불렀다.

"나나오 선배님!"

사카모토가 달려오는 참이었다. 확실히 불만스러운 표정이었다.

"역시 여기 있었군요."

"무슨 일이야?"

"무슨 일이라니요? 오늘 대학 쪽에 가보기로 하지 않았습니까?"

나나오는 흥 하고 코웃음을 쳤다.

"부정입학 같은 건 이번 사건과 아무 관계도 없어."

몇 년 전 데이도 대학 의학부의 입시에서 부정이 저질러졌다는 정보가 나돈 적이 있었다. 실제로는 미수에 그치고 끝난 사건이라 관련 직원이 체포되었을 뿐이지만, 그 일이 이번 사건과 관계 있지 않을까라는 의견이 수사회의에서 나온 것이다. 그 자리에 있던 누구나가, 의견을 낸 본인조차도 맥락이 없다고 여기는 주장이었지만, 그래도 일단 조사는 해보자는 쪽으로 의견이 모였다. 그래서 혼마가 나나오와 사카모토에게 그 일을 맡겼던 것이다.

"관계없는지도 모릅니다만, 일단 명령을 받은 일이니까요. 무시하면 나중에 곤란해진단 말이에요."

"사카모토, 자네도 참 운이 없군. 나 같은 사람과 한 조가 되면 제대로 된 일을 맡을 수 없는데 말이야."

"그렇게 생각하신다면 제발 제 발목 좀 잡지 마세요."

"알았어. 같이 가면 될 거 아냐."

병원을 나와 두 사람은 택시를 탔다. 데이도 대학으로 갑시다, 사카모토가 운전수에게 말했다.

"아리마 자동차의 시마바라 사장이 입원 중이라는데."

"그런 모양입니다. 우리 윗분도 그 점은 신경을 쓰고 있는 것 같던데요. 사실은 다른 병원으로 옮겨주면 좋을 것 같다고 계장도 말하던걸요."

"금요일에 수술하나 봐."

"그렇습니까?" 사카모토는 고개를 끄덕이고 나서 찌푸린 얼굴로 나나오를 쳐다봤다. "독자적인 판단으로 탐문수사하는 것도 이제 적당히 하십시오. 업무 분담을 혼란스럽게 하는 것도요. 담당 형사한테 불평을 듣는 것도 질색이니까요."

"그 사람들 수고를 좀 덜어주었을 뿐이야. 그건 그렇고, 아리마 자동차는 얼마 전에 말썽을 일으키지 않았나?"

"결함 은폐 건 말인가요?"

"그래 그거. 어떤 내용이었더라?"

"저도 자세히는 기억하고 있지 않습니다만, 엔진을 제어하는 집적회로에 결함이 있었던 게 아니었나요? 그런데 대응이 늦어서 결과적으로 희생자가 나왔지요, 아마."

"공장장인가 제조부장이 책임을 졌었나?"

"그리고 담당 임원 한 사람도요. 결함을 파악하고 있었던 것은 그 임원까지고, 그 윗사람들은 모르고 있었다……." 사카모토는 일단 말을 끊고 나서 픽 웃었다. "그렇게 되었습니다. 시마바라 사장이 기자회견을 열어 사죄했지만, 자신의 잘못을 인정할 생각은 없는 것 같았습니다."

"국토교통성도 조사했을 텐데."

"예. 하지만 사장이나 회장이 관여되어 있는지는 확인하지 못했습니다. 뭐 흔히 있는 일 아닌가요. 그런데 그 사건이 왜요?"

"아니, 좀 궁금해서. 별일 아니야."

나나오는 말끝을 흐렸다. 지금 단계에서는 사카모토에게도 말할 수 없는 내용이었다. 그만큼 황당무계한 발상이었다.

하지만 그 생각은 그의 머리에서 떠나지 않았다.

25

나카쓰카 요시에의 안색은 나쁘지 않았다. 담관에 병터가 있는 환자의 경우, 늦든 빠르든 황달이 생기는 법이다. 투여 중인 약이 효과가 있는 모양이라고 유키는 생각했다.

"그럼 퇴원 이야기는 나오지 않았습니까?"

유키의 말에 요시에는 베개에 머리를 올린 채 고개를 끄덕였다.

"그 애들의 집은 좁아서요. 게다가 아이도 있고요. 비좁은 데서 누워 있는 것보다는 아무래도 여기가 더 마음이 편할 것 같기도 하고요. 그래서 나는 아무 말도 안 했어요."

"그렇군요. 뭐 지금은 빈 병상도 많으니까 병원 측으로서도 퇴원을 재촉하는 일은 없을 겁니다."

유키는 웃음 띤 얼굴로 말했다.

오늘 아침 요시에의 딸 부부가 왔을 것이다. 당연히 퇴원 이야기가 나왔을 것 같아 어떻게 되었느냐고 물어보았다.

부부의 얼굴이 떠올랐다. 딸은 여전히 남편의 눈치를 보는 것 같았다. 남편의 생각은 잘 모르겠다. 발연통 소동이 일어나도 여전히 장모를 병원에 그대로 두는 마음을 유키는 이해할 수 없었다. 현재의 상태라면 요시에는 언제라도 퇴원할 수 있었다.

설마 병원이 실제로 파괴되고 거기에 휘말려 요시에가 목숨을 잃게 되는 일을 기대하는 건가. 불쾌한 상상이 떠올랐지만 유키는 바로 그 생각을 떨쳐냈다.

중환자실로 가자 스가누마 요코가 한 환자 옆에 붙어 있었다. 가장 최근에 수술한 환자였다.

"제가 도와드릴게요."

이렇게 말하며 유키가 옆으로 다가갔다.

"근데 말이에요, 원래 이건 선생님 일이고 제가 돕는 건데요."

"아, 미안해요."

유키가 데이터를 확인하는 걸 보고 스가누마 요코는 나가려고 했다. 하지만 도중에 걸음을 멈추고 돌아보았다.

"니시조노 선생님의 아드님이 히무로 선생님과 무슨 관계가 있는 건가요?"

의표를 찌른 질문에 유키는 당황했다.

"왜 그런 걸……."

"모토미야 선생님이 그러던데요. 히무로 선생님이 니시조노 선생님의 죽은 아들에 대해 뭔가 물어볼지 모르는데, 함부로 떠들지 말라고요."

말투로 보아 모토미야와 스가누마는 상당히 친밀한 사이인 듯했다. 물론 스가누마가 적극적일 것이다.

유키가 잠자코 있으니 그것을 어떻게 해석했는지 스가누마는 입을 삐쭉하며 말했다.

"어디서 니시조노 선생님의 아드님 이야기를 들었는지 모르겠지만, 이상한 호기심은 발동시키지 않는 게 신상에 이로울 거예요. 누구든 알리고 싶지 않은 일은 있으니까요."

"아드님의 사고 이야기는 교수님한테 직접 들었어요."

"어머, 그래요?"

스가누마의 얼굴에 낙담하는 기색이 역력했다.

"그래서 그 아래 아드님한테는 자전거로 통학하지 못하게 했다는 이야기도 들었고요."

"자전거요? 무슨 소릴 하는 거예요? 오토바이인데."

"오토바이요?"

"그래요, 오토바이. 오토바이로 도망가다가 트럭에 치인 거잖아요."

"도망치다가…… 왜 도망쳤는데요? 학교 가는 길에 트럭에 치인 게 아니었어요?"

스가누마가 이상하다는 얼굴로 고개를 갸우뚱거리며 유키를 찬찬히 쳐다보았다.

"히무로 선생님, 대체 무슨 얘길 하는 거예요?"

"그러니까 니시조노 교수님의……."

스가누마는 손을 크게 내저었다.

"완전히 달라요. 학교 가는 길이 아니에요. 오토바이로 도망친 거예요. 그래서 트럭에 치여 죽었고요. 나는 모토미야 선생님한테 그렇게 들었어요."

"모토미야 선생님한테서……."

무슨 일일까, 유키는 생각했다. 확실히 지난번에 모토미야는 그 사정을 얼마간 알고 있는 듯한 말투였다. 그가 스가누마에게 엉터리 이야기를 했을 것 같지는 않았다. 그렇다면 니시조노가 거짓말을 했다는 건가. 하지만 뭐 때문에.

오토바이를 타고 도망쳤다는 말이 마음에 묘하게 걸렸다. 도망치다가 트럭에 치였다? 그런 이야기를 어디서 들은 적이 있다. 그것도 아주 최근에.

퍼뜩 놀라 숨을 멈추었다. 갑자기 생각난 게 있었다.

유키는 스가누마 요코를 쳐다봤다.

"혹시 순찰차를 보고 도망친 거 아니에요?"

스가누마의 안색이 바뀌었다.

"난 몰라요."

"부탁해요. 가르쳐주세요. 스가누마 씨한테서 들었다는 건 말하지 않을게요."

유키는 그녀의 팔을 잡고 말했다.

"이것 좀 봐요."

"가르쳐주세요. 부탁이에요."

유키는 고개를 숙였다. 스가누마 요코는 곤혹스러운 얼굴이었다.

"왜 그런 게 알고 싶은데요?"

"저에겐 중요한 일이에요. 가르쳐주세요."

스가누마는 한 번 시선을 돌리고 한숨을 내쉬었다.

"그래요. 순찰차를 보고 도망간 거예요. 무슨 나쁜 짓을 하다가 들켰다나 봐요."

유키는 스가누마의 손을 놓았다. 그 자리에 주저앉고 싶었다.

26

나나오가 몬젠나카초에 있는 집으로 돌아왔을 때 시곗바늘은
오전 0시를 지나고 있었다. 문을 열고 벽을 손으로 더듬어 스위치
를 켰다. 낡은 형광등이 두세 번 깜빡이다가 켜졌다.

원룸이라고 하면 듣기 좋지만, 들어가자마자 바로 거실 겸 주방
이 있는 두 평 남짓한 공간일 뿐이다. 통신판매 카탈로그를 보고
산 가장 작은 탁자와 의자만 놓았는데도 꽉 찼다.

탁자 위에는 아침에 먹은 컵라면 용기가 그대로 남아 있었다.
마시다 만 우롱차 페트병도 그대로 놓여 있었다. 나나오는 페트병
을 직접 입에 대고 미지근해진 우롱차를 목구멍으로 흘려 넣었다.

재떨이에는 담배꽁초가 수북했다. 그걸 컵라면 용기에 버리고
빈 재떨이를 들고 안쪽 방으로 들어갔다. 군데군데 바닥이 끈적

거렸다. 전에 청소한 게 언제였는지 최근에는 그런 생각조차 하지 않았다.

옷을 벗어 던지고 속옷 차림으로 침대에 아무렇게나 드러누웠다. 통신판매로 산 싸구려 세미더블 침대다. 쿠션이 딱딱한 데다 늘 눕는 데만 푹 꺼져 있다.

아무렇게나 드러누운 채 담배에 불을 붙였다. 텔레비전을 볼까도 생각했지만 리모컨에 손이 닿지 않아 그만두었다.

이런 생활을 계속하면 언젠가 몸이 망가질 것이다. 하지만 개선할 수단도, 기회도 없었다. 요즘은 결혼을 권하는 사람도 없었다.

담배를 피우면서 나나오는 오늘 하루의 일을 돌이켜보았다. 예상대로 데이도 대학의 부정입시 사건 쪽에서는 아무 단서도 잡지 못했다. 학생과 직원으로부터 노골적으로 달갑지 않은 시선만 받았을 뿐이다. 계장인 혼마도 그런 것은 처음부터 알고 있었을 것이다. 하지만 나나오를 중요한 조사에서 떼어놓는 데는 절호의 구실이었다.

혼마는 지금 데이도 대학병원의 내부 사정을 철저하게 조사하려 하고 있었다. 이번 협박은 일종의 내부고발이라는 것이 그의 주장이었다.

나나오도 기본적으로 그럴 가능성이 농후하다고 생각하고 있었다. 하지만 심장혈관외과의 니시조노와 이야기를 나누고 나서는 전혀 다른 가능성이 떠올랐다. 협박자가 목표하는 대상이 꼭 병원이나 병원 관계자라고만 할 수 없다는 것이었다.

어떤 의미에서 병원에는 좀 더 중요한 사람들이 많이 있다. 예컨대 환자다.

환자가 진짜 목표 대상이라고는 생각할 수 없을까.

가능한 일이라고 나나오는 생각했다. 병원이 어떤 공격을 받으면 당연히 환자들도 피해를 입게 된다. 사실 그것이 두려워 몇몇 환자가 병원을 떠났다.

하지만 그렇다면 협박편지의 의미를 알 수 없게 된다. 목표 대상인 환자가 병원을 떠나버리면 아무 의미도 없게 될 것이다. 아니면 데이도 대학병원에서 환자를 내쫓은 것 자체가 목적인 걸까.

아무튼 이런 방향에서 조사해볼 필요가 있다고 나나오는 생각했다. 특히 마음에 걸린 사람은 시마바라 소이치로였다. 그는 병원을 떠날 마음이 전혀 없는 듯했다. 수술이 임박했다는 이야기도 마음에 걸렸다.

문제는 혼마에게 말할지 말지인데, 지금 나나오에게는 그럴 마음이 없었다. 이야기해봤자 불평을 듣거나 아니면 담당자를 다른 형사로 바꿔버릴 것이다. 시마바라 정도의 거물과 관련된 일이라면 더욱 그럴 것이다.

나나오는 자기 혼자 할 수밖에 없다고 굳게 마음먹었다.

나는 대체 뭘 하고 있는 건가, 두 개비째 담배에 불을 붙이면서 초조한 마음을 억눌렀다. 진실을 밝히는 것이 사명이라고 믿고 있었는데, 그것을 실행하기 위해서는 은밀하게 돌아다녀야 한다. 게다가 협력자도 없다.

예전에 존경하던 선배의 말이 새삼 떠올랐다. 모든 사람은 태어나면서부터 사명을 가지고 있다……

그 순간 나나오의 머리에 걸려 있던 뭔가가 툭 떨어졌다. 빠져 있던 기억의 파편이 딱 들어맞는 듯한 감각이었다.

담뱃불을 끄고 침대에서 일어났다. 책보다는 잡동사니가 더 많이 채워진 책장 앞에 서서 쭉 훑어보고는 낡은 서류철 하나를 꺼냈다.

나나오는 막 경찰관이 된 무렵에는 자신이 관여한 사건에 관한 자료나 신문 사본 등을 잘 정리하여 모두 철해 두었다. 물론 지금은 그런 것을 하지 않아 서류철이 늘어나는 일도 없다.

서류철을 열어 한 사건에 관한 신문 기사를 확인했다. 이런 제목이 붙어 있었다.

중학생 오토바이로 도주하다 사고사, 슈퍼마켓에서 물건을 훔친 후 순찰차에 쫓겨

경부보였던 히무로 겐스케가 경찰을 그만둔 계기가 된 사건이다. 바로 며칠 전 그의 딸 히무로 유키에게 나나오가 이야기해준 사건이기도 하다.

그 신문 기사에는 중학생의 이름이 나와 있지 않아 나나오는 다른 자료를 훑어봤다. 이름은 금방 찾을 수 있었다.

역시……

중학생의 이름은 니시조노 미노루였다. 그리고 아버지는 데이도 대학 의학부 조교수 니시조노 요헤이라고 쓰여 있었다.

왜 지금까지 생각나지 않았는지 자문해봤지만 그 이유는 금방 깨달았다. 사건 내용에 대해서는 몇 번이고 돌이켜봤지만 죽은 중학생의 이름까지는 신경 쓰지 않았던 것이다. 더욱이 그 아버지에 대해서는 생각해본 일조차 없었다. 니시조노라는 비교적 드문 성이 아니었다면 지금도 알아채지 못했을지도 모른다.

그때 그 중학생의 아버지가 니시조노 요헤이…….

굉장한 우연이라고 나나오는 생각했다. 니시조노 밑에서 지금 히무로 유키가 수련의로 배우고 있다. 니시조노 미노루가 사고를 일으킨 직접적인 계기가 된 순찰차에 그녀의 아버지가 타고 있던 것이다.

히무로 유키는 그 사실을 알고 있을까. 니시조노는 모든 것을 알면서도 그녀를 지도하고 있는 것일까.

두 사람에게 그것을 물어봐야 할지를 생각하다 나나오는 머리를 흔들었다. 제삼자가 함부로 간여할 문제가 아니었다. 두 사람이 모르는 일이라면 그대로 두는 것이 나을 것이고, 한쪽 또는 양쪽이 알고 있다면 니시조노나 히무로에게 그 나름의 깊은 생각이 있다고 봐야 했다.

나나오는 서류철을 덮고 제자리에 다시 꽂았다.

27

"아, 아직 있었어요?"

문 쪽에서 들리는 소리에 유키는 그곳을 쳐다보았다. 스가누마 요코가 서 있었다. 살짝 멈칫하는 표정이었다.

"살펴볼 게 있어서요…… 중환자실 환자에게 무슨 일이라도?"

"아니요, 그게 아니라 놓고 간 게 있어서……."

스가누마는 방으로 들어와 유키 쪽에 신경 쓰는 몸짓을 하면서 모토미야가 쓰는 탁자로 다가갔다. 그 서랍을 열고 메모 같은 것을 잽싸게 넣었다. 병원 안에서는 문자 메시지를 쓸 수 없어 그렇게 연락을 취하는 것 같았다.

"실례했습니다."

스가누마가 나가려고 했다.

"저기요." 유키가 불러 세웠다. "아까 얘긴데요, 제가 스가누마 씨한테 들었다는 것은 비밀로 하는 게 좋겠지요?"

"전 아무래도 상관없는데요."

"하지만 모토미야 선생님한테 무슨 소리 듣는 거 아니에요?"

"마음대로 하세요."

스가누마는 약간 분하다는 표정을 보인 후 이렇게 말하고 나갔다.

유키는 한숨을 내쉬고 시계를 봤다. 새벽 1시였다. 입원 환자가 줄어 일은 전보다 적었다. 오늘 밤 안에 반드시 해야 할 일은 없었다. 하지만 그녀는 의국에 있는 컴퓨터 앞에 앉아 있었다. 그 컴퓨터로는 인터넷 접속이 가능했다. 기숙사로 돌아가면 그녀의 컴퓨터가 있지만, 정보 검색 서비스는 되지 않았다.

그 서비스를 이용하는 것은 대체로 전문지 기사 등을 검색할 때뿐이지만, 오늘 밤에는 평소와는 다른 방식으로 이용했다. 유키는 일반 잡지나 신문 기사를 검색하고 있었다. 키워드는 중학생, 오토바이, 순찰차, 사고, 도주 등이었다.

검색해보고 비슷한 사건이 많은 데 놀랐다. 순찰차에 쫓기다 사고를 일으킨 소년은 매년 있었다. 사고를 일으키고 병원으로 이송된 후 몰래 빠져나가 자살하고 만, 부모로서는 울려야 울 수도 없는 경우도 있었다.

하지만 사고를 일으키고 즉사한 경우는 매우 드물었다. 도쿄로 제한하면 거의 찾아볼 수 없었다. 찾아낸 것은 단 한 건이었다.

기사 내용은 간단했다. 죽은 중학생의 이름도 나와 있지 않았다. 물론 순찰차에 타고 있던 경관에 관한 정보도 전혀 없었다. 경찰 측은 "추격은 정당한 절차에 따른 것으로, 과잉 대응이었다는 사실은 확인되지 않았다"라고 언급했을 뿐이었다.

　하지만 장소가 시부야 구였음을 보고 유키는 자신의 상상이 사실임을 확신했다. 니시조노의 집은 시부야에 있었다.

　컴퓨터 전원을 끄고 의자에서 일어섰다. 그리고 바로 옆에 있는 소파에 앉았다. 움직일 기력이 없었다. 그만큼 충격이 컸다.

　틀림없다. 니시조노의 장남이 사망한 사건에 유키의 아버지 겐스케가 관련되어 있다. 아니, 그런 정도가 아니다. 극단적으로 표현하면 그 사고가 일어난 계기를 제공한 장본인이라고 할 수 있다.

　니시조노는 모르는 걸까.

　그럴 리 없다고 유키는 생각했다. 사고 상황을 생각하면 부모가 순찰차에 타고 있던 경관들에 대해 알아보려 하지 않았다는 것이 더 이상하다. 경찰이 쉽게 가르쳐주지 않았을지 모르지만, 니시조노의 인맥을 이용하면 그걸 알아내는 게 불가능하지는 않았을 것이다.

　게다가 니시조노는 유키에게 그 사실을 말해주지 않았다. 모든 사람에게 감추고 있는 일이라면 모르지만 모토미야는 알고 있었다. 왜 그녀에게만 거짓말을 했을까.

　니시조노는 유키의 아버지가 순찰차에 타고 있던 경관이라는 걸 언제 알았을까?

그것에 대해서는 생각할 것까지도 없다. 두 사람이 재회했을 때였을 것이다. 겐스케가 대동맥류를 치료하기 위해 이 병원으로 왔을 때.

의사는 환자에 관한 정보를 가능한 한 많이 모으려고 한다. 건강 상태는 물론이고 생활환경, 직업, 가족 구성 등 모든 것을 파악해두지 않으면 최적의 치료법을 찾을 수 없기 때문이다. 상대의 얼굴을 똑똑히 보는 것도 필요하다. 뛰어난 의사는 안색만 살피고도 내장이나 혈액의 이상을 알아채기도 한다.

아마 니시조노는 그러한 정보를 통해 확신했을 것이다.

한편 겐스케 쪽은 어땠을까. 기억해냈을까.

아마 알아보지 못했으리라고 유키는 추측했다. 만약 알아봤다면 당시에 그 이야기가 나오지 않았던 것이 이상하다. 겐스케가 태연히 치료를 받았다는 것도 이해할 수 없다. 알고 있었다면 병원을 옮기거나 담당 의사를 바꿔달라는 등의 대응을 했을 것이다.

당연한 일이지만 환자는 자신의 병세에만 관심이 있다. 의사의 얼굴이나 이름 정도는 기억하지만, 그 이상의 것은 알려고 하지 않는다. 아울러 하얀 가운에는 의사의 개성을 숨기는 힘이 있다.

게다가 의사와 환자라는 입장을 도외시한다고 해도 사고에 대한 두 사람의 생각에는 온도 차이가 있었을 것이다.

니시조노는 아들을 죽음에 이르게 한 경관을 증오하고 있었을 가능성이 높다. 이름은 물론이고, 만약 얼굴을 봤다면 그것도 뚜렷하게 기억하고 있었을 것이다. 히무로 겐스케라는 이름을 본 순간, 그 기억은 단숨에 의식의 중심으로 솟아 나왔을 것이다.

그런 점에서 겐스케는 어땠을까. 나나오의 이야기에서도 알 수 있듯이 겐스케는 자신의 행동에 신념을 갖고 있었다. 그 오토바이를 추격한 일에 대해서도 잘못된 판단을 내렸다고는 생각하지 않았다. 소년이 사고사를 당한 일이야 뒷맛이 개운하지 않았겠지만 사죄를 해야 할 일이 아니라는 생각을 관철했을 것이다.

한 소년이 죽고, 미묘한 관계에 있던 두 남자가 전혀 다른 입장에서 재회했다. 상대를 증오하고 있는 쪽은 알아보지만 다른 한쪽은 모르고 있다. 고약하게도, 잊고 있는 쪽 사람은 상대가 자신을 증오하고 있는 것도 모른 채 자신의 목숨을 그 상대에게 내맡기게 되었다.

겐스케가 아무것도 기억하지 못하는 모습을 본 니시조노는 어떤 심정이었을까. 보통 사람 같으면 그 일을 상기시키고 사죄를 요구했을 것이다. 적어도 상대의 생각을 들어보고 싶지 않았을까.

유키가 알고 있는 한, 그런 일이 일어났을 거라는 기색은 보이지 않았다. 겐스케와 유리에가 당시 나눴던 대화를 유키는 기억하고 있다. "대동맥류 수술에 관해서는 유명한 의사인 모양이야"라든가 "훌륭한 선생님한테 진료를 받게 되어 다행이야"라는 아주평범한 말뿐이었다.

니시조노는 의도적으로 숨겼던 것이다.

문제는 여기서부터다. 왜 니시조노는 증오하는 남자의 수술을 하기로 한 것일까.

다른 의사로 바꿔달라고 할 수도 있었다. 윗사람에게 사정을 이야기하면 그에게 집도를 맡기는 것이 상식에 어긋나는 일이라고 판단했을 것이다. 하지만 니시조노는 그렇게 하지 않았다. 복잡한 사정을 누구에게도 이야기하지 않고 히무로 겐스케의 대동맥류 절제 수술을 집도했다.

검은 의혹이 연기처럼 유키의 마음속에 퍼져 나갔다. 그 색은 이제까지보다 훨씬 짙었다.

28

나나오가 토스트와 스크램블드에그 모닝세트를 다 먹었을 때 자동문이 열리고 한 젊은 남자가 들어왔다. 가게 안을 휙 둘러본 후 남자는 나나오의 테이블로 다가왔다. 나나오가 친하게 지내는 고사카라는 신문 기자였다.

"아침 일찍부터 미안하네."

나나오가 말했다.

"그거야 괜찮습니다만." 고사카는 여종업원에게 커피를 주문하고 나서 자리에 앉았다. "대체 무슨 일이요? 지금은 데이도 대학병원 쪽이 큰일인 것 같던데."

"순서대로 이야기하지. 그보다 그 건은 어떻게 됐나? 조사해 봤나?"

"대강은요." 고사카는 옆에 놓아둔 갈색 봉투를 집어 들었다. "품이 좀 들었습니다."

"거짓말 마. 자기 신문사에서 낸 기사를 조사하는 건데 무슨 품이 들었다고 그래."

나나오가 손을 내밀었으나 고사카는 봉투를 건네려고 하지 않았다. 상황을 살피는 듯한 얼굴로 나나오를 쳐다보았다.

"왜 이제 와서 이런 걸 조사하시는데요? 데이도 대학병원 건과 무슨 관계가 있는 겁니까?"

"그러니까 그걸 지금부터 설명하겠다는 거 아냐."

"목적한 것을 손에 넣으면 그다음에는 적당히 얼버무린다, 이게 형사님들의 방식 아닌가요? 그 수법에는 넘어가지 않습니다."

고사카가 히죽히죽 웃었다.

나나오는 입술을 삐죽였다.

"날 한 번 믿어봐."

"아리마 자동차가 사건과 어떤 관계가 있는 겁니까?"

"그건 아직 몰라. 위에도 아직 말하지 않은 거야."

"그렇다면 그건……."

커피가 나와 고사카는 잠시 말을 멈추었다. 여종업원이 가자 그는 다시 입을 열었다.

"또 단독행동이라는 말인가요? 괜찮은 거예요? 이번에 또 문제를 일으키면 틀림없이 밀려날 텐데."

나나오는 흥 하고 코웃음을 쳤다.

"그런 거야 아무래도 좋아. 원래 받아줄 데가 없어서 지금 자리에 있는 거거든."

고사카는 아무 말 없이 커피잔을 입으로 가져갔다. 나나오가 조만간 경시청을 떠날 거라는 사실은 경찰서 담당 기자라면 대부분 알고 있었다.

"넘겨."

나나오는 갈색 봉투로 손을 뻗었다.

"시마바라 사장이 입원 중이더군요, 데이도 대학병원에."

나나오는 혀를 차고 싶은 걸 꾹 참았다.

"그래."

역시 알고 있었구나, 생각했다. 당연한 일이다. 시마바라가 입원했을 때 가장 먼저 기사로 다룬 곳이 고사카가 소속된 신문사였다.

"혹시 범인이 시마바라 사장을 노린다고 생각하는 건가요?"

고사카가 나나오의 얼굴을 들여다보았다.

"그럴 리 없겠지. 그렇다면 병원을 협박하는 게 무슨 의미가 있겠어?"

"그럼 왜 아리마 자동차에 관심을 가지는데요? 관계가 있다고 생각해서잖아요."

나나오는 한숨을 내쉬고 담배에 불을 붙였다.

"아까도 말했지만 계장님한테도 이건 말하지 않았어."

"그렇겠지요. 혼마 계장한테 붙어 있는 친구한테서도 그런 이야

기는 없었으니까요. 병원 관계자의 내부고발 쪽이 가장 유력하다
면서요?"

"나도 그렇게 생각해."

"하지만 다른 가능성도 있다고 생각하는 거구요?"

나나오는 옆으로 시선을 돌렸다. 연기를 깊숙이 빨아들였다가
천천히 내뱉었다. 고사카의 시선이 느껴졌다.

"금요일에 시마바라 소이치로가 수술을 받는 모양이야. 의사
이야기로는 별일만 없다면 특별히 문제가 될 만한 수술은 아니라
더군."

"그래서요?"

"그 수술을 방해하는 것이 범인의 진짜 목적…… 이라면 어
떨까?"

고사카가 입을 일그러뜨리며 웃었다.

"흥미로운데요. 하지만 의문이 있습니다."

"알고 있어. 설령 방해를 한다고 해도 그것 때문에 시마바라가
목숨을 잃는다는 보장은 없어. 시마바라의 목숨을 빼앗고 싶으면
그렇게 성가신 일을 할 필요가 없지. 지금 입원 중이니까 그 기회
는 얼마든지 있을 거야. 병원을 협박할 이유도 없지."

"하지만 형사님은 그 생각을 버리지 못하고 있는 건가요?"

"대단한 근거는 없어. 제대로 된 일을 시켜주지 않으니까 묘한
억지를 생각해냈을 뿐인지도 모르지."

고사카는 고개를 끄덕이고 갈색 봉투 안에서 서류를 꺼냈다.

끝이 스테이플러로 찍혀 있었다. 2부였는데, 1부를 나나오에게 내밀었다.

"형사님, 글로 읽는 게 고역이실 테니 제가 대강 내용을 설명드리죠."

"갑자기 친절하게 구네."

"재미있을 것 같아서요. 의문점은 많지만 그게 사실이라면 엄청 재미있는 거 아닌가요? 대역전입니다."

"아직 기사로는 쓰지 말게."

"안 씁니다. 아니, 쓸 수가 없지요. 대낮에 무슨 잠꼬대냐고 야단만 맞을 텐데요. 하지만 조금이라도 그 가능성이 보이면 쓰겠습니다. 괜찮지요? 혼마 계장한테 한 소리 듣겠지만 형사님 이름은 밝히지 않겠습니다."

"상관없어. 어차피 그게 그거야." 나나오는 서류를 대충 훑어보았다. "아리마 자동차 관련 사고는 이것뿐인가?"

"모두 6건입니다. 그 결함이 원인으로 인정받은 것이 4건이고, 나머지 2건은 조사 중입니다. 하지만 아마 틀림없을 겁니다."

"어떤 결함이었던 거야?"

"컴퓨터 고장입니다. 거기에 사용된 집적회로가 불량이었던 탓이지요. 설계 자체에 문제가 있었던 게 아니라 생산라인의 품질관리에 문제가 있었던 것 같습니다. 요컨대 불량품이라는 걸 모르고 출하한 거지요."

"그래서 어떻게 됐는데?"

"최근에 아리마에서 나온 자동차는 완전히 컴퓨터화되어 있습니다. 운전자와 작동 장치가 기계적으로는 거의 연결되어 있지 않아요."

"무슨 소린지 통 모르겠는데. 대체 무슨 말이야?"

"예를 들어 운전을 할 때 브레이크나 액셀을 밟기도 하고 핸들을 돌리잖아요? 그런 움직임이 각 기계로 직접 전해지는 게 아니라 전기 신호로 일단 컴퓨터로 들어간 후에 컴퓨터에서 다시 각 기계로 명령을 내리게 되어 있다는 뜻입니다. 운전자의 조작이 서툴러도 컴퓨터가 가장 적절한 움직임으로 수정해준다는 말이지요. 그렇게 하면 운전이 간단해지고 승차감도 쾌적해진답니다. 제조사 측으로서도 원가 절감이나 경량화 같은 장점이 있고요."

"그 컴퓨터가 고장 났다는 거야?"

"이번에 문제가 된 것은 액셀의 움직임을 엔진으로 전하는 전기 계통입니다. 거기에 결함이 있어서 컴퓨터가 이상해진 거지요. 알기 쉽게 말하면 운전자가 액셀을 그다지 세게 밟지 않았는데도 엔진 회전수가 엄청 올라가는, 그러니까 차의 속도가 확 올라가는 현상이 일어난 겁니다. 그 반대 현상도 있는 것 같고요."

"아하, 그래서," 나나오는 앞의 자료에 시선을 주었다. "폭주 사고가 많았던 건가?"

"길 한복판에 선 채 오도 가도 못한 일도 있었습니다. 좁은 일방통행로여서 엄청난 교통체증을 일으킨 모양입니다.

"부상자나 사망자는?"

"폭주한 차를 타고 있던 사람 대부분이 부상을 입었습니다. 하지만 다행히 사망자는 나오지 않았지요. 딱한 것은 그런 차에 부딪힌 쪽입니다. 직접 치인 사람은 없었지만 측면에서 부딪힌 차가 있었어요. 부딪혀서 옆으로 굴렀던 모양입니다. 조수석에 타고 있던 여성이 사망했지요. 죽은 사람은 그 사람뿐입니다."

"그 피해자에 대한 내용은?"

"서류 맨 뒤에 있습니다."

나나오는 서류를 뒤적였다. 이름과 주소가 쓰여 있었다. 스물다섯 살의 여성이었다. 고엔지에 살고 있던 모양이었다.

"배상금은?"

"물론 지불했습니다. 아리마도 책임을 인정했고요."

"하지만 사장은 물러나지 않았고."

"결함이 있는 차를 출시한 원인이 현장에 있다고 판단되었기 때문입니다. 국토교통성이 품질관리 체계를 조사했습니다만, 매뉴얼에는 문제가 없었습니다. 불량품을 발견하고 나서 회사의 대응도 그런 대로 타당했던 듯합니다. 적어도 회사 차원에서 은폐하려고 한 흔적은 발견되지 않았어요."

"그런데 그런 걸로 유족이 납득할까?"

"사장이 사임한다고 납득할 수 있는 것도 아니겠지요. 아마 아버지가 기자회견에서 앞으로 이런 일이 일어나지 않도록 해달라고 눈물로 호소했을 겁니다."

그 회견은 나나오도 본 기억이 있었다.

"큰 사고로 이어진 건 그것뿐인가? 심한 후유증이 남았다거나 그런 건 없었어?"

나나오는 다시 서류를 살폈다.

"거기까지는 파악하지 못했지만, 아무튼 교통사고니까 뒷목에 통증을 호소하는 경우는 있었을지 모르겠네요. 그건 시간이 지나고 나서 나타나는 증상이기도 하고요."

"뒷목 통증이라……." 이렇게 중얼거리고 나나오는 서류를 덮었다. "고마워. 많은 도움이 됐어."

"괜찮으면 가져가세요." 고사카는 갈색 봉투를 테이블 위에 놓았다. "형사님, 혼자서 하실 생각입니까?"

"왜, 도와주려고?"

"제가 할 수 있는 일이라면요. 사카모토 씨는 뭘 하고 있습니까?"

"그 친구는 끌어들이지 않을 거야. 단독행동이라는 건 혼자 하는 거니까."

서류를 갈색 봉투에 넣고 나서 나나오는 다음에 보자고 인사하고 자리에서 일어섰다.

29

노조미는 가는 스푼으로 파르페 위에 얹힌 과일을 입으로 가져갔다. 그러면서 친구의 실수담을 이야기했다. 웃는 입가에 하얀 크림이 묻어 있었다. 조지는 손을 뻗어 손가락 끝으로 크림을 닦아주었다. 흉했겠다, 하며 그녀는 또 웃었다.

두 사람은 노천카페에 앉아 있었다. 화창한 날이었다. 평일 한낮이라 가게는 한산한 편이었다.

"이제 뭐 할까?"

조지는 웃는 얼굴로 물었다.

"뭐든 좋아. 쇼핑이든 영화든."

"그럼 쇼핑이라도 할까? 새 핸드백 하나 갖고 싶다고 했지? 사줄게."

"어, 그래도 돼?"

노조미의 얼굴이 빛났다.

"아주 비싼 건 안 되겠지만."

"괜찮아, 명품 같은 걸 갖고 싶은 게 아니니까. 자기가 사주는 거라면 뭐든 좋아. 보물로 삼아야지."

노조미는 가슴 앞에서 두 손을 꼭 쥐었다.

그 모습을 본 순간 조지의 마음에 갑자기 어두운 그림자가 드리웠다. 그는 아이스커피잔을 놓고 얼굴을 찡그렸다.

"미안, 오늘은 아무래도 안 되겠다."

뭐, 하고 노조미가 눈을 동그랗게 떴다.

"보고 싶은 영화가 있었는데 깜빡했어. 핸드백은 다음에 꼭 사줄 테니까 오늘은 영화나 보러 가자."

"그래, 좋아. 하지만 다음에 꼭 사줘야 해. 약속이야."

"약속할게."

조지는 고개를 끄덕이고 잔으로 손을 뻗었다.

핸드백 같은 건 사주지 않는 게 좋겠다고 조지는 생각했다. 자신의 흔적, 자신에 관한 추억이 담긴 물건을 노조미에게 남겨둘 수는 없었다. 그 물건들은 언젠가 그녀에게 쓰라린 기억이 될 것이다. 가령 모든 계획이 순조롭게 진행된다고 해도 조지는 더 이상 그녀 앞에 모습을 드러내지 않을 생각이었다.

"그런데 깜짝 놀랐어. 오늘 데이트할 수 있을 거라곤 생각도 안 했거든."

"갑자기 대휴代休를 쓰라고 해서 말이야. 불쑥 나오라고 해서 미안."

"아니, 괜찮아. 오늘 뭐 하지 하던 참이거든. 그래서 너무 좋아."

노조미는 순진하게 웃었다.

물론 대휴를 썼다는 건 거짓말이다. 오늘은 노조미가 비번인데다 아무 예정이 없다는 걸 알고 일부러 휴가를 낸 것이다. 금요일도 휴가를 내야 하니 상사에게 잔소리를 듣겠지만, 오늘만은 그녀와 함께 보내고 싶었다.

간바라 하루나를 잃은 이후 조지는 누군가와 즐거운 시간을 보낸다는 감각을 잃어버렸다. 하지만 노조미와 있으면 그것에 한없이 가까운 기분을 맛볼 수 있었다. 지금뿐인 유사 연애 관계라는 걸 알고 있었지만, 마음이 편안해지는 착각을 느낀 것은 사실이다. 그것에 대해서는 노조미에게 감사하고 싶었다. 동시에 가까운 장래에 찾아올 그녀의 상심에 대해서도 용서를 빌고 싶었다.

카페를 나와 둘이 나란히 길을 걷기 시작했다. 노조미가 조지의 팔짱을 꼈다.

그날도…… 조지는 지나가버린 중요한 하루를 떠올렸다.

그날도 이렇게 하루나와 함께 걸었다. 그 조금 전에 조지는 하루나에게 청혼을 했다. 그녀의 대답은 그를 뛸 듯이 기쁘게 했다. 행복의 절정이었다.

밤늦게까지 둘은 함께 있었다. 평소라면 조지의 방에서 지냈을 것이다. 그럴 수 없었던 것은 다음 날 아침 일찍 하루나에게 할 일이 있었기 때문이었다. 취재였다.

"차 조심해."

헤어지기 직전에 그렇게 말했다. 특별히 깊은 의미가 있는 건 아니었다. 아무런 예감도 없었다. 그녀의 일이 끝나면 다시 만날 수 있었다. 그렇게 믿어 의심치 않았다.

"괜찮아, 고마워."

이렇게 말하며 하루나는 손을 흔들었다. 그녀의 얼굴도 행복의 빛으로 가득했다.

조지를 나락으로 떨어뜨린 전화가 걸려온 것은 그로부터 20시간쯤 후였다.

30

그 집은 도고시긴자에서 살짝 벗어난 곳에 있었다. 아담한 대문에, 지은 지 30년은 되었을 것 같은 목조 가옥이었다. '모치즈키'라는 문패가 걸려 있었다. 나나오는 대문에 달린 인터폰 버튼을 눌렀다.

"예."

남자 목소리가 들려왔다.

"조금 전에 전화한 사람입니다."

나나오가 말했다.

"아, 예."

잠시 후 현관문이 열리고 카디건을 걸친 일흔쯤 되어 보이는 남자가 나타났다. 머리칼이 하얗고 성겼으며, 아담하고 마른 몸집이었다. 그런 탓에 실제 나이보다 늙어 보이는지도 몰랐다.

"모치즈키 씨지요? 이렇게 불쑥 찾아와 죄송합니다."

나나오가 명함을 내밀었지만 상대는 힐끔 쳐다보기만 하고 받으려 하지 않았다.

"수첩 좀 보여줄 수 있겠소?"

모치즈키가 말했다.

"아, 그렇군요."

나나오는 안주머니에서 경찰수첩을 꺼내 신분증명란을 펼쳐 보여주었다. 모치즈키는 노안경을 살짝 고쳐 쓰고 찬찬히 들여다본 후 고개를 끄덕였다.

"미안하오. 경찰서나 구청에서 나왔다고 하면서 이상한 물건을 강매하려는 사람들이 가끔 찾아오는 통에 그렇게 되었소. 늙은이 두 사람만 산다고 깔보는 것 같소만."

"조심하는 건 좋은 일이지요."

"나나오 씨라고 했던가요? 출신지가 와지마 쪽입니까?"

"저는 아닙니다만, 할아버지께서 그쪽 태생이라고 들었습니다."

"역시 그렇군요." 모치즈키는 고개를 끄덕였다. "자, 들어오시오. 누추하오만."

"그럼 실례하겠습니다."

현관에서 안으로 들어가 바로 오른쪽에 있는 다다미방으로 안내되었다. 조그만 앉은뱅이 상과 찻장뿐인 소박한 방이었다. 구석구석 깔끔하게 청소되어 있었다.

나나오가 방석에 무릎을 꿇고 앉아 있으니 모치즈키가 찻잔을 올린 쟁반을 들고 들어왔다.

"너무 신경 쓰지 마십시오. 금방 일어나겠습니다."

"안사람이 시간제로 일을 해서 저녁이나 되어야 돌아온다오. 과자가 어디 있을 텐데 찾을 수가 없구려."

"정말 괜찮습니다."

나나오는 미안해하면서 자신이 잘못 짚었을지도 모르겠다고 생각했다. 이 사람은 그저 고독한 노인일 뿐이다. 아내가 없는 낮에는 이야기할 상대가 없어 적적한 것이다. 적어도 딸의 복수를 기도할 유형은 아니다.

"여기서 두 분이서만 사십니까?"

"그렇소. 딸이 취직하고 곧 혼자 나가 살았으니까요. 내가 정년 퇴직을 하고 쭉 집에만 붙어 있으니 답답했던 모양이오."

"다른 자녀분은요?"

모치즈키는 고개를 저었다.

"없소. 아키뿐이었소."

"그렇군요."

모치즈키는 정년퇴직을 하고 이제야 딸과도 여유 있게 이야기를 나눌 시간이 생겼다고 기대했을 것이다. 그런데 그 딸이 집을 나갔으니 한참 잘못 생각한 셈이었다. 그리고 그녀는 영원히 돌아올 수 없는 사람이 되었다.

"아 그러니까, 아키 일로 무슨 물어볼 거라도?"

"따님 일을 포함해서 그 사건 전체에 대해 이야기를 듣고 싶습니다."

"그거야 상관없소만, 왜 이제 와서 그런 걸?"

"실은 다른 사건을 조사하고 있는데 혹시 관련이 있을까 싶어서요."

"다른 사건이라면?"

"아, 그것에 대해서는 아직 아무 말씀도 드릴 수가 없습니다. 수사상의 비밀이라는 게 있어서요."

"그렇군요. 경찰들은 늘 그렇게 말하더군요." 모치즈키의 입가가 살짝 일그러졌다. "아키 때도 그랬소. 우리는 조사 결과를 알고 싶었을 뿐이었는데, 지금은 말할 단계가 아니라면서 결국 아무것도 알려주지 않았소. 자세한 사정을 알게 된 건 변호사가 개입하고 나서였소."

"그랬군요. 그건 정말 죄송하게 됐습니다."

"당신이 사과할 일은 아니오. 경찰의 규칙이라는 게 그렇게 되어 있을 거고. 경찰도 역시 공무원들과 같다는 생각을 했소."

나나오는 찻잔으로 손을 뻗었다. 이런 식의 항의에는 반론할 수가 없다.

"뭐 괜찮소. 그런데 어떤 걸 알고 싶은 거요?"

"아버님께서는 피해자 모임에서 대표를 맡으셨지요?"

"변호사 선생의 지시에 따랐을 뿐이오. 그 선생이 가장 큰 피해를 입은 사람이 전면에 나서는 것이 효과적이라고 해서 말이오."

"돌아가신 분이 따님 한 분이어서 그랬군요."

"정말 안타까운 일이오." 모치즈키는 눈을 감았다. "아키는 친구 차에 타고 있었소. 우회전하려고 기다리고 있었는데 반대쪽에서 온 차에 부딪혔다고 하오. 그 차도 우회전할 생각이었는데 느닷없이 차가 폭주하는 바람에 핸들을 꺾지 못했다고 합디다. 그때는 단순한 교통사고로 처리되었는데, 보험회사가 아리마 자동차의 결함을 알게 되었소. 그래서 이야기가 전혀 다른 방향으로 나아가게 된 거요. 나는 들이받은 차의 운전자를 원망하고 있었는데, 사실은 그게 잘못된 거라는 설명을 들어도 어디 실감이 나야 말이지, 그래서 한참 얼떨떨했소."

"운전한 사람은……."

"회사원인 남자였소. 자기 차로 거래처에 가는 도중이었다고 합디다. 그 사람도 부상을 입었는데 의식은 멀쩡해서 차의 엔진이 갑자기 빨라졌다고 병원에서 주장했다 하오. 그게 결함이 발견된 계기가 되었던 거요."

그 경위는 고사카에게 받은 자료를 통해 나나오도 파악하고 있었다.

모치즈키는 차를 홀짝이고 한숨을 내쉬었다.

"그 사람과는 보상 협상을 할 때 처음 만났소. 일단 인사는 했지만 마음이 복잡합디다. 원래라면 가해자와 피해자 사이였을 텐데 둘 다 피해자가 되었으니 말이오. 같이 싸우자는 말을 들었을 때는 좀 화도 납디다. 그 사람이 하는 말이 틀리지 않다는 건 알지만, 사람 마음이란 게 참……. 결함이 있는 차를 구입한 사람도 안됐지만, 자신이 선택해서 산 거니까 다소는 체념해야 하는 부분이 있다고 생각하오. 그런데 우리는 그렇지가 않소. 아무런 잘못도 하지 않았으니까. 아리마 자동차와는 전혀 관계가 없었다 그 말이오. 그런데도 딸이 목숨을 잃었소. 운이 나빴다는 말로 끝날 문제가 아닌 거요."

나나오는 고개를 끄덕였다. 자료만 보면 그렇게 복잡한 사건도 아닌 듯 보이지만, 그 사건에 휘말린 사람들의 마음속에는 다양한 생각이 교차하고 있다. 결함 있는 자동차를 판매한 회사가 나쁘다는 것만으로 끝날 문제가 아니었다.

"아리마 자동차와의 협상은 이미 끝났지요?"

나나오가 확인했다.

"금전적인 면에서는 그렇소. 돈이 탐나서 아리마 자동차를 비난한 건 아니었지만, 그럼 그것 말고 어떻게 하면 되겠느냐는 말을 들어도, 앞으로 이런 일이 절대 일어나지 않도록 해달라는 말밖에 할 수 없었소."

"일단 납득은 하셨다는 얘긴가요?"

"납득이라니." 모치즈키가 웃었다. "그건 죽을 때까지 안 될 거요. 어떻게 해볼 수 없는 일이다, 그 말이오."

"사장에 대해서는 어떻게 생각하십니까?"

"사장?"

"시마바라 사장 말입니다. 사임하지 않은 점에 대해서는 어떻게 생각하십니까?"

"사임이라, 사임한다고 해서 딸이 살아 돌아오는 것도 아니고, 그런 건 아무래도 좋소."

나나오의 눈에는 모치즈키가 연기를 하는 것처럼은 보이지 않았다.

"따님은 스물다섯 살이었지요? 교제하던 남자는 없었습니까?"

"글쎄요, 난 들어보지 못했소만."

"다른 피해자분들과도 연락을 취하십니까?"

"예전에는 가끔 연락했소. 그것도 내가 한 게 아니라 변호사 선생의 말을 듣고 모이는 식이었소만."

"모든 분들이 일단 협상 결과에 납득하는 느낌이었습니까?"

"글쎄, 사람에 따라 배상액이 달랐고, 또 각자 사정이 있었을 테니까요."

"납득할 수 없어서 아리마 자동차나 시마바라 사장을 특별히 증오했던 사람은 없었습니까?"

"증오라…… 글쎄, 그렇다면 나 역시 증오하고 있소."

"과격한 행동을 할 만한 사람이라는 뜻입니다만."

"과격?" 모치즈키는 눈살을 찌푸리고 나나오의 얼굴을 마주 보았다. "그건 무슨 뜻이오? 당신 질문을 듣고 있으니까 아무래도 피해자 중에 뭔가 못된 일을 꾸미는 사람이 있는 것 같은데, 대체 무슨 일이 일어나고 있는 거요? 살짝만 이야기해줄 수 없겠소?"

나나오는 망설였다. 물론 사실을 말할 수는 없었다.

"실은." 나나오는 혀로 입술을 축였다. "아리마 자동차의 사원들에게 장난전화가 자주 걸려 오는 모양입니다. 지금까지 특별한 피해는 없습니다만, 일단 조사는 해두기로 해서요."

이건 거짓말이 아니었다. 고사카에게 받은 자료에 쓰여 있는 것이었다. 다만 지금은 그런 일도 없어진 모양이었다.

"그런 이야기는 나도 들었소. 하지만 피해자 모임과는 무관할 거요. 자신도 모르게 감정적이 되는 일도 있소만, 우리는 원한을 풀려고 한 게 아니었소. 성의 있는 대응을 요구했을 뿐이니까 말이오. 그런 전화를 건 것은, 아무 관계도 없는, 그냥 뛰어보고 싶은 사람들일 거요."

"그럴지도 모르겠습니다."

"그런데 참 희한한 일도 다 있구려. 그 정도의 일로 경찰이 움직인다는 이야기는 별로 들어본 적이 없소만. 역시 대기업이 관련되면 경찰도 거역할 수 없는 거요?"

모치즈키의 어투는 빈정거림을 담은 것으로 변해 있었다. 자신들이 의심받고 있다는 것을 알고 불쾌해진 모양이었다.

"바쁘실 텐데 폐가 많았습니다."

나나오는 애매하게 웃어넘기고 자리에서 일어섰다.

31

"현재로서는 검사 결과가 양호합니다. 그래서 예정대로 수술을 할 생각입니다. 그래도 괜찮으시겠습니까?"

니시조노의 목소리가 브이아이피용 넓은 병실에 울려 퍼졌다. 침대 위에서는 시마바라 소이치로가 평소대로 책상다리를 하고 앉아 있었다. 옆에 놓인 의자에는 아내 가요코가 앉아 있었다. 머리는 희끗희끗하지만 피부의 탄력은 아무리 봐도 쉰이 넘은 여성으로는 보이지 않았다. 그만큼 돈을 들였을 거라고 유키는 생각했다. 샤넬 정장도 잘 어울렸다. 무릎에는 에르메스 버킨백이 놓여 있었다.

"일단 잘 부탁하오. 드디어 성가신 일에서 해방된다고 생각하니 마음이 개운하오."

시마바라는 당당한 모습을 보이려 하고 있었다. 하지만 실제로는 수술을 굉장히 겁내고 있다는 것을 유키는 알고 있었다. 지난 며칠간 다양한 검사가 이루어졌는데, 그 대부분의 검사에 유키도 입회했다. 시마바라는 날이 갈수록 점점 더 긴장하는 것 같았다. 방금 전에 맥박을 쟀는데, 니시조노 교수가 수술에 관한 설명을 해드릴 거라는 말만 듣고도 그의 손바닥은 땀으로 흥건해졌다.

"당일에는 아침 8시경에 먼저 기초 마취를 합니다. 근육주사를 놓을 겁니다. 그러고 나서 수술실로 이동합니다. 물론 환자 이송용 침대로 옮깁니다."

"그때는 이미 자고 있는 거요?"

시마바라가 물었다.

"자는 분도 계십니다."

"그럼 깨어 있을지도 모른다는 건가?"

"본격적인 마취는 수술실로 옮기고 나서 합니다. 전신 마취를 할 겁니다."

"그렇게 되면 의식은 없겠군요?"

"그렇습니다. 완전히 잠드는 거니까요."

시마바라는 불안한 듯한 표정으로 고개를 끄덕였다. 유키는 어쩐지 그의 마음을 알 것 같았다. 그는 마취로 잠들어 있을 때의 일을 상상하고, 그대로 깨어나지 못할까 봐 두려워하는 것이다.

니시조노는 그런 시마바라의 마음을 알지 못하는 것처럼 담담하게 수술 당일 일정을 설명해나갔다.

"전력을 다해 최선의 처치를 할 생각이지만, 수술에는 아무래도 위험이 따르게 마련입니다. 그것에 대해 지금부터 설명해드리려고 합니다."

"위험?"

시마바라의 볼이 굳어졌다.

지금까지 고개를 숙이고 있던 가요코도 얼굴을 들었다.

"수술 중에는 무슨 일이 일어날지 모릅니다. 그때는 가족과 의논을 하게 됩니다. 이 경우에는 사모님이 되시겠지요. 당연히 가급적 빨리 결론을 내려야 하니 사전에 이해하고 계시는 것이 도움이 됩니다."

"잠…… 잠깐 기다리시오." 시마바라가 당황하는 기색을 보였다. "선생이 괜찮을 거라고 하지 않았소? 절대로 괜찮을 거라고."

"시마바라 씨." 니시조노가 조용히 말했다. "이 세상에 절대 괜찮은 수술 같은 건 없습니다."

"아니, 이제 와서……."

"수술 내용에 대해 설명하겠습니다. 우선 설명을 들어주십시오."

니시조노는 간단한 그림이 그려진 종이를 꺼냈다. 대동맥류의 상태에 관한 그림이었다. 시마바라의 경우, 심장 바로 위, 활처럼 휜 부분이 크게 부풀어 있었다.

"이 부분을 인공혈관으로 교체할 겁니다. 전에도 설명드렸다고 생각합니다만, 활처럼 구부러진 이 부분에서 머리와 팔에 영양을 공급하는 중요한 혈관이 갈라집니다. 그중에는 뇌로 가는 것도 있습니다. 이번 수술에서는 이런 혈관도 인공혈관으로 교체하게 되어 다른 경우에 비해 위험이 높습니다."

유키는 설명을 들으면서 아버지의 경우와 똑같다고 생각했다.

"구체적으로 어떤 위험이 있는 거요?"

시마바라의 목소리가 살짝 갈라졌다.

"출혈에 대해서는 다양한 위험을 고려할 수 있습니다. 우선 활처럼 구부러진 부분에서 갈라지는 혈관에서 동맥경화가 일어났을 가능성이 높습니다만, 인공혈관으로 교체할 때 문합하는 바늘 구멍으로 출혈이 일어나는 경우가 있고, 그 지혈에 어려움을 겪을 수도 있습니다. 동맥경화가 일어나는 혈관은 탄력이 없어 약하기 때문입니다."

"그렇게 되면 어떻게 되는 거요?"

"물론 재수술을 합니다. 출혈의 정도에 따라서는 생명을 잃을 수도 있습니다."

시마바라가 놀라 숨을 멈추었다. 가요코도 몸이 움찔했다.

"그 밖에는 어떤 위험이……."

시마바라가 중얼거렸다.

"동맥경화가 일어난 혈관에는 대개 안쪽 벽에 찌꺼기가 붙어 있습니다. 그 찌꺼기가 떨어져 나와 혈류를 타고 뇌에 도달하면 뇌경색을 일으키기도 합니다. 이것도 그 정도에 따라 다릅니다만, 최악의 경우에는 뇌에 장애가 남습니다. 그렇게 되지 않도록 신중을 기하겠지만 동맥경화가 심할 때는 혈관의 찌꺼기를 전혀 떨어뜨리지 않고 처치하는 게 굉장히 어렵습니다."

니시조노의 설명은 계속 이어졌다. 수술 중에는 심장을 멈추게 하는데 그 시간이 길어지면 심장에 지나친 부담을 주어 심부전이 심해질 우려가 있다. 그것이 원인이 되어 다른 장기의 부전을 일으키거나 호흡부전을 부르는 경우도 있다. 수술 경과가 순조롭지 않을 경우, 저항력 부족으로 인해 감염증, 합병증을 일으킬 우려도 있다……:

생각할 수 있는 모든 위험에 대해 니시조노는 하나하나 주의 깊게 설명해나갔다. 설명을 들으면서 시마바라는 자신이 어떤 수술을 하게 되는지 새삼 확인하는 것 같았다. 안면이 창백해지고 표정은 공허해졌다.

"대체로 이상과 같은 것들을 생각할 수 있습니다." 마지막으로 신경마비에 대한 이야기를 하고 니시조노는 설명을 마무리했다. "지금까지 설명한 것 중에서 혹시 물어보고 싶은 게 있습니까?"

시마바라는 휴우 하고 긴 한숨을 내쉬었다. 그리고 난감하다는 듯이 손을 머리로 가져갔다.

"참 여러 가지군요."

"죄송합니다. 한꺼번에 너무 많은 설명을 해드린 것인지도 모르겠습니다. 다시 한 번 천천히 설명해드릴까요?"

"아니, 이제 됐소. 잘 알겠소. 역시 절대 괜찮은 수술이라는 건 없다, 그 말이군."

"솔직히 말씀드리면 이번 수술은 아주 위험한 부류에 속합니다."

"그런 것 같군요. 그런데 어떻소? 여러 가지 위험이 있는 것 같은데, 모든 걸 종합해서 살아날 확률은 어느 정도나 되오?"

"확률…… 말입니까?"

"아니, 그보다는 살아나지 못할 확률이 얼마나 되는 것 같소? 툭 까놓고 분명히 말해주시오. 그러는 편이 깔끔할 것 같으니까."

니시조노는 표정을 바꾸지 않고 고개를 끄덕였다.

"확률이라는 표현이 옳은지는 모르겠습니다만, 이 경우에서의 사망률은 대체로 5퍼센트나 6퍼센트, 그 정도라고 생각하시면 될 겁니다."

시마바라는 신음을 토했다. 아내 가요코와 얼굴을 마주 보았다.

"그건 입원할 때 말씀드렸을 겁니다. 그리고 만약 수술을 받지 않을 경우 어떻게 되는지도 함께 설명드렸을 겁니다."

"파열된다고 했지, 아마." 시마바라가 말했다. "그것도 얼마 후에는 파열될 것 같다고."

"언제 파열된다고 해도 이상하지 않은 상태입니다. 그렇게 되면 수술을 해도 목숨을 건질 확률은 아주 낮아집니다."

시마바라의 입에서 다시 신음이 새 나왔다. 그러고 나서 문득 웃음을 지어 보였다.

"선생한테 맡길 수밖에 없다는 거군. 이건 완전히 도마 위의 생선 꼴이야. 선생의 실력을 믿소. 그것밖에 없지 않겠소."

"사모님은 어떻게 생각하십니까?"

니시조노는 가요코에게도 확인을 받았다.

그녀는 앉은 채 고개를 숙였다.

"잘 알겠습니다. 그럼 잘 부탁드립니다."

"그럼 나중에 동의서를 가지고 올 테니 그때 서명을 부탁드립니다."

"저기…… 선생……."

시마바라가 주저하듯이 입을 열었다.

"뭔가요?"

"아니, 저어, 오늘은 이제 검사가 없소?"

"그건……."

니시조노가 유키를 돌아보았다.

"오늘은 없습니다. 내일 동맥 채혈을 합니다. 그러고 나서 다시 한 번 심장초음파 사진을 찍습니다."

유키가 대답했다.

"그렇군요. 그럼, 잘 부탁하오."

시마바라는 유키를 향해 꾸벅 고개를 숙였다.

병실에서 나와 조금 걷고 나서 니시조노가 걸음을 멈췄다.

"동의서는 자네가 가져가게. 그리고 서명을 받아."

"제가 말인가요? 선생님은요?"

"나는 그 자리에 없는 게 나을 거네. 나중에 시마바라의 상태를 알려주기만 하면 되네."

니시조노의 진의를 알 수 없었지만 유키는 예, 하고 대답했다.

지시받은 대로 동의서를 갖고 다시 시마바라의 병실로 갔다. 시마바라는 침대에 앉아 있었다. 가요코는 개수대에서 과일을 자르고 있었다.

두 사람 앞에서 동의서를 읽어주고 서명을 요구했다. 먼저 시마바라가, 이어서 가요코가 서류에 서명을 했다. 빠진 게 없는지 확인하고 유키는 서류를 다시 철에 넣었다.

"수고하셨습니다."

유키가 두 사람에게 고개를 숙여 인사하고 병실을 나가려고 할 때였다.

"저기, 수련의 선생."

시마바라가 유키를 불러 세웠다.

"뭔가요?"

시마바라는 머리를 긁적이며 가요코 쪽을 힐끗 보고 나서 유키를 향해 고개를 돌렸다.

"이걸로 다 정해진 건가?"

"정해지다니요?"

"뭐라고 해야 하나, 그러니까 이제 변경할 수 없게 되었나, 하는 말이오."

아아, 하고 유키는 고개를 끄덕였다. 가까스로 그가 무슨 말을 하고 싶어 하는지 이해할 수 있었다.

"만약 마음이 바뀌시면 언제든지 말씀하세요. 앞으로 어떻게 하실지 다시 니시조노 선생님과 의논하게 되겠지만요."

"음, 그러니까 그럴 때는 언제든지 말하면 된다, 그거지."

"언제든지 상관없습니다." 유키는 말했다. "수술이 시작되기 전이라면 괜찮습니다. 정확히 말하자면 마취가 시작되기 전까지겠지요."

"아, 그런 거로군."

"망설여지시는 겁니까?"

유키의 물음이 너무 직설적이었던 모양이다. 시마바라는 섭섭한 듯 미간을 찌푸렸다. 꾹 다문 입가가 아래로 처졌다.

"특별히 망설이는 건 아니오. 확인해두려고 물어봤을 뿐이지. 회사 일이 있으니까. 언제 내가 나서야 할 필요가 생길지 모르는 일이거든. 경영자라는 건 마지막 순간까지 긴장을 늦춰서는 안 되는 법이오."

"알겠습니다. 그런 뜻은 니시조노 선생님께 전해드리겠습니다."

"아니, 니시조노 선생한테는 알리지 않는 게 좋을 것 같소." 시마바라가 오른손을 들었다. "그냥 확인해두고 싶었을 뿐이니까. 그리 거창하게 받아들이지 마시오."

"그렇군요. 그럼 저는 이만."

"음, 고맙소."

병실을 나와 복도를 걸으면서 유키는 니시조노가 그녀에게 동의서를 가져가게 한 이유를 생각했다. 니시조노 앞에서는 이런 망설임을 입 밖에 내지 못하는 시마바라의 심정을 간파했기 때문일 것이다.

유키의 생각은 또다시 10년 전으로 달려갔다. 겐스케와 유리에도 시마바라 부부처럼 니시조노로부터 수술 내용이나 위험성에 대한 설명을 들었을까. 당시에는 수술이 순조롭게 진행되지 않아 사망할 확률도 지금보다 훨씬 높았을 것이다.

겐스케는 두려움 같은 건 내색도 하지 않았다. 유키가 마지막으로 문병을 간 날도 멋지게 살자며 웃었다.

물론 불안감은 있었을 것이다. 그런 심정을 겉으로 드러내지 않는 사람이었던 것은 사실이다. 하지만 그 이상으로 수술에 대한 신뢰가 있었던 것이 아닐까, 유키는 상상했다. 모든 것을 맡겨도 된다는 확신이 그런 웃음을 낳았을 것이다.

수술을 앞둔 환자를 안심시키는 것은 하나밖에 없다. 의사의 말이다.

이 세상에 절대로 괜찮은 수술 같은 건 없습니다……. 니시조노가 조금 전 시마바라에게 한 말이 귓가에 되살아났다. 안심시키는 게 아니라 각오를 하게 만드는 말이었다. 그 말을 듣고 시마바라는 동요하고 망설였다.

과연 니시조노는 겐스케에게도 똑같은 말을 했을까. 정말 모든 위험성을 숨김없이 말해주었을까. 절대로 괜찮다는, 해서는 안 될 말을 한 것은 아니었을까.

니시조노에게 겐스케는 아들의 목숨을 빼앗은 장본인이다. 그 남자의 생사여탈권을 쥐게 되었을 때 니시조노는 무슨 생각을 했을까.

오랫동안 유키는 유리에와 니시조노의 남녀 관계가 겐스케의 죽음과 관련된 것이 아닐까 의심해왔다. 그 답을 얻기 위해 의사가 된 것이나 마찬가지다.

하지만 니시조노에게 또 하나, 아들의 복수라는 동기가 존재한다면 어떨까.

어쩌면 그게 먼저였는지도 모른다. 병원으로 찾아온 겐스케를 보고 니시조노는 금방 그때의 경찰임을 알아보았을 것이다. 한편 겐스케는 알아보지 못했다. 오로지 자신의 병세만 걱정하고 있었으리라.

겐스케의 대동맥류를 검사하고 니시조노는 문득 어떤 생각을 떠올리지 않았을까. 이건 까다로운 수술이다. 성공률도 결코 높지 않다. 설사 순조롭게 진행되지 않더라도 아무도 의심하지 않을 것이고, 책임을 추궁당할 일도 일단 없다…….

유리에와의 관계가 깊어진 건 그 후의 일일 것이다. 거기에 어떤 의도가 있었는지는 알 수 없다. 아마 우연이었을 거라고 유키는 상상했다. 보통 남자에게 자신이 의도한 대로 여성의 마음을 사로잡는 일은 일단 불가능하다. 하물며 유리에는 유부녀다. 다만 그녀와의 불륜 관계에 대해 니시조노가 그다지 주저하지 않았으리라는 것은 상상할 수 있다. 오히려 적극적이었을지도 모른다. 그것 또한 복수의 일환이라고 생각할 수 있다. 무엇보다 계획을 완벽히 수행하는 데 가장 적절한 공범자를 얻는 일이기도 하다. 수술 후 겐스케가 사망해도 유리에만 가만히 있는다면 누구에게도 소송당할 염려가 없기 때문이다.

수술 전에 면담을 했을 것이다. 하지만 그때 수술의 위험성에 대해 겐스케에게 정확히 설명했는지는 의심스럽다. 지나치게 위험성을 강조하여 겐스케가 수술을 피하기라도 하면 난감하기 때문이다.

충분히 설명하지 않고 괜찮을 거라는 안도감만 주고 동의서에 서명하게 했을 것이다. 사전동의*를 무시한 행위인데, 이 또한 발각되지 않는다. 서명하는 가족이 유리에이기 때문이다.

부정적인 상상이 한없이 퍼져나갔다. 이런 상태로 시마바라의 수술에 제대로 임할 수 있을까 싶었다.

의국으로 돌아오자 모토미야가 누군가와 이야기를 나누고 있었다. 돌아본 그 상대는 나나오였다.

유키는 고개를 숙여 인사하고 모토미야를 보며 물었다.

"무슨 일이에요?"

"이분은 알고 있지? 경시청에서 나온 분인데."

"네."

유키는 고개를 끄덕였다.

"시마바라 씨 일로 물어볼 게 있다고 하셔서. 니시조노 선생님 이외에 담당하고 있는 의사가 없느냐고 물어서 자네 이야기를 했지."

"번번이 죄송합니다."

+ informed consent, 수술을 할 때 의사가 증상이나 치료 방침을 알기 쉽게 설명하여 환자의 동의를 얻어야 하는 의무를 말한다.

나나오가 웃으며 다가왔다.

"괜찮아요. 그런데 시마바라 씨는 왜요?"

"여러 가지 사정이 있어서요."

"나는 중환자실 좀 다녀오지."

모토미야가 일어나 방을 나갔다.

유키는 지금까지 모토미야가 앉아 있던 자리에 앉았다.

"바쁘실 텐데 정말 미안합니다." 나나오는 고개를 숙였다. "그런데 담당이 당신이라 참 다행입니다. 처음 뵙는 사람이면 아무래도 경계를 하니까요."

"그 협박 사건 때문이지요?"

"그렇습니다."

"시마바라 씨가 이번 사건과 무슨 관계라도 있는 겁니까?"

"아니요, 그건 아닙니다." 나나오가 손사래를 쳤다. "아직 아무것도 모릅니다. 전혀 관계없을지도 모릅니다. 다만 일단은 뭐든지 조사해두어야 할 것 같아서요."

"환자에 대해서는 원칙적으로……."

"알고 있습니다. 병에 관한 것은 묻지 않겠습니다. 그냥 좀 기억을 더듬어주었으면 합니다만, 시마바라 씨가 입원하고 나서 뭔가 이상한 일은 없었습니까?"

"이상한 일이라니요?"

"시마바라 씨에 관한 문의가 있었다거나, 병실 부근에서 수상한 사람을 봤다거나 하는 일 말입니다."

"글쎄요." 유키는 고개를 갸우뚱했다. "특별히 생각나는 건 없는데요."

"그렇습니까?"

나나오의 침통한 표정을 보고 유키는 문득 전혀 다른 일을 생각했다. 이 사람이라면 니시조노와 겐스케의 관계를 알고 있지 않을까.

32

    시마바라 소이치로의 담당이 히무로 유키라는 것을 알고 나나오는 망설였다. 협박범이 시마바라를 노리는 게 아닐까 하는 추리에 대해서는 아직 말하지 않을 생각이었다. 경솔하게 말했다가 그 가설만이 멋대로 나돌게 될까 봐 우려했기 때문이다.

    하지만 이 여성 수련의에게는 자신의 생각을 털어놓아도 좋지 않을까 하는 생각이 들었다. 지금까지 몇 번 만나본 결과 그녀가 아주 이성적이고 책임감이 강한 여성이라는 느낌을 받았기 때문이다. 이번 사건에 처음부터 관련되어 있어 다른 사람보다 사정을 잘 알기도 했다. 게다가 무엇보다 히무로 겐스케의 딸이다.

    "사실 이건 아직 저 혼자만의 생각입니다만."

    나나오는 큰맘 먹고 자신의 추리를 말하기로 했다. 협박범이 시마바라 소이치로를 노릴지도 모르겠다는 것, 그 범인은 아리마 자동차의 결함으로 피해를 입은 사람일 가능성도 있다는 것 등이었다.

히무로 유키는 약간 놀라는 기색을 보였지만 표정은 별로 달라지지 않았다. 속눈썹이 긴 눈을 살짝 크게 뜬 정도였다.

"제 추리가 맞다면 범인은 지금까지 어떤 형태로든 시마바라 씨에게 접촉했을 거라고 생각합니다. 증세나 수술 예정 같은 정보를 수집하고 있었을 테니까요."

고개를 끄덕이며 나나오의 이야기를 듣던 유키는 이야기가 끝나자 살짝 고개를 갸웃했다.

"말씀은 잘 알겠습니다. 하지만 그렇다면 왜 병원을 협박하는 걸까요? 범인의 주장은 의료과실을 인정하라는 것인데, 그것과는 전혀 관계가 없지 않나요?"

"그렇습니다. 그래서 저도 자신 있게 상사한테 말할 수 없는 겁니다." 사실은 다른 이유가 있지만 나나오는 이 자리에서는 그렇게 말했다. "다만 이런 가능성은 있을 겁니다. 그동안 범인이 요구한 것은 일종의 위장전술이라는 거지요."

"위장전술이라면?"

"경찰의 눈을 다른 데로 돌리는 게 목적일지도 모른다는 겁니다. 실제로 경찰은 지금 병원 내부나 주위에 있는 사람들을 철저하게 조사하고 있습니다. 시마바라 씨나 아리마 자동차의 관련성에 대해서는 아무도 관심을 갖고 있지 않습니다. 저를 제외하고 말이지요."

유키는 나나오에게서 눈을 떼고 아래를 비스듬히 응시했다. 그가 하는 말의 의미를 생각하는 표정이었다. 단지 상대의 의견을 들을 뿐 아니라 자기 나름대로 곱씹어보지 않으면 성이 차지 않는 성격일 것이다.

"그렇다면 범인은 범행 자체에 자신을 갖고 있다는 이야기가 되네요."

"왜 그렇지요?"

"수사를 교란시키는 것이 목적이라고 해도 협박편지를 보내는 건 범인에게 꽤 위험한 일일 테니까요. 사실 지금 이 병원에는 형사님 말고도 경찰들이 많이 드나들고 있습니다. 범죄를 실행하기에 어려운 상황이지요. 그런데도 굳이 협박편지를 보냈다는 건 그만큼 범행에 자신이 있다는 이야기 아닌가요?"

나나오는 고개를 끄덕였다.

"바로 그렇습니다. 역시 히무로 경부보님의 따님이십니다. 보통 사람이라면 거기까지는 생각 못 할 텐데 말이지요."

"죄송합니다. 주제넘은 소리를 해서."

그녀는 멋쩍다는 듯 고개를 숙였다.

"아니요, 정말 참고할 만한 의견입니다."

"범인은 무슨 짓을 하려는 걸까요? 당연히 시마바라의 수술과 관련된 것이겠지요?"

"범인이 시마바라 씨를 노리고 있다면 당연히 그렇겠지요. 전,

시마바라 씨의 목숨을 노리는 게 아닐까 의심하고 있습니다."

말이 과격했던 탓인지 유키의 얼굴이 순간 굳어졌다.

"다시 한 번 묻겠습니다만, 지금까지 제가 한 말을 듣고 뭔가 생각나는 건 없습니까? 아무리 사소한 것이라도 좋습니다. 범인은 반드시 어떤 수단으로 정보를 모으고 있을 겁니다. 데이도 대학병원에 입원했다는 신문 기사 정도의 정보로는 아무것도 할 수 없을 테니까요."

유키는 팔짱을 끼고 입술을 깨물었다. 화장기는 전혀 없지만 진지하게 생각에 잠긴 얼굴이 아름다웠다. 유혹하는 게 아닐까, 하고 나나오는 쓸데없는 생각을 했다.

"병원이라는 곳은 폐쇄적인 것 같아도 실은 상당히 개방적인 장소라고 할 수 있습니다. 낯선 사람이 복도를 돌아다녀도 누구 한 사람 신경 쓰지 않고, 오히려 그런 사람이 여기저기 널려 있는 곳이지요. 그러니 수상하다고 해도 어지간히 이상한 사람이 아니면 기억에 남지 않습니다. 하지만 지금 이야기를 듣고 보니 앞으로는 좀 주의해서 봐야겠습니다."

그녀가 하는 말은 그럴 듯했다. 아마 의사들은 환자들만 신경 쓸 뿐 그 외의 문병객들에게는 별로 관심이 없을 것이다.

유키의 협력을 얻게 된 것은 나나오에게 다행스러운 일이었다. 그녀라면 만일 범인이 접근해 올 경우 알아채지 않을까, 하는 근거 없는 예감도 들었다.

"잘 부탁합니다. 뭐 여러 가지 이야기를 했습니다만, 모두 추론에 지나지 않습니다. 완전히 빗나간 것일지도 모릅니다. 그 협박편지나 발연통이 아직 장난일 거라는 가능성이 완전히 없어지지도 않았고요."

"장난이라면 좋겠네요. 악질적이긴 하지만요."

유키의 표정은 침울했다. 그녀 나름대로 장난일 가능성이 낮다고 느끼는지도 몰랐다.

"부탁이 하나 있습니다만, 지금까지 이야기한 내용에 대해서는 아무한테도 말하지 않았으면 합니다. 사실 니시조노 교수님께도 아직 이야기하지 않았습니다. 필요하게 되면 제가 이야기하겠습니다."

유키는 쓸쓸하게 웃으며 고개를 끄덕였다.

"네. 그건 잘 알겠습니다. 믿어주세요."

"바쁘신 시간에 죄송했습니다. 그럼 이만 실례하겠습니다."

나나오가 소파에서 일어났다.

유키도 일어났다.

"저기……."

"네."

그녀는 순간 주저하는 기색을 보였지만 곧 뭔가 결심한 얼굴로 나나오를 쳐다봤다.

"사건과 관계없는 이야기인데, 형사님께 묻고 싶은 것이……."

"뭡니까?"

"아버지 일입니다."

"경부보님이요?"

나나오가 되물었을 때 복도에서 이야기 소리가 들려왔다. 유키가 난처한 표정을 지었다. 이 방을 쓰는 사람들이 돌아온 모양이었다.

"바깥에서 이야기하는 게……."

그녀가 말했다.

"알겠습니다."

나나오가 기세 좋게 문을 열자 두 젊은 의사가 놀란 듯이 걸음을 멈췄다. 이 방에 들어오려고 한 모양이었다. 그들에게 고개를 숙여 인사하고 나나오는 방을 나갔다. 유키도 뒤를 따라갔다.

엘리베이터로 1층으로 내려가 병원 밖으로 나갔다. 재떨이가 놓여 있는 곳에서 유키가 걸음을 멈췄다. 나나오를 배려한 것 같았다.

"지난번에 아버지가 경찰을 그만둔 이유에 대해 말씀해주셨잖아요."

예예, 하면서 나나오는 담배를 물었다. 안 좋은 예감이 들었다.

"아버지의 추격으로 사고사한 중학생 말인데요."

"그게 무슨?"

나나오는 담배에 불을 붙였다. 연기가 눈에 들어간 척하며 얼굴을 찡그렸다.

"그 중학생의 이름을 혹시 기억하고 있으신가요?"

역시 그 이야긴가. 말하고 싶지 않은 화제였다.

"왜 이제 와서 그런 걸 묻지요?"

"그 소년의 이름은," 유키는 나나오의 물음에 대답하지 않고 말했다. "니시조노가 아니었나요?"

나나오는 말없이 연기를 내뿜었다. 유키의 말투에서 지금까지 아무것도 모르고 있었음을 알 수 있었다. 자신이 쓸데없는 것을 알려주었는지도 모른다는 생각에 후회도 되었다.

"그렇군요, 역시. 우리 병원 니시조노 교수님의 아들이었군요."

"그렇다면 어떻다는 겁니까?"

"형사님은 언제부터 알고 계셨나요?"

"생각난 건 얼마 전입니다. 사건으로 머리가 복잡해서 깜빡 잊고 있었습니다. 오래전의 일이기도 하고요."

"왜 저한테 알려주시지 않은 건가요?"

"전에 당신을 만났을 때는 아직 생각나지 않았을 뿐이었습니다. 그 후에는 일부러 알려줄 필요는 없다고 생각했습니다. 쓸데없는 참견일지도 모르는 일이고요."

유키가 눈을 깜빡이고는 고개를 떨어뜨렸다. 나나오에게는, 충격을 받은 것처럼 보였다.

"그걸 알고도 그 사람 밑에서 수련하고 있었던 게 아니었습니까?"

나나오의 물음에 유키는 고개를 가로저었다.

"전혀 몰랐어요. 아버지가 경찰을 그만둔 이유도 형사님께 들을 때까지 몰랐으니까요."

"아…… 그건 그렇겠군요."

"어머니는 아무것도 말해주지 않았고, 니시조노 선생님도……."

"교수는 알고 있을까요?"

"알고 있을 거라고 생각해요." 유키는 단정하는 어투로 말했다. "아마 처음부터 알고 있었을 거예요. 아버지를 만났을 때부터요."

"경부보님을요?"

나나오가 묻자 유키는 잠시 주저하다가 숨을 깊이 들이마셨다.

"아버지의 수술을 한 사람이 니시조노 선생님이에요."

"예?" 나나오는 담배를 떨어뜨릴 뻔했다. 정신을 차리고 보니 재가 길어져 있었다. 담배를 재떨이에 끄고 그대로 버렸다. "정말입니까?"

유키는 살짝 고개를 끄덕였다.

"역시 형사님은 그건 모르고 계셨군요."

"금시초문입니다. 경부보님을 집도한 의사까지는 미처 생각하지 못했으니까요." 나나오는 다시 그녀를 쳐다보았다. "그럼 당신은 그걸 알고도 니시조노 교수 밑에서 배우기로 한 겁니까?"

"그렇습니다. 데이도 대학병원을 택한 것은 그분이 있기 때문이었어요."

"그렇군요. 아니, 그래도……."

문득 머리에 떠오른 의문을 말하려다가 나나오는 말을 삼켰다.

하지만 그의 속마음을 알아챈 듯 유키가 웃음을 지었다.

"아버지를 살리지 못한 의사 밑에서 배운다는 게 이상하다는 말인가요?"

"아니, 그게 우리같이 평범한 사람들은 이해하기 힘든 일일 수도 있겠지만……."

"저 나름대로 생각이 있어서요. 아버지가 생명을 맡긴 사람이라는 건 사실이니까요."

나나오는 깊숙이 고개를 끄덕였다.

"그야 그렇지요. 히무로 경부보님이 신뢰한 사람이었으니까 어쩌면 당신이 사사하는 데 가장 적합한 사람일지도 모르겠습니다."

하지만 유키는 어쩐 일인지 희미하게 눈살을 찌푸렸다. 그것을 보고 나나오는 자신의 해석이 빗나갔음을 알았다.

"형사님, 어떤 이유가 있든 자식을 죽음으로 내몬 사람이 환자로 찾아왔을 때 의사는 어떻게 대응할 거라고 생각하나요?"

유키의 질문에 나나오는 할 말을 잃었다. 히무로 겐스케의 담당의가 니시조노라면 확실히 그녀가 말하는 상황이었던 셈이다.

동시에 깨달았다. 그녀는 니시조노의 수술에 의문을 품고 있는 것이다.

"저는 의사가 아니라 모르겠지만 어떤 경우든 평소와 다름없이 대응하지 않을까요? 그게 프로라는 거 아닐까요?"

하지만 유키는 고개를 저었다.

"저는 그럴 수 없습니다. 저라면 아마 마음이 혼란스러웠을 겁니다."

나나오는 그녀의 얼굴을 바라보았다. 어쩌면 이 젊은 여의사는 아버지가 죽었을 때부터 집도한 의사를 의심해왔는지도 모른다. 그 답을 얻고 싶어 굳이 그 의사 밑에서 배우기로 한 것이다. 그렇게 생각하면 조금 전의 표정도 납득이 간다.

"그 일로 경부보님의 사모님…… 어머님과는 무슨 이야기라도?"

그러자 유키는 천천히 고개를 가로저었다. 입가에 웃음을 띠었지만, 그것은 냉소라고 표현할 만한 것이었다.

"어머니하고는 아무 이야기도 하지 않았습니다. 어머니는 그분 편이니까요."

"그분 편이요? 그게 무슨 소립니까?"

유키의 웃음이 가셨다. 혀로 입술을 축이고 가슴에 담아두었던 뭔가를 다 털어놓은 듯한 표정을 지었다. 하지만 마지막에는 휴우 하고 한숨을 내쉬었다.

"죄송해요. 이상한 소리를 하고 말았네요. 그냥 잊어버리세요."

"히무로 씨……."

"일하시는 데 방해를 해서 죄송했습니다. 니시조노 교수님께는 이야기하지 말아주세요."

"물론 이야기할 생각은 없습니다."

"부탁드립니다. 그럼 저는 이제 가봐야 해서요. 정말 감사했습니다."

"아, 저야말로 고마웠습니다."

병원으로 들어가는 유키의 뒷모습을 지켜본 후 나나오는 다시 담배를 꺼냈다. 그때 휴대전화가 울렸다. 표시된 번호는 사카모토의 전화번호였다. 파트너의 단독 행동에 화가 난 게 틀림없었다. 나나오는 담배를 피우면서 착신음이 그치기를 기다렸다.

33

목요일이 되었다. 유키는 시마바라 소이치로를 중환자실로 안내했다. 복잡한 기기가 늘어서 있는 방에 들어선 시마바라는 빙 둘러본 후 중얼거렸다.

"이곳으로 실려 오는 건가."

"어제 니시조노 선생님께서 말씀하신 대로, 수술이 끝난 후에도 환자분은 마취된 상태라 잠들어 계실 겁니다. 그리고 깨어났을 때는 이곳에 계실 겁니다. 수술 전에 봐두셔야 그때 혼란스럽지 않으실 것 같아서요."

"음, 그렇군. 눈을 떴을 때 전혀 모르는 곳이라면 확실히 좀 놀라겠지. 주위에 아무도 없는 것 같고."

"그때는 저와 다른 의사들이 있을 겁니다. 간호사도요."

"아, 그런가. 지금은 환자가 없어서 의사도 없는 거로군."

"그렇습니다."

"평소에도 늘 이런가?"

죽 늘어선 침대를 보고 시마바라가 물었다. 지금 거기에는 아무도 없다.

"이런 일은 아주 드뭅니다. 저도 처음 봅니다. 평소에는 이런저런 수술이 있으니까요."

"그럼 지금은 왜 이런 거요?"

시마바라가 신기하다는 표정을 지었다.

"그러니까 그건……."

유키가 머뭇거리는 것을 보고 시마바라는, 아하, 하고 고개를 끄덕였다. 사정을 잘 안다는 듯한 표정이었다.

"다른 환자들은 다 도망갔다는 건가. 그 협박 사건에 두려움을 느꼈단 말이로군."

"그것뿐만 아니라 사건이 해결될 때까지 연기할 수 있는 수술은 되도록 미루기로 방침을 정했으니까요."

"어쨌든 협박편지의 영향이겠지." 시마바라는 입가를 일그러뜨렸다. "바보 같은 일이야. 장난일 게 뻔한데."

"그렇다면 다행일 텐데요."

"나도 조직을 맡고 있어서 잘 아는데, 조직에서 하는 일이 성공하면 할수록 이상한 놈들이 노리고 덤비거든. 그렇지만 그런 놈들은 이렇다 할 정도의 일은 하지도 못해. 기껏해야 장난스런 협

박편지 같은 거나 보내는 정도지. 결국 시기심인 거야. 자신이 무
능하니까 능력이 있어 성공한 사람을 질투하는 거지. 별것 아닌
소동을 일으켜 자기만족 하려는 것일 뿐이라고. 경찰도 그렇게 진
지하게 나설 일이 아니야. 내버려두면 되는 일이라는 거지."

어조에서 짜증이 난 듯한 기색이 느껴졌다. 그래서 유키가 물
어보았다.

"사장님 회사에서도 비슷한 일이 있었습니까?"

시마바라는 이중턱을 당기며 고개를 끄덕였다.

"있었지. 늘 있다고 봐야지. 수련의 선생도 알 것 같은데, 얼마
전에 우리 회사의 불량품이 시장에 나온 일이 있었지. 그때는 정
말 여러 가지 것들이 왔거든. 협박편지나 괴문서 같은 거 말이야.
하지만 그런 것에 일일이 대응했다가는 사업 같은 건 못 해먹어."

"그런 건 다 장난이었습니까?"

"그렇소. 불량품을 출시한 건 확실히 우리의 과실이지. 그래서
피해를 입은 사람들한테는 모두 그에 상응하는 배상 책임을 다했
지. 요컨대 당사자 간의 합의는 끝난 셈이거든. 그런데도 이상한
말을 해 온다는 것은 그 사람이 피해자도 뭣도 아니기 때문이야.
우리의 과실을 잘만 이용하면 한 푼 건질 수 있지 않을까 하고 일
을 꾸민 겁쟁이들 짓이지. 그 증거로, 협박편지도 괴문서도 상대를
해주지 않으니까 어느새 오지 않게 되었거든. 그런 거라니까."

위압적인 자세로 이야기하는 시마바라의 얼굴을 보면서 유키
는 나나오에게 들은 이야기를 떠올렸다.

"협박편지가 모두 회사 전체를 목표로 한 것이었습니까?"

"응? 회사 전체라니?"

"예를 들어…… 특정한 개인을 공격하는 것은 없었습니까?"

"그야 있었지. 특히 그 건에 대해서는 책임 소재가 확실했으니까. 공장장이라든가 제조부장이라든가. 그 사람들한테 한 공격은 아주 심했지. 하지만 그 사람들도 사직을 하거나 해서 책임을 졌으니까 거기다 대고 이러쿵저러쿵하는 것도 이상한 거지."

"저기, 사장님께는요?"

"응?" 시마바라의 무뚝뚝한 얼굴이 더욱 어두워졌다. "내가 뭐 말인가?"

"사장님에 대한 협박편지 같은 건 없었습니까?"

아아, 시마바라는 맥 빠진 목소리를 냈다.

"있었지. 부하의 과실은 사장이 책임지라는 내용이었던 듯한데, 단순한 발상이지. 그런 발상으로는 회사가 제대로 기능하지 못하거든. 회사는 거대한 기계 같은 거야. 결함이 있는 부품이 발견되면 그것만 교체하면 되지. 당연한 일이야. 그런데 결함이 없는 것까지 교체하면 정상적으로 움직이게 될 때까지 또 시간과 노력이 들게 돼. 움직인다고 해도 전처럼 기능할지도 알 수 없고. 안 그래도 불량품 문제로 회사가 흔들리는데 사장까지 바뀌어보라고, 사원들도 불안해할 거 아냐. 확실히 내가 물러나는 것이 간단하긴 하지. 나도 그러는 편이 속 편해. 하지만 그렇게 하면 회사에 도움이 안 될 거라고 판단해서 비난을 각오하고 사장을 계속하기로 한 거라고. 그런 사정도 모르는 놈들이 무책임한 말만 늘어놓고 말이야. 일일이 상대하고 있을 수가 없는 거지."

시마바라는 울분을 토해내듯이 지껄여댔다. 이야기 도중에 어쩐지 그가 사임하지 않은 것을 비난한 매스컴에 대한 불만으로 방향이 바뀐 듯했다.

자신도 그걸 알아차린 듯 유키를 보고 겸연쩍게 고개를 숙였다.

"아니, 뭐 수련의 선생한테 이런 이야기를 해봤자 아무 소용 없지만……"

"사장이라는 자리는 여러 가지로 힘들겠네요."

"각오하고 하는 거지. 어쨌든 병원 측도 침착한 태도를 보여야 할 텐데. 협박편지 정도의 일로 허둥지둥하면 안심하고 수술을 맡길 수가 없지."

"윗분께 전해드리겠습니다."

다른 건 몰라도 시마바라의 이 말은 옳다. 의사나 간호사 들이 침착함을 잃어버리면 앞으로 수술을 받으려는 환자들만 불안해질 것이다.

하지만 한편으로 나나오의 말도 마음에 걸렸다. 만일 나나오의 추리가 맞다면, 이 병원이 협박을 받고 있는 원인은 시마바라 사장에게 있게 된다. 아니, 그 협박은 위장전술로, 진짜 노리는 것은 다른 것일지도 모른다고 한다.

아무튼 내일 수술을 무사히 마치는 게 중요하다고 유키는 생각했다. 그렇게 되면 걱정거리도 상당히 줄어들게 될 것이다.

그러나 과연 지금의 자신이 대동맥류 수술이라는 중대한 일에 입회할 수 있을까, 하고 유키는 또 다른 불안을 안고 있었다. 나나오에게 들은 또 하나의 이야기가 머리에서 떠나지 않았다.

니시조노는 역시 겐스케의 추격을 피하려다 사고사한 중학생의 아버지다. 그 사실을 알아버린 지금, 유키는 평정심을 갖고 니시조노가 메스를 들고 수술하는 모습을 지켜볼 수 있을지 자신이 없었다. 겐스케를 수술할 때 과연 전력을 다했을까. 그것을 해낼 수 있는 정신 상태였을까.

"다음에는 어디로 가면 되지?"

유키가 잠자코 있었던 탓인지 시마바라가 물었다.

"아…… 저기, 마취과 쪽으로요. 그쪽 선생님이 설명해드릴 겁니다. 안내해드리겠습니다."

중환자실의 자동문을 지나면서 집중해야 한다고 유키는 생각했다. 내일 수술에 대비해 해야 할 일이 산더미 같았다. 망설이고 있을 여유도, 도망칠 곳도 없었다.

34

도미타 가즈오는 백발이 섞인 머리를 단정하게 가르고 도수 높은 금테 안경을 끼고 있었다. 나나오를 보고 고개를 살짝 숙여 인사하고 나서 파이프 의자에 앉았다. 먼저 시계를 보고 나서 말했다.

"도미타입니다."

시계를 확인하는 것이 습관이 된 듯했다.

"바쁘실 텐데 죄송합니다."

"비서한테 들었습니다만, 아리마 자동차의 보상 협상에 대해 묻고 싶은 게 있다고요?"

"뭐랄까요, 자동차 결함 문제로 피해를 입은 사람들에 대해 조사하고 있습니다. 선생님께서는 피해자 모임에서 아리마와의 협상을 의뢰받으셨다고 하던데요."

"피해자 중에 제가 고문을 맡고 있는 회사 사람이 있어서요."

"그렇게 들었습니다. 그래서 피해자와의 보상 협상은 다 끝났습니까?"

"아리마 자동차의 결함이 원인이었다고 인정받은 건에 대해서는 모두 끝났습니다."

도미타는 법률가답게 엄밀한 표현을 썼다.

"피해자 쪽에서 불만은 없었습니까?"

나나오가 묻자 도미타는 몸을 살짝 내밀고 테이블 위에서 손깍지를 끼었다.

"모치즈키 씨한테 들었습니다만, 누군가 아리마 자동차의 사원을 괴롭히고 있다고요? 그런가요?"

"네, 뭐."

나나오는 말끝을 흐렸다.

도미타는 흐응 하고 코로 숨을 내뱉었다.

"그 정도의 일로 경시청이 움직인다고는 생각되지 않습니다만, 뭐 상관없겠지요. 결론을 말씀드리자면, 이제 와서 아리마 측에 앙갚음을 하려는 사람은 피해자 모임에 없습니다. 적어도 저는 그렇게 생각합니다."

"그렇습니까?"

"피해의 정도가 제각각이니까 배상액도 다릅니다. 하지만 어떤 건도 과거의 동일한 건에 비해 최고액에 가까운 금액을 제시했습니다. 불만을 이야기하자면 한이 없겠지만, 저한테 그런 말을 해 온 사람은 없습니다. 유일하게 예외가 있다면 모치즈키 씨입니다. 사람의 목숨은 돈으로 살 수 없는 거니까요. 그래서 당신도 모치 즈키 씨를 찾아간 거겠지요. 안 그렇습니까? 무슨 수사인지는 모르겠지만요."

나나오는 씁쓸하게 웃었다.

"말씀하신 대로입니다."

"만나보셨으니까 아시겠지만, 모치즈키 씨 부부는 아리마 자동차에 대해 무언가를 해볼 생각 같은 건 없습니다. 지금 그분들은 딸을 잃은 슬픔에서 벗어나려고 필사적입니다. 앞으로 어떻게 살아갈지를 모색하고 있어서 복수 같은 걸 생각할 여유는 없을 겁니다."

나나오는 고개를 끄덕였다. 그도 비슷한 인상을 받았다. 모치즈키 부부에게는 시마바라에게 복수할 동기가 있다. 하지만 그뿐이다. 연로한 부부에게는 이번 범죄 자체가 불가능하다.

"아리마 자동차의 결함이 원인이었다고 인정받은 건에 대해서는 보상 협상이 끝났다고 말씀하셨습니다만, 인정받지 못한 건은 어떻게 되었습니까?"

"그것 역시 여러 가지입니다. 이 문제가 불거졌을 때 다양한 사람들이 연락해온 것은 사실입니다. 최근에 사고를 일으켰는데 아리마의 결함이 원인이라고 생각하니 힘을 빌려달라는 내용들이었습니다. 하지만 대개의 경우는 본인의 착각이거나 보상금을 노리고 꾸며낸 이야기였습니다. 그런 건 통화를 해보면 금방 알 수 있습니다. 차체번호나 사고를 일으킨 상황을 정확하게 말하지도 못했으니까요. 심한 경우는 차종조차 틀렸습니다."

"그렇다면 아리마의 결함이 원인이었다고 인정될 것 같은데도 결과적으로 인정받지 못한 경우는 없었습니까?"

나나오의 질문에 도미타는 고개를 한 번 갸웃하더니 곧 가로저었다.

"예, 없는 것 같습니다. 게다가 아리마는 의심스러운 경우는 배상하겠다는 태도였습니다. 회사의 이미지가 나빠지는 것을 막으려고 필사적이었으니까요."

"그렇군요."

"죄송합니다. 도움이 안 되는 이야기만 해서요."

도미타는 진지한 표정으로 말했다. 빈정거리는 투는 아니었다.

"아닙니다. 참고가 되었습니다. 시간만 빼앗아 죄송했습니다."

나나오는 자리에서 일어났다.

도미타 법률사무소를 나온 후 나나오는 셀프서비스 카페에 들어갔다. 사무소에는 재떨이가 놓여 있지 않기 때문이다.

커피를 마시면서 담배를 피웠다. 한숨과 함께 연기를 토해냈다.

잘못 짐작했는지도 모른다는 생각이 커지고 있었다. 데이도 대학병원에 대한 협박은 위장전술이고 정말 노리는 것은 시마바라 소이치로가 아닐까 하는 생각이 들었을 때는 흥분했지만, 조사를 하면 할수록 그 가능성이 희박해졌다. 도미타의 말을 들을 것까지도 없이 모치즈키에 대한 의심은 완전히 사라졌다. 그리고 다른 피해자의 경우도 시마바라의 목숨을 노릴 만큼의 동기가 없었다.

휴대전화가 울렸다. 또 사카모토구나, 얼굴이 찌푸려졌다. 사카모토는 혼자 착실하게 수사를 진행하고 있을 것이다. 이제 슬슬 합류해볼까 하는 생각이 들었다.

하지만 표시된 번호는 사카모토의 전화번호가 아니었다. 도미타였다.

"아까 그 일 말인데요, 생각나는 게 한 건 있어서요. 이상한 전화가 걸려 왔다고 합니다."

"어떤 전화였습니까?"

"사무소 사람이 전화를 받았는데, 아리마의 결함이 원인이 되어 간접적으로 피해를 입은 경우에도 피해자 모임에 들어갈 수 있느냐는 내용이었다고 합니다."

"간접적으로요? 이중충돌 같은 건가요?"

"사무소 사람도 그렇게 생각했던 것 같은데, 아무래도 좀 달랐다는 겁니다. 결함이 있는 차가 오도 가도 못하고 서버려서 통행에 방해가 되었다는 내용이었던 모양입니다."

"아, 예……."

나나오는 고사카에게 들은 이야기를 꺼냈다. 아리마의 결함은 엔진을 제어하는 집적회로에 문제가 있어서 회전수가 이상하게 올라가는 것이 특징인데, 그 반대도 있다고 했다. 다시 말해 서버린다는 것이다.

"그래서 사무소에서는 어떻게 하셨습니까?"

"그런 경우라면 배상 청구는 어려울지도 모르겠다고 대답했답니다. 다만 자세한 이야기를 들어보지 않으면 어떤 말도 할 수 없으니까 한 번 찾아오라고 했더니 그냥 됐다면서 전화를 끊었다는 겁니다. 이름도 말하지 않았던 모양이고요."

"여자입니까?"

"아니요, 젊은 남자의 목소리였다고 합니다. 어떤가요? 어떻게, 참고가 될 것 같습니까?"

"아직 잘 모르겠습니다만, 아무튼 감사합니다. 어쩌면 중대한 힌트가 될지도 모르겠습니다."

"그렇게 됐으면 좋겠네요."

도미타의 목소리는 조금 전에 만났을 때보다 붙임성 있게 들렸다.

나나오는 웃옷 안주머니에 접어 넣어둔 서류를 꺼냈다. 고사카에게 받은 것이었다. 그걸 펴 대충 한 번 훑어봤다.

이건가……

좁은 골목길에서 결함이 있는 차가 오도 가도 못하게 되어 일대의 길이 꽉 막혔다는 내용이었다. 그리고 이런 내용이 덧붙어 있었다.

결함이 있는 차 뒤에 환자를 이송하던 구급차가 따라가고 있었는데 통행이 불가능하다고 판단하여 어쩔 수 없이 우회했다…….

나나오는 휴대전화를 꺼냈다. 고사카가 멀리 출장 가지 않았기를 빌었다. 그 기도가 통했다.

"부탁이 있어."

전화를 받은 고사카에게 나나오는 불쑥 말을 꺼냈다.

약속 장소는 지난번의 그 카페였다. 시계를 몇 번이고 들여다보며 나나오는 고사카를 기다렸다.

빈 잔을 보고 두 번째 커피를 시킬까 말까 망설이는데 문이 열리고 고사카가 들어왔다. 그 뒤로 작은 체구의 장발 남자가 따라왔다.

"기다리셨죠, 죄송합니다. 이 사람을 데리고 오느라 시간이 좀 걸렸습니다."

고사카는 사과하면서 의자에 앉았다. 장발 남자도 고개를 숙여 인사하고 그 옆에 앉았다.

"아냐, 내가 무리한 부탁을 한 거니까."

종업원이 다가왔다. 두 사람이 커피를 주문해서 나나오도 추가로 리필을 부탁했다.

고사카가 장발 남자를 소개했다. 다사키라고 하는 남자는 사회면을 담당하고 있다고 했다.

나나오는 기사 사본을 테이블 위에 놓았다. 아리마의 결함이 있는 차가 길을 막았기 때문에 구급차가 어쩔 수 없이 우회하게 되었다는 기사였다.

"이 기사를 쓰신 게……."

"접니다." 다사키가 고개를 끄덕이며 말했다. "굉장한 정체였습니다. 아무튼 차가 서버린 게 좁은 다리 바로 앞이어서 그 차가 가지 않으면 강을 건널 수 없었으니까요."

"구급차가 우회했다는 이야기네요."

"그렇습니다. 머리에 큰 부상을 입은 여자를 신고 있었는데, 1분 1초를 다투는 상황이었습니다. 그 길을 택한 운전사를 탓할 수는 없습니다. 평소에는 막히지 않는 길이었고, 강을 건너지 않으면 목적지인 병원에 갈 수 없었습니다. 물론 다른 다리도 있습니다만 멀리 돌아가야 합니다. 뭐, 결국 그렇게 우회할 수밖에 없었지만요."

"그래서 그 여자는 어떻게 되었습니까?"

나나오의 질문에 다사키는 고사카와 얼굴을 마주 보았다. 고사카가 히죽 웃으며 나나오를 쳐다봤다.

"형사님이 그렇게 물어볼 줄 알고 이 친구한테 여러 가지 자료를 가져오라고 했습니다."

"그 구급차에 대해서는 사실 저도 궁금해서 좀 조사를 했었습니다. 유감스럽게도 기사가 실리지는 못했지만요." 다사키가 말했다. "그 여자는 죽었습니다."

나나오는 자기도 모르게 등을 쭉 폈다.

"병원에서요?"

"네. 자유기고가였는데, 건설 중인 빌딩을 취재하다가 10미터 높이의 발판에서 떨어져 머리를 심하게 다쳤답니다. 바로 구급차로 이송되기는 했는데, 방금 말씀드린 그런 상황이 되고 만 거죠."

"사고가 일어났을 때는 아직 살아 있었다는 거네요."

"그런 것 같습니다. 의식은 없었지만 숨은 붙어 있었다고, 사고 현장에 있던 사람들도 말했습니다. 물론 상당히 위험한 상황이기는 했지만요."

"병원에 도착했을 때는 어땠나요?"

"간신히 숨이 붙어 있어서 긴급 수술을 했는데, 이미 손쓸 방도가 없었다고 합니다. 다만 조금만 더 일찍 병원에 도착했더라면 어떻게든 살릴 수 있었을지도 모르는 상태였나 봅니다."

"그 여자는 가족과 함께 살고 있었습니까?"

"아니요, 오기쿠보에서 혼자 살고 있었습니다. 부모님 집은 시즈오카입니다. 연락을 했을 때 어머님이 딸의 유품을 정리하러 그녀의 아파트에 와 있다는 말을 듣고 오기쿠보로 가서 이야기를 들었습니다. 참 안됐습니다."

다사키는 안주머니에서 사진과 명함을 꺼냈다. 명함에는 '간바라 하루나'라고 쓰여 있었다. 직함은 아무것도 없었다. 주소는 역시 오기쿠보였다.

사진은 스키장에서 찍은 것인 듯 남자와 여자가 세 명씩 찍혀 있었다. 모두 스키복을 입고 있었다. 화창한 날씨였고 뒤로 보이는 눈 덮인 산이 아름다웠다.

"가운데 여자가 간바라 하루나입니다." 다사키가 말했다. "대학 시절 동아리 사진이라고 합니다. 어머님한테 빌려서 복사한 것인데, 최근 사진은 찾지 못한 모양입니다."

"꽤 미인이군요."

"졸업하고 4년 되었다고 했나, 아마 그럴 겁니다."

그러면 스물여섯 살 정도인가, 하고 나나오는 머릿속으로 계산했다.

"유족은 구급차가 병원에 늦게 도착한 원인을 알고 있었습니까?"

"예, 어머님은요."

"그것에 대해서는 뭐라고 하던가요?"

다사키는 어깨를 으쓱해 보였다.

"운이 없었다고요."

"운이 없었다? 그것뿐이었나요?"

"안 좋을 때는 안 좋은 일이 겹치는 법이다, 하필이면 그런 때에 결함 있는 차가 길을 막다니, 지지리도 운이 없는 아이다, 그렇게 말씀하시더군요."

"아리마 자동차를 원망하지는 않았습니까?"

나나오가 묻자 다사키는 끙 하며 팔짱을 끼었다.

"저도 그런 점에 대해 파고들어 기사로 써볼 생각이었는데, 반응이 좀 약했습니다. 어머님 입장에서 보면 10미터나 되는 높은 데서 떨어진 충격이 있으니 좀 더 빨리 병원에 이송되었다고 해도 살아나지 못했을 거라고 체념하는 듯했습니다. 아니면 누군가 때문에 살릴 수 있는 목숨을 살릴 수 없었다고 생각하는 게 괴로우니까 애써 그런 것은 생각하지 않으려는 듯한 느낌이랄까요."

나나오는 고개를 끄덕였다. 그 심정을 어쩐지 이해할 수 있을 것 같았다.

하지만 그렇게 되자 다른 의문이 고개를 들었다. 도미타 변호사의 사무소로 걸려온 전화의 주인공은 누구일까 하는 것이다. 하지만 지금 다사키의 이야기에 따르면, 간바라 하루나의 유족은 아니라는 말이 된다.

다사키에게 그 이야기를 하자 그도 고개를 갸우뚱했다.

"고사카 씨한테 그 이야기를 듣고 저도 이상하다고는 생각했습니다. 결함이 있는 차의 피해에 대한 기사를 정리하고 있을 때 간바라 씨의 부모님 댁에 다시 연락을 취했습니다만, 자기들은 관계가 없다며 완곡하게 취재를 거절했습니다. 도미타 변호사의 사무소에 그런 전화를 걸 리가 없습니다."

"그럼 전혀 다른 건인가?"

"아니, 차가 멈춰 서는 바람에 큰 문제로 발전한 경우는 그것이 유일할 겁니다. 있었다면 당연히 우리한테 정보가 들어왔을 거고요."

"그야 그렇겠지."

옆에서 고사카가 중얼거렸다.

"간바라 하루나한테 애인은 없었습니까?"

나나오가 물었다.

"있었던 것 같습니다. 어머님이 병원에서 만났다고 한 것 같은데요."

"이름은요?"

다사키는 찡그린 얼굴로 고개를 저었다.

"가르쳐주지 않았습니다. 뭐 거기까지 물어보는 것도 프라이버시 침해일 것 같기도 했고요."

나나오는 한숨을 내쉬고 미지근해진 커피를 마셨다. 스키복 차림의 간바라 하루나를 들여다보았다. 사진 속의 그녀는 행복하게 웃고 있었다.

35

조지는 주차장에 세워둔 차에 탄 채 주위를 둘러보며 휴대용 오실로스코프의 스위치를 켰다. 심장 고동이 빨라졌다. 이것이 가장 큰 불안 요소였기 때문이다. 급전給電 감시 모니터용의 코일과 발신기를 누군가가 제거했다면 이번 계획은 기초부터 무너지게 된다.

하지만 그 불안은 잠시 후 해소되었다. 액정 화면 위에 나타난 빛점은 지난번과 마찬가지로 한가하게 움직이고 있었다. 괜찮다. 이것으로 모든 시스템 준비가 끝났다. 조지는 심호흡을 하고 나서 오실로스코프의 스위치를 껐다.

시계는 9시를 향해 가고 있었다. 병동 창에서 불빛이 하나둘씩 꺼졌다. 이번 소동으로 입원 환자가 대폭 줄었을 것이다. 노조미의 이야기로는 최근에 큰 수술이 없어서 지금 중환자실에는 환자가 없다고 했다.

모두 계산대로였다. 아니, 기대 이상이라고 해도 좋을 것이다. 계획을 세운 당초에는 최악의 경우 다소의 희생은 어쩔 수 없다고까지 생각하고 있었다.

조지는 차 안의 재떨이를 열었다. 조지는 그곳을 재떨이가 아니라 카드 넣는 곳으로 썼다. 그러나 맨 위에 있는 것은 카드가 아니라 사진이었다. 그 사진을 꺼내 바라보았다. 간바라 하루나. 조지의 방 베란다에서 찍은 사진이다. 화장기 없는 얼굴에 익살맞은 표정으로 빨래를 걷고 있는 모습이다.

"아줌마처럼 보여?"

이렇게 묻던 목소리가 지금도 조지의 귓가에 남아 있다.

그 불행한 사고가 없었더라면 그녀는 지금쯤 조지의 아내가 되어 있을 것이다. 집안일을 얼마나 적극적으로 했을지는 모르지만 행복한 나날을 보내고 있을 것만은 분명했다.

획기적인 내진 설비를 갖춘 빌딩 건설 현장을 취재하러 간다고 말하고 그녀는 나갔다. 건설 현장 촬영 허가도 받았다며 기뻐하고 있었다.

설마 건설 중인 건물에 올라갈 것이라고는 생각하지 못했다. 하지만 의외의 일은 아니었다. 하루나는 자신이 여성이라는 것의 장점과 약점을 잘 알고 있었다. 여성에 관한 것을 취재할 때는 편하고 도움이 되었다. 하지만 여성이라서 무시당하는 일도 적지 않다고 투덜댔다. 체력이 필요한 일에서도 남성 못지않은 결과를 내려고 했다.

아마 무리를 했을 것이라고 조지는 생각했다. 배짱이 있다는 것을 보여주어 여성 작가라고 해서 우습게보지 못하게 하겠다며 분발했을 것이다. 그 결과 발이 미끄러져 추락했다. 하루나라면 있을 수 있는 일이다. 조지는 알고 있었다.

그녀의 부주의고 자업자득인지도 몰랐다. 그러나 그런 사람이라도 있는 힘을 다해 구하려고 노력하는 것이 이 나라 인명구조 시스템이다. 사실 구급대원들은 최선을 다했다. 구급차는 그녀를 싣고, 살릴 가능성이 높은 병원으로 향하는 최단거리를 택했다. 길이 막혀도, 빨간 신호여도 관계없었다. 구급차가 지나가면 다른 차는 옆으로 비켜주어야 한다. 이 나라의 법률에 그렇게 정해져 있다.

그런데 움직일 수 없는 차가 있었다. 운전자는 어쩔 줄 모른 채 당황했을 것이다. 그를 비난하는 것은 가혹하다. 차는 산 지 1년도 되지 않았고, 회사는 최신 컴퓨터 시스템으로 엔진의 성능을 최대한 끌어올린다고 홍보했다.

움직일 수 없는 차로 인해 병원으로 가는 길이 막혔다. 구급차는 우회해야 했고, 한시라도 빠른 치료가 필요했던 환자는 손쓸 때를 놓치고 말았다. 그렇게 해서 하루나는 죽었다.

조지에게 전화가 걸려온 것은, 그녀가 갖고 있던 휴대전화의 통화목록 때문이었다. 가장 최근에 전화한 상대에게 전화를 걸어보는 것이, 가족에게 연락이 되지 않는 사람이 죽었을 때 경찰이 취하는 일반적인 방법이라고 한다.

병원에서 본 하루나의 얼굴은 도저히 그녀라고는 생각하기 힘들었다. 부어오르고 일그러졌으며 변색되어 있었다. 그래도 귀고리는 분명히 조지가 선물한 것이었다.

눈물도, 목소리도 나오지 않았다. 경찰이나 병원 관계자로부터 이런저런 질문을 받고 지극히 사무적으로 대응한 일을 기억하고 있다. 감정이 죽어버렸는지도 몰랐다.

몇 시간 후 시즈오카에서 하루나의 부모님이 달려왔다. 두 사람 다 울고 있었다. 하루나와 꼭 빼닮은 어머니는 눈이 빨갛게 부어 있었다. 그것을 보자 조지도 눈물이 그치지 않았다.

그로부터 얼마 후 멈춰선 차의 결함이 밝혀졌다. 다른 데서도 사고가 일어났다. 자동차회사는 책임을 인정했다. 사장은 기자회견을 열었고, 텔레비전을 통해 고개를 숙였다.

하루나의 부모는 아리마 자동차에 무관심했다. 피해자 모임에 들어가는 게 어떻겠느냐고 제안했지만 그럴 마음이 없어 보였다. 직접적인 피해자도 아닌데 너무 소란을 피우면 그저 돈만 노리는 사람처럼 보일까 봐 싫다고 했다. 실제로 조지가 피해자 모임을 꾸려나가고 있는 사무소에 문의했을 때도 반응이 영 신통치 않았다.

깨끗이 받아들일 수밖에 없는 건가, 그도 체념하고 있었다. 제조사가 불량품을 내는 것은 피할 수 없다. 최선을 다한다고 해도 완전히 없애는 것은 불가능하다. 하물며 자동차회사다. 사용자의 생명을 책임지고 있다는 사실은 충분히 알고도 남을 것이다.

그런데 얼마 후 상황이 변했다. 일 관계로 알고 지내는 기술자가 놀랄 만한 정보를 주었다. 그는 결함이 있던 집적회로의 품질보증 시스템을 설계한 회사 사람이었다.

"자신 있게 말할 수는 없지만 그건 역시 조직 전체가 관련된 범죄라고 해야 합니다."

그는 얼굴을 찡그리며 말했다.

"무슨 뜻입니까?"

조지가 물었다. 자신의 애인이 피해를 입었다는 사실은 물론 말하지 않았다.

"저희 회사가 납품한 품질보증 시스템은 문제가 없었습니다. 그건 국토교통성도 인정했고요. 문제는 그것을 어떻게 다루느냐 하는 것입니다. 제대로 사용하지 않으면 아무리 뛰어난 것이라도 힘을 발휘하지 못하죠."

"아리마는 올바르게 사용하지 않았다고 하던데요. 공장장인가 제조부장이 독단으로."

그 기술자는 고개를 가로저었다.

"그 사람들을 비난하는 것도 가혹한 일이죠. 그들은 위로부터 엄격하게 생산대수를 할당받습니다. 그 할당량도 사장이 일시적인 기분으로 생각해낸 캠페인에 맞추기 위해 설정된 것이고요. 아무튼 어떻게든 생산량을 올리라는 말을 듣고 어쩔 수 없이 품질보증 시스템을 간략화한 겁니다. 그 시스템으로 생산성이 제한되는 것은 사실이니까요. 하지만 그건 위험한 행위였습니다. 아리마 자동차의 집적회로는 구조가 복잡한 데다 품질이 다소 안정적이지 못해 꼼꼼하게 점검할 시스템이 필요합니다. 빠져나갈 구멍이 많으면 생산성이야 올라가겠지요. 그 대신 불량품이 시장으로 나갈 위험성도 커지게 됩니다. 당연한 일이지요."

"하지만 아리마의 경영진은 그런 걸 몰랐던 것 아닌가요?"

기술자는 이번에도 손사래를 쳤다.

"알고 있었습니다. 목표 생산대수는 품질보증 시스템을 간략화하지 않으면 도저히 달성할 수 없는 것이었거든요. 거기에 대해서는 몇 번이나 사장한테 보고가 올라갔을 겁니다. 그렇지만 사장은 시스템의 간략화를 인정하지 않습니다. 하지만 목표치를 내리라고도 하지 않았지요. 품질보증 포기를 억지로 명령한 것이나 다름없습니다. 그런데도 무슨 일이 일어나면 책임을 피할 수 있도록 해둔 것이고요. 끔찍한 이야기지요."

그다지 관심이 없는 듯한 표정으로 듣고 있었지만 조지의 가슴속에서는 분노의 불꽃이 일었다. 자신이 대단히 어수룩한 사람이라는 생각이 들었다.

시마바라 소이치로에게는 사용자의 생명을 책임지고 있다는 의식 같은 건 털끝만치도 없었던 것이다. 그의 머리를 차지하고 있는 것은 그저 많이 팔아 많이 벌겠다는 욕심뿐이었다. 하루나는 그런 하찮은 것 때문에 생명을 건질 기회를 빼앗긴 것이다.

구급대원도 의사도 최선을 다하려고 했다. 자신의 사명을 완수하려고 했다. 그들이 그것을 하지 못하게 된 것은 사실 단 한 사람의 노인이 자신의 사명을 잊었기 때문이었다.

36

유키의 휴대전화가 울린 것은 기숙사로 돌아가고 있을 때였다. 스가누마 요코의 전화였다. 나카쓰카 요시에의 용태가 급변했다는 것이었다. 갑자기 높은 열을 내며 괴로워하고 있다고 했다.

당연히 유키는 돌아가기로 했다. 불과 2, 3분 거리지만 도중에 택시가 잡혀 타고 갔다.

병원으로 돌아가 하얀 가운으로 갈아입고 병실로 달려갔다.

나카쓰카 요시에의 상태는 지난번과 흡사했다. 불러보았지만 대답이 없었다. 체온은 39도였다. 두 번째 일이라 요령은 알고 있었다. 스가누마 요코에게 검사 지시를 내리고 곧장 담당 의사에게 연락을 취했다.

검사 결과 담관의 염증이 심해져 있었다. 달려온 담당 의사 후쿠시마는 긴급 수술을 해야 한다고 판단했다. 염증 부위를 모두 제거하고 인공관으로 교체한다는 것이었다. 나카쓰카 요시에의 체력이 얼마나 버텨줄지 분명하지 않았으나 달리 선택할 방도가 없었다.

이번에는 가족에게 곧바로 연락이 되었다. 딸 구미는 20분 만에 병원에 나타났다.

유키도 수술실에 들어갔다. 내일 아침 시마바라 소이치로의 대동맥류 절제 수술이라는 큰일을 앞두고 있었지만 그런 말을 할 상황이 아니었다.

약 4시간에 걸친 수술이었다. 성공인지 아닌지는 아직 알 수 없었다.

수술이 끝나고 수술실에서 운반 통로로 실려 나가는 요시에를 지켜보고 있으니 그 너머로 구미와 그녀의 남편이 보였다. 후쿠시마가 다가가 설명을 해주었다. 부부는 진지한 표정으로 고개를 끄덕이며 그 말을 들었다.

유키가 중환자실에서 수술 후 경과를 지켜보고 있는데 후쿠시마가 찾아왔다.

"교대하지. 자네는 가서 눈 좀 붙이도록 해. 내일도 수술이 있잖아."

"죄송합니다. 당직실에 있을 테니 무슨 일이 있으면 불러주세요. 감사합니다."

"그래. 수고했어."

유키가 중환자실을 나가자 구미와 그녀의 남편이 상담실에서 나오는 참이었다. 두 사람은 유키를 보고 멈추어 고개 숙여 인사했다.

"선생님, 늘 신세만 지네요. 정말 감사드립니다."

구미가 이렇게 말했다.

"후쿠시마 선생님께 이야기 들으셨습니까?"

"예. 이제 상황을 지켜보는 수밖에 없다고요……."

"그럴 것 같습니다. 병터를 제거했으니까 이제 본인의 회복력에 기대를 걸 수밖에 없습니다. 열이 내려가주면 좋을 텐데 말이에요."

두 사람은 동시에 고개를 끄덕였다.

"그런데 선생님, 동맥류 말인데요."

남편이 입을 열었다.

"네."

이제 막 암 덩어리를 절제하는 대수술을 마쳤는데 벌써 그 이야기인가 하고 유키는 진저리가 나려고 했다.

"지금 바로 파열될 것 같지는 않다고 하셨지요?"

"저희 견해로는 그렇습니다."

"그렇다면," 남편은 눈을 깜박이고 나서 말을 이었다. "혹시 장모님께서 이번 수술에서 회복되시면 저희 집으로 모셔서 건강해지시기를 기다리고 싶습니다만."

유키는 그의 얼굴을 쳐다보았다.

"퇴원하시겠다는 말씀인가요?"

"예. 다음에는 동맥류 수술이니까 그것을 받을 만한 체력이 생길 때까지 집에서 모시려고요."

그는 아내와 얼굴을 마주 보았다.

"그런가요? 후쿠시마 선생님이나 야마우치 선생님과 의논해야겠지만 아마 그렇게 하셔도 될 겁니다. 그런데 예전에는 어머님이 여기에 계시는 편이 마음 편하지 않겠느냐고 말씀하셨던 것 같은데요."

유키의 말에 남편이 겸연쩍다는 듯이 머리를 긁적였다.

"저희들 사정만 앞세워서 정말 죄송했습니다. 가족이 협력하지 않으면 나을 병도 낫지 않을 것 같다는 생각이 들어서요. 선생님들께서도 이렇게 애를 써주시는데, 저희도 저희가 할 수 있는 일을 하자고 의논했습니다."

유키는 고개를 끄덕였다. 이 부부와 만날 때마다 느꼈던 답답함이 뻥 뚫리는 듯한 기분이었다.

"후쿠시마 선생님께 히무로 선생님에 대한 이야기를 들었습니다."

구미가 말했다.

유키는 허를 찔린 기분이었다.

"저에 대해서요?"

"네. 실례지만 선생님은 수련의셨더라고요. 저는 지금까지 그런 걸 전혀 모르고……"

"처음에 말씀드렸을 텐데요."

"그러셨을 거라고 생각하지만 까맣게 잊었다고 할까요, 특별히 마음에 담아두지 않았다고 할까요……. 다른 선생님들과 똑같다고 생각했거든요."

"물론 그러셔도 상관없습니다. 환자분들 입장에서는 같으니까요."

"하지만 수련의분들은 무척 힘드시잖아요. 후쿠시마 선생님께서도 말씀하셨지만, 전혀 쉴 틈이 없지 않습니까? 지난번에도 그랬지만 오늘도 제일 먼저 불려 나오시고요."

유키의 입가에 웃음이 번졌다. 환자 가족에게서 이런 말을 듣는 건 처음이었다.

"공부하는 중이니까 그 정도는 당연합니다."

"하지만 선생님은 원래 심장혈관외과니까 담관암 쪽과는 관계없으시잖아요? 저희는 지금까지 그런 건 별로 생각해보지도 않았어요. 어머니를 담당하시는 한 사람이라고밖에 생각하지 못했거든요. 정말 죄송했습니다."

"그건…… 다들 그러십니다. 수련의는 여러 부서를 돌면서 경험을 쌓아가기 때문에 지금 소속이라는 것이 특별히 의미가 있는 건 아닙니다."

"그래도 정말 힘든 일일 거라고 생각했습니다. 그렇잖아요, 여보?"

그 말을 받아 남편이 고개를 끄덕였다.

"듣자니 내일 아침에도 또 수술이 있으시다고요. 이렇게 늦게까지 힘들게 일하시고 바로 또 그렇게 큰일을 해야 하다니, 정말 체력이 어떻게 버티나 해서 감동했습니다."

"체력은 필요하죠."

"그래서 아내와도 의논한 겁니다. 젊은 분이 장모님을 살리기 위해 이토록 전력을 다해주시는데 우리도 우리가 할 수 있는 일을 하지 않으면 안 되겠구나, 하고요. 그래서 집으로 모셔 보살펴 드리기로 한 겁니다."

그의 말에 유키는 순간 가슴이 뜨거워졌다. 이 자리에서 할 만한 적당한 말이 떠오르지 않았다.

"정말 여러 가지로 감사드립니다."

남편이 말하자 아내도 옆에서 다시 한 번 고개를 숙였다.

"아니…… 마음 쓰지 마세요. 어머님께서 건강해지실 때까지 다 같이 힘내야지요."

"네. 잘 부탁드립니다. 저희도 열심히 하겠습니다."

구미의 눈에 살짝 물기가 어려 있었다.

"그럼, 이만."

유키는 그들에게서 돌아섰다. 더 이상 말을 했다가는 따라 울 것만 같았다.

당직실에 드러눕고 나서도 가벼운 흥분이 계속되었다. 하지만 수술 직후에 느끼는 고양된 기분과는 전혀 달랐다. 기쁨과 상쾌함이 가슴속을 채우고 있었다.

후쿠시마가 두 사람에게 무슨 이야기를 했는지는 알 수 없었다. 무엇 때문에 수련의에 대한 이야기를 했는지도 분명하지 않았다.

하지만 수련의가 된 후 환자의 가족에게서 감사의 말을 듣기는 처음이었다. 나는 대체 뭘 하고 있는 걸까, 과연 병원에 도움이 되는 걸까, 환자들에게 위안이 되고 있는 걸까, 하는 생각에 끙끙대며 고민할 뿐이었다.

나도 해낼 수 있을지도 모른다고 생각했다. 지금까지는 자신이 정말 의사로서의 일을 할 수 있을지 늘 불안했다. 지금도 불안한 마음은 변함없지만 가능성의 빛 같은 것이 보인 듯했다.

겐스케의 그 말, 즉 사람은 그 사람만이 해낼 수 있는 사명을 갖고 있다는 말이 또다시 떠올랐다.

아버지, 유키는 눈을 감은 채 마음속으로 불러보았다. 나도 드디어 사명을 찾은 건지도 모르겠어요, 하고.

마음속의 답답함이 해소된 덕분인지 편안하게 잠들 수 있을 것 같았다.

6시에 맞춰놓은 자명종 시계 소리에 일어났다. 고작 세 시간밖에 자지 못했지만 머리는 맑았다. 창문의 커튼을 열자 강렬한 햇빛이 쏟아져 들어왔다.

드디어 시작되는구나, 하고 유키는 생각했다.

더 이상 쓸데없는 생각을 하지 말자고 마음먹었다. 앞으로 이루어질 수술에 전력을 다해 임할 뿐이다.

세수를 하고 옷차림을 단정히 하고 나서 1층으로 내려갔다. 매점에서 빵과 우유를 샀다. 수술하기 전에는 혈당치를 높여두라고, 수련의가 되고 난 직후 지도교수가 말했다. 수술이 예정보다 일찍 끝나는 일은 일단 없다. 다시 말해 환자를 구하고 싶으면 수술이 아무리 길어진다 해도 그에 대응할 만한 체력을 유지해야 한다는 말이었다.

아직 인기척이 없는 대기실에서 입안에 빵을 꾸역꾸역 밀어 넣고 있는데 한 남자가 복도를 걸어오는 모습이 보였다. 안면이 있는 얼굴이라 유키는 약간 당황하며 마지막 빵 조각을 우유와 함께 삼켰다.

"일찍 나왔네요. 수술이 있는 날은 이런 건가요?"

나나오가 웃으며 말을 걸었다.

"형사님이야말로 일찍 나오셨네요. 무슨 일 있었나요?"

"아니, 그런 건 아닙니다. 여기, 괜찮겠습니까?"

유키의 옆을 손으로 가리켰다.

"네, 앉으세요."

유키는 쓰레기를 비닐봉지에 넣었다.

"드디어 시마바라 씨의 수술이네요."

"그래서 상황을 살피러 오신 건가요? 무슨 일이 일어날지도 모르니까……."

"뭐, 그런 셈이지요. 지난번에도 말씀드렸다시피 저의 쓸데없는 망상일지도 모르지만요."

"시마바라 씨를 개인적으로 원망하는 사람의 소행이 아닐까 하셨지요?"

"그렇습니다. 그건 왜……?"

"아니요, 무슨 생각이 난 건 아니에요. 다만 어제저녁에 시마바라 씨와 이야기를 나눌 기회가 있어서 결함이 있는 차 문제로 개인적으로 공격을 받은 적이 있느냐고 물어봤습니다."

유키의 말에 나나오의 눈이 살짝 커졌다.

"대담한 질문이었네요. 그래서 시마바라 사장은 뭐라고 하던가요?"

"물론 없다고는 했지만, 그런 건 다 장난에 불과하니까 상대하지 않으면 된다는 말을 했어요."

"그 사람답군요."

나나오는 쓴웃음을 지었다.

"결함이 있는 차로 피해를 입은 사람한테는 충분한 보상을 해 주었으니까 이상한 짓을 하는 사람은 돈을 노리는 놈들뿐이라는 말도요."

"역시 그렇군요. 하지만 직접 피해를 입은 사람만이 피해자는 아니거든요."

나나오는 혼잣말처럼 중얼거렸다.

"그건 무슨 뜻인가요?"

"생각지도 못한 데서 원한을 살 수도 있다는 말입니다." 이렇게 말하고 나나오는 안주머니에서 접힌 서류를 꺼냈다. "신문 기사를 뽑아 온 겁니다. 여기 결함이 있는 차가 멈춰 서서 꼼짝하지 못하는 바람에 정체가 발생했다는 기사가 있잖아요. 그 때문에 구급차가 우회할 수밖에 없었던 일이 일어났습니다."

"제가 좀 봐도 될까요?"

"보세요. 당신은 특별한 사람이고, 또 상사한테도 알리지 않고 조사하는 거라 수사상의 비밀이라고도 할 수 없으니까요."

유키는 건네받은 서류를 훑어보았다. 그런 내용의 기사가 분명히 있었다.

"구급차로 이송된 환자는 결국 목숨을 건지지 못했습니다. 우회만 하지 않았다면 살릴 수 있었을지 어땠을지는 모르지만 유족의 입장에서 보면 납득할 수 없는 이야기일 겁니다."

"그럴지도 모르겠네요. 그럼 그 환자의 가족이 범인이라고 생각하는 건가요?"

서류를 돌려주면서 유키가 물었다.

"아직은 모릅니다. 가족이 아니라도 죽은 환자와 깊은 관계가 있는 사람이라면 시마바라 사장한테 원한을 품어도 이상하지 않겠지요."

"남자친구라든가요?"

유키가 물었지만 나나오는 의미심장한 웃음을 띠고 고개만 갸웃했을 뿐이었다. 분명한 말은 피하고 싶어 하는 것처럼 보였다.

"중요한 일을 앞두고 있는데 시간만 빼앗은 거 같네요. 힘내십시오."

이렇게 말하고 나나오는 서류를 다시 접어 안주머니에 넣었다. 그때 서류 사이에서 뭔가가 툭 떨어졌다. 유키가 그것을 주웠다. 사진이었다. 스키장에서 찍은 모양으로, 스키복 차림의 젊은이들이 웃고 있었다.

"이건요?"

"지금 말한, 구급차로 이송된 여자의 사진입니다. 가운데의 하얀 옷을 입은 사람입니다. 학창 시절의 사진이라 최근에는 좀 더 어른스러워졌을 거라고 생각합니다만."

"아아."

유키는 다시 한 번 사진에 시선을 주었다. 예쁜 얼굴이었다. 애인이 있다 해도 이상할 게 없었다.

나나오는 유키에게서 사진을 건네받아 서류 사이에 끼우고 이번에는 상당히 신중한 손놀림으로 안주머니에 넣었다.

"오늘은 하루 종일 이 병원 근처에 있을 생각입니다. 혹시 무슨 일이 있으면 휴대전화로 연락 주십시오."

나나오는 일어서고 나서 뭔가를 깨달은 듯 이마를 쳤다.

"혹시 무슨 일이 있어도 수술실에 있을 테니까 어떻게 할 수도 없겠군요."

"그렇겠네요. 아무 일도 일어나지 않기를 바랄 수밖에요."

"저도 빌고 있겠습니다."

"그럼 이만."

유키도 일어서서 걸음을 옮겼다. 하지만 문득 하나의 기억이 되살아나 걸음을 멈췄다. 그녀는 뒤로 돌아 정면 현관으로 가고 있던 나나오를 불렀다.

"저기요, 아까 그 사진 좀……."

나나오가 놀란 얼굴로 뒤돌아보았다.

"무슨 일이죠?"

"아까 그 사진 좀 보여주시겠어요?"

"이거 말인가요?"

나나오는 안주머니에 손을 넣어 사진만 꺼냈다.

유키는 다시 사진을 응시했다. 사망했다는 여자 옆에 짙은 감색 스키복을 입은 남자가 서 있었다. 고글을 벗어 손에 들고 있었다.

"이 사람…… 본 적이 있어요."

"예?"

나나오의 눈에 순간적으로 핏발이 섰다.

37

아파트는 크림색 건물이었다. 나나오는 계단으로 뛰어 올라갔다. 상대가 도망가지 않으리라는 건 알고 있었지만 마음이 급했다.

문 앞에 선 나나오는 집 호수를 확인하고 초인종을 눌렀다. 문패는 붙어 있지 않았다. 여자 혼자 사는 집이라서 그럴 것이다.

문이 살짝 열리고 젊은 여자가 얼굴을 내밀었다. 스무 살 전후로 보이는 눈이 큰 아가씨였다. 간호사복이 참 잘 어울릴 것 같았다. 하지만 지금은 그 표정에 긴장한 빛이 역력했다.

"마세 노조미 씨 맞죠?"

나나오가 물었다.

"그런데요."

나나오는 경찰수첩을 보여주었다.

"조금 전에 전화했던 나나오입니다. 아침 일찍부터 죄송합니다. 지금 괜찮을까요?"

"네? 네."

"실례해도 되겠습니까? 아니면 다른 장소에서?"

마세 노조미는 순간 눈을 내리깔고 나서 고개를 저었다.

"여기서도 괜찮습니다. 누추하지만요."

"죄송합니다."

마세 노조미는 일단 문을 닫고 안전고리를 풀고 나서 다시 문을 열어주었다.

"들어오세요."

"실례하겠습니다."

나나오는 안으로 발을 들여놓았다. 좁은 문간에 신발이 잔뜩 늘어서 있어 발 디딜 곳을 찾기도 힘들었다. 그것을 알아채고 노조미가 서둘러 신발 몇 켤레를 옆으로 치웠다.

"여기서도 괜찮습니다."

나나오는 문간에 선 채 말했다. 집은 원룸인 듯했다. 혼자 사는 여성의 집 안에 들어가는 것은 상대가 용의자가 아닌 이상 삼가고 있었다.

마세 노조미도 선 채 나나오 쪽을 보았다. 눈가가 붉어지고 있는 것을 나나오는 알아챘다. 이곳으로 오기 전에 전화로 "물어볼 게 있다"고만 했을 뿐이다. 자세한 이야기는 아무것도 하지 않았다. 하지만 마세 노조미는 그 대화만으로도 뭔가 불길한 느낌을 받았는지도 몰랐다.

"오늘은 야간 근무라고 하던데요."

"그렇습니다."

"병원에 가지 않는 날은 어떻게 지내십니까? 남자친구는 있습니까?"

나나오의 질문에 마세 노조미는 놀라 숨을 멈춘 것 같았다.

"왜 그런 걸 물어보시는 건데요? 용건이 뭐죠?"

나나오는 양복 안주머니에서 사진을 꺼냈다. 간바라 하루나가 친구들과 스키장에서 찍은 그 사진이었다.

"이 사진에 당신이 아는 사람이 있습니까?"

나나오는 사진을 들여다보는 마세 노조미의 눈을 응시했다. 그녀의 눈이 순식간에 사진의 한 곳에 못 박혔다. 속눈썹이 움찔했다.

"있군요."

나나오가 확인했다.

마세 노조미는 얼굴을 들고 혀로 입술을 축였다. 함부로 대답을 해도 좋을지 망설이는 얼굴이었다. 하지만 그녀도 형사가 왜 이런 사진을 보여주는지 궁금할 것이다. '그'가 왜 여기에 찍혀 있는지, 형사가 그걸 가지고 찾아온 이유는 무엇인지 알고 싶을 터였다.

"비슷하기는 한데 제가 잘못 본 건지도……."

그녀는 드디어 이렇게 말했다.

"몇 년 전 사진이니까요. 하지만 그렇게 달라지지는 않았지요? 최근에 그 사람을 몇 번 봤을 뿐인 사람도 그 사진을 보고 알아볼 정도였으니까요."

히무로 유키를 말하는 것이다. 히무로는 이 사진에 찍힌 사람을 최근 몇 번인가 병원 안에서 봤다고 했다. 그녀는 그 사람의 이름도 신원도 알지 못했지만 한 가지 중요한 사실을 알고 있었다.

간호사 마세 노조미가 아는 사람이 아닐까 하는 것이었다. 심야에 봤을 때 마세 노조미와 함께 있는 것 같았다고 했다. 모르는 사람인 척했지만 분위기로 알 수 있었다고 히무로 유키는 말했다.

나나오는 여성의 직감을 중시한다. 그 말을 믿고 마세 노조미에게 연락을 취했는데, 히무로의 눈썰미가 정확했음을 새삼 느꼈다.

"어떤 사람입니까?"

나나오가 물었다.

마세 노조미는 주저하다 결국 사진의 한 부분을 가리켰다.

"이 남자예요."

그 사람을 보고 나나오는 무심코 입을 굳게 다물었다. 역시 히무로 유키가 말한 사람과 같았다.

"그 사람 이름을 알려주시겠습니까? 그리고 연락처도요. 알고 있지요?"

나나오는 수첩을 꺼내 메모할 준비를 했다.

하지만 마세 노조미는 곧바로 대답하지 않고 사진을 보면서 물었다.

"이 사진은 대체 뭔가요? 왜 그 사람을 조사하는 건가요?"

나나오는 고개를 저으며 말했다.

"죄송합니다만 수사상의 비밀이라 자세히 말씀드릴 수가 없습니다. 다만 어떤 사건에 이 사람이 관련되었을 가능성이 있어서 수사하는 거라고만 말씀드리겠습니다."

"어떤 사건이라는 건 데이도 대학병원 협박 사건 아닌가요? 그 사건에 어떻게 그 사람이 관련되어 있는 건데요?"

"그러니까 자세한 이야기는 할 수 없습니다."

"그럼 저도 이야기하지 않겠어요. 아무것도요." 이렇게 말하고 마세 노조미는 사진을 내밀었다. "돌아가주세요."

나나오는 한숨을 내쉬고 머리를 긁적였다.

"난처하군요. 협조하지 않으시면 당신의 방을 강제로 수색할 수밖에 없습니다. 그런 일은 되도록 하고 싶지 않습니다만."

"하지만 그건 지금 당장은 불가능하잖아요? 영장이라는 게 필요하지 않나요? 책에서 읽은 적이 있어요."

그녀의 말에 나나오는 혀를 차고 싶었다. 요즘은 누구나 이 정도의 지식은 갖고 있다.

그는 시계를 들여다보았다. 8시가 지나고 있었다. 곧 시마바라 소이치로의 수술이 시작된다. 한시도 머뭇거릴 여유가 없었다.

휴우, 하고 깊은 숨을 내쉬고 마세 노조미를 보았다. 그는 마음을 굳혔다.

"말한 대로 그 협박 사건과 관련된 일입니다. 그 사진에 있는 사람이 어느 정도 관련되었는지는 분명하지 않지만 확인하고 싶은 게 있습니다."

"그 사람이 범인이라…… 는 건가요?"

마세 노조미의 목소리에 비장감이 묻어 있었다.

"그러니까 그건 아직 모릅니다. 그래서 여러 가지로 확인할 필요가 있는 거고, 당신에게 협조를 구하는 겁니다."

"하지만 형사님은 그 사람 이름도 모르잖아요? 그런데 어떻게 그가 수상하다고 말할 수 있는 건가요?"

"목격자 정보가 있습니다. 병원에서 그 사람을 봤다는 사람이 있습니다."

그녀는 잠시 잠자코 있다가 입을 열었다.

"히무로 선생님이군요. 확실히 그 사람한테 병원 안을 구경시켜 준 적이 몇 번 있어요. 그게 어떻다는 건데요? 병원에는 많은 사람들이 오잖아요? 왜 그 사람만 의심을 받아야 하는 거죠?"

"그걸 설명하기는 참 어렵습니다. 게다가 여러 사람들의 프라이버시와도 관련된 일이어서 함부로 말씀드릴 수가 없습니다. 이해해주시기 바랍니다. 아직 확인하는 단계입니다."

마세 노조미는 고개를 가로저었다.

"그 사람은 절대 범인이 아니에요. 그 사람이 왜 그런 짓을 하겠어요?"

"그러니까," 나나오는 한 발 앞으로 나섰다. "만약 당신이 그 사람을 신용하고 있다면 저희에게 협조하셔야 합니다. 그렇게 하는 것이 결과적으로 빨리 혐의를 벗을 수 있는 방법입니다."

마세 노조미는 대꾸할 말이 궁한지 고개를 숙였다. 그녀의 표정이 자신도 남자친구를 완전히 믿지 못한다는 걸 말하고 있었다.

"마세 씨."

나나오의 부름에 그녀가 얼굴을 들었다. 눈에 절박한 빛이 깃들어 있었다.

"나오이 조지라는 사람이에요. 아주 평범한 회사원이고, 데이도대학병원과는 아무런 관계도 없는 사람입니다."

"한자는 어떤 자를 씁니까?"

나나오는 수첩을 펼치고 받아 적을 준비를 했다. '直井穰治(나오이 조지)'라는 글자를 수첩에 써넣은 후 그는 다시 휴대전화 번호를 물었다. 그녀는 여전히 망설이는 표정을 띤 채 안에서 휴대전화를 들고 나왔다.

"번호를 가르쳐드리기 전에 아무래도 꼭 물어보고 싶은 게 있어요."

"대답할 수 있을지는 모르겠지만 일단 들어보지요. 뭡니까?"

"나오이 조지…… 그 사람이 무슨 이유로 우리 병원을 협박했다는 거죠? 동기는 뭐죠? 우리 병원에 무슨 원한이라도 있는 건가요?"

나나오는 일단 그녀에게서 시선을 뗐다. 대답해야 할지 어떨지 판단하기 어려운 질문이었다. 하지만 그녀의 마음은 충분히 이해할 수 있었다.

"병원이 아닙니다." 나나오가 말했다. "그 사람의 진짜 목표는 병원이 아닙니다. 데이도 대학병원이 선택된 것은 우연입니다. 어떤 인물이 당신이 일하는 병원에 입원하여 수술을 받게 되었는데, 그 사람이 데이도 대학병원을 노린 이유는 그것뿐입니다."

"어떤 인물이라는 게 혹시……."

머뭇머뭇하면서 입술을 연 마세 노조미의 눈을 나나오는 쏘아보았다. 그리고 다시 한 발 나아갔다.

"뭔가 짚이는 데가 있나 보군요. 말씀해보세요. 그 인물이 누구일 것 같습니까?"

"시마바라…… 씨."

나나오는 크게 숨을 들이마셨다.

"그 사람이 시마바라 사장에 대해 이것저것 물었군요."

그녀는 가볍게 고개를 끄덕였다. 그것을 본 나나오는 모든 것이 연결되었음을 확신했다.

나오이 조지라는 인물은 마세 노조미를 통해 데이도 대학병원의 정보를 얻고 있었던 것이다. 그녀는 아마 시마바라 소이치로의 병세나 수술 일정 등에 대해서도 나오이에게 말해주었을 것이다.

나오이가 어떻게 마세 노조미에게 접근했는지는 현시점에서 중요하지 않았다. 우연히 연인이었던 건 아닐 것이다.

마세 노조미의 풀 죽은 모습을 보고 나나오는 마음이 아팠다. 나오이가 처음부터 범행을 목적으로 그녀에게 접근하여 연인 관계를 맺었다는 것은 이제 그녀 자신이 가장 잘 이해하고 있을 터였다.

하지만 동정하고 있을 여유가 없었다.

"마세 씨, 그 사람의…… 나오이 조지라는 사람의 연락처를 가르쳐주십시오."

사실은 우격다짐으로라도 그녀의 휴대전화를 빼앗고 싶은 심정이었지만 그래도 그것만은 참았다.

마세 노조미는 자신의 휴대전화를 들여다보았다. 그러고 나서 얼굴을 들고 나나오를 보았다.

"부탁이 있어요. 제가 연락하게 해주세요. 형사님 이야기는 절대 하지 않을 테니까요."

"아니, 그건……."

안 된다고 말하려고 했지만 다른 생각이 머리를 스쳤다. 나오이 조지가 지금 어디서 뭘 하고 있는지는 모르지만, 모르는 번호로 전화가 걸려 오면 받지 않을지도 몰랐다. 자칫하다가는 의심을 받을 우려도 있었다.

"알겠습니다. 좋습니다. 당신이 전화를 거세요. 다만 절대 제 이야기를 해서는 안 됩니다. 지금 어디에 있느냐고 물어보고, 할 이야기가 있으니 당장 만나자고 하십시오. 그 사람이 거절하더라도 만날 약속만은 꼭 하세요. 알았지요?"

마세 노조미는 나나오의 말을 곱씹어보듯 고개를 끄덕였다. 그리고는 예, 하고 조그맣게 대답하고 휴대전화 버튼을 눌렀다.

나나오는 숨을 참고 귀를 기울였다. 곧 휴대전화에서 연결음이 새어 나왔다. 하지만 그 소리는 곧 단속적인 발신음으로 바뀌었다.

"끊어졌어요."

마세 노조미는 울음을 터뜨릴 것 같은 얼굴을 했다.

"다시 한 번 걸어보십시오."

그녀가 비장한 표정으로 휴대전화 버튼을 눌렀다. 전화기를 귀에 대고 뭔가를 비는 듯이 눈을 감았다.

하지만 다음 순간 절망적인 눈빛으로 고개를 가로저었다.

"안 돼요. 전원이 꺼져 있는 것 같아요. 혹시 회사에서 일하는 중일지도 몰라요. 회의 중이거나요."

"저도 그러기를 빕니다. 침착하게 다시 한 번 걸어보십시오. 그리고 연락해달라고 음성 메시지를 남겨두십시오."

그녀는 고개를 끄덕이고 시키는 대로 했다. 버튼을 누르는 손끝이 떨리는 게 나나오가 있는 위치에서도 보였다.

그녀가 메시지를 남기는 것을 확인하고 나나오는 그녀의 휴대전화를 받아 들고 재발신 버튼을 눌렀다. 표시된 번호를 수첩에 옮겨 적고 나서 전화를 돌려주었다.

"그 사람이 다니는 회사는 어딥니까?"

"음, 회사 이름은…… 저어, 들어본 적이 있는 회사인데, 사이버…… 뭐였더라, 일본사이버……." 마세 노조미는 두 손으로 머리를 감쌌다. "아아, 맞다. 사이버트로닉스…… 일본사이버트로닉스였을 거예요."

나나오도 들어본 적이 있는 회사였다. 소재지는 금방 알아낼 수 있을 것이다. 나오이의 직장이 어디에 있느냐고 물었지만, 마세 노조미는 거기까지는 모른다고 대답했다.

"마세 씨, 죄송합니다만 곧 나갈 채비를 해주시겠습니까? 저와 함께 경찰서까지 가주셔야겠습니다."

그녀가 겁을 먹은 듯이 뒷걸음질 쳤다.

"저는 아무것도 몰라요."

"그래도 괜찮습니다. 아무튼 함께 가주십시오."

"하지만······."

나나오는 끝내 소리를 질렀다.

마세 노조미가 흠칫 놀라며 허리를 곧추세웠다. 그것을 보고 나나오는 표정을 누그러뜨렸다.

"밖에 있겠습니다. 가능한 한 빨리 준비해주십시오."

집에서 나온 나나오는 휴대전화를 꺼내 사카모토에게 전화했다. 그런데 들려온 것은 사카모토의 목소리가 아니었다.

"나나오, 너, 적당히 좀 하지."

혼마의 목소리였다. 사카모토와 함께 있는 듯했다. 나나오에게 서 걸려 온 것을 알고 사카모토의 전화를 가로챘을 것이다.

"계장님입니까? 실은 아주 중요한 일이 있습니다."

"시끄러. 제멋대로 굴고 말이야. 왜 시키는 대로 움직이지 않는 거야?"

"그럴 상황이 아닙니다. 범인 같은 자를 찾았습니다."

"뭐라고?"

"지금 참고인을 데리고 중앙서로 가겠습니다. 계장님, 범인이 데이도 대학병원을 노리는 날은 오늘입니다. 오늘, 이제부터입니다."

38

환자 이송용 침대로 심장혈관외과의 전용 수술실로 옮겨진 시
마바라 소이치로는 아무래도 아직 의식이 있는 모양이었다. 하지
만 기초 마취 탓에 눈은 개개풀려 있었다. 하지만 의식까지 몽롱
한 것은 아니었다. 의식이 있는 한 수술 전의 환자는 겁을 먹고
흥분한 상태로 있는다. 때로는 아드레날린이 이상하게 높아지기
도 했다.

"안녕하세요. 성함은요?"

수술대로 옮긴 후 마취과의 사야마가 말을 걸었다. 온후한 얼
굴의 사십 대다. 실제로 그가 감정을 드러내는 일을 유키는 한 번
도 본 적이 없다.

시마바라는 사야마를 몇 번 만났다. 그 목소리를 들은 기억이

있을 터였다.

시마바라의 입이 움직였다. "시마바라입니다"라는 가냘픈 목소리가 유키의 귀에까지 들렸다.

"히무로입니다. 저도 같이 있을 겁니다."

유키의 목소리에 시마바라는 고개를 살짝 움직였다. 이것으로 시마바라가 조금은 안심했을 거라는 생각과 동시에 그녀 자신도 목소리를 냄으로써 몸의 긴장이 얼마간 풀린 것 같았다.

시마바라의 머리 쪽에 선 사야마가 마취 유도를 시작했다. 먼저 마취약을 주사한 후 혈압 측정용 관을 오른손에 끼웠다. 그 후 시마바라에게 산소마스크를 씌우고 산소가 흐르는 주머니를 누르기 시작했다.

그런 모습을 유키는 모토미야와 함께 말없이 지켜보고 있었다. 마취를 유도하는 중에는 그녀도 마취과 의사의 관리 아래에 있다. 그러므로 잡담 등으로 사야마의 집중을 방해하는 일은 엄격하게 금지된다. 환자의 몸에 손을 대는 것도 원칙적으로 허용되지 않는다.

곧 시마바라가 잠에 빠져들자 사야마의 지시 아래 수술실 간호사 야마모토 아키코가 근육이완제와 정맥마취약을 주입했다. 그녀는 근속 20년의 베테랑이다.

"근육이완제와 펜터 들어갔습니다."

야마모토 아키코가 말했다.

"고마워."

사야마가 대답했다.

사야마는 시마바라의 아래턱을 들어 올려 입을 크게 벌리고는 후두경을 사용해 기관氣管 안으로 부드러운 인공호흡용 튜브를 넣었다. 손놀림이 아주 신중했다. 기관의 점막에 상처를 내지 않기 위해서였다.

기관 내 삽관을 끝내자 사야마는 관을 반창고로 고정하고 인공호흡기를 작동시켰다. 여기까지가 마취 유도의 수순이다.

마취 유도가 끝나자 유키는 모토미야의 지시에 따라 도뇨관 삽입을 시작했다. 그런데 관의 끝부분이 좀처럼 방광에 닿지 않았다.

"전립선 비대가 있어서야." 모토미야가 말했다. "내가 하지."

역시 모토미야는 익숙한 손놀림으로 삽입해나갔다. 이제는 남성의 성기를 만지는 데 대한 저항감 같은 건 없지만, 이 정도의 일도 제대로 해낼 수 없는 자신에게 유키는 화가 났다.

링거나 심장 기능을 측정하는 관을 설치하는 일이 끝나자 유키는 피부 소독을 시작했다. 흉부에서 복부, 대퇴부에 걸쳐 광범위하게 소독액을 발라나갔다. 마지막에는 간호사들이 수술을 하는 부위만 남기고 시마바라의 몸을 수술용 천으로 덮었다.

그때까지 뒤로 물러나 지켜보고 있던 니시조노가 수술대로 다가왔다.

이것으로 수술 준비가 완료되었다. 모토미야와 유키, 그리고 간호사들은 미리 정해진 위치에 서서 눈으로 니시조노에게 신호를 보냈다.

"잘 부탁합니다."

니시조노가 말했다.

시마바라를 에워싸듯이 늘어선 의사나 간호사 들이 말없이 서로에게 목례를 했다.

드디어 시작이다, 유키는 마스크 안에서 심호흡을 했다. 오늘은 어쨌든 니시조노의 수술을 끝까지 지켜보자고 결심했다. 수련의인 자신이 명의로 알려진 니시조노의 실력을 얼마나 관찰할 수 있을지는 의문이었지만, 직접 눈으로 보면 뭔가 느낄 수 있지 않을까 하는 기대가 있었다.

그렇기는 하지만……

수술 중에 아무 일도 일어나지 않으면 좋을 텐데, 나나오에게 들은 이야기가 문득 떠올랐다.

39

시곗바늘이 11시를 향해 가고 있었다. 조지는 호텔의 한 방에 있었다. 창문으로는 데이도 대학병원이 내려다 보였다. 이 비즈니스호텔을 이용한 것은 이번이 처음이었다. 준비할 때도 이용하고 싶었지만 참았다. 여러 번 이용하면 종업원이 얼굴을 기억할 수 있기 때문이었다.

마취 유도에는 최소한 한 시간은 걸릴 것이다. 그 후에 집도의가 메스를 든다고 하고……

조지는 머릿속으로 계산했다. 본격적인 수술에 들어가기 전에 환자에게는 인공심폐기를 연결해야 한다. 그 처치에도 얼마간 시간이 걸린다. 연결이 끝나도 금방 수술을 시작할 수 있는 것이 아니다. 조사한 바로는 흉부대동맥류 수술의 경우 환자의 체온을 25

도 정도까지 낮추는 모양이었다. 인공심폐기를 사용해 혈액을 순환시킬 때 보내기 전의 혈액을 식히는 것이다. 뇌와 척수를 보호하기 위해서이다. 25도까지 온도를 내리는 데는 약 한 시간이 걸린다고 한다.

그 후 적당한 시간에 의사들은 시마바라의 심장을 정지시킬 것이다.

심장 정지는 약 4시간 가능한 것으로 알려져 있다. 그사이에 의사들은 목적을 달성해야 한다. 즉, 시마바라의 대동맥류를 절제하고 인공혈관을 연결해야 하는 것이다. 수술이 무사히 끝나면 차단되어 있던 심장으로 다시 혈액을 흘려 보내게 된다. 심근세포는 혈액 공급으로 활동을 재개하고, 순조롭게 진행되면 몇 분 만에 박동도 시작된다. 만약 움직이지 않으면 의사들은 전기충격을 가해서라도 심장의 박동을 부활시키려고 할 것이다.

그렇게까지 하도록 내버려둘 순 없다고 조지는 생각했다.

애써 멈추게 한 심장을 다시 움직이게 할 필요는 없다. 다름 아닌 시마바라 소이치로의 심장이다. 사람의 목숨보다 회사의 이익, 아니 자신의 이익을 우선시하는 남자다. 그런 남자의 심장 따위는 두 번 다시 움직일 필요가 없다.

움직이지 못하게 해주지, 조지는 생각했다. 의사들이 아무리 분발해도 심장을 움직이게 할 수 없는 상황, 아니 분발 자체가 불가능한 상황을 만들어내면 된다.

다만 거기에는 타이밍이 중요하다.

사고가 너무 빨리 일어나면 의사들은 수술을 중단할 것이다. 인공심폐기를 연결하기만 한 상태라면 아마 되돌리기가 용이할 것이다. 또한 반대로 너무 늦어도 안 된다. 주된 수술이 끝나버리면 어떻게든 뒤처리를 할 수 있을지도 모른다.

좀 더 기다리자고 그는 마음먹었다. 초조해할 필요는 없다. 노조미의 말에 따르면 최소한 네다섯 시간은 걸리는 수술이다.

노조미를 떠올리고 조지는 탁자에 놓인 휴대전화에 시선을 주었다.

오늘 아침 8시 반경, 전화가 울렸다. 조지는 일어나 있었지만 침대에 드러누운 채였다. 깜짝 놀라 일어나 착신번호를 확인했다. 노조미의 휴대전화 번호가 표시되어 있었다.

망설였지만 그는 전원을 껐다. 지금 그녀의 목소리를 들으면 결심이 흔들리고 말 것 같았기 때문이다. 그녀와는 이제 두 번 다시 만나지 않을 생각이지만, 이용했다는 생각에 양심의 가책을 느꼈다.

게다가 불길한 예감도 들었다. 이런 시간에 그녀가 전화를 하는 일은 한 번도 없었다. 하필이면 오늘 같은 날 전화가 걸려 왔다는 게 덜컥했다. 뭔가 알고 있지는 않겠지만, 전화를 받았다가는 모든 일이 수포로 돌아갈 것만 같았다.

한동안 기다리고 나서 음성 메시지를 들었다. 노조미의 메시지가 남겨져 있었다. 그녀는 메시지를 듣는 대로 연락해달라고 했다.

그 목소리에는 어딘지 모르게 긴장한 듯한 울림이 있었다. 평소의 혀 짧은 어조도 아니었다.

문자 메시지를 확인하자 같은 내용의 메시지가 와 있었다. 다만 평소의 노조미라면 문자 메시지에 반드시 한두 개쯤 들어 있을 이모티콘이 하나도 없었다.

심상치 않다고 조지는 확신했다.

노조미의 용건이 무엇인지 궁금하기는 했다. 하지만 그녀에게 연락해서는 안 된다고 판단했다.

지금은 휴대전화의 전원을 꺼놓은 상태다. 좀 더 빨리 이렇게 해둘걸, 후회했다. 노조미의 메시지를 들어서인지 공연히 불안이 더해졌다.

그는 다시 창가로 다가가 병원을 내려다보았다. 쌍안경을 눈에 댔다.

자동차가 3대가 주차장으로 들어서는 참이었다. 그중의 2대는 왜건이었다. 조지는 쌍안경으로 차의 움직임을 좇았다. 3대의 차는 각기 다른 장소에 주차했다. 문이 열리고 남자들이 내렸다. 왜건에서는 각각 5명씩 내렸다.

경찰인지도 모른다고 조지는 생각했다. 쌍안경으로는 잘 알 수 없지만, 차에서 내린 남자들에게서는 사냥개 같은 분위기가 풍겼다. 주위를 둘러보는 몸짓이며 재빨리 병원으로 향하는 발놀림이 빈틈없었다.

혹시 경찰이라면 왜 하필 오늘만 사복형사가 모여든 것일까. 제복경관이라면 요즘 들어 내내 돌아다녔다. 하지만 오늘 같은 일은 없었다.

계획이 발각된 것일까, 하고 조지는 생각했다. 하지만 발각될 리가 없었다. 범인이 시마바라 소이치로의 목숨을 노린다는 걸 경찰이 알아챌 리가 없을 터였다.

남자 몇 명이 병원 안으로 사라졌다. 안으로 들어가지 않은 사람들은 현관 앞에서 흩어졌다.

조지는 책상 위를 보았다. 거기에는 노트북이 놓여 있었다. 패스워드를 입력하고 엔터 키를 누르면 첫 동작이 시작된다.

병원 안에는 조지가 몇 주에 걸쳐 설치해둔 것이 있었다. 그중 하나라도 발견되면 계획은 제대로 진행되지 않을 것이다.

그는 책상 앞에 선 채 노트북 키를 두드렸다. 패스워드를 입력했다. 노트북 화면에 프로그램을 실행할지를 묻는 메시지가 떴다. 엔터 키를 누르면 '예스'가 된다.

시계를 봤다. 아직 11시 반이다. 수술은 아직 본격적인 단계에 들어서지 않았다.

그는 고개를 흔들고 '노'를 클릭했다.

40

당연히 시마바라 소이치로의 수술은 이미 시작된 상태였다. 나나오는 데이도 대학병원 1층 대기실에서 우울한 표정을 한 주변 사람들을 계속 살피고 있었다. 주머니에는 나오이 조지의 사진이 있었지만 이제 그걸 볼 필요도 없었다. 그 얼굴은 머릿속에 각인되어 있었다.

일본사이버트로닉스의 도쿄 본사에 문의하자 나오이 조지는 유급휴가를 얻은 상태였다. 일주일 전에 신청한 휴가라고 했다.

마음에 걸리는 것이 있었다. 나오이 조지는 최근 2주 동안 사흘이나 휴가를 냈다. 그중 하루는 시마바라 소이치로가 입원했을 때 당초 수술 날짜로 정해진 날이었다. 협박 사건으로 병원 측이 오늘로 연기한 것이었다.

나오이 조지가 오늘 무언가를 저지르려는 것만은 틀림없었다. 문제는 그것이 무엇인가였다.

중앙서에서 나나오가 설명을 시작했을 때 혼마는 아직 귀신 같은 상을 하고 있었다. 관자놀이에 핏대가 서고 목 위는 붉게 상기되어 있었다. 하지만 이야기를 들으면서 표정이 순식간에 달라졌다. 마지막에는 볼이 굳어지고, 핏대가 서 있던 관자놀이에 땀이 배었다.

"왜 좀 더 빨리 보고하지 않았나?" 신음하듯 혼마가 물었다. "시마바라 사장을 개인적으로 원망하는 자의 짓이라고 생각했다면 왜 나한테 그걸 말하지 않은 거냐고?"

"죄송합니다." 나나오는 순순히 사과했다. "무슨 일이 있어도 제가 조사하고 싶었습니다. 게다가 자신이 있는 것도 아니었으니까요. 단지 원래의 수사 방침이 마음에 들지 않았을 뿐입니다."

"너 이 자식!"

혼마는 나나오의 멱살을 잡았다.

"계장님, 하지만 나나오 선배가 움직이지 않았으면 나오이 조지에 대해서도 몰랐을 거 아닙니까?" 사카모토가 끼어들어 수습했다. "나나오 선배가 저와 같이 있었다면 아무것도 밝히지 못했을 겁니다."

그 말이 맞다고 생각했는지 혼마는 멱살을 잡은 손을 놓았다. 그리고 큰 소리로 혀를 찼다.

"각오하고 있으라고. 이 일의 처분에 대해서는 나중에 위에서 검토하도록 할 테니까. 반드시 위에 보고할 거야."

"상관없습니다." 나나오가 말했다. "그보다 병원에 경찰을 보내야 할 텐데요."

"네가 말하지 않아도 알고 있어!"

혼마가 소리를 질렀다.

그러고 나서 얼마 후 데이도 대학병원에 경찰이 배치되었다. 사복형사도 투입되었다. 나나오도 함께였다. 아무래도 이런 상황에서는 혼마도 나나오를 제외시킬 수 없었기 때문이다.

혼마는 지금 마세 노조미를 심문하고 있을 것이다. 나오이 조지가 무슨 짓을 꾸미는지 그녀에게서 알아내려는 생각일 것이다. 하지만 아마도 헛수고일 거라고 나나오는 짐작했다. 나오이는 그녀에게 아무것도 알려주지 않았다. 그리고 앞으로 절대 그녀에게 접촉하지도 않을 것이다. 그래서 오늘 아침에도 전화가 연결되지 않았던 것이리라.

시곗바늘이 12시를 지나자 나나오는 자리에서 일어섰다. 현관으로 걸어갔다. 형사 두 사람이 들어오는 사람을 사진과 대조하고 있었다. 그중의 한 사람이 사카모토였다.

"나타나지 않는데요."

사카모토가 나나오를 알아보고 말했다.

"정면 현관으로 들어온다는 보장은 없어."

"출입구는 또 하나 있지요."

"야간과 응급 환자용 입구야. 그쪽에도 사람을 세워뒀어."

"이미 잠입했을 가능성은 없습니까?"

"그건 아닐 거야. 나도 여기저기 둘러봤어. 병원 사람들한테도 사진을 보여줬는데 목격 정보가 없거든."

"시마바라의 수술을 방해할 생각인 거잖아요. 병원에 나타나지 않으면 아무것도 할 수 없을 텐데요."

"들은 바로는 수술이 밤까지 계속될 거라는데. 아직 시간은 충분해."

"나오이는 무슨 생각일까요? 병원에 왔다고 해도 수술실로 가지 않으면 시마바라한테는 손을 쓸 수 없을 텐데. 무턱대고 밀고 들어올 생각일까요?"

"설마 그런 생각은 하지 않겠지."

나나오는 사카모토로부터 멀어졌다. 담뱃갑을 꺼내려다 그만두었다. 나오이가 언제 나타날지 알 수 없었다. 흡연 장소에 가 있을 때가 아니었다.

담뱃갑 외에 손에 잡히는 게 있었다. 한 장의 메모지였다. 일본 사이버트로닉스에 문의했을 때 나오이 조지의 소속을 듣고 쓴 것이었다.

전자계측기기 개발과.

"전자계측…… 전자…… 전기……."

나나오는 중얼거리다 앗 하고 놀라며 숨을 멈췄다. 메모지를 손에 든 채 달리기 시작했다.

사무국장 가사기는 나나오의 물음에 당혹스러운 빛을 보였다.

"전기 설비…… 말인가요? 그거야 여러 가지가 있습니다. 전기가 없으면 대부분의 의료 행위는 불가능하니까요."

"그럼 가장 중요한 부분은 어디입니까? 망가지면 가장 피해가 많은 곳 말입니다."

나나오가 물었다.

가사기는 사무실 안을 둘러보았다.

"음, 이런 걸 누가 잘 알지……."

"역시 나카모리 씨 아닐까요?" 옆에 있던 여직원이 대답했다. "설비나 건물 담당이니까요."

"아아, 그런가? 나카모리는 지금 어디 있지?"

"글쎄요. 병원 안 어딘가에 있을 텐데요."

여직원의 한가한 말투에 나나오는 조급해졌다.

"당장 연락해서 이쪽으로 오라고 하세요. 아주 급한 일입니다."

"대체 무슨 일인데 그럽니까?"

가사기가 눈살을 찌푸렸다. 위기를 의식하고 있는 표정이 아니었다. 그것이 또 나나오를 애타게 했다.

"범인은 전기 관계 기술자입니다. 그래서 자신의 전문 분야를 이용할 가능성이 높습니다. 병원에 전기가 생명선이라면 반드시 그걸 공격할 겁니다."

"그걸 공격한다니, 무슨 짓을 한다는 건데요?"

"그러니까 그걸 생각해달라는 거 아닙니까?"

나나오는 소리를 지르고 싶은 것을 꾹 참았다.

그때 안경을 낀 마흔 살 정도의 남자가 찾아왔다. 당황한 표정이었다.

"나카모리 씨인가요?"

"……그런데요."

나나오의 눈빛에 압도된 모양인지 나카모리는 살짝 멈칫하며 뒤로 물러났다.

나나오는 가사기에게 했던 질문을 다시 나카모리에게 들이댔다. 나카모리는 팔짱을 끼고 고개를 갸웃하면서 입을 열었다.

"그렇다면 아무래도 배전반 같은데요. 다시 말해 차단기입니다. 누가 그걸 만지기라도 하는 날엔 각 방의 전기가 다 나갈 테니까요."

"그 밖에는요?"

"그다음에는 메인컴퓨터겠지요. 여러 가지 정보를 랜으로 공유할 수 있게 되어 있는데, 메인컴퓨터가 공격당하면 그것도 사용할 수 없게 됩니다."

"그건 어디에 있습니까?"

"옆방입니다."

나나오는 사카모토를 불러 각 층의 배전반과 메인컴퓨터에 이상이 없는지 확인하도록 했다.

"수술실의 배전반은 특별히 잘 조사해봐. 범인한테는 그곳이 제일 중요한 표적이니까."

"알겠습니다."

사카모토가 사무실에서 뛰어나갔다.

나나오는 가사기와 나카모리 쪽으로 돌아섰다.

"정말 고맙습니다. 뭔가 생각나는 게 있으면 바로 연락 주십시오."

이렇게 말하고 나나오는 나가려고 했다.

"저기……."

나카모리가 말을 걸어왔다.

"뭡니까?"

나나오가 묻자 나카모리가 약간 주저하다가 입을 열었다.

"병원 밖은 관계없는 겁니까?"

"밖이요?"

"예. 병원 밖에 있는 설비는 생각하지 않아도 됩니까?"

"병원 설비 외의 것이라는 뜻입니까?"

"아니요, 부지 내에 있는 것인데요."

"부지 내라……." 나나오는 나카모리 앞으로 되돌아왔다. "그건 뭡니까?"

41

모래사장을 하루나가 달리고 있었다. 수영복 위에 하얀 티셔츠
를 입고 있었다. 손에 든 비닐봉지에 들어 있는 것은 캔맥주였다.
머리카락이 바닷바람에 흩날리고 구릿빛 피부에 여름 햇살이 내
리쬐고 있었다.

대학 4학년 여름이었다. 조지는 그녀와 둘이서 구게누마 해안
에 있었다. 첫 드라이브였다.

"그렇게 흔들면 맥주가 뿜어져 나올걸."

모래사장에 깔아놓은 비닐 시트에 누운 채 조지가 말했다. 그
런 그 옆에 하루나가 다가와 섰다. 밑에서 올려다보니 티셔츠 자
락 사이로 배꼽이 보였다.

"좋아, 그럼 실험해보지 뭐."

말이 끝나기가 무섭게 하루나는 조지의 얼굴 위에서 맥주 캔의 따개를 당겼다. 생각했던 대로 뿜어져 나온 하얀 거품이 보기 좋게 그의 얼굴 위로 쏟아져 내렸다. 그가 허둥대며 일어나자 하루나는 자지러지게 웃었다.

행복한 예감이 두 사람을 감싸고 있었다. 조지는 취직이 결정되어 있었고, 하루나도 그때까지 아르바이트로 일하던 출판사에서 계속 일하게 되었다. 그 무렵부터 그녀의 꿈은 자유기고가가 되는 것이었다.

대학의 스키 동아리에서 알게 된 지 2년, 교제한 지 1년 반의 세월이 지나고 있었다. 조지는 그녀와 헤어지는 일 같은 건 생각도 해보지 않았다. 몇 년이 지나면 이 멋진 관계 뒤에 결혼이 있으리라고 막연히 생각했다. 10년, 20년 후 두 사람의 모습을 상상하면 가슴이 설렜다.

조지는 다시 모래사장에 누웠다. 옆에는 하루나가 있을 터였다. 눈을 감은 채 손을 뻗어 그녀의 몸을 확인하려고 했다.

그런데 아무런 감촉이 없었다. 그녀는 옆에 없었다.

해변에 눈길을 주었다. 거기에는 발자국이 남아 있었다. 그는 그 뒤를 따라갔다. 하지만 그 끝은 보이지 않았다. 어디로 향하는지도 알 수 없었다.

그는 뒤를 돌아보았다. 아파트의 방. 노조미가 무릎을 꿇고 단정하게 앉아 슬픈 얼굴로 그를 올려다보고 있었다.

"그런 짓 하면 안 돼, 자기야."

깜짝 놀랐을 때 잠에서 깨어났다. 조지는 의자에 앉아 있었다. 텔레비전에서는 한낮의 정보 프로그램이 방영되고 있었다. 그는 눈자위를 누르고 고개를 좌우로 젖혔다. 하루나를 생각하는 사이에 잠깐 잠이 든 모양이었다.

이런 중요한 때에 뭘 하고 있는 거지, 스스로에게 화가 났다. 예전에 노조미가 해준 말이 떠올랐다. 긴장이 지나치게 오래 지속되면 신경이 마비되어 오히려 잠이 오게 된다는 이야기였다. 일종의 방어본능이라고 그녀는 가르쳐주었다.

세수라도 할까 싶어 일어난 김에 창밖을 내다보았다. 다음 순간 눈이 휘둥그레졌다. 그는 쌍안경을 들고 창에 얼굴을 가까이 댔다.

병원 건물에서 약간 떨어진 곳에 있는 작은 건물에 헬멧을 쓴 경찰들이 모여 있었다. 문을 열려는 것처럼 보였다.

조지는 시계를 보았다. 12시 20분이었다. 아직은 예정보다 일렀다. 하지만 저들이 저 문을 열고 그것을 발견하면 어떻게 될까.

망설이고 있을 상황이 아니었다. 조지는 책상에 놓인 노트북 앞에 섰다. 그 프로그램을 띄웠다. 키를 누르자 다시 메시지가 떴다.

'예스'인가 '노'인가.

머릿속에서 노조미의 목소리가 울렸다.

'그런 짓 하면 안 돼, 자기야.'

그는 엔터 키에 손가락을 가져갔다. 창밖을 봤다. 경찰들은 당장이라도 문을 열 것 같았다. 심호흡을 한 후 조지는 엔터 키를 눌렀다.

42

그때 나나오는 조금 떨어진 곳에서 경찰들을 지켜보고 있었다. 경찰들이 조사하는 곳은 병원 부지 내에 세워진 수전반실이었다. 안에는 2개의 수전반이 들어 있다고 했다. 전력회사에서 전기를 공급받는 시설이다.

경찰 한 명이 문을 연 순간, 요란한 폭음과 함께 안에서 회색 연기가 분출했다. 붉은 불꽃도 보였다. 문을 연 경찰은 뒤로 날아갔다.

"떨어져! 폭발물이야!"

한 경찰이 외쳤다.

이어서 두 번째 폭음이 들렸다. 수전시설은 불꽃과 연기에 휩싸였다.

그와 동시에 나나오의 배후에서 웅성거림이 일었다. 돌아보니 병원에서 사람들이 쏟아져 나오는 참이었다.

"가까이 오지 마세요. 가까이 오지 마세요!"

나나오가 외쳤다. 건물이 불타는 모습에 사람들이 다가오고 있었기 때문이다.

병원에서 사카모토가 뛰어나왔다. 나나오를 발견하고 달려왔다.

"무슨 일인가요?"

"수전시설이 폭파되었어. 병원 안은 어때?"

"정전입니다. 일부를 제외하고 아주 깜깜합니다."

"계장님께 연락해서 지원 좀 보내달라고 해."

"선배님은요?"

"수술실 좀 보고 올게."

나나오가 병원 안으로 들어가자 대기실이 소란스러웠다. 협박 사건의 영향으로 병원을 찾은 사람들이 평소보다 적을 텐데도 나나오의 눈에는 몹시 북적거렸다.

사람들은 무슨 일이 일어났는지 전혀 모르는 듯했다. 화재인 것 같다고 이야기하는 여자들 옆을 지나 나나오는 안쪽으로 들어갔다.

엘리베이터가 멈춰 있었다. 휠체어에 탄 남성이 엘리베이터를 사용할 수 없어 난처해하자 간호사가 말을 걸어 어딘가로 안내했다. 정전 때도 사용할 수 있는 엘리베이터가 있는 모양이었다.

나나오는 계단으로 뛰어 올라갔다. 머릿속으로는 지금까지 이 범행을 예측하지 못한 자신의 우둔함을 저주했다. 수술실로 들어가지 않고 수술을 방해하려면 이 수밖에 없었던 것이다.

수술실이 있는 층에 거의 다다랐을 때 그는 돌연 걸음을 멈췄다. 문득 한 가지 의문이 고개를 들었기 때문이다.

왜 그 타이밍에 수전시설이 폭발한 것일까.

경찰이 문을 엶과 동시였다. 그러므로 그때는 그런 장치가 되어 있던 것이라 믿어버렸다. 하지만 지금 돌이켜 생각해보니 폭발이 일어난 것은 문을 연 순간이 아니었다. 오히려 문을 연 후였다. 장치를 설치해두었다면 한 템포 빨리 폭발하지 않았을까.

애초에 문에 장치를 해두는 것은 의미가 없는 짓이다. 그렇게 해두면 언제 폭발이 일어날 지 알 수 없기 때문이다. 범인으로서는 시마바라가 수술을 받는 중에 폭발하게 할 수 없을 바에는 폭발물이 발견되는 편이 나을 것이다.

그렇다면…….

"선배님!"

계단에 잠시 멈춰 서 있는 나나오의 사고를 가로막듯이 위에서 목소리가 들려왔다. 올려다보니 노구치라는 후배 형사가 계단을 내려오는 중이었다. 수술실 주변을 지키고 있었을 터였다.

"수전시설이 폭파되었다던데요. 아래 상황은 어떻습니까?"

"큰 혼란은 일어나지 않았어. 위에는 어때?"

"간호사들이 좀 당황하고 있습니다만 특별한 문제는 없는 것 같습니다. 이런 병원에는 정전이 되어도 문제가 생기지 않도록 자가발전 장치가 있는 듯합니다. 중요한 기기 같은 건 그것으로 움직이고 있다고 합니다."

"그럼 수술실도 괜찮은 거로군."

나나오의 물음에 노구치는 깊숙이 고개를 끄덕였다.

"무정전 전원이 확보되어 있어 수술을 속행하는 데는 문제없다고 합니다."

"다행이군." 그래도 일단 안심이 되었다. "그 자가발전 장치는 어디에 있지?"

"지하에 있다고 합니다. 일단 그쪽도 봐두어야 할 것 같아서 지금 가고 있는 중입니다."

"전문가도 오라고 해."

"연락했습니다. 벌써 그쪽으로 가고 있을 겁니다."

"알았어. 빨리 가봐."

노구치를 보내고 나나오는 그대로 계단을 올라갔다. 복도는 어둡지만 비상등이 켜져 있었다. 중환자실이라고 쓰인 방에서 한 간호사가 나오는 참이었다. 그녀가 간호사실에서 나온 또 한 명의 간호사를 불렀다.

"마세 씨한테는 아직도 연락이 안 되는 거야?"

"휴대전화 전원이 꺼져 있는 것 같아요."

"그게 무슨 말이야?"

그녀는 얼굴을 찡그렸다.

나나오는 그녀에게 다가갔다. 가슴의 명찰에 '스가누마'라고 쓰여 있었다.

"저기, 마세 씨한테 무슨 일이 있는 건가요?"

이렇게 말하면서 경찰수첩을 보여주었다.

스가누마 간호사는 순간 놀란 얼굴이었지만 곧바로 침착함을 되찾은 것 같았다.

"정전 탓에 여러 가지로 일손이 부족해요. 그래서 일하러 나와 달라고 하려고요. 마세 씨, 오늘 야간 근무지만요. 저기, 이제 됐나요? 자리를 비울 수 없어서요."

"아, 죄송합니다."

스가누마 간호사는 잰걸음으로 복도를 지나 다시 중환자실로 들어갔다.

나나오는 휴대전화를 들고 계단을 뛰어 내려갔다. 도중에 의사나 간호사 몇 명과 엇갈려 지나쳤다. 모두 긴장된 표정이었다.

1층으로 내려가자 방송이 흘러나오고 있었다. 누군가 수전반을 파괴하여 오늘 진료는 중지한다는 내용이었다. 대기실에 있던 사람들이 웅성웅성하면서 현관을 향해 걸어 나가고 있었다.

나나오는 그들을 헤치면서 밖으로 나갔다. 이미 소방차가 도착해 있었다. 수전반에서는 연기가 나고 있었지만 불꽃은 사라진 것처럼 보였다.

나나오가 휴대전화로 전화를 걸었다. 상대는 혼마였다.

"나야. 그 후론 어때?"

"자가발전 장치가 있어서 수술은 속행되고 있습니다. 계장님은 지금 어디 계세요?"

"그쪽으로 가고 있어."

"마세 노조미는요?"

"중앙서에. 계속해서 사정 청취를 하고 있을 거야."

"계장님, 마세 노조미를 돌려보내주세요. 이제 그 여자는 필요 없잖아요."

"그런 건 알 수 없잖아. 왜 그런 말을 하는 건데?"

"그녀를 필요로 하는 사람들이 있어서요. 그녀는 간호사입니다. 지금 이 병원에 필요한 사람입니다. 부탁드려요."

혼마는 대답하지 않았다. 뭘 꾸물대고 있는 거야, 하는 생각에 짜증이 났다.

"계장님!"

"알았어." 이제야 목소리가 들렸다. "중앙서에 연락하지. 그럼 됐지?"

"감사합니다. 그리고 또 한 가지가 있습니다."

"이번엔 또 뭐야?"

"병원 주변의 건물을 조사하게 해주십시오. 나오이 조지는 이 근처에 있습니다. 거기서 이 병원을 지켜보고 있을 겁니다."

43

"이쪽은 문제없습니다."

마취기와 생체정보 모니터를 확인하고 사야마가 침착하게 말했다.

"이쪽도 괜찮습니다."

인공심폐기를 조작하면서 임상공학 기사인 다무라도 말했다.

수술실 내에 안도하는 분위기가 퍼져나갔다. 유키도 한숨을 내쉬고 시선을 수술대로 돌렸다.

시마바라의 심장은 이미 드러나 있었다. 흉골은 전기톱으로 세로로 절개되었고, 늑골은 크게 벌려져 있었다. 심장을 덮고 있는 심막도 이미 절개된 후였다.

인공심폐기에서 혈액을 보내는 튜브가 오른쪽 대퇴부의 동맥과 오른쪽 쇄골하동맥에 삽입되어 있었다. 반대로 전신에서 심장으로 돌아오는 혈액을 인공심폐기로 들여보내는 튜브는 우심방에 삽입되어 있는 상태였다. 다시 말해 시마바라의 혈액순환은 완전히 인공심폐기에 맡겨져 있었다.

체온은 이미 25도 가까이까지 내려가 있었다. 심장은 벌써 심실세동 상태였다.

상행대동맥과 궁부대동맥은 어린아이 주먹만 한 크기로 부풀어 있었다. 원래는 2센티미터쯤 되는 것이라 이대로 내버려두면 틀림없이 파열될 것이다. 이런 상태라는 것은 지금까지의 검사 등으로 확실히 알고 있었지만, 실제로 눈으로 보니 그 비정상적인 모습에 유키는 놀라 숨이 멎는 것 같았다.

그렇게 부풀어 오른 혈관을 인공혈관으로 교체하는 것이 이번 수술의 목적이었다.

궁부대동맥에서는 뇌 등으로 가는 혈관이 세 줄기로 갈라진다. 그중 하나라도 상처를 입으면 단숨에 시마바라의 생명은 위험에 처하게 된다. 보이는 부분만이 아니라 심장의 안쪽 상태에도 주의를 기울여야 한다.

유키는 아버지를 떠올렸다.

그런데 정작 니시조노가 메스를 갖다 대려는 순간 이상사태가 발생했다. 수술실의 조명이 아주 짧은 순간 꺼졌다 켜진 것이다.

정전이다, 라고 처음에 말한 이는 다무라였다.

실제로 몇 초 동안은 몇몇 전기기기가 작동하지 않았다. 다만 그것들은 수술에 그다지 중요한 기기가 아니었다.

얼마 후 밖에서 다른 간호사가 들어와 상황을 설명해주었다. 수전시설 사고로 외부로부터 전력을 받을 수 없게 되었다는 이야기였다. 하지만 자가발전으로 교체되었기 때문에 주요 설비는 문제없이 작동할 수 있는 듯했다. 사실 일단 작동하지 않게 된 전기 기기도 그때는 사용할 수 있게 되었다.

인공심폐기나 마취기가 한 번도 정지하지 않았던 것은 무정전 전원에 연결되어 있기 때문이라고 다무라가 설명해주었다. 자가발전 장치가 가동할 때까지의 시간 차이를 무정전 전원 장치가 메워준다는 것이다.

조명인 무영등도 무정전 전원의 공급을 받고 있는데, 교체될 때 전압이 미묘하게 바뀌기 때문에 순간적으로 꺼진 듯이 느낀 걸 거라고 다무라가 말했다. 그도 정전은 처음 겪는 듯했다.

니시조노는 잠깐 상황을 지켜보자고 말했다. 그래서 다무라와 사야마가 각각 담당 기기를 확인해나갔다.

그들은 그럭저럭 문제가 없다고 판단한 모양이었다.

전기 메스를 손에 든 니시조노가 말없이 모토미야와 간호사, 그리고 유키에게 눈짓했다. 의사를 확인하는 눈이었다.

전원이 눈짓을 보내며 서로 고개를 끄덕였다. 수술을 속행하기로 결정한 것이다.

하지만 유키는 불안했다. 수전시설 사고란 대체 어떤 것일까. 나나오의 말이 다시 뇌리를 스쳤다. 시마바라 소이치로의 수술

중에 사고라니 그런 우연이 있을까. 역시 누군가가 계획한 일이 아닐까.

그러나 그것을 여기서 입 밖에 낼 수는 없다. 모두 불안해하고 있을 것이다. 수술을 속행하기로 한 이상 쓸데없는 일은 생각해서 안 된다. 하물며 집도하는 사람의 마음을 어지럽히는 발언을 해서는 절대 안 된다.

니시조노의 손이 심장으로 다가가고 있었다.

44

감식반의 베테랑인 가타오카가 검은색 플라스틱 파편을 손바닥에 올려놓고 나나오 등에게 보여주었다.

"휴대전화 부품이네요."

"휴대전화?"

혼마가 되물었다.

"그래요. 휴대전화를 이용한 기폭 장치입니다. 여기에 전화를 걸면 벨이 울리는 대신 폭발이 일어나는 겁니다. 그러니까 범인은 어디에 있어도 된다는 거죠. 예전에 무선호출기를 개조한 기폭 장치를 본 적이 있습니다. 무선호출기가 없어지니까 이번에는 휴대전화라……. 나쁜 놈들의 기술도 진화해가는 거지요."

"간단히 만들 수 있는 건가?"

혼마의 질문에 가타오카는 어깨를 으쓱해 보였다.

"아마추어한테는 무리겠지요. 하지만 나나오의 이야기로는 범인이 전자기기 전문가인 것 같다니까요."

"그렇다면 가능하다는 말인가?"

"뭐, 그렇지요. 오히려 폭발물이 더 힘들지 않았을까요?"

"다이너마이트 아닌가요?"

나나오가 물었다.

"다이너마이트라면 이 정도로 끝나지 않았겠지."

가타오카는 손으로 뒤쪽을 가리켰다.

수전시설이 있던 작은 건물은 새까맣게 타버렸지만 무너진 것은 아니었다. 가타오카의 이야기로는 수전반의 전면만 파괴되었을 뿐 본체의 손상은 그다지 심하지 않은 듯했다. 그래도 전력을 받을 수 있게 복구하려면 최소한 한나절은 걸릴 거라고 했다.

"하지만 불길이 엄청나게 치솟았는데요."

나나오는 목격한 이야기를 했다.

"그건 아마 휘발유일 거야. 폭발물과 함께 놓여 있지 않았을까?"

"그럼 폭발물은요?"

"수제일 거야." 가타오카가 말했다. "잔류물 성분을 조사해보지 않고는 뭐라 말할 수 없지만, 염소산이나 과망간산칼륨 같은 것에 설탕만 섞어도 어지간한 폭발물은 만들 수 있으니까. 폭발 정도를 보면 그런 게 아닌가 싶어."

"재료는 일반인이라도 손에 넣을 수 있는 건가?"

혼마가 물었다. 그는 이 범행이 아마추어의 짓이라는 게 얼른 믿기지 않는 모양이었다.

"제조사의 기술자라면 손에 넣을 수 있지 않을까요. 게다가 과망간산칼륨이라면 약국 같은 데서도 구할 수 있고요."

"난감하군."

혼마는 잔뜩 찌푸린 표정을 지었다. 아마추어가 이 정도까지 할 수 있으리라고는 예상하지 못한 모양이었다. 하지만 나나오는, 이제 와서 새삼스럽게 무슨, 하는 느낌이었다. 지난번 발연통 소동을 겪은 나나오는 이 범인이 보통내기가 아니라고 여기고 있었다.

계장님! 하고 부르는 소리에 나나오는 뒤를 돌아보았다. 같은 부서의 하야시라는 젊은 형사가 달려왔다.

"나오이의 최근 사진을 입수했습니다. 사원증 사진과 같은 거라고 합니다."

하야시는 들고 있던 갈색 봉투에서 사진 한 장을 꺼내 혼마에게 보여주었다.

나나오도 옆에서 들여다보았다. 넥타이를 맨 나오이가 찍혀 있었다.

"확대 인화한 건가?"

혼마가 물었다.

"컬러로 복사했습니다."

"좋아. 탐문수사를 하는 사람들한테 나눠 주게. 가능한 한 새로운 사진이 더 확실할 테니까."

"나한테도 한 장 주게." 나나오가 하야시에게 말하고 같은 사진을 받아 들었다. "저도 탐문하러 나가보겠습니다."

나나오의 제안대로 이미 형사 몇 명이 병원 주변을 샅샅이 훑고 있었다.

"아니, 자네는 여기 남게."

혼마가 말했다.

"왜요?" 나나오는 입가가 일그러지는 것을 느꼈다. "수사에서 빠지라는 말인가요?"

"그게 아니야. 이번 사건에 대해서는 자네가 가장 잘 파악하고 있잖아. 그러니까 내 옆에 있으면서 이것저것 의견을 내라, 그 말이야."

나나오는 의외라는 생각에 혼마의 얼굴을 쳐다봤다.

"그래도 되는 건가요?"

"미리 말해두겠는데, 어떻게든 처분은 내릴 거니까, 우쭐대지는 마."

"그건 알고 있습니다."

"이제 곧 관리관이 도착할 거야. 정보 좀 정리해두지."

그렇게 말하고 혼마가 걸음을 옮겼을 때 휴대전화가 울렸다.

"혼마다. 무슨 일이야 ……뭐라고? 틀림없어? ……응, 폴라 호텔이지?" 휴대전화를 귀에 댄 채 혼마는 먼 곳으로 시선을 향했다. "응, 여기서도 보여. ……그래? 알았어. 바로 지원을 보낼 테니까 그대로 있어."

전화를 끊은 혼마는 시선을 나나오에게 돌렸다. 눈에는 약간 핏발이 서 있었다.

"나오이가 묵고 있는 호텔이 발견됐어."

나나오는 눈을 크게 떴다.

"정말입니까?"

"자신에게 수사의 손길이 다가올 거라고는 꿈에도 생각하지 않고 있나 봐. 본명으로 묵고 있는 모양인데. 호텔 직원한테 사진을 보여줬더니 아마 틀림없을 거라고 했다는군."

"본명으로……."

"나나오, 가 봐. 사카모토들도 뒤따라 보낼 테니까. 폴라 호텔이야. 장소는 알지? 아마 저 호텔일 거야."

혼마는 멀리 보이는 회색 건물을 가리켰다. 폴라 호텔이라는 간판이 보였다. 비즈니스호텔 같았다.

"알겠습니다."

나나오는 가장 가까이 세워진 순찰차를 향해 뛰어갔다.

그는 호텔에서 수십 미터 떨어진 장소에서 순찰차에서 내렸다. 호텔에서 내려다볼 수 없는 위치였다. 나오이 조지가 병원과 함께 주위 도로까지 살피고 있을지도 몰랐기 때문이다.

호텔의 정면 현관을 지나자 조그마한 로비가 나왔다. 거기에 낯익은 얼굴이 있었다. 데라사카라는 후배 형사였다. 지금까지는 탐문수사를 하고 있었을 것이다.

"다른 사람은?"

나나오가 물었다.

"나오이가 묵는 층에 있습니다. 복도에서 대기하고 있을 겁니다."

"나오이는 방에 있는 거야?"

"모르겠습니다. 계장님의 지시를 기다리는 중입니다."

"사카모토들도 올 거야. 그때 쳐들어가게 되겠지. 나오이의 얼굴을 봤다는 호텔 직원은?"

"저 사람입니다."

데라사카는 프런트를 가리켰다.

나나오는 프런트로 다가가 경찰수첩을 제시했다. 길쭉한 얼굴의 호텔 직원이 살짝 고개를 끄덕였다. 긴장한 표정이었다.

"이 사람이 왔을 때의 상황을 들려주시겠습니까?"

사진을 보여주면서 나나오가 물었다.

"아까도 말씀드렸습니다만, 특별히 인상에 남아 있지는 않습니다. 숙박일지에 이름을 적었을 뿐이고요."

"예약은 언제 했습니까?"

"지난주 금요일입니다."

"방에 대해 무슨 주문 같은 건 없었습니까?"

"아니요, 특별히 그런 건 없었습니다. 가장 평범한 싱글룸에 묵고 있습니다."

호텔 직원은 경찰이 쫓고 있는 인물에게 경어를 써야 할지 말아야 할지 다소 망설이는 것 같았다.

"어젯밤에 왔을 때 무슨 짐 같은 건 없었습니까?"

"여행가방을 갖고 있었던 것으로 기억하고 있습니다만, 확실하다고는……."

"방에서 전화는 걸었습니까?"

"그것에 대해서도 아까 다른 형사님이 물으셔서 확인해봤습니다만, 전화는 쓰지 않았습니다."

"당신이 방까지 안내했습니까?"

"아니요, 저희 호텔 같은 데서는 대체로 손님한테 열쇠만 넘겨드립니다."

"방을 들락거리지는 않았습니까?"

"죄송합니다. 제가 계속 여기에 있었던 게 아니라서 거기까지는 좀……."

나나오는 고개를 끄덕였다. 이 호텔 직원에게서 유익한 정보를 기대하는 건 무리라고 판단했다.

사카모토가 정면 현관으로 들어왔다. 경찰 몇 명을 대동하고 있었다. 밖에도 있을 것이다.

"지시가 떨어졌습니다. 덮치라고 합니다."

"좋아, 가볼까?"

사카모토에게 신호를 보내고 나나오는 엘리베이터로 향했다.

나오이가 묵고 있는 방은 5층이었다. 5층 복도로 나가자 형사 두 명이 있었다. 나오이의 방에 특별히 이상한 점은 없다고 했다.

사카모토도 몇 명의 경찰들을 데리고 올라왔다.

"호텔 현관과 뒷문은 봉쇄했습니다."

"좋아, 그럼 여기는 비상구와 계단에 사람을 세워두기로 하지."

적당한 위치에 경찰들을 배치한 후 나나오는 사카모토가 데려온 경찰들과 쳐들어갈 순서를 의논했다. 나나오가 문을 두드리기로 했다.

"계장님의 지시입니다. 아직 병원 어딘가에 폭발물이 설치되어 있을 우려가 있으니 나오이가 될 대로 되라는 심정으로 스위치를 누르지 못하도록 주의하라고 합니다."

사카모토가 말했다.

"알았어. 하지만 아마 괜찮을 거야. 나오이는 그런 유형이 아니야."

"그걸 어떻게 압니까?"

"금방 뚜껑이 열리는 사람은 이번과 같은 범행은 생각해내지 못해. 그런 사람이라면 진작 칼을 들고 시마바라의 병실로 뛰어들었겠지."

"그러면 다행일 텐데요."

"그걸 바랄 수밖에 없어. 자, 간다."

나나오는 사카모토가 데려온 경찰들과 함께 방으로 다가갔다. 조용히 심호흡을 하고 문을 두드렸다.

하지만 대답이 없었다. 다시 한 번 두드렸으나 마찬가지였다.

"들어갈까요?"

조그만 소리로 말하면서 사카모토는 열쇠를 건넸다. 호텔의 마스터키인 듯했다.

나나오가 고개를 끄덕이자 사카모토는 열쇠를 열쇠구멍에 넣었다. 그대로 문을 밀어 열었다.

사카모토의 뒤를 따라 나나오도 방으로 들어갔지만 그곳에 나오이는 없었다.

나나오는 바로 옆에 있는 욕실 문을 열었다. 하지만 거기에도 없었다.

텔레비전은 켜진 채였고, 책상 위에는 노트북이 놓여 있었다. 침대 위에 여행가방이 놓여 있었다.

"도망갔나?"

사카모토가 입술을 깨물었다.

"그런 건 아닐 겁니다. 이쪽의 움직임을 알았을 리가 없습니다. 설령 알았다고 해도 도망갈 틈이 없었을 겁니다."

데라사카가 말했다.

"그럼 우연히 외출한 건가……."

사카모토가 미간을 찌푸렸다.

"사카모토, 계장님께 연락해. 나오이가 나갔다면 작전 변경이다. 돌아올 때까지 잠복한다."

"알겠습니다."

사카모토는 휴대전화를 꺼냈다.

나나오는 실내를 둘러보았다. 이 방에서 나오이는 병원을 지켜보고 있었단 말인가.

창문으로 밖을 내다보니 확실히 데이도 대학병원의 부지 내부가 훤히 내려다보였다. 쌍안경이라도 있으면 더 완벽할 것이다. 수

전시설도 보였다. 경찰이 조사하는 걸 보고 서둘러 폭파시켰다고
볼 수 있었다.

　그러나……

　뭔가 이상하다고 나나오는 느꼈다. 뭔가 잘못되어 있는 것 같
았다.

45

조지는 노트북을 노려보고 있었다. 거기에는 세 개의 단어가 나란히 떠 있었다. 'DOOR', 'BAG', 'KEYBOARD'였다. 그리고 'DOOR' 옆에는 이미 'ON'이라는 글자가 표시되어 있었다. 불과 몇 분 전 노트북에 경고음과 함께 이 화면이 떴다.

이것이 의미하는 바는 하나다. 폴라 호텔에 확보된 방의 문을 누군가 열었다는 것이다. 그 방문에는 눈에 띄지 않도록 센서를 달아놓았다. 문이 열리면 센서가 방에 놓인 컴퓨터로 신호를 보내게 되어 있다. 그러면 컴퓨터는 장치 내부에 설치해둔 휴대전화를 통해 지금 조지 앞에 있는 노트북으로 그것을 전하도록 프로그램이 되어 있다.

누군가 문을 열었단 말이군.

어쩌면 호텔 사람인지도 모른다. 방은 이틀을 묵기로 예약해두었다. 체크인을 할 때 방 청소는 하지 않아도 된다고 프런트 직원에게 말해두었는데 제대로 전달되지 않았을 가능성도 있다.

조지는 창문으로 다가가 쌍안경을 들었다. 다만 이번에는 병원이 아니라 더 먼 곳에 있는 호텔에 초점을 맞췄다. 폴라 호텔이다. 하지만 쌍안경으로는 각 방의 상황까지 관찰할 수는 없었다. 호텔 주변에 순찰차가 세워져 있는지 아닌지도 확인할 수 없었다.

혀를 찼을 때 노트북에서 다시 경고음이 울렸다. 화면을 보니 'BAG' 옆에도 'ON'이라는 글자가 표시되어 있었다.

침대 위의 가방이 열렸단 말이군.

가방이 열리는 곳에도 센서를 달아놓았다. 지퍼를 열면 신호를 보내는 장치였다.

틀림없다고 조지는 확신했다. 방에 침입한 것은 경찰이다. 나오이 조지가 숙박하고 있다는 것을 알고 폴라 호텔로 달려간 것이다.

경찰이 어떻게 자신을 밝혀냈을까. 노조미에게서 걸려 온 전화를 떠올렸다. 그녀가 제보한 것일까? 하지만 노조미도 자신의 계획에 대해서는 아무것도 모를 터였다.

조지는 고개를 가볍게 한 번 흔들었다. 경찰이 어떻게 알았는지는 아무래도 좋았다. 이번 일을 계획했을 때부터 수사의 손길이 자신을 향해 다가오는 것은 각오하고 있었고, 만일 그렇게 된 경우에도 범행을 중단하지 않아도 되도록 대책을 강구해두었다.

그것이 폴라 호텔이라는 트릭이었다.

조지가 범인이라는 것을 알게 되면 경찰은 반드시 병원 주변을 샅샅이 뒤질 것이다. 그를 지목했다는 것은 범행의 목적이 시마바라 소이치로의 수술을 방해하는 것임을 간파했다고 봐야 했다.

조지는 경찰의 수사가 어느 정도 진전되었는지 알 방도가 없다. 그래서 폴라 호텔을 준비한 것이다. 본명으로 방을 잡아두었으므로 경찰이 그를 쫓고 있다면 수사원들이 바로 찾아낼 것이다. 반대로 그 방이 발견되지 않는다면 경찰은 나오이 조지라는 이름까지 도달하지 못했다는 이야기가 된다.

조지는 물론 후자이기를 빌었다. 지금까지 큰 실수를 한 기억은 없으니, 그렇게 될 가능성이 높다고 믿고 있었다.

하지만 그런 생각은 너무 안이했던 모양이다. 매스컴의 보도만 봐서는 수사당국은 아주 엉뚱한 방향으로 가고 있는 듯했는데, 그 뒤에서 착착 진상을 향해 다가가고 있었던 모양이었다. 아리마 자동차의 결함 차량으로 인한 피해자 중 아무 보상을 받지 못하고 그 피해 내용조차 보도되지 않은 사람이 있다는 사실을 수사원 중 누군가가 알아낸 모양이었다.

경찰이 자신을 쫓고 있다는 것을 알게 되자 조지는 초조함을 느끼고 낙담했다. 가령 범행이 순조롭게 진행된다고 해도 지명수배를 당하고 언젠가는 체포될 것이다. 살인죄가 적용될 것이다. 만약 그렇게 된다면 오랜 세월을 형무소에서 살아야 한다. 그런 생각을 하자 각오하고 있던 일임에도 절망감에 휩싸였다.

물론 그렇다고 여기에서 범행을 중단할 생각은 없었다. 하루나를 잃은 그 순간부터 그보다 훨씬 커다란 절망감을 안고 살아왔다. 시마바라 소이치로가 있는 곳을 알아내 폭발물을 안고 같이 폭사해버릴까 하는 생각을 한 적도 있었다.

체포를 두려워해서는 안 돼, 조지는 스스로를 타일렀다. 한편 경찰이 자신의 범행이라는 걸 알아챘다고 생각하자 마음의 상처가 얼마간 치유된 듯한 기분마저 들었다.

경찰은 이제 모든 것을 알고 있을 것이다.

간바라 하루나의 죽음에 대해 매스컴은 거의 아무것도 보도하지 않았다. 전혀 관심이 없는 것 같았다. 그렇게 어처구니없이 죽었는데도 아무도 규탄받지 않았고, 조지 등의 슬픔을 받아주는 곳도 아무 데도 없었다. 시마바라 소이치로는 책임을 지지 않고 회사에 그대로 눌러앉아 있다. 피해자 모임과의 합의가 성립하면 그것으로 모든 것이 끝난 것이라 생각하고 있다. 세상 사람들도 아리마를 공격하는 데 지친 것 같았다.

하지만 경찰은 그렇지 않았다. 아리마의 결함 차 소동 이면에 어떤 비극이 있었는지를, 적어도 이번 사건에 관련된 경찰관들은 알 것이다. 그렇기에 나오이 조지라는 평범한 회사원이 범인이라는 걸 밝혀낼 수 있었을 것이다. 그가 얼마나 원통한 마음으로 살고 있는지를 아는 것이다.

한심한 이야기다, 조지는 자학적으로 웃었다. 그런 일로 구원이라도 받은 것처럼 생각해서 뭘 어쩌자고.

그때 컴퓨터에서 세 번째 경고음이 들렸다. 'KEYBOARD'가

'ON'이 되어 있었다. 그는 혀로 입술을 축였다.

폴라 호텔에 놓아둔 컴퓨터의 키보드를 누군가 만졌다는 의미였다.

조지는 나갈 준비를 시작했다. 무슨 목적으로 어떤 키를 눌렀는지는 모르지만, 컴퓨터의 감시 프로그램이 발견되는 것도 시간문제일 것이다. 다만 그때까지는 아직 시간 여유가 있다. 형사들은 폴라 호텔의 방이 위장임을 아직은 모를 것이다.

조지는 쌍안경으로 병원의 상황을 살폈다. 경찰들이 쉴 새 없이 드나들고 있었다. 다만 그 움직임에는 아직 여유가 있었다. 병원의 자가발전 시스템이 가동되고 있을 것이고 병원에 큰 혼란은 생기지 않았을 것이다.

하지만 느긋하게 있을 수 있는 것도 지금뿐이다.

그는 컴퓨터의 다른 프로그램을 실행시켰다. 병원에 설치한 두 번째 시스템을 작동시킬지 말지를 결정하는 것이다.

컴퓨터가 물었다. '예스'인가 '노'인가.

그는 손가락을 엔터 키에 가져갔다.

46

"특별히 아무것도 남아 있지 않네요." 컴퓨터를 만지던 데라사카가 돌아보며 나나오 등에게 말했다. "메일 소프트웨어에도 기록이 없습니다. 텍스트파일도 없고요."

"그게 무슨 말이야?"

나나오가 물었다.

"저도 컴퓨터에 대해 잘 아는 게 아니라서 뭐라 말할 수는 없지만, 나오이는 이 컴퓨터로 보통 사람들이 하는 일을 하지 않았다는 뜻입니다. 통상은 인터넷에 접속하거나 메일을 보내거나 하잖아요. 그리고 워드프로세서를 사용하기도 하고요."

"그런 것을 한 흔적이 없다는 말이야?"

사카모토가 물었다.

"그렇습니다. 전문가가 하드디스크를 살펴보면 알 수 있겠지만, 뭔가 특수한 방식으로 사용한 건지도 모르겠습니다."

데라사카는 고개를 갸우뚱했지만, 나나오는 뭐라고도 말할 수 없었다. 그도 컴퓨터에 대해 아무것도 모르는 것이나 마찬가지였다.

"그 컴퓨터로 폭발물을 조작하고 있는 게 아닐까?"

감식반 가타오카의 이야기를 떠올리고 물어보았다.

"그럴지도 모릅니다." 데라사카가 대답했다. "다만 저는 확인할 수가 없습니다."

나나오는 침묵했다. 나오이가 돌아올 것이라 생각하고 조금 전부터 사카모토나 데라사카와 함께 이 방에서 기다리고 있었다. 다른 형사들도 호텔 안팎에서 계속 감시하고 있을 터였다. 아무리 생각해도 이 방식이 잘못되었다고는 여겨지지 않았다. 하지만 그는 왠지 마음이 편치 않았다. 어처구니없는 착각을 하고 있는 것 같았다.

"사카모토, 계장님께 연락해서 감식반 좀 불러 달라고 해."

"감식반요? 하지만 이 호텔에 경찰이 출입하는 걸 나오이가 알게 되면……."

"들키지 않게 오도록 해야지. 그리고 이 컴퓨터를 조사하도록 해. 뭔가 중대한 의미가 있는 것 같거든."

사카모토는 나나오와 책상 위의 컴퓨터를 번갈아 본 다음에 고개를 끄덕였다.

사카모토가 전화를 거는 동안 나나오는 실내를 다시 한 번 둘러보았다. 어젯밤 나오이는 이 방에 묵은 듯 침대를 사용한 흔적이 있었다. 베개에는 머리카락이 남아 있었다.

조금 전에 확인했을 때 침대 위에 놓여 있던 여행가방 안에는 특별한 게 없었다. 편의점에서 산 것으로 보이는 속옷과 양말, 그리고 주간지 두 권뿐이었다.

이 방을 놔두고 나오이는 어디로 간 것일까.

설마 돌아오지 않을 생각은 아니겠지, 하는 불안감이 머리를 스쳤다. 수전시설을 폭파시킬 때까지는 여기에 있었지만 그 후 이동했다고도 볼 수 있지 않을까. 그렇다면 왜 이동한 것일까. 왜 여기에 남아 있지 않았을까.

창문으로 다가가 밖을 내다보았다. 병원의 상황은 멀어서 잘 알 수가 없었다.

시선을 살짝 아래로 내리니 정면에 빌딩이 보였다. 옥상이 잘 보였다. 무슨 회사인 듯했다.

문득 한 가지 의문이 고개를 들었다.

"데라사카, 호텔 사람 좀 오라고 해. 프런트에 있는 사람이 좋을 거야."

나나오가 말했다.

데라사카가 나가는 것과 사카모토가 전화를 끊은 것은 거의 동시였다.

"컴퓨터에 정통한 사람을 보낸답니다."

"병원 쪽에 특별한 일은 없어?"

"지금까지는 아무 일도 없는 것 같습니다. 수술도 순조롭게 진행되고 있는 것 같답니다."

그 말을 듣고 나오으는 더 한층 가슴이 두근거렸다. 수술에 지장이 없다는 것은, 조금 전의 폭파로는 나오으이의 목적이 달성되지 않았음을 의미했다. 자가발전 시스템이 있다는 것을 몰랐던 것일까. 설마 그런 일은 없으리라고 나오으는 생각했다. 나오으이는 노조미를 통해 다양한 정보를 얻고 있었다. 그 전에 병원의 전력공급 시스템이 어떻게 되어 있는지 충분히 조사했을 것이다.

문이 열리고 데라사카가 호텔 직원을 데리고 들어왔다. 프런트에 있던 남자였다.

"나오으이는 방의 형태에 대해 아무런 요구도 하지 않았다고 한 거 맞죠?"

나오으는 곧바로 물어봤다.

"그렇습니다. 그러니까 이 방을……."

"층수는 어떻습니까?"

"층수요?"

"몇 층 이상의 방으로 해달라든가 같은 요구도 없었습니까?"

"예. 없었습니다."

"그럼 이 방이 된 것은 우연이라는 말이군요. 경우에 따라서는 더 아래층 방이 될 수도 있었겠네요."

"물론입니다."

"가장 낮은 층은 몇 층입니까? 싱글룸이 있는 층 중에서 말입니다."

"그건…… 3층입니다."

"3층이라……."

나나오는 창문으로 밖을 내려다보았다.

사카모토가 옆으로 다가와 똑같이 내려다보았다.

"선배님, 만약 3층 방이라면 병원이 안 보이지 않을까요?"

"나도 그렇게 생각해."

"3층으로 가서 확인하고 오겠습니다."

"아니, 그럴 필요까진 없어."

나나오는 창문에서 물러났다. 그리고 옆에 있는 탁자를 주먹으로 내리쳤다.

"선배님……."

"당했다. 이 방은 눈속임이야. 나오이는 다른 곳에 있어. 처음부터 여기에 없었던 거야. 체크인하고 방을 사용한 것처럼 보이게 한 후에 다른 장소로 이동한 거지. 병원을 한눈에 내려다볼 수 있는 곳으로."

"설마요, 왜 그런 짓을……."

"굉장히 신중한 놈이야. 게다가 무슨 일이 있어도 이 범행을 끝까지 해내려 하고 있어. 만약 자신이 범인이라는 게 들통이 나더라도 경찰의 방해를 받지 않으려고 이런 속임수를 준비해두었을 거야."

사카모토가 휴대전화를 꺼냈다. 혼마에게 보고할 생각일 것이다. 이 방이 발견됨으로써 주변의 탐문수사도 중단되었다. 하지만 이곳이 속임수라면 다시 수사원들을 보내 탐문수사를 계속해야 한다.

나나오는 입구를 향해 걸어갔다.

"선배님, 어디 가십니까?"

사카모토가 물었다.

"병원으로 돌아간다. 계장님께 보고하는 건 부탁해."

나나오는 부리나케 방을 뛰쳐나가 엘리베이터를 탔다. 감쪽같이 속았다는 분통과 나오이의 강렬한 복수심에 대한 놀라움이 마음속에 혼재해 있었다. 저런 방을 준비해두었다는 것은, 나오이가 체포를 두려워하지 않고 있다는 뜻이다. 잡히기 전까지는 계속해서 시마바라의 목숨을 노릴 것이다.

호텔 로비에서 대기하고 있던 경찰에게 차로 병원까지 데려다 달라고 부탁했다. 이유를 설명할 여유가 없었다.

병원에 거의 다다랐을 때에야 나나오의 휴대전화가 울리기 시작했다.

"사카모토입니다." 그의 목소리가 날카로워져 있었다. "당했습니다."

"무슨 일이야?"

나나오의 목소리도 잠겼다.

"조금 전에 자가발전 시스템이 정지했다고 합니다. 완전한 정전입니다."

47

　나나오가 병원으로 뛰어 들어가자 간호사와 손전등을 든 경찰들이 우왕좌왕하고 있었다. 조명은 비상등을 제외하고 모두 꺼져 있었다. 여기저기에서 고함이 난무했다.

　안쪽 계단을 오르내리는 경찰이 보였다. 나나오는 자가발전 장치가 지하에 있다는 이야기를 떠올렸다.

　나나오는 계단으로 지하로 내려갔다. 비상등이 켜져 있지만 어두워서 상황을 전혀 알 수 없었다. 작업복을 입은 남자가 달려 빠져나갔다.

　"나나오!"

　바로 옆에서 목소리가 들렸다. 혼마가 서 있었다. 그는 펜라이트를 들고 있었다.

"계장님, 무슨 일입니까?"

혼마는 고개를 저었다.

"잘 모르겠어. 알고 있는 건 자가발전 장치에도 뭔가 설치되어 있다는 것뿐이야. 감시하던 경찰도 무슨 일이 일어났는지 잘 모르겠다는 거야."

"폭파된 건 아닌가요?"

"그런 것 같지는 않아. 느닷없이 정전이 된 거지."

"수전시설이 당한 후에 다른 장소도 점검하도록 한 거 아니었어요?"

"비슷한 폭발물이 있는지 없는지 조사하라고는 했지. 다른 장치는 발견하기가 어려워. 아무튼 지금 소방서 사람들과 감식반이 오고 있어. 그때까지는 우리도 가까이 갈 수가 없어." 이렇게 말하고 나서 혼마는 어깨를 으쓱해 보였다. "뭐, 우리가 봐야 아무것도 모르겠지만 말이야."

"수술실은 어떻게 되었습니까?"

"지금 알아보라고 보냈어. 몇몇 전기기기는 사용할 수 없을 거라던데……."

한 남자가 계단으로 내려왔다. 사무국의 나카모리였다. 헬멧을 쓰고 있었다. 시선이 맥없이 흔들리고 있었다.

"위쪽 상황은 어떻습니까?"

혼마가 물었다.

나카모리는 자신 없는 듯이 고개를 갸웃했다.

"간호사 몇이 정보를 모으고 있습니다. 아무튼 일손이 부족해서……"

"수술실 안도 정전입니까?"

나나오가 물었다.

"중요한 기기는 작동할 겁니다. 인공심폐기 같은 건 무정전 전원에 연결되어 있을 테니까요."

"그럼 일단 수술은 속행할 수 있겠군요."

혼마가 안심한 듯이 고개를 끄덕였다.

하지만 나카모리는 고개를 가로저었다.

"무정전 전원이라고 해서 언제까지고 사용할 수 있는 건 아닙니다. 이를테면 배터리니까요. 수술을 끝까지 하는 건 아무래도 무리가 아닐지……"

"그럼 어떻게 하면 됩니까?"

질문을 하고 나서 이런 걸 물어야 아무 소용없는 일이라고 나나오는 생각했다. 아니나 다를까 나카모리는 난처한 듯 울상을 지었다.

"저도 뭐라고……. 지금 사무국장과 사람들이 협의하고 있습니다만."

복도 안쪽에서 감식반의 가타오카가 종종걸음으로 다가오는 것이 보였다. 긴박한 표정이었다.

"좀 와주시겠습니까?"

가타오카의 말을 듣고 나나오는 혼마와 함께 안쪽으로 들어갔다. 나카모리도 뒤에서 따라왔다.

발전실이라고 표시된 문이 열려 있었다. 이 문은 평소에 잠겨 있는지, 점검은 어느 정도의 빈도로 하는지, 최근에 수상한 사람이 들락거리지는 않았는지, 하는 질문들이 나나오의 머리에 떠올랐다. 하지만 그 말들을 입 밖으로 내지는 않고 가타오카를 따라 안으로 들어갔다. 지금은 그런 걸 조사하고 있을 상황이 아니었다.

경자동차 크기쯤 되는 네모난 상자 앞에서 작업복 차림의 남자와 감식반원들 몇이 서성거리고 있었다. 뭔가 작업을 하고 있는 사람은 없었다.

"이게 자가발전 시스템입니다."

가타오카는 상자를 가리키고는 전면의 조작 패널을 열었다.

"이걸 좀 보십시오."

패널 안쪽에는 전선이나 자잘한 부품이 빽빽이 배선되어 있었다. 그 안의 빈 공간에 알루미늄으로 만들어진 조그만 상자가 테이프로 부착되어 있었다. 아무래도 그게 문제인 듯했다.

"범인이 붙인 것으로 보이는 블랙박스입니다. 여기서 신호가 나와 비상정지 스위치를 작동시킨 모양입니다. 아마 이것도 휴대전화를 이용한 것이겠지요. 안을 열어보지 않고는 뭐라고 확실히 말할 수 없지만요."

"지하인데도 휴대전화가 연결되는 건가?"

혼마가 물었다.

"간이휴대전화기일 겁니다. 병원 안에서 사용되는 전용 휴대전화가 그거니까요."

"다시 한 번 움직일 수는 없는 건가?"

"시험 삼아 시동 스위치를 올려봤습니다만 아무 반응도 없었습니다. 정지 스위치가 들어온 채로 있다는 뜻입니다."

"그럼 그 상자를 떼어내면 되는 거 아닙니까?"

나나오가 물었다.

가타오카는 떨떠름한 얼굴로 고개를 끄덕였다.

"뭐, 그건 그렇지만 범인도 바보가 아니니까요. 그걸 막을 수단도 강구되어 있습니다."

"그건 무슨 소리지?"

"이 상자에서 나온 전선 하나가 연료 탱크 쪽으로 연결되어 있습니다. 확실히 확인할 수는 없지만 아마 폭발물이 설치되어 있을 겁니다."

혼마는 눈을 부라렸다.

"그걸 어떻게 알아?"

"이게 상자 표면에 붙어 있었습니다. 물론 범인이 붙여놓았을 겁니다."

가타오카는 한 장의 메모를 꺼냈다.

메모에는 회로 같은 것이 그려져 있었다. 나나오는 그게 무엇을 의미하는지 전혀 알 수 없었다. 혼마도 마찬가지일 것이다.

"이건 폭탄의 기폭 스위치 회로입니다." 가타오카가 말했다. "상당히 알기 쉽게 그려져 있습니다. 우리가 이해할 수 있도록 일부러 그렇게 한 것 같습니다."

"그건 또 무슨 소리야?"

"그러니까." 가타오카는 혀로 입술을 축이고 나서 말을 이었다. "이 상자를 떼어내거나 코드를 자르면 연료 탱크 안에 설치된 장치가 폭발한다는 뜻입니다. 폭발 자체는 별거 아닐지 모릅니다만, 아무튼 연료 탱크 안이니까요. 엄청난 화재가 일어나는 건 분명할 겁니다."

"이 무슨 일이야." 혼마는 얼굴을 일그러뜨렸다. "폭발물 처리반에 맡길 수밖에 없겠군."

"당연히 그렇겠지만, 그럴 경우 적어도 오늘 하루는 발전할 수가 없습니다."

가타오카의 말에 혼마의 눈빛이 흐려졌다.

"그렇게 되는 거야?"

"기폭 장치의 상세한 구조를 알 수 없으니 먼저 엑스레이 사진을 찍어 구조를 확인해야 합니다. 그런 다음 액체질소로 냉각한 후에 해체해가는 겁니다. 진동 센서도 병용되었을 가능성이 있으니 모든 작업은 여기서 할 수밖에 없습니다. 연료 탱크에서 연료도 빼야 하고요."

이야기를 듣는 것만으로 나나오는 눈앞이 캄캄해졌다. 마찬가지 심정인 듯 혼마는 다소 맥 빠진 걸음으로 뒷걸음질 쳤다.

"일단 이 방에서는 전원 피난시키지. 나중 일은 상부와 의논할 수밖에 없겠어."

이렇게 말하고 혼마는 방에서 나갔다.

나나오는 가만히 서 있었다. 발이 움직여지지 않았던 것이다.

"방법이 없는 겁니까?"

가타오카에게 물었다.

"그러니까 지금 말한 수순을 밟으면 문제없을 거야. 아마도."

"하지만 그렇게 하면 전기를 복구할 수가 없잖아요."

"그 대신 전원을 다른 데서 조달해 오는 수가 있긴 한데 시간상 어려울지도 모르지. 세팅하는 데도 시간이 걸릴 테고."

"알겠습니다. 정말 고맙습니다."

나나오는 관자놀이에 땀이 흐르는 것을 느꼈다. 어떻게 해야 할지, 생각이 전혀 정리되지 않았다. 초조함에 짓눌려 뭉개질 것만 같았다.

"나나오!"

방에서 나가려고 할 때 가타오카가 불러 세웠다.

"한 가지, 가능성이 있을지도 몰라. 범인한테 양심이 남아 있다는 대전제가 필요하지만."

48

메스를 쥔 니시조노의 손놀림은 훌륭하다는 말밖에 할 수 없었다. 유키가 손을 댈 국면 같은 건 있을 리가 없었다. 그저 정밀한 기계 같은 움직임에 그저 압도될 뿐이었다. 빠르고 정확하고 또 신중했다. 어디에도 상처를 입히지 않고 중요한 혈관을 헤치고 목적한 부위에 도달하면 주저하지 않고 절단하는 솜씨는 숙련된 장인의 그것이었다.

대동맥류 절제가 모두 끝났다고 생각한 순간, 이상사태가 발생했다. 또다시 조명이 순간적으로 꺼졌다가 켜졌다. 동시에 일반 전원에 연결된 기기가 작동을 멈췄다.

니시조노의 미간이 찌푸려졌다.

"또야!"

모토미야가 말했다.

하지만 이때까지와 조금 다른 상황이 전개되었다. 일단 멈춘 전기기기들은 잠깐 기다리고 있으면 움직이기 시작했지만, 이번에는 전혀 그럴 기미가 보이지 않았다.

유키는 지혈을 거들고 있었다. 그것만으로도 여유가 없는데, 전기가 다시 들어오지 않아 점점 혼란스러워졌다.

"큰일인데." 다무라가 중얼거렸다. "이건 본격적인 정전입니다. 자가발전도 멈춘 것 같은데요."

"이대로라면 어떻게 되는 거지?"

모토미야가 물었다.

"무정전 전원이 가동되는 동안에는 괜찮지만 금방 바닥날 겁니다. 그렇게 되면 무영등도 꺼집니다."

"시간은 얼마나 있지?"

"길어야 20분 아닐까요? 15분쯤이라고 생각하시는 게 좋을 겁니다."

"선생님……."

모토미야가 니시조노를 쳐다봤다.

"계속하지." 니시조노는 말을 하면서도 손을 멈추지 않았다. "계속할 수밖에 없어. 다무라, 대책을 부탁하네."

"예, 으음……." 다무라는 실내를 둘러보았다. 눈 깜박임이 빈번해졌다. "무정전 전원의 수명을 연장해야겠네요. 배터리가 탑재된 기기는 배터리로 전원을 바꾸겠습니다. 우선 인공심폐기 전원을 배터리로 바꾸고, 냉온수 공급 장치는 일단 전원을 끊겠습니다. 사야마 선생, 생체정보 모니터, 마취기는 콘센트에서 뽑아도 한 시간쯤은 사용할 수 있습니다. 야마모토 씨, 체온 유지 장치의 콘센트는 일반 전원으로 바꿔 꽂아주세요."

"네? 그래도 되는 겁니까?" 야마모토 아키코가 되물었다. "하지만 정전된 상태인데요."

"그 기계는 전력이 많이 소모됩니다."

"다무라의 지시에 따르게." 고개를 숙인 채 니시조노가 말했다. "그걸 끊었다고 체온이 바로 올라가는 건 아니야."

예, 대답하고 야마모토 아키코는 지시대로 콘센트를 바꿔 꽂았다.

니시조노는 인공혈관의 봉합을 시작하려 하고 있었다. 하지만 남은 시간인 15분 정도로는 도저히 불가능하다. 게다가 시마바라의 혈관은 약해져 있었다.

물론 여기까지 왔으니 수술을 계속할 수밖에 없다. 지금 이대로라면 시마바라의 심장은 불완전하다.

수술실 문이 열렸다. 간호사가 얼굴을 들이밀었다. 사정을 설명하고 싶어 하는 것처럼 보였다.

"모토미야, 가보게."

니시조노가 말했다.

모토미야는 고개를 끄덕이고 수술실을 나갔다. 유키가 그를 대신하게 되었다.

"동요하지 마." 니시조노가 자신의 손끝에 시선을 고정한 채 말했다. "항상 안전한 환경에서 수술에 임하는 건 아니야. 주변 상황에 휘둘려서는 안 돼. 눈앞에 있는, 해야 할 일에 집중하도록."

네, 유키는 대답했다. 봉합을 해나가는 니시조노의 손끝은 여전히 기계처럼 정확하게 움직였다. 그 손끝에서는 전혀 동요의 기색이 보이지 않았다.

모토미야가 돌아왔다. 니시조노가 손을 멈추었다. 이야기를 들어보자는 것 같았다.

"자가발전이 멈췄다고 합니다. 지금 그걸 대신할 전원을 확보하려는 모양입니다. 시간이 얼마나 걸릴지는 알 수 없답니다."

"조명은?"

"최악의 경우에는 무슨 조명이든 가져오라고 부탁해두었습니다. 밝기는 그리 기대할 수 없을 것 같지만요."

니시조노는 잠자코 수술을 재개했다. 무슨 사태가 일어나더라도 자신이 할 일은 하나라고 말하는 것처럼 보였다. 유키에게는.

49

"텔레비전이라고?"

혼마가 얼굴을 일그러뜨렸다.

"그리고 라디오요. 나오이는 차를 타고 있을 가능성이 높습니다. 라디오를 듣고 있을지도 모르고요."

나나오가 말했다.

"텔레비전과 라디오로 나오이한테 호소하자는 거야?"

"그렇습니다. 자가발전 시스템을 작동할 수 있게 해달라고 말하는 겁니다."

"잠깐, 멈추게 한 것이 그놈이라고 해서 작동하게 할 수 있는 건 아니잖아. 아니면 이쪽으로 와서 그걸 작동시키라고 말하겠다는 건가?"

나나오는 고개를 가로저었다. 옆에 있는 가타오카에게 설명해 달라고 재촉했다.

"제어반에 붙어 있던 블랙박스에 휴대전화 부품이 사용되었을 거라는 이야기는 아까 했지요." 가타오카가 말했다. "그것으로 스위치를 넣어 시스템이 작동하지 않게 하는 신호가 나오게 하는 겁니다."

"그것도 들었어."

"이건 제 생각입니다만, 범인은 그걸 해제할 수도 있지 않을까요?"

혼마는 의외라는 듯 가타오카와 나나오의 얼굴을 쳐다보았다.

"그런데?"

"만약 완전히 정지시키는 것이 목적이라면 수전시설을 폭파한 것처럼 자가발전 시스템을 부쉈겠지요. 그렇게 하지 않은 데는 무슨 이유가 있는 것 같습니다."

"무슨 이유?"

"나오이는 전기를 복구시킬 필요가 있다고 생각하고 있습니다." 옆에서 나나오가 말했다. "놈의 목적은 시마바라 씨의 수술을 방해하는 것뿐입니다. 다시 말해 그것이 끝나면 신속하게 자가발전 시스템을 작동시킬 생각인 겁니다. 이 병원에는 전기가 없으면 살수 없는 사람이 많기 때문입니다."

혼마는 미간을 찡그리며 당혹스러운 듯 입을 다물고 있었다. 나나오는 애가 탔다.

"나오이는, 다른 환자한테는 최대한 피해를 주지 않으려고 했습니다. 이제야 알겠습니다. 놈이 왜 협박편지 같은 걸 보냈는지. 그건 되도록 다른 사람들을 말려들게 하고 싶지 않았기 때문입니다. 협박편지를 보내고 발연통을 터뜨린 건 시마바라 외의 환자들을 병원에서 나가게 하기 위해서였습니다."

50

　무영등의 빛이 약해졌다. 몇 초 후에는 완전히 꺼졌다. 수술실
은 어둠에 휩싸였고 몇몇 모니터에서만 희미하게 빛이 새 나오고
있었다.

　순간 모두가 침묵했다. 니시조노는 한창 인공혈관 봉합을 하고
있었을 텐데, 그가 어떤 자세를 취할지 바로 옆에 있는 유키도 알
수 없었다.

　"모토미야!" 니시조노의 목소리가 들렸다. "조명은 어떻게 되어
가고 있나?"

　거의 억양 없는 어조에 유키는 놀랐다. 조금의 초조함도 느껴지
지 않았다.

　"곧 준비해준다고 했습니다만, 물어보고 올까요?"

모토미야의 목소리는 흥분되어 있었다.

"아니, 함부로 움직이지 않는 게 좋아. 이쪽 상황은 다른 사람들도 알고 있을 테니까. 기다릴 수밖에 없어."

"알겠습니다."

"니시조노 선생님." 사야마가 말했다. "체온이 29도를 넘었습니다."

어, 하고 니시조노는 나직하게 대답했다.

"공기조절기가 멎은 것 같으니까. 이대로라면 하반신 마비가 걱정인데."

실내온도가 계속 오르고 있는 것은 수술실 안의 모든 사람이 느끼고 있을 터였다. 유키도 온몸에서 땀이 났다.

초조감이 수술실 안에 퍼져나갔다. 아무도 입 밖에 내지는 않았지만 한시의 유예도 허락되지 않는다는 것은 모두가 알고 있었다. 환자의 체온 상승은 그대로 죽음으로 이어진다.

몸을 차게 하자, 이렇게 생각한 순간 유키의 뇌리에 관이 떠올랐다. 아버지의 장례 때 봤던 관 내부다. 드라이아이스가 채워져 하얀 안개가 희미하게 떠돌고 있었다.

"선생님." 유키는 과감하게 입을 열었다.

"뭔가?"

"혈액을 튜브 바깥에서 직접 차게 하면 어떨까요?"

"……어떻게?"

"얼음으로요. 그리고 아이스팩 같은 걸로요. 바보 같은 생각일지 모르지만요."

모두가 침묵했다. 어두워서 다들 어떤 표정을 하고 있는지 알 수 없었다. 어리석은 아이디어라고 무시당하지는 않을지 유키는 긴장했다.

"다무라."

니시조노가 불렀다.

"예."

"가능할까?"

"⋯⋯이론적으로는 그래도 될 겁니다. 해본 적은 없지만요."

"해보지. 야마모토, 밖에 연락해서 얼음이나 아이스팩을 가져오라고 하게. 목적도 정확하게 말하고."

"알겠습니다."

야마모토 아키코의 목소리가 들렸다. 하지만 그녀가 수술실을 나갈 때까지는 수십 초가 걸렸다. 어두워서 빨리 움직일 수가 없었기 때문이다. 만약 기구가 하나라도 발에 걸리면 돌이킬 수 없는 사태가 벌어질 수도 있다.

"히무로."

니시조노의 부름에 유키의 몸이 굳어졌다.

"네."

"좋은 생각이야. 고맙네."

"⋯⋯아니요. 그보다 선생님, 땀은 괜찮으십니까?"

"닦아줬으면 좋겠는데 지금은 내 몸에 손을 대서는 안 되는 상황이네."

"네에……."

"두 손을 다 쓰고 있어. 둘 다 혈관을 잡고 있거든. 함부로 움직여서 상처를 냈다가는 큰일이니까."

유키는 시선을 집중했다. 니시조노의 손까지는 보이지 않았지만 그의 두 손이 시마바라의 심장 부근에 있다는 것은 알 수 있었다. 그 자세로 미동도 하지 않은 채 이 상황을 극복하려는 것이었다.

수술실 문이 열렸다. 간호사 몇 명이 손전등을 들고 들어왔다.

"다들 수술대를 에워싸." 한 간호사가 지시했다. "수술 부위를 비춰."

간호사들이 니시조노와 유키 주위로 움직였다. 수술대 위에 빛이 살아났다. 하지만 무영등의 밝기에는 도저히 미치지 못했다. 니시조노의 손이 있는 곳도 어두웠다.

"좀 더 밝게 할 수는 없는 건가?"

모토미야가 소리쳤다.

"지금 다른 사람들한테도 조명을 찾아보라고 했습니다." 한 간호사가 대답했다.

"꾸물거릴 새가 없어. 이대로 하지." 니시조노가 말했다. "히무로."

"네."

"내 손끝에 불을 비춰, 절대 눈을 돌리지 말게. 모든 게 자네한테 달려 있는 거야."

니시조노의 진지한 시선이 유키에게 쏟아졌다. 뭔가를, 의료 이 외의 뭔가를 전하려는 것처럼 느껴졌다.

네, 하고 대답하고 유키는 간호사에게서 손전등을 받아 들었 다. 대번에 입안이 바싹 마르기 시작했다.

"모토미야, 보조를 부탁하네."

니시조노가 지시를 내렸을 때 다시 문이 열렸다.

"아이스팩과 얼음을 가져왔습니다."

들어온 간호사가 말했다.

51

    최신 히트곡 시디가 몇 장이나 벽에 장식되어 있었다. 옆에는 노래하는 여성 아티스트의 포스터가 붙어 있고, 곡을 들어볼 수 있도록 헤드폰이 구비되어 있었다. 조지는 헤드폰을 썼다. 물론 음악을 들을 여유 같은 건 없었다. 이 자리에 계속 있어도 부자연스럽지 않은 상황이 필요했을 뿐이다.

    조지의 시선은 옆의 가전매장을 향해 있었다. 대형 액정 텔레비전이 전시되어 있었다. 화면에 비치는 장면은 이미 눈에 익었다고 할 수 있는 광경이었다.

    텔레비전 카메라는 데이도 대학병원 정면에 고정되어 있는 것 같았다. 경찰이나 직원 들이 돌아다니는 모습이 계속 비쳤다. 마침 화면이 스튜디오로 바뀌고 아나운서가 상황을 설명했다. 옆에 앉은 범죄심리학자가 아나운서의 질문에 뭔가 그럴 듯한 해설을 늘어놓기 시작했다.

농성 사건과 비슷하군, 조지는 생각했다. 다른 게 있다면 범인이 병원 안이 아니라 대형 가전매장에서 텔레비전을 보고 있다는 점이다.

화면에 트럭이 비쳤다. 트럭 짐칸에서 운반되는 것을 보고 조지는 헤드폰을 벗었다. 음반매장에서 나와 텔레비전 앞으로 다가갔다.

여성 리포터의 모습이 비쳤다.

"지금 이동식 대형 전원 장치가 도착했습니다. 이것은 가까운 산부인과에서 비상용 전원으로 사용되는 것을 가져왔다고 합니다. 다만 문제는 이것을 연결할 장소입니다. 수술실이 있는 층까지 운반하는 게 가장 좋지만, 너무 무거워서 사람의 힘만으로는 운반이 불가능하다고 합니다. 현재 엘리베이터도 멈춰 있고, 포크리프트가 들어갈 수 있는 범위도 제한되어 있습니다. 그래서 전원을 1층 로비에 설치하고 거기에서 수술실까지 케이블로 연결하는 방법이 검토되고 있습니다. 하지만 시간이 얼마나 걸릴지 알 수 없어 여전히 방심할 수 없는 상황입니다."

리포터의 이야기에 조지는 입술을 깨물었다. 주먹을 꼭 쥐었다.

다른 데서 전원을 가져오리라는 건 예상한 바였다. 하지만 그렇게 하기까지 시간이 좀 더 걸릴 것이라고 생각했다. 다른 병원에서 빌려 온다고 해도 이동이 무척 힘들다. 하지만 비상용 전원 중에는 개인병원의 뜰에 설치할 수 있는 정도의 것도 있다. 운반해 온 것은 그런 종류일 것이다.

무엇보다 수술실까지 케이블을 연결한다는 사실이 마음에 걸렸다. 그건 지금도 수술이 계속되고 있다는 뜻이었다.

자가발전 시스템을 정지시키고 나서 수십 분이 지났다. 수술실 내부에는 다양한 문제가 발생했으리라. 무영등은 꺼지고, 배터리로 전력을 공급할 수 없는 기기는 멈춰 있을 것이다. 그래도 수술이 계속되고 있다는 것은 의사들이 모종의 방법으로 시마바라의 목숨을 지켜주고 있음을 의미했다.

대체 무슨 방법을 쓰고 있는지 조지는 전혀 상상할 수 없었다. 현대 의료는 다양한 면에서 전기의 힘이 없으면 성립되지 않는다.

하지만 현재 수술이 진행되고 있다고 해서 꼭 시마바라가 목숨을 건졌다고는 할 수 없다. 아무리 절망적인 상황이라도 의사들은 작은 가능성에 매달릴 것이 틀림없기 때문이다. 생명 반응이 있는 한 마지막까지 환자를 포기하지는 않을 것이다.

비상용 전원을 끌어왔다. 이는 그것이 없다면 시마바라의 생명이 위험하다는 뜻이다. 케이블을 연결한다는데 간단히 할 수 있는 일이 아니다.

언젠가 노조미가 이야기한 적이 있다. 그녀는 '수술실은 우주선 안과 같다'고 했다.

"〈아폴로 13〉이라는 영화가 있었잖아. 고장 난 우주선 승무원들한테 나사 관제센터에서 여러 가지 지시를 내려서 어떻게든 지구로 돌아올 수 있게 한다는 이야기. 그것과 비슷해. 수술실 밖에 있는 사람은 안의 일에 간단히 손을 댈 수가 없어. 물리적으로 격리되어 있기도 하지만, 무엇보다 외부의 잡균을 침입시켜서는 안 되거든. 조그만 기구 하나를 가지고 들어가려고 해도 완전히 멸균하지 않으면 안 돼."

수술실에 들어가기 위해 얼마나 세심한 주의가 필요한지는 전에 그녀의 안내를 받아 안으로 들어가봤을 때도 통감했다. 디지털카메라 하나 가지고 들어갔다고 그녀는 불같이 화를 냈었다.

소형 배터리라면 얼마든지 조달할 수 있을 것이다. 실제로 이렇게 텔레비전 중계가 이루어지는 데는 중계차에 전용 배터리가 탑재되어 있기 때문이다. 인명을 생각한다면 그것을 중계에 사용하지 않고 병원에 제공하면 된다. 하지만 그렇게 하지 않는 것은 여러 가지 어려움이 따르기 때문이다. 마찬가지로 케이블을 수술실 안으로 끌어들이는 것도 위험이 따른다. 케이블을 지나게 한다는 것은 그 사이의 격벽을 모두 열어놓는다는 것을 의미한다.

실행하려고 한다면 수술실의 배전반에 케이블을 연결할 수밖에 없다. 전기공사 담당자는 우선 그것을 제안할 것이다. 하지만 거기에도 조지는 어떤 장치를 해두었다. 당장에 착수할 수는 없을 것이다.

살릴 수는 없다. 조지는 그렇게 믿기로 했다. 이제 그에게는 더 이상 손쓸 일이 없었다.

텔레비전 앞에서 떠나려고 할 때 아나운서가 말했다.

"방금 연락이 들어왔습니다. 경시청에서 호소하고 싶은 일이 있다고 합니다. 카메라를 그쪽으로 돌리겠습니다."

조지는 다시 한 번 시선을 화면으로 돌렸다. 거기에 비치는 이는 그가 모르는 사람이었다. 쉰 살 전후로 보이는, 양복에 넥타이를 맨 차림이었다. 아무래도 병원 바로 밖에 있는 듯했다.

"지금부터 범인에게 호소합니다. 데이도 대학병원 폭파범에게. 당신의 이름은 이미 알고 있다. 즉각 계획을 중지하고 자가발전 시스템을 복구하라. 이 상태가 계속되어 만약 피해자가 나온다면 당신은 살인죄나 상해죄를 지게 된다. 더 이상 쓸데없는 죄를 늘려서는 안 된다. 당신이 복구할 방도를 갖고 있다는 건 알고 있다. 반복한다. 지금 당장 자가발전 시스템을 복구하라."

조지는 망연자실한 표정으로 서 있었다. 설마 이런 식으로 호소할 줄은 상상도 하지 못했다.

호소는 다시 이어졌다.

"당신이 어떤 특정한 인물의 목숨을 노리고 이번 범행을 저질렀다는 건 알고 있다. 하지만 이 병원에는 그 사람 외에도 많은 환자가 있다. 그중에는 매우 위험한 상황에 놓인 사람도 있다. 당신은 그런 사람들까지 말려들게 할 셈인가. 양심이 있다면 지금 당장 이런 무모한 범행을 중단하라."

조지는 자리를 떴다. 주위에 있던 사람들이 텔레비전을 보려고 모여들었기 때문이다. 그들의 시선이 마치 자신을 향하는 것처럼 느껴졌다.

당신은 그런 사람들까지 말려들게 할 셈인가……．

　그 소리가 귓가에 남았다. 이번 일을 계획했을 때 가장 먼저 신경을 쓴 부분이었다. 그래서 위험을 각오하고 여러 번에 걸쳐 협박편지를 쓰고 발연통 장치까지 설치했다.

　오늘까지 도피하지 않은 환자들에게도 책임이 있다고 그는 자신을 설득하려고 했다. 제멋대로 된 논리라는 것은 알고 있다. 하지만 그렇게 생각하지 않으면 의지가 꺾일 듯했다.

　자가발전 시스템을 복구하는 일은 간단했다. 지금 갖고 있는 노트북을 휴대전화에 연결해 프로그램 하나만 실행하면 된다. 그러면 시스템은 원래대로 돌아간다.

　양심이 있다면…… 그 말대로다. 그에게는 양심이 남아 있었다. 그것이 그를 괴롭히고 있었다.

52

　나나오는 사무국에서 텔레비전을 지켜봤다. 관리관의 표정은 긴장한 듯했지만 쓸데없이 나오이를 자극하지 않은, 괜찮은 호소였다.

　사무국에서 나온 순간 혼마와 마주쳤다. 관리관 옆에 있었을 것이다.

　"그걸로 나오이의 마음이 흔들렸으면 좋을 텐데……."

　혼마는 고개를 갸웃했다.

　"그 전에 전원을 끌어들이는 장면을 비쳐줬으니까, 계획이 실패로 돌아갔다고 포기하면 좋을 텐데요."

　"그 전원은 어떻게 되었나?"

　"여러 가지로 문제가 있다고 합니다. 전기 기술자들이 수술실의 배전반에 연결할 생각인 것 같습니다만……."

"거기에도 폭발물이 설치되어 있다지."

혼마는 입가를 일그러뜨렸다.

"진짜 그런지는 아직 알 수 없지만요."

가타오카에게 들은 이야기였다. 배전반을 열었더니 자가발전 시스템에 설치된 블랙박스와 유사한 것이 붙어 있다고 했다. 다만 어떤 구조인지는 알 수 없고, 속임수일 가능성도 있는 듯했다.

"폭발물 처리반이 조사하는 중입니다. 다만 속임수일 가능성이 높다는 결론이 나와도, 그걸 제거할 때는 사람들을 멀리 대피시 켜야 합니다. 그러니 수술 중에는 무리입니다."

혼마의 입에서 신음이 새 나왔다.

"나오이의 연락을 기다릴 수밖에 없는 건가……."

"전기 기술자들이 그 밖에 전원을 연결할 만한 데가 없는지 조 사하고 있습니다. 만일의 경우에는 수술실까지 전기 코드를 끌어 들이는 수밖에 없습니다만, 병원 측으로서는 그렇게 하고 싶지 않 은 모양입니다. 잡균에 오염되니까요."

"그런 말을 할 상황이 아닌 것 같은데."

혼마가 얼굴을 찌푸렸을 때 바로 뒤를 마세 노조미가 지나갔 다. 이미 간호사복을 입고 있었다. 나나오는 그녀를 쫓아갔다.

"마세 씨!"

나나오가 부르자 그녀는 걸음을 멈추고 돌아보았다. 나나오를 보자 얼굴이 굳어졌다.

"오늘 아침에는 실례했습니다. 직장으로 돌아왔군요."

"이쪽 일손이 부족하다고 해서요……."

나나오는 그녀를 돌려보내라고 혼마에게 이야기한 일을 말하지 않기로 했다.

"경찰서에서 나오이에 대해 들었습니까?"

"이것저것요……. 하지만 저는 정말 아무것도 몰라요. 그 사람이 그런 일을 생각하고 있을 줄은 전혀……."

"알고 있습니다. 당신한테 더 이상 뭘 물어볼 생각은 없습니다. 다만 협조해주었으면 하는 일이 있어서요."

"그게 뭔데요?"

노조미의 눈에 두려운 빛이 떠올랐다.

"그 사람을…… 나오이를 설득해주었으면 합니다. 아까 저희 상사가 텔레비전에서 호소했습니다만 경찰의 이야기에는 귀를 기울이지 않을지도 모릅니다. 하지만 당신의 말이라면 다르지 않을까요?"

노조미는 나나오의 얼굴을 쳐다보며 고개를 가로저었다.

"텔레비전 같은 데는 나가고 싶지 않아요."

"다른 방법이라도 괜찮습니다."

"싫어요. 전 바쁩니다. 그리고 그 사람은 제 말도 듣지 않을 겁니다. 왜냐하면…… 저는 그 사람 애인도 뭣도 아니니까요."

이만 실례할게요, 하고 노조미는 종종걸음으로 멀어져갔다.

53

　수술은 클라이맥스를 향해 가고 있었다. 인공혈관으로 교체하는 과정은 거의 끝나가고 있었다. 유키는 땀으로 범벅이 된 상태였다. 긴장과 피로로 서 있기조차 힘들었다. 그래도 마음을 집중하여 마무리 작업을 끝냈다.

　"완벽해. 나머지는 내가 하지."

　니시조노가 이렇게 말하고 모토미야와 얼굴을 마주하며 고개를 끄덕였다.

　유키는 마스크 안에서 안도의 한숨을 내쉬었다. 하지만 모든 난관을 극복한 것은 아니었다. 배터리로 점등하는 조명기기를 가져와 조명에는 거의 문제가 없었다. 하지만 기기들의 배터리는 수명이 다해가고 있었다.

"인공심폐기 배터리가 다 되어갑니다. 수동으로 전환하겠습니다."

다무라의 목소리가 들렸다.

니시조노는 손을 뗄 수 있는 상황이 아니었다. 모토미야가 다무라 쪽을 돌아보며 살짝 고개를 끄덕였다.

다무라가 재빨리 몇 개의 튜브를 고정시키고 조작반 윗면에 붙어 있는 수동 핸들을 시계 반대 방향으로 돌리기 시작했다.

"혈액저장용기의 혈액 수준은 유지하게."

별안간 니시조노가 말했다. 손을 움직이면서도 다른 사람들이 주고받는 말에 귀를 기울이고 있었던 것이다.

"알고 있습니다."

다무라가 대답했다.

인공심폐기의 수동 핸들은 의외로 묵직하다. 유키도 예전에 돌려본 적이 있는데, 3분쯤 돌리자 팔이 나른해졌다. 그것을 1분에 약 100번 정도의 속도로 계속 돌려야 한다. 따라서 다무라는 실질적으로 다른 기기를 살필 수 없게 되었다. 그래서 요시오카라는 다른 임상공학 기사가 투입되었는데, 일손이 아무리 많아도 사용할 수 있는 기기가 없다면 그다지 의미가 없었다.

실내온도는 계속 올라가고 있었다. 공기조절기가 돌아가지 않는 데다 열을 내는 조명을 많이 사용하고 있기 때문이었다. 평소보다 사람이 많은 것도 원인이었다.

간호사가 빈번하게 니시조노의 땀을 닦았다. 그래도 땀이 스미는지 니시조노는 자꾸 눈을 깜박였다. 피곤한 기색도 역력했다.

그렇지 않아도 난이도가 높은 수술을, 이런 상황에서 하고 있으니 육체적으로, 정신적으로 지치는 것도 당연하다.

"선생님, 괜찮으십니까?"

걱정스럽다는 듯 모토미야가 물었다.

"나는 괜찮네. 그보다 지금 혈액의 온도는?"

"29도입니다."

사야마가 간발의 차도 두지 않고 대답했다.

방금 전까지 계속해서 혈액순환 장치의 튜브를 얼음과 아이스팩으로 차게 하는 작업을 했다. 인공심폐기를 쓸 경우 낮은 압력으로 머리 부분에 혈액을 보내야 한다. 당연히 산소의 공급량은 줄어든다. 그래서 산소의 소비량을 최대한 억제하기 위해 체온을 내려주는 것이다. 하지만 지금은 냉각해주지 않고 있다.

"다무라, 가온기는 무리겠지?"

니시조노의 질문에 다무라는 무리라고 대답했다. 원통한 듯한 어조였다.

인공혈관으로의 전환은 끝났다. 이제 체외에서 순환되는 혈액량을 단계적으로 줄여나가게 된다. 다만 뇌를 보호하기 위해 내려놓은 혈액의 온도를 보통의 체온까지 올려나가야 한다. 차가워진 혈액을 그대로 심장에 보내도 심장은 움직이지 않는다. 그 때문에 혈액가온기가 있는 것인데, 전기를 쓸 수 없는 상황에서는 그것도 전혀 사용할 수 없다.

"아까는 차게 하려고 얼음과 아이스팩을 썼는데." 니시조노가 말했다. "이번에는 데워야 하는데, 그렇다면……."

"우리 팀 호프의 의견을 들어보죠?" 모토미야가 유키를 쳐다보았다. "자, 이번에는 어떻게 하지?"

"일회용 주머니 난로를 가져오라고 하면 어떨까요?" 유키가 말했다. "그걸로 가온기를 외부에서 데우면 되지 않을까요?"

"일회용 주머니 난로란 말이지. 그런 걸로 올라갈까?"

모토미야가 중얼거렸다.

"모르겠습니다. 하지만 이대로는 아무것도 할 수 없으니까요. 지금 생각해야 할 건, 전기를 쓰지 않아도 되면서 저희에게 도움이 되는 게 있느냐 하는 겁니다."

"주머니 난로를 가져오라고 부탁하고 오겠습니다."

니시조노의 지시를 기다리지 않고 한 간호사가 나갔다.

54

중환자실이라고 표시된 커다란 문 앞에서 나나오는 걸음을 멈췄다.

"너무 긴 시간은 삼가주세요. 저희들, 오늘은 특별히 바쁘니까요."

스가누마 요코라는 간호사가 이맛살을 찌푸리며 말했다.

"알고 있습니다. 정말 죄송합니다."

"그리고 아무데도 손대지 마세요. 그렇지 않아도 공기 조절도 환기도 안 돼서 공기가 많이 오염되어 있으니까요."

"조심하겠습니다."

스가누마 요코의 지시대로 나나오는 입구에서 손을 소독했다. 그사이에 그녀가 손으로 문을 열었다. 통상은 자동으로 열리는 문인 듯했다.

안으로 들어선 나나오는 습한 공기에 당혹했다. 밀폐된 데다 공기조절기가 가동되지 않으니 당연한 것인지 모른다.

집중 치료용 침대가 죽 늘어서 있었다. 지금은 그중 하나만 사용되고 있었다. 제일 끝에 있는 침대였다. 그 주위를 의사와 간호사 몇 명이 둘러싸고 있었다. 뭘 하고 있는지, 물론 나나오는 알 수 없었다. 하지만 방심할 수 없는 상황임은 그들의 긴박한 분위기만 봐도 쉽게 알 수 있었다. 거기에는 마세 노조미도 있었다.

환자가 나카쓰카 요시에라는 여성임은 나나오도 들어서 알고 있었다. 어젯밤 용태가 악화하여 긴급 수술을 받은 후 이곳으로 옮겨 왔다고 한다. 지금도 고열이 계속되고 있고, 의식은 없는 듯했다.

스가누마 요코가 마세 노조미에게 다가가 조그만 소리로 뭔가를 속삭였다. 노조미는 나나오를 보자 노골적으로 얼굴을 찡그리며 그에게 다가왔다.

"아직도 무슨 볼일이 남았나요?"

"죄송합니다. 한 번만 더 제 이야기를 들어주시지 않겠습니까?"

"미안하지만 그럴 여유는 없는데요. 저 환자를 보살펴야 해요. 인공호흡기도, 모니터도 다 멈춰버렸거든요."

"그러니까 당신한테 부탁하는 거 아닙니까? 달리 방도가 없습니다."

"전원은 어떻게 되었는데요?"

"전문가들이 여러 가지로 검토하고 있습니다만 지금 당장 어떻게 할 수 있는 상황이 아닌 것 같습니다. 그 사람한테 계획을 중지하게 하는 것이 가장 빠른 길입니다."

그 사람, 이라는 게 누구를 가리키는지 노조미도 알고 있을 터였다.

"저한테 그런 말을 해봐야……."

노조미는 고개를 숙였다.

"당신도 그 사람을 흉악범으로 만들고 싶지는 않겠지요. 지금 여기서 그만두면 살인죄나 상해죄는 면할 수 있습니다. 물론 얼마간 처벌은 받게 되겠지만 훨씬 가벼운 처벌을 받게 될 겁니다. 동기에도 동정의 여지가 있으니까요. 하지만 희생자를 내게 되면 그럴 수도 없습니다. 그 사람을 돕고 싶다면 저희에게 협조해주셔야 합니다. 그리고 그건 당신의 환자를 돕는 일이기도 합니다. 부탁합니다."

나나오는 머리를 조아렸다.

"그러지 마세요. 고개 드세요."

울음을 터뜨릴 것 같은 목소리에 나나오는 얼굴을 들었다. 그녀의 눈가가 붉어져 있었다.

"아까도 말씀드렸잖아요? 그 사람은 저 같은 건 아무렇지도 않게 생각한단 말이에요. 이번 일을 성공시키기 위해 저한테 접근했을 뿐이잖아요. 이 병원의 간호사라면 누구라도 좋았을 테니까요. 그런 제가 하는 말을 들을 리 없잖아요. 더 이상 저를 비참하게 하지 말아주세요."

"나오이는 당신을 걱정하고 있습니다."

"위로하지 않으셔도 돼요."

"위로하려는 게 아닙니다."

"그게 아니면 정말 이상하잖아요. 그 사람이 이런 일을 벌인 것은 죽은 애인의 복수를 하고 싶어서잖아요. 그 애인을 지금도 잊지 못해서잖아요. 그렇다면 저 같은 건 아무것도 아니라고 생각하는 거 아닌가요?"

그녀의 목소리는 도중에 몇 번인가 갈라져 나왔다. 억누르고 있던 것이 한꺼번에 폭발한 듯한 어조였다. 환자에게 매달려 있던 의사와 간호사 들이 이쪽을 쳐다봤다.

노조미는 그들을 향해, 죄송합니다, 하고 작은 소리로 사과했다.

"아무튼 저는 할 수 없습니다. 그건 아무 의미도 없어요."

나나오는 고개를 가로저었다.

"나오이는 당신을 걱정하고 있습니다. 그건 분명합니다. 사실 이미 그의 방을 수색했습니다. 그런데 당신에 관한 것, 당신과의 관계를 보여주는 것은 단 하나도 없었습니다. 그게 뭘 의미하는지 아십니까?"

노조미는 의아하다는 듯한 얼굴로 나나오를 쳐다봤다.

"그러니까 그건 그 사람한테 제가 아무것도 아니었다는 뜻이겠지요."

"몇 달씩이나 사귀었는데 전혀 흔적이 없다는 건 있을 수 없는 일입니다. 당신은 그의 집에 간 적이 있습니까?"

"그야 몇 번 있었어요."

"그 사람 방에 옛 애인에 관한 게 남아 있던가요?"

노조미는 성가시다는 듯이 고개를 저었다.

"그런 건 보지 못했어요."

"그렇죠? 그런데 말이지요, 지금 그 사람 방에는 옛 애인과의 관계를 보여주는 것들로 넘쳐 나고 있습니다. 함께 찍은 사진이 장식되어 있기도 하고요. 마치 사귀고 있는 다른 여성이 없다는 걸 일부러 보여주려는 것처럼 말이에요. 아시겠습니까? 그 사람은 이번 사건으로 당신한테 피해가 갈까 봐 극단적으로 걱정하고 있는 겁니다. 가능한 한 두 사람의 관계조차 싹 지워버리려 하고 있단 말입니다. 아무래도 상관없는 사람을 그렇게까지 배려할까요?"

"그런 말을 해봐야……."

"그 사람은 당신한테 미안하다고 생각하는 겁니다. 물론 당신한테 접근한 것은 이번 일에 이용할 수 있어서였겠지요. 처음에는 그것뿐이었는지도 모릅니다. 하지만 사귀면서 역시 당신에게 특별한 감정이 싹텄을 겁니다. 그러니까 이렇게 부탁드리는 겁니다. 그 사람을 설득해주십시오. 몇 번이나 말씀드리지만, 당신만이 할 수 있는 일입니다."

"텔레비전에 나가라는 말씀인가요?"

"아니요, 그럴 필요는 없습니다. 당신한테 그렇게까지 부담을 주고 싶지 않습니다. 편지만 써주시면 됩니다."

"편지요?"

"읽는 것은 다른 사람한테 시킬 겁니다. 당신은 편지만 써주면 됩니다."

"그럼 형사님이 적당히 쓰면 되잖아요. 굳이 제가 쓰지 않아도."

"아니요, 당신이 아니면 안 됩니다. 나오이는 바보가 아닙니다. 편지를 읽는 것만으로는 마음이 움직이지 않을 겁니다. 하지만 당신이 직접 쓴 편지를 보면 아마 마음이 흔들릴 겁니다."

부탁합니다, 나나오는 다시 한 번 머리를 조아렸다.

마세 노조미는 잠시 침묵했다. 그래서 나나오는 살짝 기대를 가졌다.

"죄송합니다."

하지만 돌아온 것은 그가 바란 답이 아니었다. 그는 그녀를 쳐다보았다.

"전 아무래도 다시는 그 사람과 엮이고 싶지 않습니다. 그 사람도 저를 생각하고 싶지 않을 겁니다. 제 편지도 아마 짜증만 나게 할 거예요. 그러니 죄송하지만 거절하겠습니다."

"마세 씨……."

"해야 할 일이 많아서요."

이렇게 말하고 노조미는 병상으로 가버렸다.

나나오는 고개를 저으며 중환자실을 나왔다. 무력감에 온몸이 무거웠다.

나오이 조지는 언젠가 붙잡힐 것이다. 지명수배가 내려지면 체포되는 건 시간문제다. 하지만 지금 이 순간 붙잡지 못하면 의미가 없다.

한 간호사가 계단을 뛰어 올라왔다. 손에 하얀 봉지가 들려 있었다. 다른 간호사가 간호사실에서 뛰어나왔다.

"일회용 주머니 난로 사 왔어?"

"네. 있는 대로 다 사 왔어요. 서른 개쯤 돼요."

"얼른 수술실로 가져가."

네, 하고 봉지를 든 간호사가 복도를 달리기 시작했다.

주머니 난로를 어디에 쓰려는 것인지 나나오는 알지 못했다. 하지만 전기가 들어오지 않는 상태에서 의사들이 열심히 시마바라의 목숨을 지키려 하고 있음은 분명했다.

내가 할 수 있는 일은 아무것도 없단 말인가, 하는 생각에 나나오는 답답할 뿐이었다.

계단을 내려가려고 할 때 등 뒤로 무슨 기척이 느껴졌다. 마세노조미가 골똘히 생각에 빠진 표정으로 서 있었다.

"저기……"

"예." 나나오는 그녀를 향해 돌아섰다. "뭐지요?"

"편지가 아니면 안 되나요?"

"네?"

"그 사람을 설득하는 데 편지가 아니면 안 되는 건가요?"

55

커피잔이 비었을 즈음 손목시계를 봤다. 커피를 마신 지 고작 10분쯤밖에 되지 않았다. 조지는 한숨을 내쉬었다. 이렇게 시간이 느리게 가기는 처음이었다.

데이도 대학병원의 상황이 어떻게 되었는지 그로서는 전혀 알길이 없었다. 텔레비전이 있는 곳으로 다가갈 수도 없었고, 사람들의 이야기 소리가 들리는 곳도 피하고 있었다. 이 카페만 해도 주위에 사람이 없는 것을 확인하고 나서야 들어왔다.

전기가 들어오지도 않는 상태에서 의사들은 대체 어떻게 수술을 하고 있을까. 인공심폐기의 배터리는 이미 나갔을 것이다. 다른 기기도 차례로 정지되었을 것이다. 그런 와중에 할 수 있는 일이 얼마나 된단 말인가.

범인, 즉 나오이 조지의 목적을 경찰은 알고 있다. 동기도 알고 있을 것이다. 그걸 병원 측에 전하지 않은 것일까. 만약 전했다고 한다면 의사나 간호사가 이번 사태에 대해 어떻게 생각할까. 수술대의 시마바라를 보고 자업자득이라고 생각하지 않을까.

거기까지 생각하고 조지는 고개를 가로저었다. 그들이 그런 쓸데없는 생각을 할 리가 없다. 그들은 자신의 사명을 다하고 있을 뿐이다. 반드시 그렇게 할 거라고 생각했기에 이번 일같이 번거로운 방법을 택한 것이다.

텔레비전에서 자신을 향해 호소하던 경찰 간부의 목소리가 귓가에 되살아났다.

"이 병원에는 그 사람 외에도 많은 환자가 있다. 그중에는 매우 위험한 상황에 놓여 있는 사람도 있다. 당신은 그런 사람들까지 말려들게 할 셈인가."

그건 정말일까. 조지의 마음을 동요시키려고 경찰이 지어낸 이야기일 뿐이지 않을까. 일련의 협박 소동으로 많은 환자들이 병원을 나왔을 것이다. 위중한 질환을 앓고 있는 환자가 지금도 남아 있다고는 생각되지 않았다.

조지는 옆에 놓인 가방에서 휴대전화를 꺼냈다. 전원을 켜려다가 손가락을 멈췄다. 이 전화는 이번 범행을 위해 준비한 것이 아니었다. 평소 사용하던 전화였다.

어차피 경찰은 이 전화에도 똑같은 메시지를 남겨놓았을 것이다. 문자 메시지도 보내놓았을 것이다. 그게 어떤 것일지 조금은 궁금했다. 텔레비전으로는 전할 수 없는 정보를 보내놓았을지도 모른다.

망설인 끝에 그는 전원을 켰다. 여의치 않은 상황이 벌어지면 바로 끊어버릴 생각이었다.

의외로 문자 메시지는 없었다. 그 대신 음성 메시지 하나가 들어와 있었다. 침을 삼키고 나서 음성 메시지를 재생했다.

들려온 것은 익숙하게 들어온, 그래서 지금도 듣기 가장 고통스러운 목소리였다.

"저어…… 나예요. 노조미예요. 미안해요, 전화해서. 경찰한테서 이번 일을 자기가 했다는 이야기를 들었어요. 믿고 싶지 않지만, 만약 그렇다면 부탁이 있어요. 저어…… 지금, 난 병원에 있는데요, 한 사람, 굉장히 위험한 상태의 환자분이 계시는데 인공호흡기를 사용할 수 없어서 힘들어하고 계세요. 그분은 시마바라 씨가 아니에요. 아무 관계도 없는 할머니예요. 그 할머니를 살려주세요. 제발 전기를 사용할 수 있게 해주세요. 미안해요. 자기는 사실 나 같은 사람 좋아하지 않을지도 모르지만, 난 자기를 좋아했어요. 그러니까 자기의 따뜻한 마음까지 거짓이었다고 생각하고 싶지 않아요. 제발 부탁 좀 들어주세요. 제발 부탁이에요……."

음성 메시지는 이것뿐이었다. 조지는 다 듣고 난 후 휴대전화 전원을 끊었다.

괜히 들었다고 생각했다.

역시 우려하던 대로 위중한 환자가 남아 있었다. 인공호흡기라고 했으니까 아마 중환자실에서 치료를 받고 있을 것이다.

더욱이 그걸 노조미가 알려 왔다는 사실도 조지의 마음을 압박했다.

경찰에게서 사실을 들었을 때 그녀는 어떤 심정이었을까. 그 충격이 얼마나 컸을지는 상상할 수도 없었다. 그런데도 그녀는 병원에 있다. 자신이 받은 마음의 상처는 그대로 두고 어떻게든 환자의 목숨을 구하려고 하는 것이다.

조지에게 전화를 걸기까지는 상당한 각오가 필요했을 것이다. 속았다는 사실은 일단 접어둔 채 자존심을 버리고 화를 누르며 전화를 걸었을 것이다. 그렇게까지 몰린 상황이라는 뜻이다.

노조미의 얼굴이 떠올랐다. 금방이라도 울 것 같은 얼굴이었다. 떨쳐내려고 해도 조지의 뇌리에서 사라지지 않았다.

그는 자리에서 일어나 카페를 나왔다. 노트북이 든 가방을 들고 멍하니 길을 걷기 시작했다. 노조미가 남긴 음성 메시지가 머릿속에서 몇 번이고 재생되었다.

자기의 따뜻한 마음까지 거짓이었다고 생각하고 싶지 않아요…….

마음이 아팠다. 이번 일로 노조미의 원망을 받으리라는 것은 각오하고 있었다. 하지만 마음 한구석에서 그녀라면 자신의 마음을 이해해주지 않을까 하는 막연한 기대 같은 게 있었던 것도 사실이다.

하지만 노조미가 맡은 환자가 위험한 상태에 있다면 이야기가 달라진다. 그 환자가 죽는다면 그녀는 그 시점부터 결코 조지를 용서하지 않을 것이다. 그녀에게 조지는 여자의 마음을 농락한 악당일 뿐만 아니라 소중한 환자의 목숨을 앗아간 중죄인이 되고 마는 것이다.

순찰차 한 대가 교차로에 서 있었다. 그걸 보고 조지는 움찔하여 반대쪽으로 걷기 시작했다. 그 순간 깨달았다.

그 음성 메시지가 꼭 노조미의 의사에 따른 것이라고는 단정할 수 없다. 경찰의 부탁을 받고 전화를 걸었을 가능성도 있다. 텔레비전을 통한 호소에 조지가 응하지 않자 경찰이 노조미를 이용했다는 것은 충분히 생각할 수 있는 일이다.

그렇다면 노조미가 한 이야기의 내용도 진실이라는 보장이 없다. 위험한 상태의 환자 같은 건 존재하지 않고, 애초에 노조미가 병원에서 근무 중이라는 것도 거짓일지 모른다.

그렇다, 그건 함정이다, 하고 조지는 생각하기로 했다. 그렇지 않다면 노조미가 전화 같은 걸 해올 리가 없었다. 지금 그녀에게 조지는 가장 이야기하고 싶지 않은 상대다.

"그런 수작에 놀아날 줄 알아."

조지는 입안에서 중얼거렸다.

56

그 창에서는 데이도 대학병원이 훤히 내려다보였다. 폭파된 수
전시설도 잘 보였다. 쌍안경을 쓰면 드나드는 사람의 얼굴까지 식
별할 수 있을 것이다.

방은 아직 청소가 되지 않았다. 빌린 사람이 아직 체크아웃을
하지 않았기 때문이다. 그 사람은 어젯밤부터 이틀을 예약했다.
하지만 아마 이곳으로 돌아오지는 않을 것이다. 방 값은 먼저 5만
엔을 지불했다고 한다. 실제 숙박료보다 많은 금액인데 차액은 포
기할 생각일 것이다.

나나오는 다시 실내를 둘러보았다. 하지만 단서가 될 만한 것은
아무것도 발견되지 않았다. 감식반이 지문을 채취했지만 그런 것
은 이제 아무 도움이 되지 않는다. 이 방에 묵었던 사람이 나오이

조지라는 것은 호텔 직원이 사진을 보고 증언해주었다.

이 방이 발견된 것은 불과 30분쯤 전이다. 건질 게 아무것도 없을 줄 알면서도 나나오는 찾아왔다. 나오이 조지가 무슨 생각으로 범행에 나섰는지 조금이라도 엿볼 수 있지 않을까 해서였다.

사카모토가 들어왔다.

"나오이는 어젯밤 체크인한 후 줄곧 방에만 있었던 모양입니다. 호텔 전화는 사용하지 않았습니다."

"짐은?"

"큼직한 서류가방 같은 걸 들고 있었다고 합니다. 복장은 거무스름한 재킷……." 여기까지 말하고 나서 사카모토는 고개를 저었다. "대단한 단서는 아닙니다."

나나오는 고개를 끄덕이고 다시 한 번 창밖으로 시선을 주었다.

나오이가 트릭으로 사용했던 호텔에서는 몇 개의 센서가 발견되었다. 형사가 방으로 들어오거나 짐을 움직이거나 컴퓨터에 손대는 행위는 모두 나오이에게 전해졌다. 어떤 구조인지 나나오는 전혀 알 수 없었지만, 나오이가 상당한 각오를 했다는 것만은 의심할 여지가 없었다.

그 정도로 굳은 결심을 한 남자가 이제 와서 과연 마음을 바꿀 것인가.

마세 노조미는 텔레비전 방송용으로 사용될 편지는 쓰고 싶지 않지만 나오이 조지에게 전화를 거는 일이라면 할 수 있다고 했다. 그렇지만 그의 휴대전화는 연결되지 않을 것이다. 음성 메시지만 남길 수 있을 뿐이리라.

노조미의 휴대전화는 오늘 하루 경찰이 관리하고 있었다. 나오
이 조지가 전화를 해올지도 모르는 데다 어차피 그녀는 근무 중
이라 전화를 쓸 수도 없었다. 물론 착신이 있을 경우 그녀가 무단
으로 받게 할 수도 없는 노릇이었다.

노조미의 휴대전화기를 가져오라고 해서 나오이에게 전화를 걸
도록 했다. 예상한 대로 전원은 꺼져 있는 듯했다. 노조미는 음성
메시지를 남겼다. 내용은 그녀 스스로 생각한 것이다. 옆에서 듣
고 있던 나나오는 그녀의 괴로운 마음이 느껴져 가슴이 아팠다.

그 메시지를 나오이가 들을 것인가. 보통이라면 그가 휴대전화
의 전원을 켤 것 같지는 않다. 하지만 만약의 경우가 있다. 그리고
지금은 그것에 기대할 수밖에 없는 상황이다.

"병원으로 돌아간다. 여긴 부탁해."

이렇게 말하고 나나오는 방을 나섰다.

병원을 향해 걸음을 옮기기 시작할 때였다. 뒤에서 다가온 택시
가 그를 지나친 후에 멈췄다. 뒷문 창이 내려지고 한 중년 여성이
얼굴을 내밀었다.

"나나오 씨!"

그 여성의 얼굴을 보고 순간적으로 누군지 알아보지 못했다.
하지만 금방 기억이 되살아났다.

"사모님…… 오랜만에 뵙습니다."

히무로 유리였다. 나나오의 은인인 히무로 경부보의 부인이자

히무로 유키의 어머니다.

"병원에 가시는 길이면 타세요."

"아, 고맙습니다. 잘 됐네요." 나나오는 택시를 탔다. "사모님도 병원에 가십니까?"

"네. 딸이 수술실에 있다고 해서요."

히무로 유키를 말하는 것이다.

"유키 씨 말이군요. 이 사건을 담당하고 나서 따님과는 몇 번 만났습니다."

유리에는 놀라며 그의 얼굴을 쳐다봤다.

"그랬군요."

"훌륭하게 자랐더군요. 지금도 수술실에서 열심히 일하고 있습니다."

"걱정되어 죽겠어요. 하필이면 왜 오늘같이 중요한 날에……."

"중요한 날이라뇨?"

유리에는 망설이는 것처럼 입을 다물었다. 그러나 곧 입을 열었다.

"오늘 수술은 그 애한테 중요한 의미가 있어요. 그 애가 어렸을 때부터 갖고 있던 의문의 답을 찾을 수 있을지가 그 수술에 달려 있거든요."

"그건, 저어, 혹시 히무로 경부보님이 돌아가신 일과 관계된 건가요?"

나나오가 묻자 유리에는 천천히 고개를 끄덕였다.

니시조노와의 관계임을 그는 알아챘다. 역시 니시조노와 유키

473

를 잇는 실은 복잡하게 얽혀 있었다.

타인이 함부로 끼어들 문제가 아니라고 나나오는 생각했다. 그는 입을 다물고 앞을 보았다.

병원 앞에서 택시를 내렸다. 나나오가 유리에와 함께 부지 안으로 발을 들여놓으려고 하자 제복을 입은 젊은 경찰이 다가왔다.

"위험하니 일반인은……."

이렇게 말하는 것을 나나오가 제지했다.

"이분은 괜찮아. 수술 중인 선생님의 가족이야. 내가 책임지지."

가시죠, 하고 유리에를 재촉하며 걸음을 옮겼다.

"수술이 끝날 때까지 대기실에 계십시오. 거기라면 안전합니다."

"죄송합니다."

유리에게 머리를 숙였다.

병원 현관을 지났을 때 나나오의 웃옷 안주머니에 넣어둔 휴대전화가 울리기 시작했다. 하지만 늘 듣던 소리가 아니었다. 그는 착신 멜로디를 사용하지 않는다. 울리고 있는 것은 마세 노조미의 전화였다.

"전화가 왔네요."

유리에가 말했다.

예예, 하고 나나오가 대답했다. 액정에 표시된 글자를 보고 침을 삼켰다.

놈이다, 발신자 표시 제한이라는 문구가 떴지만 그렇게 확신했다. 계단을 향해 뛰면서 통화 버튼을 눌렀다.

57

전화가 연결되었다. 예, 하고 들려온 것은 남자의 목소리였다. 짐작대로였지만, 조지는 일단 물었다.

"마세 노조미는요?"

"그녀는 지금 일하는 중이오." 전화를 받은 남자는 그렇게 말하고 나서 즉시 물어왔다. "나오이 조지 씨지요?"

이동 중인지 숨이 몹시 거칠었다.

조지는 잠자코 전화를 끊으려고 했다. 노조미에게 전화를 한 것으로 일단 그녀의 호소에 반응했다는 사실만은 전해지리라고 생각했기 때문이다.

"끊지 마시오." 상대 남자는 그의 마음을 꿰뚫고 있는 것처럼 말했다. "이건 함정이 아니니까. 발신지 추적 같은 건 하지 않소."

"휴대전화는 항상 발신지 추적이 이루어지는 법이오. 기지국에 기록이 남으니까."

"그러니까 그걸 찾는 일을 하지 않는다는 거요. 마세 씨가 당신한테 전화를 한 것은 그녀 스스로의 의사에 따른 거였소. 내가 전화를 갖고 있는 건 그녀가 일에서 손을 뗄 수 없기 때문이오."

"당신은 누구요?"

"경시청의 나나오라고 하오. 이 전화를 듣고 있는 사람은 나밖에 없소. 믿어주시오."

도저히 신용할 수 없는 이야기였지만, 조지는 왜인지 전화를 끊지 않았다.

"수술은 어떻게 되었소?"

조지가 물었다.

"지금도 선생님들이 분발하고 있는 중이오."

"정전이 되었을 텐데⋯⋯."

"보통 같으면 아무것도 할 수 없는 상황이오. 다른 의사들도 모두 놀라고 있소. 대체 어떻게 수술을 계속하고 있는가, 하고 말이오. 원래라면 지금쯤 시마바라 씨는 죽었을 것이오. 당신이 노린 대로. 하지만 선생님들의 노력으로 어떻게든 될 것 같소."

조지는 숨을 멈췄다. 시마바라가 목숨을 건질지도 모른다, 그것을 안 순간 말할 수 없는 초조감이 엄습했다.

"조지 씨, 이제 됐지 않소?" 형사가 말했다. "더 이상 뭘 바라는 거요?"

"난 아직 목적을 달성하지 못했소."

"그럴까요? 당신의 목적이 복수라면 충분히 달성하지 않았소? 오히려 더 이상 계속하는 건 아무 의미도 없다고 생각하오."

"시마바라는 아직 살아 있지 않소?"

"그러니까 지금 여기서 그만두는 데 의미가 있는 거요. 가령 시마바라 씨가 죽었다고 합시다. 그렇다고 뭐가 바뀌겠소? 당신 마음이 개운해질 것 같소? 세상을 떠난 애인이 다시 살아오기라도 하오? 당연한 말이지만 시마바라 씨는 이번 일을 전혀 모르고 있소. 그래도 되는 거요? 당신은 시마바라 씨에 대해 무슨 할 말이 있는 거 아니오? 그 사람한테 뭔가 알게 해주고 싶다고 생각하지 않소?"

"그 남자한테는 무슨 말을 해도 소용없소."

"그럴까요? 만약 시마바라 씨가 회복되면 이번 일을 알게 될 거요. 그래도 아무것도 안 느낄 거라 생각하오?"

"느끼겠지. 나에 대해 화를 낼 뿐일 거요."

"아니, 그렇게는 생각하지 않소. 분명히 처음에는 그럴지도 모르겠소. 하지만 이번 일을 자세히 알게 될수록 그저 범인을 미워하면 되는 게 아니라는 걸 깨닫게 될 거요. 사람의 목숨을 책임지고 있다는 의미에서는 자동차회사의 경영자도, 의사도 같은 정도의 책임을 가져야 하오. 그런 의무에 부응할지 말지 시마바라 씨도 생각할 것이오. 누군가 자신의 목숨을 노린 이유, 그리고 의사들이 어느 정도의 사명감으로 그 목숨을 구했는지를 알게 되면 바보가 아닌 이상 반성할 거요. 그 변을 들어보고 싶지 않소?"

조지는 휴대전화를 쥔 손에 힘을 주었다.

나나오라는 형사의 말에는 강한 설득력이 있었다. 그런 상황에서 수술을 계속하고 있는 의사들에게 조지 자신이 존경하는 마음을 품게 되었으므로 더욱 그랬다. 그들을 모범으로 삼았으면 한다, 그렇게 시마바라에게 말하고 싶기도 했다.

하지만 그 남자는 반성 같은 건 하지 않을 것이다. 그런 걸 할만한 인간이라면 희생자를 냈으면서도 태연하게 사장 자리에 그대로 눌러앉아 있을 수는 없을 것이다.

"미안하지만 계획을 중지할 생각은 없소."

조지가 말했다.

"나오이 씨!"

"좋은 이야기를 들었지만, 그건 시마바라한테 들려줬어야 할 이야기요. 수술 전에 말이오."

"기다리시오!"

조지는 휴대전화의 버튼에 손가락을 가져갔다. 손가락 끝에 힘을 주려고 하는 순간, 조지 씨, 하는 목소리가 들렸다.

노조미의 목소리였다.

"자기, 듣고 있어요? 자기, 나예요."

그 간절한 호소가 그의 마음을 흔들었다. 그는 대답하지 않을 수 없었다.

"노조미…… 나야." 그는 말했다. "미안해."

노조미는 대답하지 않았다. 그래서 그가 다시 한 번 말하려고 할 때 그녀가 말했다.

"나는 괜찮아."

"노조미……"

"나, 자기 원망하지 않아. 속았다고도 생각하지 않아. 왜냐면 나, 좋았으니까. 그걸로 됐어. 그러니까 자기를 책망할 마음 같은 거 없어."

미안, 하고 조지는 다시 한 번 중얼거렸다.

"그런데 부탁 하나만 들어줬으면 좋겠어. 내 환자 좀 도와줘. 아무 죄도 없는 사람이야. 그 사람이 자기 때문에 죽어가는 거, 나, 도저히 못 보겠어. 도저히 보고 있을 수가 없어. 그러니까 부탁이야. 나를 위해서, 내 마지막 부탁 좀 들어줘. 거짓이었는지는 모르지만 어제까지는 연인 사이였잖아."

그녀는 울고 있었다. 그 목소리를 듣고 있으니 조지의 가슴은 억누를 수 없이 뜨거워졌다. 뭔가가 복받쳐 올라 머릿속이 하얘졌다. 볼이 굳어졌다.

부탁이야, 제발 부탁이야, 노조미가 말을 되풀이했다. 중얼거림 같은 그 목소리를 듣고 있는 조지의 눈시울도 붉어졌다.

"알았어." 그는 대답했다. "아까 그 형사 좀 바꿔줘."

"내 부탁 들어주는 거야?"

"어어……"

"고마워."

"응……."

잠깐의 사이를 두고, 나나오요, 하는 남자의 목소리가 들렸다.

"5분 후에 자가발전 장치를 가동하시오. 버튼을 누르기만 하면 될 거요."

"5분 후라고 했소?"

"그렇소. 그때까지는 정지 신호를 해제시켜두겠소."

"틀림없는 거요?"

"거짓말은 하지 않소."

그 말만 하고 조지는 휴대전화를 끊었다. 곧 전화가 다시 울리기 시작했지만 그는 그대로 전원을 껐다.

그는 조그만 공원에 있었다. 벤치에 앉아 아무도 타고 있지 않은 놀이기구를 바라보았다.

옆에 놓인 가방에서 노트북을 꺼내 다른 휴대전화에 연결했다. 노트북을 켜고 프로그램을 실행했다.

하루나, 조지는 옛 연인을 마음속으로 불렀다.

미안해, 나, 여기까지밖에 할 수가 없어.

58

대량의 일회용 주머니 난로가 가온기에 밀착되어 있었다. 그리고 간호사 하나가 산소용기에 산소를 계속 주입하고 있었다. 그렇게 하면 발열이 촉진되기 때문이었다. 이 역시 유키의 아이디어였다. 겨울철 추운 당직실에서 잘 때 주머니 난로를 빨리 데우기 위해 자주 숨을 불어넣곤 했다. 이러한 아이디어로 혈액의 온도는 그래도 최대한 원래의 온도 가까이까지 올라갔다.

모두가 숨을 죽이고 지켜보는 가운데 심장으로 가는 혈액의 환류가 재개되고 있었다. 심근보호액을 사용하여 심장을 정지시키고 있는 경우, 심장 자체가 상당히 약해진다. 혈액의 환류를 재개한 후에도 20분 정도는 그 움직임이 완전하지 않은 경우가 대부분이다. 마취과 의사 사야마는 이미 강심제를 준비하고 있었다.

유키는 기도하는 마음으로 시마바라의 심장을 지켜보고 있었다. 하지만 심장은 꿈쩍도 하지 않았다. 환류가 재개되고 나서 이미 5분이 경과했다.

수술실 안의 공기가 얼어붙었다.

"안 되겠는데." 니시조노가 중얼거렸다. "유키, 전기충격기 준비해."

"네."

유키는 장치 준비를 시작했다. 전기충격기는 배터리가 내장되어 있다. 전극을 니시조노에게 건네면서 그녀는 그의 말을 반추하고 있었다. 유키, 분명히 이렇게 불렀다. 물론 처음이었다.

니시조노가 전기충격을 시작했다. 하지만 심장은 박동하지 않았다.

"역시 혈액의 온도가 너무 낮아."

모토미야가 신음하듯 말했다.

"포기하지 마." 니시조노의 목소리가 날아들었다. "아직 아무것도 끝나지 않았어."

유키는 덜컥했다. 이렇듯 격정에 찬 니시조노의 목소리를 듣는 건 처음이었다.

심장 부근에서 피가 튀었다. 니시조노의 오른쪽 눈 바로 밑에 묻었다. 하지만 유키는 보았다. 그 순간조차 그는 눈 한 번 깜박하지 않았다.

유키가 지혈하려고 했다. 하지만 복잡하게 얽혀 있는 혈관 어디에서 피가 나는지 전혀 알 수가 없었다. 게다가 어둡기까지 했다. 그러자 니시조노가 말했다.

"어디서 피가 나왔는지는 알겠으니까 지혈은 나중에 하지."

네, 하고 대답하고 유키는 손을 다시 물렸다.

"니시조노 선생님, 교대하겠습니다."

사야마가 말했다.

"아니, 내가 하지. 이 심장을 멈춘 것은 나니까 내가 움직이게 해야지."

이렇게 말하고 니시조노는 전기충격을 반복했다.

왜 그렇게 생각했을까, 유키는 니시조노의 모습을 보면서 자문했다.

겐스케의 수술이 잘못된 것이 니시조노의 작위적인 행위일 거라고 생각해버린 이유는 무엇이었을까.

설사 어떤 사정이 있더라도 니시조노가 일부러 실패하는 일은 있을 수 없다. 언제 수술을 단념한다고 해도 누구도 책망할 수 없는 상황인데도 니시조노는 어떻게든 환자의 생명을 구하려 안간힘을 쓰고 있다. 결코 혼란에 빠지지 않고 작은 가능성에 기대를 걸면서 살릴 수 있는 길을 계속 모색하고 있다. 평상시라도 육체적, 정신적으로 몹시 지치는 대수술이다. 현재의 니시조노는 극한까지 지쳐 있을 것이다. 그래도 해내려 하고 있다. 자신의 힘으로 살려내려 하고 있다.

의사를 목표로 해왔고, 그리고 수련의이긴 하지만 실제로 그 일을 하게 되면서 자신이 아무것도 모르고 있었다는 것을 유키는 깨달았다.

의사란 무력한 존재다. 신이 아닌 것이다. 인간의 생명을 제어하는 건 불가능하다. 할 수 있는 것은 자신이 갖고 있는 능력을 남김없이 쏟아붓는 일뿐이다.

의료과실은 그런 능력이 부족해서 생긴다.

능력이 있는 자가 일부러 그것을 발휘하지 않는 일은 있을 수 없다. 그런 일은 애초에 불가능하다. 도덕만의 문제가 아니다. 전력을 다하거나 아무것도 하지 않거나, 의사는 그 둘 중 하나밖에 할 수 없다.

물론 세상에는 여러 의사가 있을 것이다. 앞으로 유키도 전혀 다른 유형의 의사를 만날지도 모른다.

하지만 이 의사는, 하고 유키는 니시조노의 진지한 옆얼굴을 쳐다보았다.

니시조노는 약삭빠르지 못한 의사다. 갖고 있는 힘을 모두 발휘하지 않는다면, 그리고 환자를 살릴 수 있을 것 같지 않으면 아예 메스를 잡지 않을 사람이다.

그때 니시조노는 겐스케를 살릴 생각으로 메스를 잡았을 것이다, 유키는 그렇게 확신했다.

"선생님, 심장이……"

모니터를 보고 있던 사야마가 말했다.

시마바라의 심장이 꿈틀, 움직이는 것을 유키도 확실히 보았다.

약하긴 하지만 심장이 곧 박동을 시작했다.

휴우, 니시조노가 깊은 한숨을 내쉬었다.

"사야마 선생, 강심제를."

"벌써 시작했습니다."

사야마가 대답했다.

"좋아. 히무로, 아까 그곳을 지혈해주겠나."

"네."

유키가 힘차게 대답한 직후였다. 어둑어둑했던 수술실 안이 갑자기 환해졌다. 유키는 놀라 주위를 둘러보았다. 손전등을 들고 있던 간호사들도 당황한 듯 서로를 쳐다보았다.

무영등 빛이 수술대 위의 시마바라를 비추고 있었다. 수술 부위는 피범벅이었다. 그 색이 너무 선명하여 유키는 눈이 시릴 지경이었다.

"조명이…… 돌아왔군."

니시조노가 중얼거렸다.

"멈춰 있던 계측기가 움직이고 있습니다. 전기가 돌아왔어요."

사야마가 휘둥그레진 눈으로 말했다.

"정말 다행이야. 다무라, 혈액의 가온을……."

"알겠습니다."

니시조노는 유키를 보았다. 유키도 그를 보고 눈을 깜빡거렸다. 그는 살짝 고개를 끄덕였다.

59

가전매장 앞에서 걸음을 멈췄다. 가게 앞에 놓인 텔레비전에서
는 저녁 뉴스가 방영되고 있었다. 아나운서의 얼굴이 비치고 그
밑에 '데이도 대학병원의 전력 복구'라는 자막이 떠 있었다.

남성 아나운서가 얼마간 안도하는 듯한 표정을 지어 보이며 말
을 시작했다.

"폭발물이 설치되어 전력 공급에 문제가 생겼던 데이도 대학병
원입니다만, 조금 전 자가발전 장치가 재가동되었습니다. 경찰에
따르면 범인 측에서 연락해와 자가발전 장치에 설치된 원격 장치
를 리셋할 테니 발전 장치를 가동하라고 지시했다고 합니다. 담당
자가 작동 스위치를 켜자 발전 장치는 문제없이 가동하여 지금은
필요한 전력이 확보된 것 같습니다. 범인의 신원이 밝혀졌는지에

대해서 경찰은 발표를 삼가고 있습니다만, 지명수배 준비를 시작한 것으로 보아 조만간 용의자의 신원을 밝힐 것으로 보입니다."

조지는 텔레비전 앞을 떠났다. 오른손에 든 가방이 무거웠다. 가방 속에는 2킬로그램쯤 되는 노트북이 들어 있었다. 그러나 조금 전까지만 해도 그렇게 느껴지지 않았다. 이제 그 노트북이 쓸모없는 물건이 되어버렸기 때문임을 그는 새삼 깨달았다.

병원의 전기는 무사히 복구된 모양이었다. 원격 조작이 잘 되었을지 약간 걱정스러웠는데, 이제 여한은 없었다.

조지는 정처 없이 돌아다녔다. 집으로 돌아갈 수도 없다. 물론 노조미의 집으로도 갈 수 없다.

도망을 다녀봐야 언젠가는 잡힐 것이다. 지명수배 준비가 되어 있는 것 같다고 아나운서가 말했다.

아무 생각 없이 근처 백화점으로 들어갔다. 에스컬레이터를 타고 제일 높은 층까지 올라간 후 문득 생각난 게 있어 계단을 이용해 옥상으로 올라갔다. 옥상은 텅 비어 있고 사람 그림자는 없었다. 여름에는 비어가든이 된다는 사실이 떠오른 것이다.

철책으로 다가가 거리를 내려다보았다. 데이도 대학병원은 어디쯤이지, 하고 생각했다.

60

　병원 안은 분주하기 그지없었다. 그보다는 활기를 되찾았다고
해야 할지도 모른다. 의사와 간호사 들은 입원 환자를 비롯해 각
종 기계의 상태를 점검하러 다니느라 분주했다.

　나나오는 1층 대기실에 있었다. 의자들이 쭉 늘어서 있지만 지
금 앉아 있는 사람은 나나오 외에 부부로 보이는 중년 남녀뿐이
었다. 이런 날 뭘 기다리고 있는 건지 의문이 들었다. 전기가 다시
들어왔다고 해도 오늘은 환자를 받지도 않을 터였다.

　위기가 사라지자 경찰들도 절반으로 줄었다. 폭발물 제거는 내
일 아침 일찍부터 시작하기로 되어 있었다. 일단 사람들을 모두
어떻게든 피난시킨다고 한다.

　나나오는 나오이 조지와의 대화를 돌이켜보았다. 최종적으로는

마세 노조미의 간청으로 마음이 움직인 듯하지만, 원래 마음속에서 동요가 일고 있었을 거라고 나나오는 짐작했다. 그렇지 않다면 노조미의 휴대전화로 전화를 걸어오지도 않았을 것이다.

나나오의 보고를 받고 감식반의 가타오카 등이 즉시 지하로 내려가 자가발전 장치를 가동시켰다. 혼마는 나나오의 대응이 마음에 들지 않은 모양이었다. 왜 나오이 조지와의 대화를 좀 더 길게 끌지 못했느냐는 것이었다.

"기지국을 특정할 수 있으면 부근에 있는 경찰을 동원할 수 있잖아. 어쩌면 나오이를 체포할 수 있었을지도 모르는데."

혼마는 입을 일그러뜨리며 싫은 소리를 해댔다.

나나오는 반론할 생각도 들지 않아, 죄송했습니다, 하고 순순히 사과했다. 그 전화로는 어쨌든 나오이 조지를 설득하는 것이 급선무였다. 한시라도 빨리 그로부터 범행을 단념하겠다는 말을 끌어내야 했던 것이다. 시간을 끄는 건 병원의 정전을 연장하는 행위나 마찬가지였다. 물론 혼마도 그런 것쯤은 알고 있었을 것이다. 사건 해결의 공을 나나오에게 빼앗긴 것이 달갑지 않을 뿐이었다.

모리모토 씨, 하고 부르는 소리가 들렸다. 마세 노조미의 목소리여서 나나오는 고개를 들었다. 조금 떨어진 의자에 앉아 있던 중년 남녀가 일어났다. 나카쓰카 요시에의 가족인 듯했다.

마세 노조미가 종종걸음으로 두 사람에게 다가갔다.

"나카쓰카 씨의 용태가 안정되기 시작했으니 조금만 기다리시면 만나실 수 있을 것 같습니다. 다만 아직 주무시고 계시니까 오늘 밤에는 이야기를 나눌 수 없겠지만요."

"상관없습니다." 남편으로 보이는 사람이 대답했다. "어쨌든 건강해진 모습을 뵙고 싶으니까요. 안 그래, 여보?"

동의를 구하는 남편의 말에 아내인 듯한 여성도 고개를 끄덕였다.

"그럼 위층 상담실에서 기다려주세요. 나중에 불러드릴 테니까요."

알겠습니다, 하고 두 사람은 엘리베이터 홀을 향해 걸어갔다.

마세 노조미는 주저하면서 나나오 쪽을 쳐다봤다. 나나오도 일어났다.

"아까는 정말 고마웠습니다. 많은 도움이 되었습니다."

나나오는 고개를 숙였다.

"감사의 말을 들을 일이 아닙니다. 간호사로서 어떻게든 하고 싶었을 뿐이니까요."

"나카쓰카 씨…… 였습니까? 위험한 상황은 벗어났나 보군요."

마세 노조미는 한숨을 내쉬며 고개를 끄덕였다.

"한때는 어떻게 되지 않을까 싶었는데, 인공호흡기를 사용할 수 있게 되어 간신히 버텨낼 수 있었습니다."

"그거 참 다행이네요."

그녀가 희미하게 웃었다. 그러고 나서 나나오를 올려다보았다.

"저어, 형사님."

"네."

"그 사람이 체포되면 그 죄는 역시⋯⋯."

거기까지 말했을 때였다. 마세 노조미의 눈이 나나오의 뒤쪽을 향했다. 동그란 눈이 휘둥그레졌다. 깊은 숨을 들이쉰 듯 가슴이 부풀어 올랐다. 표정이 심하게 굳어졌다.

나나오는 어떤 예감을 느끼면서 천천히 돌아보았다.

키가 크고, 검은 사람의 그림자가 정면 현관으로 들어오는 참이었다. 형광등 조명이 그의 얼굴을 비추었다. 나나오가 잘 알고 있는 얼굴이었다. 사진으로 얼마나 많이 봤는지 모르는 얼굴이었다.

그는 곧장 나나오와 노조미가 있는 곳으로 걸어왔다. 그 시선은 마세 노조미에게만 향해 있는 것 같았다.

몇 미터 앞에서 그가 걸음을 멈추었다. 그 어두운 눈이 단 한 번 나나오 쪽을 향했다. 하지만 바로 노조미에게 돌아갔다.

나나오는 그에게 다가가려고 하다가 그만두었다. 노조미를 돌아보았다.

"가보세요."

"괜찮아요?"

그녀의 눈은 충혈되어 있었다.

"잠깐이라면."

나나오는 말했다.

마세 노조미는 부자연스러운 움직임으로 걸음을 옮기기 시작했다. 걸음이 순식간에 빨라졌다.

나오이 조지가 그녀를 맞아 힘껏 껴안는 모습을 나나오는 시야
한 구석에 잡아두고 있었다.

61

인공심폐기가 멈췄다. 물론 다무라의 조작으로였다. 시마바라의 심장이 수축력을 회복하고 있었다. 인공심폐기에서 보내는 혈액의 양을 서서히 감소시키다가 드디어 모든 혈액순환을 심장에 맡길 수 있게 되었기 때문이다. 인공심폐기를 정지시키도록 지시한 이는 니시조노였다.

인공심폐기를 사용하는 동안에는 튜브 안에서 혈액이 응고되지 않도록 헤파린이 투입된다. 하지만 인공심폐기를 정지시킨 후에는 헤파린이 오히려 장애가 된다. 수술 부위의 출혈을 멈추기가 어려워지기 때문이다. 그 때문에 출혈이 멈추도록 황산프로타민으로 헤파린을 중화한다. 지혈을 확인하고 나서 봉합을 하는데, 그래도 심장 주변에 피가 고이는 일이 있다. 그래서 드레인 튜브

두 개를 꽂은 채 가슴을 닫는다. 그리고 심장에는 전선이 연결되고, 그것도 체외로 내놓은 상태에서 봉합한다. 나중에 심장의 움직임에 이상이 발생할 경우 그것으로 전기자극을 주기 위해서다. 대동맥류뿐만 아니라 대부분의 심장 수술에서 실시되는 수순인데, 여기까지 하면 드디어 위기를 넘겼다는 안도감이 수술실 전체에 감돌게 된다.

절개한 흉골은 와이어로 고정한다. 그리고 마지막으로 피부를 봉합한다. 모토미야가 교대하겠다고 했지만 니시조노는 고개를 저었다. 이 수술은 마지막까지 자신이 하겠다는 결의가 유키에게 전해졌다.

니시조노가 얼굴을 들었다. 모두의 얼굴을 둘러보았다.

"봉합 폐쇄 끝났습니다. 수고했습니다."

수고하셨습니다, 하고 모두가 고개를 숙여 인사했다.

수술실 문이 활짝 열렸다. 의사와 간호사 들이 협력하여 시마바라를 환자 이송용 침대로 옮겼다. 유키도 거들었다. 시마바라는 눈을 감고 있었다. 심장 수술의 경우, 마취에서 깨어나지 않은 상태에서 중환자실로 옮긴다. 사야마가 인공호흡기를 조작하고 있었다.

간호사들이 중심이 되어 환자 이송용 침대를 밀기 시작했다. 앞으로는 중환자실로 장소를 옮겨 수술 후 경과를 지켜봐야 한다.

모토미야가 탈의실로 향했다. 유키도 따라가려고 했다. 하지만 니시조노는 따라오지 않았다. 걱정이 되어 돌아보니 그가 바닥에 쭈그려 앉아 있었다.

"선생님……." 유키는 니시조노에게 달려갔다. "괜찮으세요?"

모토미야도 알아챈 듯 걸음을 멈추고 두 사람을 돌아보았다.

"왜 그러십니까?"

걱정스러운 듯 모토미야가 물었다.

니시조노는 손을 저었다. 씁쓸한 웃음을 띠고 있었다.

"아무것도 아니네. 좀 지쳤을 뿐이야. 어쨌든 정전 상태에서 수술을 한 건 처음이었으니까."

괜찮다는 말과는 다르게 그는 여간해서는 일어서기 힘든 듯했다. 어깨를 들썩이며 숨을 쉬고 있었다. 안색도 좋지 않았다. 극도의 긴장이 그의 순환기계에 이상을 초래한 것이 분명했다.

"움직이지 않으시는 게 좋을 것 같습니다."

유키가 말했다.

"괜찮다니까. 자네들은 중환자실로 가보게. 나도 뒤따라갈 테니까."

"하지만……."

"히무로." 모토미야가 말했다. "중환자실 쪽은 내가 어떻게 할 테니까 자넨 당분간 선생님과 같이 있어. 야마우치 선생한테 연락해서 금방 오라고 할 테니까."

"부탁할게요."

유키가 대답했다.

모토미야가 나간 후에도 니시조노는 여전히 쭈그리고 앉아 있었다. 눈을 감고 천천히 호흡을 가다듬고 있었다.

"괜찮으세요?" 유키가 다시 한 번 물었다.

"걱정할 거 없어. 조금 나아졌으니까." 니시조노는 자조적인 표정으로 희미하게 웃었다. "심장혈관외과 의사가 수술 후에 쓰러지면 안 되겠지."

니시조노가 태어날 때부터 심장 질환을 갖고 있다는 말이 떠올랐다.

"잠깐 누워 계시는 것이……"

"수술대에 말인가?" 이렇게 말하고 니시조노는 벽에 기대듯이 바닥에 주저앉았다. 긴 한숨을 내쉬며 고개를 가로저었다. "이 정도의 일로 녹초가 되다니, 이제 나도 늙었어."

"그렇지 않아요. 그런 수술을 할 수 있는 건 선생님밖에 없을 거예요." 유키가 말했다. "훌륭했습니다. 감동했어요."

"그런가?" 니시조노가 가만히 유키를 쳐다봤다. "정말 그렇게 생각하는 건가?"

"그럼요."

유키가 고개를 끄덕였다.

"그래? 그렇다면 다행이군." 니시조노는 일단 눈을 내리뜬 후 다시 얼굴을 들었다. "만성궁부대동맥류…… 이 병명은 자네한테 아주 중요한 의미를 가지고 있겠지."

"알고 있습니다. 아버지와 같은 병명입니다."

"집도의도 마찬가지야." 니시조노가 말했다. "그래서 자네한테 보여주고 싶었어. 그리고 이왕 보여줄 거라면 무슨 일이 있어도 해내야 했고."

"그래서 저를 조수로……"

니시조노는 고개를 끄덕였다.

"자네가 의심을 품고 있다는 건 알고 있었어. 특히 나와 자네 어머니가 지금과 같은 관계가 되었으니까 그런 의심은 더욱 깊어졌을 거라고 생각했지. 자네가 의사를 지망한다는 사실을 알았을 때 그게 확신으로 변했고."

유키는 고개를 숙였다. 사실이었으니까 아무 대꾸도 할 수 없었다.

"자네가 의심하는 것도 무리는 아니야." 니시조노는 말했다. "아버님의 수술에 대해서는 나도 자신이 있었어. 반드시 잘될 거라고 생각했지. 그런데 그런 결과로 끝나고 말았으니 책망을 받아도 당연해. 예기치 않게 여러 가지 일이 있어서 그런 결과로 끝나고 말았지만, 그걸 자네한테 이해하라고 말하는 것도 무리지. 사실은 수술 이외의 일에 대해서도 이야기해두고 싶은 게 몇 가지 있었지만 말이야."

"수술 이외의 일요?"

니시조노는 고개를 끄덕였다.

"처음 자네 아버님이 진료를 받으러 오셨을 때 깜짝 놀랐네. 내게는 잊기 어려운 사람이었으니까."

그가 무슨 말을 하고 있는지 유키는 금방 알아차렸다.

"아드님에 관한 일 말씀이군요."

유키는 작은 소리로 말했다.

"그래. 사고로 죽은 아들을 추격한 사람이 자네 아버님이었으니까. 하지만 자네 아버님은 모르는 것 같더군. 그래서 고민했네. 내가 담당해야 할지 말아야 할지 망설였지."

"역시 제 아버지를 원망하셔서……."

유키가 이렇게 말하자 니시조노는 힘껏 고개를 가로저었다.

"자네 아버님을 원망하지는 않았어. 아들이 죽은 건 자업자득이었으니까. 어쩌면 그렇게 키운 부모의 책임이겠지. 자네 아버님은 경찰관으로서 당연한 일을 했을 뿐이고. 다만 자네 아버님이 어떻게 생각하실지 알 수가 없었지. 담당 의사가 그 사고로 죽은 불량소년의 아버지라는 걸 알면 몸을 맡길 생각이 들지 않을지도 모르니까. 그런 생각이 들어서 나는 그만두려고 했어. 사실은 일단 그렇게 결심하고 자네 아버님께 못 하겠다고 이야기했네. 물론 그 이유도."

네? 하는 소리가 유키의 입에서 새 나왔다.

"아버지한테 말씀하셨어요?"

"말씀드렸지. 그런데 놀랍게도 자네 아버님도 알고 계셨다는 거야. 언제 말을 꺼낼까 망설이고 계셨다더군. 그래서 이야기를 나눴지. 수술 이야기뿐만 아니라 처음부터…… 아들이 죽은 사고부터 말이야. 자네 아버님은 당신한테 잘못이 있었다고는 생각하지 않지만 내가 원망해도 어쩔 수 없는 일이라고 하셨지. 그러면서 나한테 조금이라도 저항감이 든다면 수술에서 손을 떼도 괜찮다고 말이야. 그래서 내가 역으로 질문을 드렸지. 내가 수술을 하는 데 당신은 저항감이 들지 않느냐고 말이지."

"그래서 아버지는요?"

"솔직히 내내 불안했다고 하셨어. 니시조노라는 담당 의사가 자신을 어떻게 생각하고 있는지도 모른 채 정말 수술을 맡겨도 될지 불안하게 생각한 적도 있었다고 말이야. 하지만 나와 이야기를 나눠보고 그런 생각은 사라졌다고 하셨지."

"사라졌다니요?"

"모든 걸 나한테 맡긴다고 말씀하셨어. 아마 이런 식으로 말씀하셨을 거야." 니시조노는 먼 곳을 바라보는 시선으로 말을 이었다. "니시조노 선생은 사명을 완수하는 사람이라고 확신했다, 그런 사람이라면 어떤 사정이 있더라도 그 사명을 포기할 거라고는 생각되지 않는다고 말이야."

이 말을 들은 순간 유키의 가슴속에 거센 바람이 한바탕 불고 지나갔다. 마음에 그림자를 드리운 검은 구름을 말끔히 없애는 바람이었다.

"사명은 아버지가 좋아하시던 말이었어요."

니시조노는 고개를 끄덕였다.

"그러셨을 거야. 자네 아버님이 그렇게 말해줘서 나도 기뻤어. 하지만 우리 두 사람 사이에 그런 합의가 있었다고 해서 주위 사람들이 납득해줄 거라는 보장은 없었지. 그래서 그분의 부인······

자네의 어머니와도 의논하기로 한 거야. 기억하고 있나? 내가 처음 자넬 만날 날이야."

니시조노의 말을 들으니 유키의 뇌리에 하나의 광경이 선명하게 되살아났다. 역 앞의 카페였다. 유리에와 니시조노가 만나고 있었다. 그곳으로 들어온 유키를 보고 유리에가 당황해하던 일도 기억하고 있다.

"그때는 그 일을 의논하셨던 겁니까?"

"자네의 어머니는 모든 걸 내게 맡긴다고 했지. 남편이 납득하고 있다면 그것으로 됐다면서."

"그랬군요."

니시조노의 입가에 웃음이 번졌다.

"자네가 믿어주었으면 하는 게 또 하나 있어. 분명히 나는 지금 자네 어머니를 사랑하고 있네. 하지만 그런 마음이 싹튼 것은 자네 아버님이 돌아가시고 한참 세월이 지나고 나서야. 나는 자네 모녀에게 속죄를 하는 것밖에 생각하지 않았지. 그런 마음을 남녀의 연애감정으로 발전시켜서는 안 되는 것인지도 모르지만, 적어도 자네 아버님의 수술을 하는 시점에서는 내 마음에도 자네 어머니 마음에도 그런 징후는 전혀 없었다고 단언할 수 있어."

"그럼 왜 그런 이야기를 좀 더 빨리 해주지 않으신 겁니까?"

"이야기하고 싶었지. 자네가 의심하고 있다는 걸 알고 있었으니까. 하지만 무슨 이야기를 어떻게 한들 자네가 납득할 거라고는 생각되지 않았어. 내가 하는 말을 전면적으로 신용해줄 거라고도 말일세. 아무튼 나는 자네의 아버님을 죽게 한 장본인이니까."

니시조노의 말에 유키는 반론할 수 없었다. 확실히 그랬다. 아무리 말로 설명해봐야 그때는 납득하는 척했다고 하더라도 마음속으로는 신용하지 않고 니시조노를 용서할 수 없었을 것이다.

"자네 어머니와 헤어지는 것도 생각해봤지." 니시조노가 말했다. "자네 어머니도 의심받고 있는 걸 괴로워하고 있었으니까. 하지만 둘이서 의논을 한 끝에, 도망친다고 해서 근본적인 해결이 되는 것도, 자네한테 도움이 되는 것도 아니라는 결론에 도달했지. 내가 도망치면 자네는 오해를 풀지도 못하고, 아버지가 죽임을 당하고 어머니마저 배신했다는 상처를 안고 평생을 살아가게 될 테니까. 솔직히 무척 고민했네. 그런 만큼 자네가 의사를 목표로 한다고 들었을 때 이게 유일한 기회인지도 모르겠다고 생각했지."

"기회라뇨?"

"내가 어떤 의사고, 무슨 생각으로 아버님의 수술에 임했는지를 알리는 일은 아무리 말로 설명해도 안 될 것이다, 이해하게 하려면 내가 수술하는 것을 직접 보게 하는 수밖에 없다고 생각했어. 그래도 안 된다면 더 이상 어떻게 해볼 도리가 없는 거고. 오늘 수술은 나한테도, 자네 어머니한테도, 그리고 자네한테도 운명적인 수술이었던 거지."

유키는 숨을 들이켰다. 뭔가 답해야 한다고 생각했지만 말이 떠오르지 않았다. 어둑어둑한 수술실 안에서 니시조노가 안간힘을 다해 수술을 속행하던 모습이 되살아났다. 그건 그가 보내는 메시지이기도 했던 것이다.

"……죄송합니다." 고작 나온 말이 그것이었다. "의심해서 죄송했습니다."

니시조노가 하얀 이를 드러냈다.

"의심이 풀린 건가?"

네, 하고 그녀는 대답했다.

"전 선생님 같은 의사가 되고 싶습니다. 존경합니다."

니시조노는 쑥스러운 듯 시선을 피했다. 그러고 나서 무릎을 쳤다.

"중환자실로 가지. 모토미야가 기다리고 있을 거야."

이렇게 말하고 일어서려고 했을 때였다. 니시조노가 신음하는 듯한 소리를 내며 가슴을 부여잡고 다시 쭈그려 앉았다.

"움직이지 마세요."

유키는 수술복을 입은 채 탈의실을 지나 복도로 뛰어나갔다. 야마우치가 종종걸음으로 다가오는 참이었다. 스가누마 요코도 뒤에서 따라오고 있었다.

"니시조노 선생님께서 협심증 발작을……."

유키가 외쳤다.

야마우치가 수술실 안으로 뛰어 들어갔다. 스가누마 요코도 지원을 요청하러 간호사실로 향했다.

유키도 수술실로 돌아가려고 했다. 그때 시야에 사람 그림자가 들어왔다. 그쪽을 보니 유리에였다. 불안한 모습으로 멈춰 서 있

었다.

"그이…… 괜찮은 거야?"

유키는 고개를 끄덕였다. 그리고 어머니의 눈을 쳐다보았다.

"걱정하지 마. 내가 살릴 테니까. 두 번째 아버지는 절대 죽게 내버려두지 않을 거야."

옮긴이의 말

   가해와 피해 사이의 매개가 많아지면 가해의 사실이 잘 보이지 않는다. 대중의 분노는 대체로 가해와 피해 사이의 관계가 직접적인 사건에 집중된다. 대체로 우발적이거나 개인적인 가해는 직접적이어서 잘 보이고 무차별적이다. 반면에 조직적이고 규모가 큰 가해는 간접적이어서 잘 보이지 않지만 철저하게 권력 관계에 근거한다. 또한 여러 단계를 거치므로 가해와 피해 사실이 애매해지고 입증하기도 힘들다. 아니, 가해나 피해 의식조차 없을 수 있다.

   어떤 개인이나 집단에 선의나 양심을 기대할 수는 있으나 요구하는 것은 문제다. 요구할 수 있는 사항이 되면 항상 선의나 양심을 강요받는 사람은 상대적으로 착한 개인이나 집단, 즉 피해자가 될 가능성이 높은 쪽이기 때문이다. 피해자는 화해와 용서까지 강요받게 되는 것이다. 만약 그렇게 해서 가해자가 용서를 받는다면, 그 가해자는 회복한 현실적 힘에 기초하여 가해 사실 자체를 왜곡함으로써 자기 자신을 합리화하며 결국에는 스스로를 용서

할 가능성이 높다.

용서는 피해자가 자신을 위해 심정적으로만 하는 것이어야 하고, 제삼자가 왈가왈부할 문제가 아니어야 한다. 또한 가해자의 속죄는 가해에 대한 책임을 온전히 짐으로써만 가능해야 하고, 그런 조건하에서만 용서와 화해의 가능성이 생긴다. 그러므로 사회가 그 책임의 일부 또는 전부를 면제해주는 것은 가해자와 피해자 사이의 용서와 화해의 가능성 자체를 없애버리는 일이다. 피해자 개인이 내적으로 용서할 수는 있어도, 사회가 가해자의 책임을 면제해주는 형태의 용서를 해줘서는 안 된다. 왜냐하면 가해의 책임을 다한 상태, 즉 가해자와 피해자 사이의 새로운 질서가 성립된 상태가 아니라면 진정한 용서와 화해가 이루어질 가능성은 거의 없기 때문이다.

또한 용서와 화해의 문제는 피해자와 가해자 사이의 문제에 그쳐서는 안 된다. 피해자 개인의 심리적인 문제를 제외한다면, 용서와 화해의 문제는 사회와 가해자 사이의 문제로 논의되어야 한다. 사회의 누구든 그 피해자가 될 수 있기 때문에 피해자만의 문제가 아닌 것이고, 따라서 용서와 화해의 문제 역시 가해와 피해 당사자만의 문제가 아닌 것이다.

이 소설에 의료사고와 급발진 사고가 등장하니 그 두 유형의 사고를 비교해보지 않을 수 없었다. 예컨대 치료 중인 환자가 병세가 갑자기 악화되거나 사망했을 경우, 의료 행위에서 특별한 문제가 발견되지 않는 한 의사에게 책임을 묻지 않는다. 상식이다. 인체에 대해서는 모르는 부분이 너무 많다는 걸 알기 때문이다. 그런데 자동차 급발진 사고의 경우는 어떤가. 자동차에서 원인이 발견되지 않는다는 이유로 운전자에게 책임을 돌린다. 자동차에 대해서는 다 파악하고 있다고 생각하고, 운전자가 어떻게 조작했는지는 믿을 수 없다고 생각해서다. 급발진 사고도 의료사고의 경우처럼 판단한다면, 운전자의 조작 실수를 입증하지 못하는 한 자동차 책임이어야 한다.

이 소설을 번역하면서 이런 생각을 했다. 히무로 유키, 나오이 조지, 나나오에게 차례로 감정이입하면서 그 상충된 입장 때문에 갈팡질팡하다가 마지막 장면에서는 찔끔 눈물까지 흘리고 말았다. 어이가 없었다. 나이 탓을 할 수밖에 없는 건지.

왜 공권력과 사회적 서비스는 나쁜 놈을 위해 이토록 필사적이고 자기만족에 빠져 있으며, 상처 받은 사람에게는 양심만을 요구하고 희망까지 강요할까. 애초에 나는 나오이 조지의 시마바라 살해 계획에 공감할 수 없었다. 자동차 제조사 회장 시마바라 소이치로에게 책임을 묻는다는 게 현실적이지 않아 보여서다. 일단 결함을 인정하고 사과했으며 피해자들에게 충분한 보상까지 하지 않았는가. 이런 기업가, 현실에서는 별로 본 적이 없다. 자기 회사 직원이 죽어나가는 데도 꿈쩍도 하지 않는 게 현실 아닌가, 대체로. 문제 제기를 하는 직원에게 손해배상 청구 소송이나 하지 않으면 다행이고.

일본의 현실이 우리와 다른 것인가. 아닐 텐데, 아니 좀 나으려나. 이런 생각을 하게 되니 마지막에 찔끔 흘린 눈물이 못내 개운치 않다.

2013년 7월
옮긴이 송태욱

사명과 영혼의 경계

지은이 히가시노 게이고
옮긴이 송태욱
펴낸이 김영정

초판 1쇄 펴낸날 2013년 7월 25일
초판 9쇄 펴낸날 2026년 1월 19일

펴낸곳 (주)**현대문학**
등록번호 제1-452호
주소 06532 서울시 서초구 신반포로 321(잠원동, 미래엔)
전화 02-2017-0280
팩스 02-516-5433
홈페이지 www.hdmh.co.kr

ⓒ 2013, 현대문학

ISBN 978-89-7275-675-0 03830